HUGH MILLER

ALISTAIR MACLEAN'S TÖDLICHES ZIEL

Roman

Aus dem Englischen von H. Roberts

PAVILLON VERLAG
MÜNCHEN

PAVILLON TASCHENBUCH
Nr. 02/0007

Titel der Originalausgabe
PRIME TARGET
Erschienen bei Harper Collins Publishers 1979

Umwelthinweis:
Das Buch wurde auf
chlor- und säurefreiem Papier gedruckt.

Redaktion: Ralf Dürr

Der Pavillon Verlag ist ein Unternehmen der
Wilhelm Heyne Verlag GmbH & Co. KG, München
http://www.heyne.de
Printed in Germany 1999
Umschlagillustration: Chris Moore
Umschlaggestaltung: Atelier Ingrid Schütz, München
Satz: Pinkuin Satz und Datentechnik, Berlin
Druck und Bindung: Elsnerdruck, Berlin

ISBN 3-453-15759-1

Für Nettie

Vorwort

Mein Dank gilt Philip Brent für dessen Informationen über Satellitensysteme, ferner Nick Carpenter, dessen Kenntnisse über Schußwaffen und Sprengstoffe ich mir zunutze machte, sowie Edwin Moss, einem Experten, was den marokkanischen Geheimdienst angeht, und Rosa Barlach, die alle Finessen beherrscht, die man als Motorradfahrer in der Stadt braucht.

Besonderen Dank schulde ich meiner Lektorin Fiona Harper. Ohne ihre nie ermüdende Aufmerksamkeit und ihren klaren Verstand wäre dieses Buch nicht zustande gekommen.

Prolog

Berlin, 24. April 1945

General Albers stürmte die letzten Stufen der Treppe hinauf, die aus dem Bunker ins Freie führte. Oben angekommen, mußte er erst einmal einen Augenblick innehalten, um wieder zu Atem zu kommen. Noch immer folgte er seiner Gewohnheit und erledigte alles im Laufschritt, obwohl er mit seiner Wirbelsäulenverletzung und den chronischen Emphysemen nicht mehr der alte war.

»Einen Augenblick«, keuchte er atemlos, »ich schaue erst nach, ob die Luft rein ist.«

Er schob die metallene Tarnabdeckung des Ausgangs beiseite und reckte seinen langen, dürren Hals, um nach draußen zu spähen. Ringsum waren nur Trümmer, Schutt und entwurzelte Büsche zu sehen.

»Alles in Ordnung«, rief er, wandte sich um und hielt dem nachfolgenden Mann seine Rechte entgegen, um ihm hinaufzuhelfen.

Hitler ignorierte jedoch die Hand seines Generals, stützte sich statt dessen an der Wand des Aufgangs ab und trat ohne fremde Hilfe ins Freie. Dicht hinter ihm folgte mit einer Maschinenpistole in den Händen ein junger Soldat seiner Leibstandarte.

»Bitte warten Sie, mein Führer«, sagte Albers und überquerte den von Bomben- und Granateinschlägen verwüsteten Garten. Der General schlug den Kragen seines Mantels hoch, um sich vor dem herabprasselnden Regen zu schützen, und wich einem tiefen Krater aus, der in der Ausfahrt gähnte. Als er die Mitte der Straße erreicht hatte, blickte er sich in beide Richtungen um. Etwa zwanzig Meter von ihm entfernt stand zu seiner Linken ein SS-Offizier, der sich in seiner schwarzen Uniform kaum von dem düsteren Hintergrund abhob. Er winkte dem General zu, um dessen

Aufmerksamkeit auf sich zu ziehen. Albers winkte knapp zurück und warf dann über die Schulter einen Blick auf das Gebäude der Reichskanzlei.

Das Ausmaß der Verwüstung ließ ihn erstarren. Als er vor drei Tagen in das Bunkersystem hinabgestiegen war, an dessen Ausgang Hitler nun wartete, war zumindest der Ehrenhof der Kanzlei noch unversehrt gewesen. In der Zwischenzeit hatte der Dauerbeschuß der russischen Artillerie, die bereits bis an das Eisenbahnkreuz in Spandau vorgerückt war, verheerende Wirkung gezeigt. Die tragenden Wände des Gebäudes waren so stark beschädigt worden, daß die beiden oberen Stockwerke nicht mehr existierten.

Albers eilte zurück, spürte jedoch einen plötzlichen Druck auf den Ohren. Unter seinen Füßen bebte der Boden, und von Westen her ertönte eine Salve, die von schweren Geschützen abgefeuert wurde. Der General fiel auf die Knie und verschränkte schützend seine Arme über dem Kopf, als mit lautem Krachen ein Teil der Fassade zusammenstürzte und schwarze Marmorbrocken herabregneten.

Mühsam kam er wieder auf die Beine und sah, wie der SS-Offizier mehrere Jungen aus einem jenseits der Straße gelegenen, ehemaligen Regierungsgebäude führte, das völlig ausgebrannt war. Mittlerweile hatte auch Joseph Goebbels den Führerbunker verlassen. Er wechselte einige Worte mit Hitler, bevor er auf Albers zuhinkte.

»Ist alles vorbereitet?« fragte er den General.

»Die Jungen werden gerade geholt.«

Albers deutete auf die ausgemergelten Kindergestalten, die sich vor der brandgeschwärzten Hauswand aufstellten.

»Wir konnten zwar keine richtigen Uniformen mehr für sie auftreiben, aber angesichts der schwierigen Umstände machen die Burschen einen ganz ordentlichen Eindruck.«

Die Jungen trugen schwarze, hochgeschlossene Jacken und ebenfalls schwarze Feldmützen. Der jüngste von ihnen, ein Achtjähriger, hatte zu weinen begonnen, da ihm das Artilleriefeuer angst machte. Er wurde vom Ältesten in der Gruppe getröstet, der selbst gerade erst vierzehn war.

»Ich werde zuerst ein paar Worte mit den Jungen reden, um sie vorzubereiten«, erklärte Goebbels. »Das Ganze wird nicht mehr als zwei Minuten dauern. Dann werde ich den Führer holen.«

Während er sich erfolglos bemühte, seinen durchnäßten Uniformmantel von Schmutz und Staub zu reinigen, eilte Albers zurück zum Eingang des Bunkers. Ihm fiel die besorgte Miene des Leibgardisten an Hitlers Seite auf. Alle hatten sie den Führer eindringlich gebeten, darauf zu verzichten, daß die Zeremonie unter freiem Himmel abgehalten wurde, da dies einem Himmelfahrtskommando gleichkam. Aber Hitler hatte darauf bestanden. Eine feierliche Verpflichtung, die von so immenser Bedeutung war wie diese, konnte einfach nur unter Deutschlands freiem Himmel stattfinden – selbst wenn der Himmel schwarz war vom Rauch des in Schutt und Asche sinkenden Berlin.

»Der Reichspropagandaminister bereitet die Jungen vor, mein Führer.«

Hitler nickte stumm und schien zu frösteln. Wieder fiel dem General auf, wie schwach und gealtert der Führer wirkte. Erst vor vier Tagen war Hitler sechsundfünfzig geworden. Aber mit seinen hängenden Schultern, dem unkontrollierten Zucken, das eine Körperseite immer wieder heimsuchte, und dem grauen, wächsernen Gesicht sah er eher aus wie ein Siebzigjähriger. Noch am Morgen hatte Hitler sich immer wieder übergeben müssen, so daß sein Kammerdiener Heinz Linge schließlich nach dem Arzt geschickt hatte, der dem Führer die übliche Dosis eines Beruhigungsmittels injiziert hatte. Als Folge davon war auch der letzte Rest Farbe aus Hitlers Gesicht gewichen – nur seine Augen zeigten ein unnatürliches Glühen –, doch danach hatte er sich etwas besser gefühlt. Zumindest hatte das Zittern ein wenig nachgelassen, und er hatte sogar einen Anflug von Vorfreude auf die bevorstehende Zeremonie gezeigt.

Goebbels hatte die Vorbereitungen abgeschlossen und trat auf Hitler zu.

»Es ist alles bereit, mein Führer«, meldete er. Wie stets lag ein lauerndes Lächeln auf seinen Zügen.

»Schön, schön.« Hitler rieb sich seine bläulich verfärbten Hände. »Es sind also dreißig Jungen?«

»Jawohl.«

Goebbels kramte ein Blatt Papier aus seiner Manteltasche hervor und faltete es auseinander.

»Ich habe hier die von uns getroffenen Vorbereitungen in einem kurzen Bericht zusammengefaßt. Wenn Sie einen Blick darauf werfen möchten, mein Führer? Alles ist bis ins letzte Detail geplant ...«

»Nicht nötig. Nennen Sie mir nur noch einmal die wichtigsten Punkte«, verlangte Hitler knapp.

Als Goebbels zu sprechen begann, detonierte mehrere hundert Meter entfernt eine Granate, woraufhin schwarzer und gelber Rauch in den Himmel stieg. Die vier Männer rückten näher an die noch verbliebene Wand der Reichskanzlei, bevor Goebbels einen erneuten Anlauf unternahm.

»Sobald es dunkel ist, werden die Jungen noch heute abend mit einem Militärlastwagen zu einem geheimen SS-Flugplatz sechs Kilometer südwestlich von Tempelhof gebracht. Dort steht um zweiundzwanzig Uhr eine Frachtmaschine bereit, die als Rot-Kreuz-Transport ausgewiesen ist und ...«

»Handelt es sich wirklich um ein Rot-Kreuz-Flugzeug?« erkundigte sich Hitler.

»Nein, mein Führer«, erklärte Goebbels geduldig. »Es handelt sich um eine Versorgungsmaschine der Wehrmacht, die für ihre Sondermission getarnt wurde. Mit diesem Flugzeug werden die Jungen auf direktem Wege nach Zürich gebracht. Dort ist bereits dafür gesorgt, daß die Gruppe einen sicheren Zwischenstopp einlegen kann, und zwar im umgebauten Teil eines Kellergewölbes unter einem Krankenhaus.«

»Um welches Krankenhaus handelt es sich?« fragte Hitler, als ob der Name eine Rolle spielte. Aber es gehörte zu seinen Einschüchterungstaktiken, immer wieder Fragen zu stellen, nur um den Redefluß seiner Untergebenen zu unterbrechen.

»Es ist das ›Schwesternhaus des Roten Kreuzes‹, mein Führer. Die Kosten für die dortige Unterbringung der Jungen werden mit den Geldern bestritten, die auf Ihr Geheiß hin von Reichsgauleiter Bormann bereitgestellt worden sind.«

»Und die Jungen werden dort wirklich in Sicherheit sein?«

»Absolut sicher, mein Führer. Und noch innerhalb der nächsten vier Wochen werden sie für längere Zeit in ein anderes Quartier gebracht.«

»Wo liegt dieses Quartier?«

»In einem hübschen Ort in der Nähe von Bern. Die Jungen werden dort in einem großzügigen Haus wohnen, das sich inmitten eines riesigen Grundstücks befindet. Sie werden dort ein neues Zuhause finden und im Geist der Kameradschaft zu einer geschlossenen Gruppe zusammenwachsen.«

Der Mann redet wie ein Reiseprospekt, dachte Albers insgeheim.

»Wie Brüder werden die Jungen einer für den anderen einstehen und von allen verderblichen Einflüssen der Außenwelt abgeschirmt. Sie sollen nur nach den Regeln erzogen werden, die Sie, mein Führer, höchstpersönlich verfügt haben. Und wenn einst der Tag gekommen sein wird, werden sie nach Deutschland zurückkehren und endgültig den vernichtenden Schlag gegen die jüdische Verschwörung führen.«

»Ich glaube, wir sollten nicht länger warten«, drängte General Albers. »Die Jungen werden sonst noch erfrieren.«

Hitler nickte zustimmend. Albers schritt voran und überquerte die Straße. Der Wind hatte zwar nachgelassen, aber dafür goß es jetzt wie aus Kübeln. Hitler ging zwischen Goebbels und seinem Leibgardist, die Hände in den Manteltaschen vergraben und den Schirm seiner Uniformmütze tief in die Stirn gezogen. Als sich die kleine Gruppe der wartenden Jungenschar näherte, schlug nur wenige Straßenzüge entfernt erneut eine Granate ein. Die Männer blieben stehen, um sich vorsichtig umzusehen. Nur Hitler schritt unbeirrt voran, als habe er die Detonation überhaupt nicht zur Kenntnis genommen.

Als er nur noch wenige Schritte von den Jungen entfernt war, nahm Hitler die Hände aus den Taschen und straffte seine Haltung. Sofort schien er einige Zentimeter an Größe gewonnen zu haben. Dann hob er den Kopf, schob den Unterkiefer vor und fixierte die Jungen mit seinem starren Blick, der sich langsam zu einem angedeuteten Lächeln wandelte.

Auf ein Nicken von Goebbels hin rissen die Jungen ihren rechten Arm empor und brüllten im Chor: »Heil Hitler!«

Während die Worte in den ausgebrannten Räumen der Ruine hinter ihnen nachhallten, erwiderte Hitler den ihm entgegengebrachten Gruß: ein Moment, der von dem SS-Offizier mit dessen Leica fotografiert wurde. Wieder nickte Goebbels den Jungen zu, woraufhin diese Habachtstellung einnahmen. General Albers räusperte sich und trat dann vor.

»Mein Führer, ich habe die Ehre, Ihnen eine Gruppe von entschlossenen und treuen Mitgliedern der Hitler-Jugend vorstellen zu dürfen. Vor Ihnen stehen dreißig außergewöhnliche junge Männer. Sie alle sind Waisen – und sie alle sind Söhne von Kriegshelden des Dritten Reiches.«

Albers trat mit ein paar Notizen in der Hand an das Ende der Reihe und wartete, bis sich Hitler an seine Seite begeben hatte. Dann stellte er dem Führer jeden einzelnen der Jungen persönlich vor.

»Dies ist Erich Bahr, zwölf Jahre alt, Sohn von Oberst Konrad Bahr, der zusammen mit seiner Frau Frieda bei der Bombardierung Dresdens im Februar den Tod fand … Klaus Garlan, zehn Jahre alt, Sohn des Panzergenerals Gregor Garlan, der 1944 an der Westfront den Heldentod starb. Die Mutter, Louisa Garlan, wurde im Februar bei den Luftangriffen auf Berlin getötet … Albrecht Schröder, zwölf Jahre alt, Sohn von Otto Schröder …«

Hitler hörte aufmerksam zu und schüttelte jedem der Jungen die Hand, bevor er den nächsten inspizierte. Als er schließlich das Ende der Reihe erreicht hatte, war er vom Regen so durchnäßt, daß er erneut zu zittern und in sich zusammenzusinken begann. Nichtsdestotrotz gelang es ihm, sein Lächeln aufrechtzuerhalten, als fände die Zeremonie bei strahlendem Sonnenschein statt.

Er trat auf die Straßenmitte, um von dort aus ein paar Worte an die Jungen zu richten. Im selben Augenblick detonierten nur unweit entfernt nahezu zeitgleich zwei Granaten. Die Druckwelle brachte Hitler ins Wanken und sorgte dafür, daß weitere fünf der noch halbwegs intakt gebliebenen Fenster der Reichskanzlei in einer Kaskade von Glas- und Metallsplittern zerstoben.

»Das war wohl eine jüdisch-bolschewistische Retourkutsche auf die Reichskristallnacht«, kommentierte Hitler, noch immer bemüht, sein Lächeln nicht zu verlieren. Dann korrigierte er den Sitz seiner Mütze und zog den Kragen seines Mantels höher.

»Vermutlich schon morgen, spätestens aber übermorgen werden sich amerikanische und russische Panzerverbände an der Elbe in der Nähe von Torgau zusammenschließen«, erklärte Hitler mit ernster Stimme. »Meine lieben Jungen, in dem Augenblick wird das Deutschland, von dem ich stets geträumt habe und für das ich von ganzem Herzen und mit aller Kraft gekämpft habe, dem Untergang geweiht sein. Unser Vaterland wird zum Opfer einer barbarischen Verschwörung des internationalen Judentums.«

Er hielt inne und holte tief Luft.

»All das, woran wir unser Herz gehängt haben, wird in Schutt und Asche fallen. Aber ihr deutschen Jungen sollt wissen, daß in diesem Augenblick, in dem ich euch vor mir sehe, Hoffnung in meinem Herzen keimt …!«

Hitler ließ seinen Blick von einem zum anderen schweifen und sah jedem der Jungen in die Augen.

»Wenn ich euch betrachte, dann erkenne ich in euch die

Essenz der von mir ins Leben gerufenen Jugendbewegung, das Ideal einer arischen Gesinnung. Jeder einzelne von euch stellt die Vollendung einer Herrenrasse und einer Herrschernation dar. Und damit ist jeder einzelne von euch der natürliche Feind derer, die unser geliebtes Vaterland mit Schmutz besudeln.«

General Albers rückte einen Schritt näher an den Führer heran, um sich zu vergewissern, daß er sich nicht täuschte. Kein Zweifel – in Hitlers Augen glänzten Tränen.

»Wenn ihr einst erwachsen sein werdet, wird auf euren Schultern eine große Verantwortung ruhen«, fuhr Hitler fort und hob seine Stimme, um den Lärm des Geschützfeuers zu übertönen. »Die vordringlichste und heiligste aller Pflichten wird für euch sein, den Geist des Großdeutschen Reiches aufrechtzuerhalten und gnadenlos die finsteren Feinde unseres Vaterlandes zu bekämpfen. Dies ist eine höchst bedeutungsvolle Aufgabe, nicht weniger bedeutungsvoll, als ihr es seid, die ihr diese Aufgabe bewältigen werdet.«

Wieder legte Hitler eine Pause ein und musterte die Jungen eindringlich.

»Ihr seid Deutschlands junges Herz, die Wiederauferstehung Siegfrieds, die Hoffnungsträger einer ganzen Nation und einer ganzen Rasse. Ihr seid Deutschlands Zukunft.«

Einige der Jungen kämpften mit den Tränen. Wieder schlug in nächster Nähe eine Granate ein und riß einen weiteren Krater in die Straße.

General Albers trat an Hitlers Seite. »Wir sollten uns wieder in den Bunker zurückziehen, mein Führer, sowohl im Interesse der Jungen als auch in unserem eigenen. Das Geschützfeuer kommt immer näher.«

Hitler nickte langsam und wandte sich zum Gehen. Albers und Goebbels folgten ihm auf dem Fuße, während der Leibgardist voraneilte und den Rückweg über den nassen Boden sicherte, in den die Stiefel der Männer bei jedem Schritt einsanken. Am Eingang des Bunkers blieb Hitler stehen und blickte noch einmal zur Straße zurück. Dort beeilte sich der SS-Offizier gerade, die Jungen wie eine Schafherde auf schnellstem Wege wieder in das ausgebrannte Gebäude zurückzutreiben. Hitler schüttelte nachdenklich den Kopf.

»Unglaublich«, murmelte er vor sich hin.

Albers und Goebbels warfen sich gegenseitig einen fragenden Blick zu.

»Man müßte noch einmal so jung sein«, fuhr Hitler fort. »So jung wie diese Knaben – und die Zukunft noch vor sich haben.«

Als General Albers später in seinem Quartier saß und die Ereignisse der vergangenen Stunden in sein Tagebuch eintrug, fiel sein Blick auf die leidende Christusfigur am Kruzifix, das über seinem Bett hing.

»Nicht mehr lange«, sagte Albers leise. »Mit viel Glück allenfalls noch eine Woche.«

Plötzlich erschien ihm das Kruzifix mit dem ›König der Juden‹ grotesk, aber es war das einzige Andenken an seine Frau Greta, die nach dem Volltreffer einer englischen Fliegerbombe unter den Trümmern des Landhauses begraben worden war, in dem beide früher glückliche Jahre verbracht hatten.

»Vielleicht kannst du es ja so einrichten, Herr, daß ich bei der Gefangennahme jemandem in die Hände falle, der Sinn für Ironie hat und zugleich keine Rachsucht empfindet.«

Albers wandte sich wieder seinem Tagebuch zu und dachte kurz nach, bevor er den Eintrag abschloß.

Die kleine, verschworene Bruderschaft ist mittlerweile auf dem Weg, notierte er. *Sollte der von Bormann und Goebbels ausgeheckte Plan tatsächlich aufgehen, dann werden eines Tages die überlebenden Juden in Deutschland den Würgegriff des Führers noch aus dessen Grab zu spüren bekommen.*

Der General legte den Füller aus der Hand und rieb die erstarrten Hände gegeneinander. Der Raum war kalt und klamm. Albers schob den Stuhl zurück, kniete sich auf den Boden und spähte unter sein Bett. Vielleicht war noch genug Schnaps da, um die durch Mark und Bein gehende Kälte ein wenig zu vertreiben. Er zog die Flasche hervor und hielt sie gegen das Licht. Der Inhalt würde noch drei, möglicherweise sogar vier Gläser füllen.

»Das muß für den Augenblick reichen«, stellte der General fest. Er stand auf, holte ein Glas aus dem Regal und schenkte sich einen Doppelten ein.

Mit dem Glas in der Hand fühlte er sich versucht, auf die Zukunft der dreißig verwaisten Jungen zu trinken. Sie hatten so traurig, furchtsam und einsam gewirkt. Aber was würde in ein paar Jahren aus ihnen geworden sein ...?

»Großer Gott«, seufzte der General. Er ließ seinen Blick zunächst über die wenigen Bücher gleiten, die er gerettet hatte, dann über einen Schnappschuß, der ihn und seinen Bruder als Kinder zeigte. Schließlich betrachtete er erneut das elfenbeinerne Gesicht des gemarterten Jesus.

»Warum sollte ich mir wünschen, daß die Welt noch mehr Leid und Übel erfährt als ohnehin schon?«

Aus einem der angrenzenden Räume waren verzweifelte Rufe und Flüche der Führungsoffiziere zu hören, die unablässig über den Karten und den eingehenden Meldungen mit den Feindbewegungen brüteten. Scheinbar hatten sie den Traum von einem ewigen Großdeutschen Reich noch immer nicht ausgeträumt.

Wieder seufzte Albers. Dann hob er sein Glas zu dem Kruzifix.

»Shalom«, flüsterte er.

1

Der Polizist in der New Bond Street deutete mit der Hand die Straße hinab in Richtung Clifford Street.

»Dort entlang«, erklärte er der attraktiven Amerikanerin, »die erste Abzweigung auf der rechten Seite.«

Sie dankte ihm.

»Sind Sie zum ersten Mal in London?«

»O nein. Seit meiner Schulzeit komme ich regelmäßig hierher. Aber in Mayfair verlaufe ich mich immer wieder.«

Sie bedankte sich nochmals bei dem Beamten und setzte dann ihren Weg fort, zunächst in die Clifford Street und dann in die Cork Street. Als sie die erste der dort ansässigen Galerien erreichte, blieb sie vor dem Schaufenster stehen und betrachtete ein Ölgemälde, das dort auf einer Staffelei ausgestellt war.

»Sehr eindrucksvoll, nicht wahr?« bemerkte ein Mann, der plötzlich neben ihr stand.

Sie nickte wortlos, weniger aus Unhöflichkeit, als vielmehr darauf bedacht, den Passanten nicht zu weiteren Annäherungsversuchen zu ermutigen. Schließlich hatte sie ein Alter erreicht, in dem sie es nicht mehr unbedingt als schmeichelhaft empfand, daß sie beinahe zwangsläufig die Aufmerksamkeit jedes männlichen Wesens auf sich zog.

»Wahrscheinlich nur eine wertlose Fälschung«, knurrte der Mann beleidigt und machte sich davon.

Nein, es handelte sich keineswegs um eine Fälschung. Sie war sich absolut sicher, daß es sich bei dem Gemälde um einen nicht signierten George Stubbs handelte: genauer gesagt, um eines seiner Pferdebilder. Dieses zeigte einen grauen Hengst, der offensichtlich vor einer für den Betrachter unsichtbaren Bedrohung floh. Die Panik in den Augen des Tieres wirkte authentischer und lebendiger, als dies selbst auf einer Fotografie möglich gewesen wäre.

Sie wandte sich wieder ab und ging weiter. Während

der kalte Wind ihr Tränen in die Augen trieb, fragte sie sich, ob es tatsächlich jemanden gab, der sich ein derart verstörendes Bild in die Wohnung hängte. Als sie die Lancer-Galerie erreichte, warf sie einen nachdenklichen Blick auf die Uhr. Eigentlich hatte sie sehr viel früher hier sein wollen, hatte dann aber während des Mittagessens die Zeit vergessen. Wenn sie jetzt hineinging, würde sie sich zwangsläufig beeilen müssen – vielleicht sogar so sehr, daß ihr der Besuch am Ende mehr Verdruß als Freude bereiten würde. Wartete sie jedoch bis zum nächsten Tag, würde sie sich sehr viel mehr Zeit lassen können. Andererseits ließ ihr Terminkalender ihr nur wenig Spielraum, so daß dies unter Umständen die einzige Möglichkeit für einen Besuch bleiben würde.

Unentschlossen, wie sie sich nun verhalten sollte, stand sie vor dem Schaufenster und hob den linken Arm, um erneut einen Blick auf die Armbanduhr zu werfen. In diesem Augenblick zog ein auf der anderen Straßenseite stehender Mann, der offenkundig arabischer Abstammung war, einen Revolver aus seiner Tasche und feuerte eine Kugel ab, die zielsicher die Wirbelsäule der Frau zerschmetterte. Durch die Wucht des Einschusses wurde sie gegen die Schaufensterscheibe geschleudert, noch bevor die zweite Kugel in ihren Hinterkopf eindrang, durch ihre Stirn wieder austrat und die Scheibe zerspringen ließ.

Auf groteske Weise zuckte und wand sich ihr Körper im Todeskampf, bevor sie schließlich abrupt auf die Knie sank. Dabei bohrte sich eine einzelne Glasscherbe in ihr Kinn und verhinderte dadurch, daß sie vollends zu Boden stürzte. Statt dessen erstarrte sie schließlich regungslos in einer knienden Position.

Währenddessen machte sich der Schütze eilig davon, indem er die Cork Street entlanghastete und sich in die Burlington Gardens absetzte. Auf dem Weg dorthin kam er an mehreren Augenzeugen vorbei, die jedoch alle nur entgeistert auf das zersplitterte Glas, das Blut und die tote blonde Frau starrten, die von der Glasscherbe aufgespießt worden war.

Als der durch die Schüsse alarmierte Polizist den Tatort erreichte, konnte zunächst auch er seinen Blick mehrere Sekunden lang nicht von der Leiche wenden. Erst dann überwand er sich dazu, sein Funkgerät zu aktivieren und eine Dringlichkeitsmeldung durchzugeben.

Als der Araber die U-Bahn-Station in der Sloane Street verließ, hielt er den Blick auf den Boden gesenkt. Er schritt zügig aus, schien jedoch den Eindruck von Hast bewußt vermeiden zu wollen. Deshalb wartete er an der Ampel inmitten einer Schar von Touristen geduldig darauf, daß endlich Grün kam.

»Entschuldigen Sie«, wandte sich eine kleingewachsene Frau an ihn, »können Sie mir vielleicht sagen, wie ich nach Oakley Gardens komme? Ich habe zwar einen Stadtplan bei mir, aber ich finde mich darauf einfach nicht zurecht!«

»Tut mir leid«, erklärte er und blickte über die Frau hinweg, als halte er nach jemandem Ausschau. »Ich bin hier selbst fremd.«

Als sie daraufhin an den Plan herumnestelte und ihn offensichtlich auffordern wollte, ihr zumindest beim Suchen der Adresse zu helfen, hatte er bereits die passende Ausrede parat: »Um Kleingedrucktes lesen zu können, brauche ich meine Lesebrille, aber ich habe sie leider nicht bei mir.«

Er schlug den Mantelkragen hoch, der sein halbes Gesicht verbarg, ohne daß jedoch jemand Verdacht geschöpft hätte, daß dies tatsächlich seine Absicht war. Der Mann atmete tief ein und sagte sich immer wieder, daß er unbedingt die Ruhe bewahren und jeden Blickkontakt meiden müsse. Er zwang sich dazu, sich nur auf das Nächstliegende zu konzentrieren, also auf das Erreichen des von ihm gemieteten Zimmers, ohne auf dem Weg dorthin irgendwie aufzufallen.

Die Ampel wechselte auf Grün, und er betrat die Straße, darauf bedacht, nicht schneller als die anderen zu gehen. Dabei vergrub er seine Hände tief in den Manteltaschen, die Rechte um den Revolver geballt, dessen Trommel noch immer warm war. Als er an einer Filiale der *W. H. Smith*-Buchhandelskette vorbeikam, erkannte er, daß die nächste Fußgängerampel an der Cheltenham Terrace ebenfalls gerade Grün zeigte. Dies bedeutete, daß sie auf Rot umspringen würde, noch bevor er die Ecke erreicht hatte. Er legte daher einen kurzen Zwischenspurt ein, fluchte aber, weil er dennoch nicht mehr auf die andere Straßenseite kam, sondern inmitten eines größer werdenden Menschenpulks warten mußte.

»Der verfluchte Autoverkehr«, seufzte ein neben ihm stehender Mann.

»Tja.«

»Es macht heutzutage wirklich keinen Spaß mehr, Fußgänger zu sein.«

»Da haben Sie recht.«

Endlich wurde es Grün, und er verstärkte wieder den Griff um den Revolver, während er sich zusammen mit den anderen Passanten in Bewegung setzte.

Auf dem gegenüberliegenden Gehsteig beschleunigte er seine Schritte, bog zunächst nach links in die Walpole Street ein und wandte sich dann wieder nach rechts Richtung St. Leonard's Terrace. Da er abergläubisch war, achtete er pedantisch darauf, nach Erledigung eines Auftrags nie dieselbe Route, sondern stets eine andere zurück zu seinem Unterschlupf zu wählen. Am gestrigen Abend hatte er den direkten und wesentlich kürzeren Weg die King's Road entlang gewählt. Doch was bedeuteten schon die paar Schritte mehr, wenn man ansonsten Gefahr lief, seinem Verderben in die Arme zu laufen?

Er entdeckte die beiden Polizisten, als er den unteren Abschnitt der Royal Avenue erreicht hatte. Die beiden waren noch ungefähr fünfzehn Meter von ihm entfernt, aber er war sich sicher, daß sie ihm auf den Fersen waren. Er warf einen kurzen Blick auf seine Armbanduhr. Zwanzig Minuten waren seit dem Anschlag vergangen: Zeit genug, um eine Personenbeschreibung des mutmaßlichen Täters an alle in der Nähe befindlichen Polizisten durchzugeben. Er erinnerte sich zwar daran, bei der Tat sein Gesicht hinter dem Kragen verborgen gehalten zu haben, und dennoch …? Was, wenn sie nun doch auf der Suche nach einem Araber waren?

Er beschloß, die Royal Avenue so schnell wie möglich zu verlassen, und bog scharf nach rechts ab, stieß dabei allerdings mit einer Frau zusammen, die er schlichtweg übersehen hatte. Er trat ihr versehentlich auf den Fuß, was sie mit einem Aufschrei quittierte. Besorgt spähte er zu den Polizisten hinüber. Kein Zweifel – sie waren hinter ihm her.

»Tut mir leid«, sagte er zu der Frau. »Bitte verzeihen Sie mir mein Ungeschick, aber ich …«

»Blöder Hund!«

Er versuchte, an ihr vorbeizukommen, doch sie hieb mit ihrem Stockschirm auf ihn ein und traf ihn an der Schulter. Eine starke Whisky-Fahne wehte ihm entgegen.

Bei all den Leuten muß ich ausgerechnet eine Alkoholikerin anrempeln, dachte er und geriet langsam, aber sicher in Panik. Er stieß die Frau zur Seite, aber laut fluchend holte sie erneut aus, um ihm einen zweiten Schlag zu verpassen. Sie verfehlte ihn jedoch, da er rasch zur Seite auswich, verlor dadurch das Gleichgewicht und stürzte in ihrer Betrunkenheit vornüber zu Boden, wobei sich der Inhalt ihrer Einkaufstüte über den Gehsteig verteilte.

»He, Sie!«

Der Ruf stammte von einem der Polizisten.

»Es war nicht meine Schuld«, verteidigte sich der Araber. »Sie ist ausgerutscht und gestürzt, das ist alles.«

»Bleiben Sie stehen, und rühren Sie sich nicht von der Stelle.«

Als die Polizisten ihm immer näher kamen, begann sein Puls zu rasen. Kurz entschlossen sprang er über die am Boden liegende Frau hinweg und rannte die Royal Avenue hinunter.

»Halt! Bleiben Sie stehen!«

Mit gesenktem Kopf sprintete er weiter und holte das Äußerste aus seinen Beinen heraus. Er hatte noch Ahmed Shawqis eindringliche Stimme im Ohr: ›Laß dich niemals von der Polizei erwischen! In welchem Land du auch sein magst, mach immer einen großen Bogen um die Polizei. Es gibt nichts Schlimmeres, als sich schnappen zu lassen!‹

Aber es hätte dieser Warnung nicht bedurft. In die Hände der Polizei zu fallen bedeutete für ihn zugleich, Schimpf und Schande über seine Familie zu bringen. Und dann fiel ihm plötzlich ein, daß er sich versehen hatte und doch bereits am Vorabend denselben Weg zu seinem Zimmer gewählt hatte. Schon deshalb hatte die Sache ja schiefgehen müssen.

»Halt! Bleiben Sie stehen!«

Verblüfft stellte er fest, daß einer der beiden Polizisten allem Anschein nach eine Abkürzung genommen hatte, da er nun plötzlich mit gespreizten Armen und einem Gummiknüppel in der Rechten vor ihm stand.

»Tun Sie nichts Unüberlegtes und …!«

Der Araber sprintete vom Gehsteig auf die Fahrbahn, wobei er nur knapp von einem Taxi verfehlt wurde. Doch nur wenige Schritte später lag er bäuchlings auf der Motorhaube eines Polizeiwagens, der ihm aus heiterem Himmel den Weg abgeschnitten hatte. Während die Besatzung des Wagens die Türen aufriß und die Fußstreife immer näher kam, versuchte der Araber sich noch einmal aufzurappeln und erneut zu entkommen. Er warf sich herum und mobilisierte seine letzten Kräfte, wurde allerdings von einem Lieferwagen aufgehalten, der ihm den Weg versperrte.

»Schluß jetzt!« brüllte einer der Beamten und umklammerte ihn von hinten. »Wage ja nicht, auch nur mit der Wimper zu zucken!«

Der Polizist packte ihn mit festem Griff an der Schulter und bog seine Linke nach hinten auf den Rücken. Der Araber nutzte die Gelegenheit und griff mit seiner Rechten in die Manteltasche, in der er den Revolver bei sich trug. Die vier Beamten hatten ihn jetzt umzingelt. Seine Lage war aussichtslos. Selbst wenn er einen oder zwei von ihnen erwischte, würden die übrigen ihn schließlich überwältigen. Also blieb ihm nur noch ein Ausweg.

»Verdammt, er hat einen Revolver!«

Der Araber sah, wie acht Hände auf ihn zuschossen, um ihn zu Boden zu werfen und zu entwaffnen. Doch er kam den Polizisten um den Bruchteil einer Sekunde zuvor. Es gelang ihm, den Lauf der Waffe in den Mund zu stecken. Dann bemühte er sich, an etwas zu denken, das ihm seinen Tod als würdevoll und heldenhaft erscheinen ließ – vergebens.

Er schloß die Augen und betätigte den Abzug.

»Das heutige Datum lautet Dienstag, 27. Februar 1996«, schnaufte der übergewichtige Pathologe in das Mikrofon des Diktiergerätes, das auf seiner Brust baumelte. »Es ist 16.33 Uhr. Mein Name ist Doktor Sidney Lewis. Ich beginne mit der Untersuchung einer nicht identifizierten männlichen Leiche. Der Tod des Mannes wurde am heutigen Tag um 16.08 Uhr im St.-Agnes-Hospital festgestellt. Anschließend wurde der Tote hierher ins Leichenschauhaus gebracht.«

Dr. Lewis schaltete das Aufnahmegerät ab, da von seinem Assistenten zwei uniformierte Polizisten und ein in Zivil gekleideter Beamter in den Autopsieraum geführt wurden.

»Ich bin Detective Inspector Latham«, stellte sich der Mann vor, bei dem es sich offensichtlich um den Vorgesetzten der beiden anderen handelte. »Das hier sind Constable Bryant und Constable Dempsey. Die beiden hatten den Mann kurz vor seinem Tod festgenommen.«

Lewis richtete seinen Blick auf die Streifenpolizisten.

»Sie sind also die beiden, die ihm auf den Fersen waren und ihm so zugesetzt haben, daß er in Panik geriet und sich erschoß?«

»Das haben Sie gesagt«, erwiderte Dempsey, der größere von beiden, in gereiztem Ton.

»Und warum sind Sie hierhergekommen?«

»Ich wollte, daß die beiden den Toten identifizieren«, erklärte Latham. »Bei diesen Typen aus dem Nahen Osten kann es schwierig werden herauszufinden, um wen es sich handelt. Deshalb brauche ich erst einmal unumstößliche

Fakten, bevor ich mich daranmache, den ganzen Schlamassel aufzurollen.«

Dr. Lewis machte eine einladende Handbewegung. »Also, meine Herren! Handelt es sich bei dem Toten um den von Ihnen Festgenommenen?«

»Kein Zweifel. Das ist der Kerl«, stellte Dempsey fest, während Bryant zustimmend nickte.

»So weit, so gut.« Lewis stützte sich auf den Griff am oberen Ende des Untersuchungstisches, auf dem die Leiche lag. »Bevor ich mit der Autopsie fortfahre, wüßte ich gern, ob es im vorliegenden Fall irgendwelche Unklarheiten gibt. Ich meine, steht wirklich zweifelsfrei fest, wie er zu Tode kam? Mir jedenfalls ist gesagt worden, er habe sich selbst das Leben genommen.«

»Das steht außer Frage«, sagte Latham. »Aber es bleiben genügend andere offene Fragen übrig. Wir wissen nicht, wer er ist, warum er die Waffe bei sich trug und warum er sich selbst erschoß.«

»Immerhin hat der Kerl kurz zuvor eine Frau in Mayfair getötet«, gab Dempsey zu bedenken.

»Das ist vorerst nur eine noch unbestätigte Vermutung«, korrigierte Latham seinen Untergebenen und wandte sich dann dem Pathologen zu. »Aber allem Anschein nach hat der Mann tatsächlich in der Cork Street eine Frau erschossen, die gerade vor dem Schaufenster einer Gemäldegalerie stand.«

»Und wer war diese Frau?«

»Auch das wissen wir nicht. Zur Zeit tappen wir noch völlig im dunkeln. Wir müssen zuerst auf diplomatischem Wege ein paar Informationen einholen, denn die Frau war Amerikanerin. Na ja, in etwa einer Stunde werden wir mehr wissen.«

»Jetzt verstehe ich langsam, was Sie vorhin mit Schlamassel meinten«, verkündete Lewis. »Aber was soll's? In der Zwischenzeit können wir schon mal mit der Arbeit beginnen.«

Er schaltete die Lampe über dem Obduktionstisch ein.

»Ich glaube allerdings nicht, daß wir sehr viel mehr herausfinden werden als das, was ohnehin offensichtlich ist. Und falls Sie beide mir ein bißchen zur Hand gehen würden, um mir beim Entkleiden der Leiche zu helfen, würde dies das Verfahren erheblich vereinfachen«, sagte er zu den beiden uniformierten Polizisten.

Weder Dempsey noch Bryant schienen von dem Vorschlag begeistert zu sein, vielmehr warfen sie dem Arzt nur finstere Blicke zu.

»Gibt es dabei irgendein Problem?«

Bryant zuckte nur widerstrebend mit den Achseln, aber Dempsey gab seinen Widerstand noch nicht auf.

»Ich kann mich nicht erinnern, daß ich bei meiner Einstellung in den Polizeidienst unterschrieben hätte, solche Arbeiten zu übernehmen.«

»Heute ist einfach nicht Ihr Glückstag, Constable«, seufzte Lewis. »Denn zur selben Zeit, als Sie diesen armen Teufel direkt in die ewigen Jagdgründe gehetzt haben, stieß drüben in Parsons Green ein Schuldeneintreiber zwei seiner Klienten so unsanft gegen das Schaufenster eines Wettbüros, daß die beiden förmlich in zwei Hälften geschnitten wurden. Sie werden gerade im Nachbarraum obduziert, und zwar von meinem einzigen Assistenten – der mit dem blutverschmierten Kittel. Er hat sie vorhin hereingeführt.«

»Sie haben nicht das Recht zu behaupten, wir hätten den Kerl in den Tod ...!«

»Großer Gott, das war doch nur ein Witz!« wurde Dempsey von Dr. Lewis unterbrochen. »Zugegebenermaßen ein fauler Witz, aber wir reißen nun mal solche Witze, um all das hier tagaus, tagein ertragen zu können.«

Er wandte sich an Latham.

»Sinn für Humor ist eine unabdingbare Voraussetzung für diesen Job.«

Mit vereinten Kräften zogen sie den Leichnam aus und verpackten die Kleidungsstücke in Plastiktüten, damit sie später im Polizeilabor von Spurensicherungsexperten unter die Lupe genommen werden konnten. Dann wurde der Tote gewogen und seine Körpergröße gemessen. Anschließend schaltete Lewis das Diktiergerät wieder ein und setzte seine Untersuchung fort:

»Es handelt sich um den Leichnam eines kräftigen Mannes, der allem Anschein nach arabischer Abstammung und zwischen fünfundzwanzig und dreißig Jahre alt ist. Das Gewicht beträgt 79,3 Kilo, die Körpergröße 185,2 Zentimeter vom Scheitel bis zur Sohle. Der Tote hat schwarzes, von Natur aus krauses Haupthaar. Leder- und Bindehaut der Augen sind unauffällig, die Farbe der Iris beider Augen ist hellbraun, die Pupillen sind geweitet und starr. Haarfeine Narben unterhalb der Ohren und auf beiden Seiten der Nase deuten auf umfangreiche und professionell durchgeführte kosmetische Gesichtsoperationen hin. Außer den beträchtlichen Verletzungen am Schädel, die an späterer Stelle beschrieben werden, weist der Tote keine weiteren äußerlich sichtbaren Verletzungen auf.«

Dr. Lewis nahm einen Draht zur Hand und schob ihn als Sonde in den Mund der Leiche. Als das obere Ende des Drahtes aus dem Hinterkopf austrat, klebte ein etwa traubengroßer Klumpen geronnenen Blutes daran. Lewis zog die Sonde wieder heraus.

»Der Kopf weist ein schweres Schädeltrauma auf. Eine sichtbare Einschußwunde befindet sich am hinteren Rand des harten Gaumens. Wie die Sondierung ergibt, führt von hier aus der Schußkanal zu einer Austrittswunde von zirka neunzig mal sechzig Millimetern, die beträchtliche Schäden an Hinterhaupts- und Scheitelbein verursacht hat, verbunden mit einem erheblichen Verlust an Hirngewebe.«

Dr. Lewis schaltete das Diktiergerät aus und wandte sich Detective Inspector Latham zu. »Das reicht als Ergebnis der Voruntersuchung. Weiteres wird sich erst ergeben, sobald ich die Anordnung erhalte, eine Obduktion durchzuführen.«

Er faßte in den Mund des Toten und tastete mit einem Finger den Rand der Einschußwunde ab. »Mit was für einer Waffe hat er sich erschossen?«

»Mit einer österreichischen Glock-Automatik.«

»Eine neun Millimeter?«

»Ja.«

»Handelt es sich um eine registrierte Waffe?«

»Zumindest wurde sie nicht hier im Lande registriert.«

»Dumme Frage von mir, denn das war wohl auch kaum zu erwarten. Und Sie haben keine Ahnung, um wen es sich bei dem Burschen handelt?«

»Wir haben ihm bereits im Krankenhaus die Fingerabdrücke abgenommen und ein paar Portraits von ihm geschossen. Nun ist der Erkennungsdienst am Zug. Außerdem wurde auch Interpol eingeschaltet. Aber um es kurz zu machen: Nein, wir haben nicht die geringste Ahnung, wer er ist.«

Lewis' Assistent trat mit seinem blutverschmierten Kittel ein, um mitzuteilen, daß der Detective Inspector am Telefon verlangt werde. Latham folgte ihm in den Nachbarraum, kehrte aber bereits nach zwei Minuten wieder zurück.

»Abgesehen von der Waffe und ein bißchen Geld hatte der Tote nur noch ein Foto bei sich, auf dem zwei in einer Bar sitzende Frauen zu sehen sind«, berichtete er. »Mittlerweile steht fest, daß es sich bei einer der beiden Frauen auf dem Foto um diejenige handelt, die heute nachmittag in Mayfair erschossen worden ist.«

Lewis runzelte die Stirn. »Aber Sie deuteten vorhin an, daß es ebenfalls schwierig sei, Informationen über die Frau zu erhalten. Warum?«

»Weil sich die amerikanische Botschaft in die Ermittlungen eingeschaltet hat. Dort müßte man längst wissen, wer die Tote ist. Aber die Amerikaner haben allem Anschein nach mit unserer Führungsspitze das Übereinkommen getroffen, möglichst wenig Informationen nach unten durchsickern zu lassen. Denn uns ist signalisiert worden, daß wir uns besser nicht die Finger verbrennen sollten, indem wir zu viele unbequeme Fragen stellen.«

»Klingt ja geheimnisvoll«, kommentierte Lewis, der die Leiche noch einmal inspizierte. »Der Bursche ist wirklich sehr kräftig und muskulös.«

Er hob einen Arm des Toten an und betastete ihn. »Er hat vermutlich eine Menge trainiert. Vielleicht ist er auch Soldat gewesen.«

Der Pathologe spreizte den Arm noch weiter ab.

»Nanu! Was ist denn das?« fragte er und starrte auf eine verfärbte Stelle in der Achsel des Toten, die unter der dortigen Behaarung kaum zu erkennen war. »Schauen Sie mal! Er hat offenbar eine Tätowierung.«

Lewis nahm ein Skalpell zur Hand und schabte vorsichtig die Haare ab.

»Was können Sie erkennen, Doktor?«

»Es ist rund und farbig. Orange, braun und gelb mit einer deutlich abgesetzten, blauen Umrandung. Könnte so etwas wie ein ägyptischer Talisman sein.«

»Oder ein muslimisches Symbol«, schlug Latham vor.

Constable Bryant stand am oberen Ende des Tisches. »Von hier aus gesehen ist es ganz und gar nicht geheimnisvoll.«

Lewis legte seinen Kopf schräg. »Das ist doch ...!«

Latham starrte noch immer verständnislos auf die Tätowierung. »Was ist es denn, Doktor?«

»Das Gesicht einer Katze«, erklärte Lewis. »Aber das ist nicht alles. Das Gesicht zeigt ein gräßliches Grinsen.«

2

Am Mittwoch, dem 28. Februar, um 10.10 Uhr Ostküstenzeit – dreizehn Stunden, nachdem in einem Londoner Krankenhaus der Tod des Arabers festgestellt worden war – erschien auf einem Monitor der UNACO-Kommandozentrale im Hauptquartier der Vereinten Nationen in New York klar und deutlich das Bild einer Tätowierung in Form eines Katzengesichts. Vorausgegangen war eine knappe Zusammenfassung der Umstände, unter denen der Araber zu Tode gekommen war, ein Foto seiner Leiche, die gerichtsmedizinischen Untersuchungsergebnisse in Kurzform sowie Fotos von den Gegenständen, die der Tote bei sich gehabt hatte.

Tom Gilbert, der bei der *United Nations Anti-Crime Organization* – der UN-Behörde für Verbrechensbekämpfung – für die eingehenden Meldungen zuständig war, machte von allem einen Ausdruck in der höchsten Auflösungsqualität. Anschließend verwendete er fast zwanzig Minuten darauf, noch weitere Informationen einzuholen, um die übermittelten Berichte zu ergänzen. Dann brachte er das gesamte Material zum Büro des leitenden Direktors der UNACO.

Wie an jedem anderen Tag herrschte auch heute wieder ein geschäftiges Treiben in der Kommandozentrale. Die UNACO nahm innerhalb des am East River gelegenen Gebäudekomplexes der Vereinten Nationen eine gesamte Etage des alles überragenden Bürogebäudes ein. Hier verwalteten mehr als zweihundert Mitarbeiter – die meisten von ihnen hervorragende Spezialisten – die bürokratische Seite der weltweit erfolgreichsten Organisation für Kriminalitätsbekämpfung. Das Herz der Organisation bildeten jedoch drei Teams mit jeweils dreißig hochqualifizierten Mitarbeitern, die von Polizei- und Geheimdienststellen in aller Welt rekrutiert worden waren. Mit mehrheitlicher Zustimmung der UN-Mitgliedsstaaten waren diese Sondereinheiten befugt, grenzüberschreitend tätig zu werden. Sie waren darüber hinaus in ihren Aktivitäten weitestgehend unabhängig von den nationalen Polizeibehörden und durften sich, wenn notwendig, sogar über Gesetze und diplomatische Beschränkungen hinwegsetzen. Das oberste Ziel der Organisation war die Bekämpfung des internationalen Verbrechens mit Hilfe von Personal und Geldmitteln, die von den einzelnen Mitgliedsstaaten der UN bereitgestellt wurden. Bei der UNACO handelte es sich zwar um keine Geheimorganisation im engeren Sinne, aber sie hielt sich dennoch bedeckt und arbeitete zumeist im verborgenen. So waren die Büros neutral beschildert, die Telefonnummern nicht öffentlich verzeichnet, und die Mitarbeiter machten ihre Zugehörigkeit zur UNACO nicht publik. Ihr leitender

Direktor, Malcolm Philpott, unterstand lediglich dem Leiter des Sicherheitsrates und dem Generalsekretär der Vereinten Nationen.

Als Tom Gilbert in Philpotts Büro trat, studierte dieser gerade ein Schreiben, das den Briefkopf der CIA trug.

»Ich hoffe, ich störe nicht, Sir«, erklärte Gilbert, während er den großen Raum durchquerte, dessen dicker Teppichboden jedes Trittgeräusch verschluckte. Er legte die Mappe mit den Informationsmaterialien auf Philpotts Schreibtisch ab.

»Dies könnte von Bedeutung sein.«

»So? Könnte es das?«

Philpott schlug auf das Blatt Papier, das er in der Hand hielt.

»Erinnern Sie sich an Tony Prine und seine Ein-Mann-Mission in Bolívar?«

»Prine?«

Gilbert überlegte einen Moment.

»Der Prine, der als Spezialist für Industriesabotage galt?«

»Genau der. Ein beachtlicher Bursche. Er hatte den Auftrag, eine irgendwo in der Nähe von Cartagena gelegene und für die Kokainproduktion wichtige Geheimanlage für die Herstellung von Lösungsmitteln aufzuspüren und zu zerstören. Nun, ein Beamter der Satellitenüberwachung in Langley hat eine enorme Explosion im Zentrum der Bolívar-Region gemeldet. Er meinte, falls wir irgend etwas mit der Sache zu tun hätten, sollten wir den Herrschaften in der Führungsetage schon mal fürsorglich empfehlen, gute Argumente bereitzuhalten. Denn zweifellos wird die kolumbianische Regierung sich wegen ungenehmigter Anti-Drogen-Aktivitäten auf ihrem Territorium beschweren.«

»Sieht wohl so aus, als habe Prine seinen Auftrag erfüllt.«

»Lassen Sie es mich bitte wissen, wenn er mit Ihnen in Kontakt tritt. Und klopfen Sie ihm für seinen Erfolg ruhig auf die Schulter.«

So früh am Tag sah Philpott aufgrund der Betablocker, die er wegen seiner Probleme mit dem Herzen einnehmen mußte, noch etwas aufgedunsen aus, obwohl er für sein Alter ansonsten noch recht sportlich wirkte. Er wies auf eine Mini-Espressomaschine, die auf einem Beistelltischchen stand.

»Bedienen Sie sich bitte, Tom. So früh am Morgen ist Kaffee zwar nicht besonders gut fürs Herz, aber dafür wirkt er Wunder für die Seele.«

Gilbert schenkte sich eine Tasse ein und nahm Platz, während Philpott die Fotos betrachtete und die Berichte überflog, bevor er schließlich aufblickte.

»Ist der Araber inzwischen identifiziert worden?«

»Bisher noch nicht. Er hat offensichtlich erst vor kurzem eine kosmetische Operation durchführen lassen, um seine horizontalen und vertikalen Gesichtslinien zu verändern.«

»Das weist darauf hin, daß er einiges auf dem Kerbholz gehabt haben muß. Gibt es noch weitere Informationen über das hinaus, was Sie mir mitgebracht haben?«

»Diese Frau, die der Araber mutmaßlich getötet hat...«

»Ich habe den Berichten entnommen, daß es sich um die linke der beiden Frauen handelt, die auf dem Foto zu sehen sind, das er bei sich trug.«

»Haben Sie die Frau denn nicht wiedererkannt?«

Philpott hielt den Farbausdruck unter das Licht der Schreibtischlampe. Die Frau hatte ein schmales, feingeschnittenes Gesicht, das anmutig von blonden Locken umrahmt wurde. Ihre nicht weniger attraktive Begleiterin hatte einen entschlossenen Gesichtsausdruck und dichtes schwarzes Haar.

»Sie müßten sie eigentlich einmal kennengelernt haben«, bemerkte Gilbert.

»Wirklich?«

Philpott schüttelte den Kopf.

»Ich habe in meinem Leben eine Menge gutaussehender Frauen getroffen. Aber heutzutage entwickelt sich leider selten eine unvergeßliche Romanze daraus«, seufzte er. »Ihre Jacke ist von Donna Karan, glaube ich, aber die Dame, die darin steckt, ist mir unbekannt.«

»Ihr Name ist Emily Selby.«

Philpott dachte einen Moment nach.

»Eine Mitarbeiterin des Beraterstabs für Auslandsanalysen im Presseteam des Weißen Hauses. Liege ich richtig?«

Gilbert nickte. »Ihre Spezialgebiete waren Zentral- und Südwestasien.«

»Gütiger Gott, jetzt erinnere ich mich wieder daran, daß ich mich mit ihr noch vor nicht allzulanger Zeit bei einem Empfang unterhalten habe.«

Philpott seufzte und vertiefte sich erneut in die Unterlagen.

»Gestern nachmittag ist sie also vor dem Schaufenster einer Galerie in Mayfair von hinten erschossen worden – mit Munition aus einer Glock 17. Und die gleiche Waffe wurde auch bei dem unbekannten Toten gefunden. Weshalb hielt sie sich eigentlich in London auf?«

»Gemäß einer Reuter-Information hatte sie sich einen Monat Urlaub genommen, um Europa zu bereisen.«

»Wissen wir, wer die andere Frau auf dem Foto ist?«

»Ja. Ich habe sie über unser computergestütztes Erkennungssystem identifizieren können.«

»Tatsächlich? Wie lange haben Sie dafür gebraucht?«

»Drei Minuten.«

Das Computerprogramm basierte auf einer Datenbank mit einem Fundus von drei Millionen Fotos, anhand derer die Identifizierung einer Person eine Sache von Minuten war.

»Es dauert nie viel länger als wenige Minuten«, fügte Gilbert hinzu.

Philpott starrte ihn an.

»Kann es sein, daß ich aus Ihrer Stimme einen leichten Triumph heraushöre?«

»Nun, bis jetzt hat das Programm sich als überaus nützlich erwiesen. Und ich erinnere mich, daß ich mich für dessen Anschaffung eingesetzt habe, auch wenn gewisse andere Leute ...«

»Gewisse andere Leute – aha! Sie meinen, auch wenn *ich*

es war, der dieses Programm als einziger für reine Geldverschwendung gehalten hat?«

Philpott zuckte mit den Achseln.

»Ich habe mich wohl geirrt.«

»Und Sie haben das Format, das offen zuzugeben, Sir.«

»Tom, wenn man so oft recht hat wie ich, dann muß man einfach von Zeit zu Zeit einen Fehler machen, damit man nicht für unfehlbar gehalten wird. Das wäre doch schrecklich, oder?«

»Die zweite Frau heißt Erika Stramm«, fuhr Gilbert fort. »Sie ist Deutsche, eine freie Journalistin mit Verbindungen zur Terroristenszene. Ihr ist das Einreisevisum in die Vereinigten Staaten bereits zweimal verweigert worden.«

»Aber ihre Verbindung zu Emily Selby konnte bislang nicht geklärt werden?«

»Nein, noch nicht.«

Philpott erhob sich, trat zum Fenster und blickte auf die Fahnenmasten hinab, die in einer Reihe vor dem Gebäudekomplex standen und an denen die unterschiedlichsten Nationalflaggen im Wind flatterten. Das Büro befand sich im zweiundzwanzigsten Stockwerk, und von hier oben sah die Welt beruhigend wohlgeordnet aus.

»Also«, faßte Philpott noch einmal zusammen, »die uns bekannten Fakten sind folgende: Ein Mann aus dem Nahen Osten hat im Herzen Londons eine Mitarbeiterin der amerikanischen Regierung erschossen. Ich denke, solange wir nicht mehr über den Mörder und sein Motiv wissen, kann sich die UNACO nur auf unterster Ebene mit diesem Fall befassen. Wir sollten die Sache aber im Auge behalten.«

Er wandte sich vom Fenster ab und schenkte Gilbert ein angedeutetes Lächeln.

»Danke, daß Sie mich über diesen Fall informiert haben.«

Gilbert verstand den Wink. Er erhob sich und leerte seine Kaffeetasse.

»Was ist mit den Fingerabdrücken des Mannes?« hakte Philpott nach.

»Sie sind zusammen mit den übrigen Berichten übermittelt worden. Was soll mit ihnen geschehen?«

»Geben Sie sie zusammen mit dem anderen Material an Mike Graham weiter, und sagen Sie ihm, daß er alles so schnell wie möglich durcharbeiten soll. Sie finden ihn im Verhörzimmer beim Abfassen von Berichten. Er wird für jede Abwechslung dankbar sein.«

Nachdem Gilbert gegangen war, hob Philpott den Telefonhörer ab und wies eine der UNACO-Telefonistinnen an, für ihn ein Gespräch mit Hounslow in England zu führen.

»Es handelt sich um ein Trainings-Center der englischen Polizei, auf dem alle möglichen Gewaltsituationen simuliert werden«, erklärte Philpott. »Ich bin zwar nicht ganz sicher, was ich davon halten soll, aber dieses Ausbildungslager zur Bewältigung von Massenunruhen ist das beste, das ich kenne.«

»Wegen der Zeitverschiebung wird es mindestens noch drei Stunden dauern, bis der dortige Dienstbetrieb aufgenommen wird, Sir.«

»Das ist mir schon klar. Aber sagen Sie dem wachhabenden Beamten, daß Sabrina Carver ihren Onkel anrufen soll.«

Der Sechs-Uhr-Wetterbericht hatte vorhergesagt, daß es ein kalter, aber sonniger Tag werden würde. Doch über der Straße nach Chiswick und Brentford lag immer noch Nebel, der sich in Richtung Hounslow sogar noch verdichtete. Sabrina Carver drosselte die Geschwindigkeit ihres Wagens, da die engen Nebenstraßen in den Vorstadtsiedlungen bei der schlechten Sicht ihre ganze Aufmerksamkeit in Anspruch nahmen. Dann schaltete sie das Autoradio ein, um die 8.30-Uhr-Nachrichten nicht zu versäumen.

Der Nachrichtensprecher klang zu dieser für sie frühen Morgenstunde aufreizend wach und munter. Er berichtete unter anderem, daß Mitglieder der irischen *Sinn-Fein-Partei* zu Friedensgesprächen nach London eingeladen würden, sofern es ihnen gelang, die IRA von einer Verlängerung des soeben abgelaufenen Waffenstillstandes zu überzeugen. Außerdem war von einer in Mayfair erschossenen Frau die Rede, bei der es sich mit großer Wahrscheinlichkeit um eine amerikanische Touristin handelte, auch wenn man noch nichts Genaueres über sie wisse. Fünf Studenten waren bei einem Autounfall in Milton Keynes ums Leben gekommen; ein Serienmörder war von einem Gericht in Yorkshire zu einer dreifach lebenslänglichen Gefängnisstrafe verurteilt worden; ein von britischen Wissenschaftlern angeführtes Forschungsteam war nach Pisa unterwegs, um ein Fortschreiten der Schräglage des *Schiefen Turms* zu verhindern.

Das war alles. Es gab keinerlei Nachrichten aus den Vereinigten Staaten. Bereits zum wiederholten Male, seitdem sie in England angekommen war, hatte Sabrina Carver sich vorgenommen, ihr Radio auf den Sender *Voice of America* einzustellen. Doch irgendeine übertriebene Signalabschirmung in der Polizeikaserne, in der sie untergebracht war, machte einen Kurzwellenempfang unmöglich.

Sie hielt an der Einfahrt zum Trainingsgelände und schenkte dem wachhabenden Posten ein Lächeln. Er winkte ihr wie üblich zu. Aber an diesem Morgen schien er darüber hinaus eine Nachricht für sie zu haben. Sie stieg aus und steckte den Kopf in das kleine Wachhäuschen.

»Morgen, Terry. Was gibt's denn?«

»Sie sollen Ihren Onkel anrufen«, informierte sie der Beamte. »Und zwar so bald wie möglich.«

»Danke, Terry.«

Sie brauchte einige Sekunden, bevor sie verstand, denn bis vor zwei Wochen war Malcolm Philpott noch ihr ›Cousin‹ gewesen.

»Sie können von hier aus telefonieren, wenn Sie möchten.«

Sabrina Carver wußte, daß er mit diesem Angebot gegen die Vorschriften verstieß. Ihr war aber auch klar, daß er nur zu gern jede Chance ergriff, um bei einer überaus attraktiven Blondine wie ihr Pluspunkte zu sammeln. Neulich hatte er ihr bei einer Tasse Tee vorgeschlagen, daß sie ihre Zeit nicht als Polizistin verschwenden, sondern lieber eine Karriere als Schauspielerin erwägen solle.

»Danke, aber ich werde ihn erst später anrufen. Ich möchte nicht zu spät kommen«, meinte sie beiläufig. »Falls mein Onkel noch einmal anruft, sagen Sie ihm doch bitte, daß ich mich baldmöglichst bei ihm melde.«

Der Beamte nickte. Sabrina Carver stieg wieder in ihren Wagen und fuhr bis zur Rückseite des Verwaltungsgebäudes, wo sie anhielt. Dann nahm sie ihr Mobiltelefon aus der Tasche und drückte drei Tasten. Zuerst hörte man das für eine Satellitenübertragung typische Rauschen, dann ein Klingelzeichen. Nach dem vierten Läuten meldete sich Philpott.

»Ich habe Ihre Nachricht erhalten, Sir.«

»Sehr gut. Es ist schön, Ihre Stimme zu hören. Ich habe mir die Bewertung Ihrer Ausbildungsfortschritte angeschaut. Ihr Vorgesetzter vor Ort ist der Überzeugung, daß lediglich ein Beamter in London den Bericht zu sehen bekommt. Deshalb enthält er einige höchst sexistische Bemerkungen über das temperamentvolle Verhalten einer gewissen Yankee-Emanze. Aber unterm Strich wird deutlich, daß er Ihre Fähigkeiten überaus schätzt. Er schreibt, daß Ihre ... wie war das noch ...« – man hörte Papier rascheln – »... daß Ihre Konzentrationsfähigkeit in einer *PDG-Situation Stufe 1* besonders erwähnenswert sei. Ich nehme an, das ist etwas Positives?«

»Stufe 1 ist die höchste Dringlichkeitskategorie bei Gefährdungssituationen der öffentlichen Ordnung. Und *PDG* steht für *Polizeiliche Deeskalations-Gruppe.*«

»Und was macht man in einer solchen *PDG?*«

»Alles mögliche, was den Umgang mit Menschenmassen und deren Kontrolle betrifft. Gestern haben wir zum Beispiel den Einsatz von Tränengasgranaten bei einer Straßenschlacht simuliert. Ich habe im Verlauf dieses Trainings sogar im wahrsten Sinne des Wortes ›Feuer gefangen‹, aber einige hilfsbereite Kollegen haben die Flammen an meiner Kleidung rasch ausgeklopft.«

»Und sie nehmen Ihnen Ihre Tarnung ab?«

»Und ob. Die sind fest davon überzeugt, daß ich ein Cop aus New York bin. Ich kaue pausenlos Kaugummi und fluche wie eine Weltmeisterin. Eigentlich ist diese Rolle gar nicht so schwierig. Aber ich bin sicher, daß ich Sie nicht nur zurückrufen sollte, nur um mit Ihnen über derlei Dinge zu plaudern.«

»Sie haben recht, Sabrina. Es gibt etwas, das Sie für mich tun können.«

Philpott informierte sie kurz über die Ermordung Emily Selbys und darüber, daß die UNACO sich möglicherweise in diesen Fall einschalten würde.

»Sie wissen, welche Kreise ein solcher Mordfall ziehen kann. Abgesehen davon, daß Emily Selby möglicherweise eine Agentin gewesen ist, könnte es sich bei dem Mörder um einen fanatischen Palästinenser handeln.«

»War Emily Selby denn eine Jüdin?«

»Ja. Stellen Sie sich nur einmal die Schlagzeile vor: Jüdische Angestellte der amerikanischen Regierung von Araber erschossen!«

»Das dürfte tatsächlich eine Menge Staub aufwirbeln.«

»Nun, im Moment können wir nichts weiter tun, als ein wenig Licht ins Dunkel zu bringen«, meinte Philpott. »Emily Selby bewohnte eine Suite im *Knightsbridge Lawn Hotel.* Falls die für solche Fälle üblichen Absprachen zwischen den Vereinigten Staaten und dem Vereinigten Königreich nicht grundlegend über den Haufen geworfen wurden, dürften die Räume zunächst einmal versiegelt worden sein, denn es wird bestimmt einige Tage dauern, bevor man entschieden hat, wer seine Nase in das Hab und Gut der ermordeten Lady stecken darf.«

»Sie möchten, daß ich denen zuvorkomme?«

»Sie sagen es.«

»Und wonach genau soll ich suchen?«

»Vielleicht nach einer Zeitschrift, nach einem geheimnisvollen Notizzettel oder nach irgend etwas anderem, das irgendwie auffällig ist und nicht ins Bild paßt. Versuchen Sie jedoch auf jeden Fall herauszufinden, ob Emily Selby eine weit weniger loyale Regierungsmitarbeiterin war, als allgemein angenommen wird.«

Sabrina Carver warf einen Blick auf die Uhr an der Seitenwand des Hauptgebäudes. Falls sie sich vor Dienstbeginn noch eine Tasse Kaffee gönnen wollte, mußte sie sich beeilen.

»Soll ich den Job schon heute abend in Angriff nehmen, Sir?«

»Ja, die Sache drängt.«

»Dann werde ich wohl ein wenig zaubern müssen.«

»Wieso?«

»Morgen früh findet eine ausführliche Inspektion unserer Ausrüstung statt, und meine Sachen sind in einem ziemlich desolaten Zustand. Ich werde mindestens drei Stunden brauchen, um sie für morgen hinzukriegen.«

»Sie sind Agentin der UNACO, meine Liebe. Das bedeutet, daß Sie neben diversen anderen Qualitäten auch über außergewöhnliche Leistungsreserven verfügen. Ich bin sicher, Sie werden das alles schon irgendwie hinkriegen. Wie lange werden Sie eigentlich noch in Hounslow sein?«

»Morgen ist mein letzter Tag.«

»Himmel, wie schnell die Zeit vergeht.«

»Ich hoffe, bereits am Samstag wieder in New York zu sein.«

»Um als noch qualifizierterer Engel der Gerechtigkeit zurückzukehren, als sie es schon vor Ihrer Abreise nach England waren?«

»Sir, wollen Sie mich vielleicht auf den Arm nehmen?«

»Aber nein«, stritt Philpott entrüstet ab. »Passen Sie auf sich auf, Sabrina.«

»Wie immer, Sir«, bestätigte sie knapp.

Als sie drei Minuten später die Kantine betrat, wurde es für einen Moment still im Raum, da die anwesenden zweiundsechzig Männer und vier Frauen ihre Gespräche unterbrachen und sich nach ihr umdrehten.

Sabrina Carver machte diese Situation nichts aus, da sie es seit ihrer Teenagerzeit gewohnt war, von allen angestarrt und bewundert zu werden. Hier in Hounslow kam noch hinzu, daß sie nicht nur blond, sondern – zumindest dem Anschein nach – auch noch eine amerikanische Polizistin war und damit ein Image verkörperte, von dem jeder britische Kollege nur träumte. Die UNACO-Agentin wurde deshalb allerdings oft genug auch mit unverhohlenem Neid konfrontiert.

»Kaffee, schwarz und ohne Zucker, habe ich recht?« beeilte sich der ansonsten eher schwerfällige Inspector Lowther zu fragen. Er war bereits aufgesprungen, um ihr einen freien Stuhl an seinem, der Tür am nächsten gelegenen Tisch anzubieten.

»Ich wollte mir ohnehin gerade eine weitere Tasse holen. Also nehmen Sie ruhig Platz. Ich bin in einer Minute zurück.«

»Danke.«

Als sie sich hingesetzt hatte, drehte sich ein junger Beamter vom Nebentisch zu ihr um.

»Du könntest uns bei einer Streitfrage helfen, Schätzchen.«

Er zeigte auf ihren schwarzen Baumwolloverall.

»Ist dir die Montur auf den Leib geschneidert worden?«

»Da muß ich dich enttäuschen.«

Sabrina Carver deutete auf das golden und blau gestickte Emblem auf ihrem Oberarm.

»Er gehört zur Standardausstattung der New Yorker Polizei.«

»Wirklich? Und hat er extra tiefe Taschen für die Bestechungsgelder, die ihr alle kassiert?«

Sie lächelte kühl.

»Du solltest dir nicht so viele schlechte Filme ansehen, Kleiner, sondern dich mehr mit dem wirklichen Leben beschäftigen. Du könntest zum Beispiel mal ein Mädchen mit ein paar Scheinen bestechen, damit sie mit dir ausgeht.«

Der junge Beamte lief knallrot an und mußte zudem noch das schadenfrohe Gelächter seiner Kollegen über sich ergehen lassen. Er verstummte und wandte seinen Blick in eine andere Richtung.

»Da wär' ich wieder ...«

Inspector Lowther stellte eine Tasse Kaffee vor Sabrina hin und nahm dann mit seiner Tasse Tee und einem Doughnut mit Marmelade ihr gegenüber Platz.

»Ich hoffe, er ist noch heiß genug.«

»Perfekt, danke.«

Er war ein netter Kerl, und auch wenn er ihr etwas zu hartnäckig nachstellte, so hatte seine Aufmerksamkeit ihr gegenüber auch etwas Gewinnendes. Von Anfang an war er ihr bei jeder sich bietenden Gelegenheit zu Hilfe geeilt, ohne ihr jemals zu nahe zu treten – auch wenn nicht zu übersehen war, daß er sich heimlich Hoffnungen machte. Sie würde Lowther wohl nicht gerade vermissen, aber sie würde sich auch nicht ungern an ihn erinnern.

»So«, begann sie scherzend, »heute ist also das große Finale!«

Er nickte. »Steine, Flaschen, brennende Gebäude und solche Sachen. Schon nervös?«

»Und wie«, log sie. »Und wie steht es mit Ihnen? Wurden Sie schon jemals im wirklichen Leben mit einer solchen Situation konfrontiert? Haben Sie Leute erlebt, die so aufgebracht gegen Sie waren, daß Sie mit Gegenständen beworfen wurden und bei denen man mit Vernunft nichts mehr ausrichten konnte?«

»Im Jahr 1990 bei den Straßenunruhen auf dem Trafalgar Square wegen der Kopfsteuer habe ich einen kleinen Vorgeschmack auf so etwas bekommen. Ein Mann, dem Polizisten über alles verhaßt waren, brachte mich damals mit Hilfe eines abgebrochenen Stuhlbeins für zehn Tage ins Krankenhaus.«

»Wow.«

»Aber Sie werden in New York sicherlich wesentlich öfter in haarige Situationen kommen.«

»Ich bin noch nie mit einer außer Kontrolle geratenen Menschenmenge konfrontiert worden.«

»Haben Sie schon einmal jemanden erschießen müssen?«

»Nein«, log sie erneut und dachte bei sich: *Mehr Menschen, als du dir vorstellen kannst!* »Ich habe bis jetzt überwiegend mit Verkehrsdelikten zu tun gehabt.«

»Na ja, aber Sie haben wenigstens ein aufregendes Arbeitsumfeld.«

»Das würde ich anders ausdrücken. Ich glaube, hektisch und abgedreht wäre passender.«

Plötzlich beugte sich Lowther völlig unerwartet zu ihr vor und fragte: »Würden Sie heute abend mit mir essen gehen, Sabrina?«

Dieser Ausdruck in seinem Gesicht: das sehnsuchtsvolle Lächeln und die Augen, die ihr verrieten, wie sehr ihn ein Nein enttäuschen würde. So etwas hatte bei ihr noch nie gewirkt. Im Gegenteil, sie empfand es als emotionale Erpressung – eine weitere typisch männliche Verhaltensweise, die in ihren Augen eher gegen das *starke* Geschlecht sprach. Bei diesem ansonsten eher unbeholfenen Mann wirkte ein solches Benehmen zudem schlichtweg lächerlich.

»Ich bin heute abend bereits verabredet«, sagte sie, wobei ihr plötzlich eine Idee kam.

»Oh.« Er zuckte hilflos mit den Achseln.

»Aber wissen Sie was? Morgen haben wir doch mittags Schluß, nicht wahr? Wie wäre es, wenn wir zusammen im Westend zu Mittag essen würden? Ich lade Sie ein. Ich wäre wirklich gerne abends mit Ihnen ausgegangen, aber ich muß den Nachtflug nach New York erwischen.«

Sie beobachtete die Regungen in seinem Gesicht, die für sie allzu leicht durchschaubar waren. Ihr Angebot war zwar nicht das, was er sich insgeheim erhofft hatte, denn sie hatte seine Einladung abgelehnt. Aber ihr Gegenvorschlag war besser als eine komplette Zurückweisung, auch wenn er ein romantisches Dinner abschreiben konnte und ihm nur ein ganz normales Mittagessen in Aussicht gestellt wurde. Aber immerhin …

»Gerne«, erwiderte er. »Aber ich werde Sie auf keinen Fall bezahlen lassen.«

»Das New Yorker Polizeidepartment zahlt«, widersprach Sabrina Carver. »In meinen Spesen ist zweimal Ausgehen inbegriffen, und ich habe es bis jetzt noch nicht ein einziges Mal genutzt. Wir können also richtig zulangen.«

Sie schenkte ihm ihr gewinnendstes Lächeln.

»Abgemacht?«

Er nickte geschmeichelt.

»Ach, übrigens, ich wollte Sie noch etwas fragen, auch wenn es wahrscheinlich etwas merkwürdig klingt ...«

»Sagen Sie es ruhig«, forderte er sie auf. »Was es auch sein mag.«

»Nun ...«

Sie verzog das Gesicht, als sei ihr das, was sie sagen wollte, peinlich.

»Es geht um die abschließende Inspektion der Ausrüstung morgen vormittag. Ich befürchte, sie werden es ziemlich genau damit nehmen. Ich möchte natürlich deswegen nur ungern Punkte verlieren, aber ich bin furchtbar eng mit der Zeit, weil ich noch einer Bekannten einen Besuch abstatten muß.«

»Möchten Sie, daß ich mich um Ihr Zeug kümmere?«

»Aber nein! Um Gottes Willen, das wäre mir niemals eingefallen! Ich dachte nur, daß Sie vielleicht jemanden kennen würden, den man für diesen Job anheuern könnte.«

»Ich werde es selber machen.«

»Wirklich?«

»Schon erledigt.«

»Das ist ...«

»Sabrina, kein weiteres Wort mehr darüber. Ich tue es gerne.«

Sie berührte seine Hand.

»Sie sind ein echter Freund.«

Seine Dankbarkeit war nicht zu übersehen.

3

Als Philpott in das Halbdunkel eines der abhörsicheren Computer- und Telekommunikationsräume trat, stieß er wie erwartet auf Mike Graham, der vor sechs in zwei Dreierreihen aufgebauten Bildschirmen kauerte.

»Ich weiß, daß Sie sagten, Sie bräuchten noch etwa eine Stunde.«

Die dick gepolsterten Wände ließen Philpotts Stimme leise und gedämpft klingen.

»Aber ich bin einfach zu neugierig.«

»Das geht mir inzwischen auch so«, pflichtete Graham ihm bei. »Aber ich hänge jetzt schon zwanzig Minuten an einem verdammten Detail fest.«

Er lehnte sich zurück und streckte sich. Graham war ein durchtrainierter Mann mit ebenmäßigen Gesichtszügen und einem gewinnenden Lächeln. Da Philpott es allerdings niemals über sich brachte, einmal einzugestehen, daß einer seiner Mitarbeiter keine äußerlichen oder intellektuellen Schwächen besaß, kritisierte er – in Ermangelung anderer Angriffspunkte – recht häufig, daß Grahams Haare zu lang seien.

»Wann werden erste brauchbare Ergebnisse vorliegen?«

»Die habe ich bereits.«

»Sehr schön.«

Philpott nahm neben Graham auf einem Stuhl Platz.

»Und was haben Sie herausgefunden?«

»Nun, diese Geschichte könnte in der Tat etwas für die UNACO sein, da der Tote mit der Terroristenszene in Verbindung stand. Sein wirklicher Name war Yaqub Hisham, und er ist, wie vermutet, arabischer Herkunft. In den Unterlagen der englischen Sozialversicherung wurde er als Kamul Haidar, sechsundzwanzig Jahre alt, geführt. Gewohnt haben soll er in einer Mietwohnung in Chelsea, seine Heimatadresse war in Marokko. Er befand sich seit einem Monat in London, angeblich, um am *Monkfield Institute* Geschichte und Anglistik zu studieren.«

»Nie davon gehört.«

»Scotland Yard hat sich den Laden mal genauer angesehen. Es handelt sich dabei um einige angemietete Räume in der Nähe der Edgware Road, in denen ein pensionierter Lehrer ein Privatinstitut führt. Es gibt jede Menge eingetragener Studenten, aber sie erscheinen offenbar nie zum Unterricht.«

»Schon wieder dunkle Machenschaften«, seufzte Philpott. »Irgend etwas in der Londoner Luft scheint schräge Typen magisch anzuziehen.«

»Neben seinen angeblichen Studien war unser Mann auch noch stundenweise als Portier im *Wimcote House* Hotel in Paddington beschäftigt.«

»Und trotzdem konnte er sich ein Domizil in Chelsea leisten? Das hört sich verdächtig nach einer Tarnung an.«

»Allerdings.«

Graham drückte auf eine Taste, und auf dem dritten Bildschirm der oberen Reihe erschien eine Akte aus den Archiven des Mossad. Auf der linken Seite befand sich ein Foto des Arabers und sein Fingerabdruck, darunter waren seine Straftaten verzeichnet.

»Es gibt keinerlei Hinweise darauf, daß Scotland Yard oder Interpol ihn suchten, aber der israelische Geheimdienst hatte ihn auf dem Kieker. Dieses Foto wurde einen Monat nach seiner gesichtschirurgischen Operation gemacht. Auch seine Fingerabdrücke wurden verändert, wahrscheinlich mit Hilfe von Säure. Die Mossad-Spurensicherungsexperten haben jedoch in Hebron offensichtlich manipulierte Fingerabdrücke gefunden, die nach genauerer Vergleichsanalyse von eben diesem Yaqub Hisham stammen.«

Philpott warf einen Blick auf den Text, der auf dem Bildschirm zu sehen war.

»Er ist in hebräisch geschrieben.«

»Keine Sorge, ich habe eine Übersetzung.«

Graham hielt ein ausgedrucktes Blatt hoch.

»Mit freundlicher Genehmigung des Mossad.«

»Sie sehen mich beeindruckt«, gestand Philpott. »Ihre Verbindungen werden von Mal zu Mal besser.«

Graham strich mit dem Finger über das Blatt.

»Hisham besaß sechzehn verschiedene Decknamen und war bereits seit dem frühen Alter von elf Jahren an Terroranschlägen beteiligt. In seinen Teenagerjahren hat er eingehende Studien betrieben, und zwar nicht nur in Geschichte, sondern auch in Volksverhetzung und Anarchie. Er war ein herausragendes Mitglied der *Jezzine*-Terrorismus-Bewegung im Libanon. Und der vielsprachige Bursche war nicht nur äußerst energiegeladen, sondern auch intelligent und technisch begabt. Mit Ideologie hatte er allerdings nicht viel im Sinn; der Antrieb zu seinen Taten resultierte aus purem Judenhaß. Mit achtzehn wurde er schließlich zum Ehrenmitglied der *Zibet*-Bruderschaft ernannt.«

»Was für eine Bruderschaft ist das?«

»*Zibet* – benannt nach einer Katzenart. Diese Bruderschaft hat sich das Ziel gesetzt, die Juden zu bekämpfen. Mit dieser Absicht stehen sie natürlich nicht allein da. Aber die Mitglieder dieses Geheimbundes haben alle unter der rechten Achsel den Kopf einer Zibetkatze eintätowiert. Man sagt dem Tier nach, daß es Glück bringt und Gefahren abwendet.«

»Man lernt nie aus ...«, kommentierte Philpott.

»Im Juni 1994 haben die Israelis ein Trainingscamp der Hizbollah im südlichen Libanon bombardiert und dabei vierzig Guerillas getötet. Sechs überlebten die Attacke. Unter ihnen war Yaqub Hisham.«

»Er war bei der Hizbollah?«

»Die Israelis vermuten, daß er einer ihrer Ausbilder war. Nach dem Bombardement wurde er eine ganze Zeitlang als lebender Märtyrer gefeiert, und er äußerte in aller Öffentlichkeit, daß er seine Anstrengungen im Kampf gegen die Juden verdoppeln würde. Zwei Wochen später überfiel er drei israelische Soldaten an einem Kontrollpunkt im Bekáa-Tal und schlachtete sie förmlich ab. Seitdem ist ihm der Mossad auf den Fersen. Man nahm an, daß er in der marokkanischen Stadt Tetuán untergetaucht sei, da es für die Israelis nicht leicht ist, dort nach jemandem zu suchen. Der Mossad war jedenfalls sehr überrascht, daß Yaqub Hisham plötzlich in London aufgetaucht ist.«

»Verständlich. Weshalb kam er überhaupt nach England? Nur um dort eine amerikanische Mitarbeiterin des Weißen Hauses niederzuschießen? Ich meine, warum ausgerechnet er? Warum ein kampferprobter Terrorist aus dem Nahen Osten?«

»Immerhin war Emily Selby Jüdin.«

»Aber sie war keineswegs so prominent, daß für ihre Ermordung ein arabischer Untergrundkämpfer nach Europa reisen mußte.«

»Wenn wir etwas über die Verbindung zwischen Emily Selby und der anderen Frau auf dem Foto wüßten, würden wir wahrscheinlich klarer sehen.«

Philpott warf einen weiteren Blick auf die Bildschirme.

»Was ist das für eine Sache, an der Sie sich festgebissen haben?«

»Yaqubs Waffe. Ich habe die Seriennummer beim Hersteller überprüft. Dort erfuhr ich, daß sie zu einer Sammelbestellung von fünfzig Stück gehörte, die im letzten Juli in Wien für den Export in die USA gekauft worden sind. Der Kunde war ein gewisser Albert Torrance aus Denver, Colorado. Es hat sich herausgestellt, daß Name und Anschrift gefälscht waren. Es steht jedoch fest, daß die Waffen durch den US-Zoll gegangen sind. Ich habe mir die Seriennummern der übrigen mitgelieferten Pistolen besorgt und versucht, ihren Verbleib zu verfolgen. Aber sie sind allem Anschein nach spurlos verschwunden.«

»War die Glock 17 nicht der Waffentyp, um den es mal einen ziemlichen Wirbel gegeben hat, weil irgendwelche Panikmacher das Gerücht in die Welt gesetzt hatten, man könnte diese Pistole unbemerkt durch die Sicherheitskontrollen der Flughäfen schmuggeln?«

Graham nickte.

»Sie besteht zu großen Teilen aus Plastik. Aber es gibt auch noch genug Metallteile, um sie bei den Kontrollen zu erfassen. Was ihre Fans allerdings begeistert, ist ihr Magazin, das siebzehn Schuß faßt.«

Graham ließ per Tastendruck auf einem der Bildschirme eine detaillierte Abbildung der Waffe erscheinen.

»Sie hat durchaus eine ganze Menge Vorteile. Sie ist robust, treffsicher und hat Platz für genug Munition, um – falls nötig – eine ganze Salve von Schüssen abzufeuern.«

Graham schaute Philpott fragend an.

»Ich wüßte nur allzugern, auf welchem Weg die Waffe aus den USA zu Yaqup Hisham gelangte.«

»Und ich wüßte gern, weshalb er sie sich in den Mund steckte und den Hinterkopf wegpustete, nur weil vier Londoner Bobbys ihm auf den Fersen waren.«

»Wahrscheinlich hatte er panische Angst davor, eingesperrt zu werden«, vermutete Graham. »Aberglauben und fixe Ideen gehen bei Fanatikern häufig Hand in Hand. Sie können ihnen leicht zum Verhängnis werden. Ich habe schon viele Fälle erlebt, in denen Terroristen aufgrund ihrer Besessenheit von bestimmten Vorstellungen einen besonderen Horror davor hatten, eingesperrt zu werden. Erinnern Sie sich an die Sache in Rom vor drei Jahren? Ich hatte diesen Goldräuber gestellt, einen jungen Libanesen ...«

»Shofar«, erinnerte sich Philpott.

»Genau der. Ich hatte ihn in die Enge getrieben, so daß ihm nichts mehr übrigblieb, als sich zu ergeben. Doch er hatte offenbar panische Angst davor, festgenommen zu werden. Noch bevor ich mitbekam, was er plante, hatte er sich seine Armbanduhr in den Mund gesteckt und in den Rachen gerammt. Eine schwere Seiko mit einem Metallarmband und einem Zifferblatt von gut vier Zentimetern Durchmesser. Sie muß sich in seiner Luftröhre verkeilt haben. Auf jeden Fall lief er innerhalb kürzester Zeit blau an und war in weniger als einer Minute tot. Und das nur, weil ihm eine Gefängnisstrafe drohte.«

Graham erhob sich von seinem Stuhl und rieb sich die Augen.

»Sind Sie okay, Mike?«

»Ich bin nur ziemlich müde. Ich glaube, ich sollte mal eine Pause machen.«

»Wie wär's mit einer kleinen Stärkung?« schlug Philpott vor. Er zog ein winziges Mobiltelefon aus der Tasche und tippte eine Nummer ein.

»Danach sollten wir die Sache mit der Waffe weiterverfolgen. Ich bin sicher, daß wir auf diesem Wege vorankommen werden.«

Er hielt das Telefon an sein Ohr.

»Miss Wellington? Ob Sie Mister Graham und mir zur Stärkung irgend etwas Eßbares und Kaffee bringen könnten? Wir sind in Computerraum eins. Danke.«

Fünf Minuten später, als Philpott gerade den Kaffee eingoß, fiel ihm auf, daß über Grahams Fingerknöcheln ein Pflaster klebte.

»Sind Sie auf jemanden getroffen, der noch härter ist als Sie selbst?« erkundigte er sich in flapsigem Ton.

Graham streckte seine Hand aus.

»Ich habe eine Ecke ein wenig zu sportlich genommen und mußte ziemlich schnell reagieren. Dabei habe ich mit der Hand einen vorstehenden Stein gestreift.«

»Sie sollten zukünftig mit Ihrem Motorrad vielleicht nicht ganz so wild durch die Gegend heizen, wie Sie es sonst zu tun pflegen.«

Philpott hatte diese Empfehlung in betont heiterem Tonfall gegeben, so daß Graham sie ignorieren konnte, wenn er wollte. Aber dieser nahm den ihm zugespielten Ball auf.

»Ich heize keinesfalls durch die Gegend, Sir, und das wissen Sie auch.«

»Tatsächlich? Das muß mir glatt entfallen sein.«

»Sogar wenn ich an einem Rennen teilnehme, habe ich nicht allein die Schnelligkeit im Kopf, sondern vielmehr die spirituelle Dimension des Ganzen«, erklärte Graham ungerührt.

»Aha ...«

»Mein Ziel ist es, *eins* mit der Maschine zu werden, damit ich mich als Teil des transzendenten *Wesens* der Geschwindigkeit fühlen kann.«

»Ich verstehe.«

»Es ist eine Kunstform. Was zählt schon etwas abgeschürfte Haut, wenn man sich auf künstlerische Weise verwirklichen kann? Es ist einfach so: Wenn ich auf meinem Motorrad fahre, drücke ich gleichzeitig meine tiefsten Sehnsüchte aus und bringe mein Karma zum Leuchten.«

»Es war wirklich kurzsichtig von mir, das nicht sofort erkannt zu haben, Michael.«

Sie lachten. Philpott reichte Graham eine Tasse Kaffee. Einen Moment lang entstand eine bedrückende Stille, da es Dinge gab, die unausgesprochen im Raum hingen.

»Genießen Sie an den Wochenenden immer noch die Ruhe und Einsamkeit Vermonts?«

»Immer mehr«, bestätigte Graham.

»Und es ist Ihnen wirklich nicht zu einsam?«

»Nein, es ist bestens so. Ich, mein Fernsehgerät zur Zerstreuung, mein Pick-up-Truck als Transportmittel und mein Motorrad, um den Tod herauszufordern.«

Vor einigen Jahren waren Mike Grahams Frau und sein Sohn von Terroristen ermordet worden. Eine ganze Zeitlang war er völlig am Boden zerstört gewesen. Schließlich war er jedoch über das Schlimmste hinweggekommen und war von New York nach Vermont gezogen, wo er ein einsames, häusliches Leben führte. Dort hatte er mit der Zeit sein seelisches Gleichgewicht einigermaßen wiedergefunden.

Der Schmerz über den Verlust seiner Familie gehörte nun der Vergangenheit an. Aber diese Erfahrung hatte ihn geprägt und in geradezu selbstmörderischer Weise extrem risikofreudig gemacht. Philpott war überzeugt davon, daß dies eine Art Therapie war, denn jeder Ex-Polizist weiß, daß vor allem extreme Risiken in hohem Maße Sorgen und seelische Belastungen verdrängen.

»Was sagt Ihnen Ihr Instinkt bei diesem Fall, Sir?«

Graham deutete auf die Bildschirme.

»Meinen Sie, wir sollten aktiv werden?«

»Das Ganze wird auf eine Menge Papierkram sowie endlose Ermittlungen und Befragungen vor Ort hinauslaufen. Am Ende wird ein ebenso ausführlicher wie nichtssagender Bericht stehen.«

Graham starrte seinen Chef entgeistert an.

»Sie verstehen es wirklich meisterhaft, die Stimmung Ihrer Untergebenen zu heben.«

»Der Fall könnte selbstverständlich auch noch ganz andere Dimensionen haben.«

Philpott nippte an seinem Kaffee.

»Warten wir erst einmal ab, was wir von Sabrina erfahren werden. Ich habe so das Gefühl, daß wir einen wesentlich dickeren Fisch an der Angel haben, als wir alle ahnen.«

4

Die Empfangsdame setzte jenes unerschütterliche Lächeln auf, das von vornherein keinen Widerspruch duldet.

»Ich versichere Ihnen, Madame Reverdy, daß es kein Problem geben wird.«

Sie schob eine Anmeldekarte sowie einen Kugelschreiber über den Tresen aus poliertem Mahagoni.

»Wenn Sie bitte so freundlich wären, dies hier auszufüllen. Ich werde in der Zwischenzeit den Pagen holen, damit er Ihnen mit Ihrem Gepäck behilflich sein kann.«

Sabrina Carver gab als Namen *Louise Reverdy* an – den Geburtsnamen ihrer Großmutter mütterlicherseits. Als Heimatadresse trug sie *28 Rue de la Grande Armée, Paris 75017, France* ein.

Im Handumdrehen kehrte die Empfangsdame auch schon mit einem schmächtigen, grün uniformierten jungen Mann im Gefolge zurück, der sich neben ihr mit einer Verbeugung und einem breiten Lächeln in Positur stellte.

Die UNACO-Agentin schob die ausgefüllte Anmeldekarte über den Tresen zurück und nahm ihren Zimmerschlüssel entgegen.

»Ich danke Ihnen vielmals«, sagte sie, wobei sie genußvoll den Akzent ihrer Mutter nachahmte. »Und lassen Sie mich noch einmal betonen, wie sehr ich es zu schätzen weiß, daß Sie mir so kurzfristig noch ein Zimmer zur Verfügung stellen konnten.«

»Aber ich bitte Sie, Madame. Ich hoffe, daß alles zu Ihrer Zufriedenheit sein wird.«

Der Page fuhr mit Sabrina Carver im Fahrstuhl in die

dritte Etage, wo er sie den mit grünem Teppichboden ausgelegten Flur entlanggeleitete. Vor ihrem Zimmer angekommen, schob er seinen Schlüssel mit elegantem Schwung ins Schloß und stieß dann die Tür weit auf.

»*Après vous, Madame.*«

Sabrina warf ihm einen überraschten Blick zu.

»*Vous-êtes Français, m'sieur?*«

»Nein.«

Er folgte ihr ins Zimmer.

»Aber ich habe in der Schule Französisch gelernt und wende es daher gerne einmal an. Klang es denn korrekt?«

»*Absolument!* Note Eins.«

Er strahlte. Sabrina Carver gab ihm einen Fünf-Pfund-Schein und bemerkte, daß diese Geste ihn noch mehr erfreute. Er würde nun gewiß alles für sie tun.

»Sagen Sie«, wandte sie sich fragend an ihn, »gestern ist eine Freundin von mir mit dem Taxi hier vorbeigekommen und hat Polizisten gesehen. Ist etwas passiert?«

Das Gesicht des jungen Mannes verzog sich vor Abscheu. Er beugte sich vertrauensvoll zu ihr vor: »Eine amerikanische Dame, ein Gast unseres Hauses, ist erschossen worden. Eine gräßliche Geschichte.«

»Ist sie denn hier in der Nähe erschossen worden?«

Es fiel Sabrina nicht gerade schwer, einen erschrockenen Eindruck zu spielen.

»Etwa hier im Hotel?«

»Aber nein, Madam! Es ist drüben in Mayfair auf offener Straße passiert. Aber sie war zu der Zeit Gast bei uns im Haus.«

»Das ist ja entsetzlich! Wahrscheinlich werden die ganze Nacht Polizisten durchs Hotel laufen. Dabei habe ich so einen leichten Schlaf.«

»Keine Sorge«, beruhigte sie der Page. »Die Polizei hat den Raum lediglich versiegelt, ansonsten ist nichts passiert.« Er verbeugte sich noch einmal.

»Schlafen Sie gut, Madam.«

»Ich danke Ihnen.«

Nachdem er gegangen war, kickte sie ihre Schuhe in die

Ecke und setzte sich auf die Bettkante. Ihre Uhr zeigte 22.28 Uhr.

Einen kurzen Augenblick lang war sie versucht, sich an der Minibar zu bedienen. Aber dann entschied sie sich, damit besser abzuwarten, bis sie ihren Auftrag erfüllt hatte.

Es war ziemlich schwierig für sie gewesen, überhaupt noch hierherzukommen. Niemand hatte sie vorgewarnt, daß der letzte Schulungstag in Hounslow sich bis in den Abend hinziehen würde. Bis 20.00 Uhr war sie durch eine Geiselnahme-Übung festgehalten worden, so daß sie erst wenige Minuten vor neun wieder auf ihrem Zimmer war. Dann hatte sie sich in Windeseile von einer stahlharten Einsatzpolizistin in eine elegante Französin verwandelt, die sich gerade auf einem Londonbesuch befand. Die Maskerade wäre in diesem Fall nicht einmal notwendig gewesen, doch es machte Sabrina Carver Spaß, in verschiedene Rollen zu schlüpfen. Zudem hatte sie es sich zur Gewohnheit gemacht, stets Philpotts Regel Nummer eins zu beherzigen. Eines Abends – bei einem Empfang der Vereinten Nationen – hatte er ihr, schon leicht angeheitert, den folgenden Rat mit auf den Weg gegeben: »Verwandeln Sie sich in jemand anderen, so oft Sie können, meine Liebe. Und sagen Sie nie die Wahrheit, auch wenn sie sich glaubwürdig anhören könnte.«

Nachdem sie ihre äußere Verwandlung zufriedenstellend beendet hatte, war sie ins Auto gestiegen und zu einem Parkhaus gefahren, das die ganze Nacht über geöffnet war. Dann hatte sie sich ein Taxi herangewinkt und in dem Hotel ein Zimmer gemietet, in dem auch Emily Selby abgestiegen war. Bei Sabrina Carvers Anblick hätte wirklich niemand vermutet, welche körperlichen Strapazen sie an diesem Tag bereits hinter sich hatte.

Sie schaute sich um. Das Zimmer war sehr hübsch, was allerdings auch nicht verwunderlich war. Schließlich hätte man für den Preis einer Übernachtung in den Cotswolds eine ganze Woche lang ein Haus mieten können. Bereits vor ihrer Abfahrt hatte sie von Hounslow aus im Hotel angerufen und der Empfangsdame etwas von einem verspäteten Abflug vorgejammert und sie überredet, ihr bis 23.00 Uhr ein Zimmer freizuhalten. Sabrina Carver hatte ein Doppelzimmer erhalten, und zwar ohne Einzelzimmerzuschlag. Philpott würde sich freuen.

Sie prüfte mit der Hand die Matratze. Am liebsten hätte sie jetzt acht Stunden lang durchgeschlafen. Aber sie war hier, um ihren Auftrag zu erledigen. Sie unterdrückte ein Gähnen und erhob sich vom Bett.

An der Garderobe schlüpfte sie aus ihrer dunkelblauen Jacke und ihren Jeans, hängte beides auf einen Bügel und öffnete ihren Koffer. Dort fand sie Kleider zum Wechseln und ihren Arbeitsoverall des New Yorker Polizeidepartments, den sie rasch anzog. Dann schlüpfte sie in ihre schwarzen Nike-Turnschuhe.

In der Seitentasche des Koffers verwahrte sie eine Rolle mit Werkzeug, eine Fiberglas-Taschenlampe, eine Plastikdose mit der Aufschrift *Schlüssel-Kit*, eine Polaroid-Kamera sowie ein Paar hauchdünne Latex-Handschuhe. Die Werkzeugrolle, die Dose und die Kamera legte sie auf den Nachttisch und schob die Taschenlampe und die Handschuhe in die Tasche ihres Overalls, bevor sie den Koffer wieder schloß.

»Zwei Stunden, zwanzig Minuten«, sagte sie laut, während sie sich auf das Bett legte, die Arme zu beiden Seiten ihres Körpers mit den Handflächen nach oben ausgestreckt. Dann schloß sie die Augen.

»Zwei Stunden, zwanzig Minuten«, wiederholte sie noch einmal und sank beinahe übergangslos in tiefen Schlaf.

Das Aufwachen verlief in rasch wechselnden Phasen. Zuerst schreckte sie aus einem wilden Traum auf, in dem sie von einem Polizisten verfolgt wurde, dessen Finger klebrig von Zucker waren. Dann schien sie sich in einem Raum hinter ihren eigenen Augenlidern zu befinden. Als sie langsam in die Bewußtseinssphäre auftauchte, öffnete sie die Augen und warf als erstes einen Blick auf ihre Armbanduhr. Fünf vor eins. Gar nicht so schlecht.

Im Bad benetzte sie ihr Gesicht mit kaltem Wasser, tupfte es trocken und kehrte erfrischt ins Zimmer zurück. Dann steckte sie die Werkzeugrolle und die Dose in die Beintaschen ihres Overalls und schlang die Schlaufe der Taschenlampe um ihr Handgelenk.

Bevor sie die Tür öffnete, löschte sie das Licht. Eine Minute lang blieb sie im Türrahmen stehen und lauschte. Alles war dunkel und still. Das Hotel hatte den Ruf, das hier auch alleinreisende Frauen sicher und unbelästigt wohnen konnten. Die anderen Gäste würden um diese Zeit bereits tief und fest schlafen. Außerdem war Sabrina Carver bei ihrer Ankunft aufgefallen, daß die Bar bereits zu dieser vergleichsweise frühen Stunde leer gewesen war.

Sie zog ihre Zimmertür hinter sich ins Schloß und schlich lautlos bis zur Treppe am Ende des Ganges. Der Page hatte bei seinem Bericht über den Mord nach oben gewiesen. Da das Hotel nur sechs Etagen hatte, blieben ihr zum Glück nur zwei Stockwerke, die sie überprüfen mußte. Und sie hatte nochmals Glück: Die eingebauten Türschlösser würden sie vor keinerlei Probleme stellen.

Das versiegelte Zimmer befand sich in der sechsten Etage. Die Tür war am oberen und am unteren Ende mit gelbschwarz gestreiftem Klebeband versiegelt. Außerdem wies ein Aufkleber darauf hin, daß bereits der Versuch strafbar sei, die Tür zu öffnen, ohne hierfür die ausdrückliche Genehmigung der Polizei eingeholt zu haben.

Sabrina Carver schaltete die gedämpften Nachtlichter, die entlang des Ganges angebracht waren, am Sicherungskasten neben der Treppe aus. Falls sie gestört werden würde und sich verdrücken mußte, würde so wenigstens niemand ihr Gesicht sehen. Sie begab sich zurück zu der versiegelten Tür und richtete den engen Lichtkegel der Taschenlampe auf das Türschloß. Wie bei den anderen Zimmern handelte es sich auch hier um ein simples Schloß, das die Polizei nicht durch ein zusätzlich angebrachtes ergänzt hatte.

Sabrina breitete die Werkzeugrolle auf dem Teppichboden aus und nahm einen feinen Öffnungshebel sowie einen etwas stärkeren Drehstab heraus. Das *Schlüssel-Kit*, mit dem man rasch einen kompletten Nachschlüssel anfertigen konnte, war in diesem Fall nicht nötig. Sie würde es aber vielleicht später noch brauchen, falls das Gepäck der Ermordeten auf besondere Weise abgesichert war.

Nachdem sie die Werkzeugrolle wieder verstaut hatte, führte sie den Hebel und den Drehstab vorsichtig in das Schlüsselloch ein und bewegte den Hebel mehrmals hin und her, um ein Gefühl für den Widerstand der gefederten Stiftzuhaltungen zu bekommen. Danach drehte sie den Stab ein wenig nach rechts und führte erneut den Hebel ein, diesmal allerdings, ohne die Stiftzuhaltungen zu berühren. Erst dann begann die eigentliche Arbeit, indem sie mit sehr viel Feingefühl durch ständiges Hin- und Herbewegen eine Zuhaltung nach der anderen deaktivierte und jedesmal mit Hilfe des Drehstabs ein Zurückschnappen verhinderte.

Als sie bereits drei der Schloßsperren überwunden hatte, vernahm sie vom anderen Ende des Flurs ein Geräusch. Es hörte sich so an, als knarre das Leder eines Schuhs, ein Türscharnier oder irgend etwas anderes nicht näher Bestimmbares. Sabrina Carver verharrte völlig regungslos und zählte langsam bis hundert, bevor sie ihre Arbeit fortsetzte und auch die letzten Zuhaltungen außer Funktion setzte. Ein letztes Betätigen des Drehstabs, und die Tür glitt leise nach innen auf.

Die Agentin entfernte das Werkzeug aus dem Schloß und verstaute es in einer Tasche, bevor sie in das Zimmer glitt. Nachdem sie die Tür von innen verriegelt und die lichtundurchlässigen Vorhänge zugezogen hatte, schaltete sie die Beleuchtung ein.

Es herrscht immer eine seltsame Atmosphäre in Räumen, deren Bewohner eigentlich nur geplant hatten, vorübergehend fortzubleiben, aber nie mehr zurückkehren würden. Dies galt auch für Emily Selbys Zimmer. Die Ermordete hatte für den Abend bereits Garderobe bereitgelegt, im Bad standen noch offene Kosmetiktiegel, und auf dem Boden des geöffneten Kleiderschranks standen mehrere Paar Schuhe nebeneinander aufgereiht.

Sabrina Carver ging davon aus, daß die Polizei von all dem nichts angerührt hatte. Sicherheitshalber war es allerdings ratsam, davon auszugehen, daß die zuständigen Ermittlungsbeamten sehr wohl wußten, welche Gegenstände sich im Zimmer befanden und wo sie aufbewahrt wurden. Deshalb nahm die Agentin die Polaroid-Kamera zur Hand und schoß aus verschiedenen Perspektiven ein paar Aufnahmen, vor allem von der Anordnung der Dinge auf der Ankleidekommode, der Badezimmerablage und in den Schrankfächern.

Sie stellte die noch feuchten Abzüge zum Trocknen in einer Reihe auf den Waschbeckenrand, streifte die Latexhandschuhe über und begann mit der Durchsuchung.

Im Laufe ihrer Ausbildung bei einer Spezialeinheit des FBI, wo sie mit Leuten zusammengearbeitet hatte, die so erfahren und mißtrauisch waren, daß ihnen buchstäblich nichts entging, hatte die Agentin vor allem eins gelernt: daß eine Suche nur dann Erfolg haben kann, wenn sie systematisch durchgeführt und nichts außer acht gelassen wird. Sabrina Carver begann bei der Zimmertür und dem Eingangsbereich und arbeitete sich dann langsam in den rückwärtigen Teil des Raumes vor.

Nach einer Stunde hatte sie mehrere Dinge über Emily Selby herausgefunden. Zunächst einmal schien die ermordete Frau unter einer Neurose gelitten zu haben, denn ihre Schuhe im Schrank standen nicht nur einfach nebeneinander, sondern waren millimetergenau in Reih und Glied ausgerichtet, und zwar offensichtlich mit Hilfe eines Plastiklineals, das säuberlich in ein Tuch eingeschlagen war.

Darüber hinaus mußte Emily Selby eine begeisterte Botanikerin gewesen sein, denn in ihrem Notizbuch hatte sie detailliert eine Route durch Kew Gardens geplant, die sie ihren Notizen zufolge am Freitag hatte besuchen wollen.

Am faszinierendsten war für Sabrina Carver jedoch die Entdeckung, daß die Ermordete an einem Israel-Reiseführer geschrieben hatte, wie ein zweihundert Seiten starkes, handschriftliches Manuskript bewies, das zusammen mit ein paar Notizen und einem ermutigenden Schreiben ihres Verlegers in ihrer Aktentasche lag.

Zehn Minuten lang überflog die Agentin einzelne Manuskriptpassagen und erfuhr dabei Wissenswertes über Orte wie Ashdod, Gedera, Giv'atayim, Migdal und Nazareth. Sie erhielt allerdings keinen Anhaltspunkt dafür, warum jemand Interesse daran gehabt haben könnte, Emily Selby zu töten.

Sabrina Carver wandte sich erneut dem Schrank zu. Irgend etwas stimmte nicht, auch wenn es vielleicht nur eine winzige Kleinigkeit war …

Sie trat einen Schritt zurück und betrachtete die Jacken, Blusen und Hosen, die sauber und überordentlich, ja geradezu pedantisch in exakt gleichem Abstand auf den Bügeln hingen. Ein beigefarbenes Jackett zog irgendwie ihre Aufmerksamkeit auf sich. Das Kleidungsstück sah ohne jede Falte ebenfalls absolut makellos aus. Der untere Saum des Jacketts hing auf der Sabrina Carver zugewandten Seite jedoch eine Idee tiefer herab als auf der anderen. Und bei genauerer Untersuchung stellte sich heraus, daß an der Vorderseite ein etwa ein Zentimeter langes Fadenende zu sehen war.

Die Agentin betastete die Stelle des Jacketts und spürte etwas Hartes zwischen den Fingern: einen Schlüssel, der in das Futter eingenäht worden war.

Vorsichtig öffnete Sabrina Carver Stich für Stich die Naht, bis sie den Schlüssel herausziehen konnte. Er war aus Messing und am Griffstück mit einer Plastikkappe versehen: ein Schlüssel, wie er häufig für Bankschließfächer verwendet wurde. Die Agentin steckte ihn in die Tasche.

Gegen Viertel nach zwei glaubte sie, ihre Arbeit beenden zu können. Von der Tür aus ließ sie ihren Blick noch einmal von links nach rechts, von oben nach unten durch den Raum schweifen. Nein, sie hatte nichts ausgelassen. Dennoch schritt sie abermals langsam umher, inspizierte erneut den Schrank, die Schubladen der Kommode und das Badezimmer und blickte unter das Bett.

Schuldbewußt gestand sie sich ein, daß sie die herausstehende Ecke des zusammengefalteten Zettels, der unter einer Matratzenauflage versteckt war, schon beim ersten Hinsehen hätte finden müssen.

»Dafür gibt's nachher zur Strafe nur einen und nicht zwei Drinks«, sagte sie zu sich selbst.

Es handelte sich um ein perforiertes Blatt Endlospapier, wie es für Computerausdrucke verwendet wird. Sabrina Carver faltete den Bogen auseinander und strich ihn auf dem Fußboden glatt. Auf dem Blatt standen untereinander eine Reihe von Namen, die mit Adressen versehen waren. Auf den ersten Blick schienen es ausnahmslos deutsche Männernamen zu sein. Darunter befanden sich einige Notizen, die offensichtlich von Emily Selby stammten, da die Handschrift mit der des Reiseführer-Manuskripts übereinstimmte:

Tagebucheintrag: Liste am 15. 2. 96 vervollständigt, am 24. 2. 96 an ES weitergeleitet.

Sabrina Carver ging nochmals die aufgeführten Namen durch, doch sie sagten ihr nichts. Schließlich faltete sie die Liste wieder zusammen und steckte sie ebenfalls ein. Als zusätzliche Strafe für ihre vorausgegangene Unaufmerksamkeit unterzog sie das Zimmer einer dritten Inspektion, die diesmal allerdings nichts Neues zutage förderte.

Mit Hilfe der Polaroid-Aufnahmen stellte sie alles an den alten Platz zurück, schaltete das Licht aus, zog die Vorhänge zurück und verließ das Zimmer, nicht ohne es wieder abzuschließen.

Zehn Minuten später lag sie auf ihrem Bett, einen Drink in der Linken, ihr Mobiltelefon in der Rechten, und rief Philpott über die abhörsichere Satellitenverbindung an. In New York war es zwar bereits 22.00 Uhr, aber sie wußte, daß ihr Chef noch immer in seinem Büro zu erreichen war.

»Ich dachte, Sie wären daran interessiert, so schnell wie möglich über den Stand der Nachforschungen informiert zu werden«, begann Sabrina Carver ihren Bericht. »Ich war in ihrem Zimmer und bin auf eine Reihe von Dingen gestoßen.«

»Nämlich?«

»Einen Schlüssel und eine Liste mit Namen von Männern, vermutlich alles Deutsche.«

»Haben Sie die Liste zur Hand?«

»Ja.«

»Dann lesen Sie sie mir bitte vor.«

»Sie sind nicht alphabetisch geordnet, sondern – den Adressen zufolge – scheinbar nach der Nähe der jeweiligen Wohnorte zu Berlin. Also ... es beginnt mit Gunther Blascher, Walter Höllerer, Johann Baumann, Andreas Wolff, Friedrich Schadow, Albrecht Schröder, Kurt Ditscher, Karl Schinkel ...«

»Das reicht. Faxen Sie die Liste über meine Geheimleitung.«

»Sagen Ihnen die Namen irgend etwas, Sir?«

»Darüber reden wir, wenn Sie zurück sind, Sabrina.«

Im Hintergrund war zu hören, daß ein anderes Telefon läutete.

»Also dann bis bald. Und denken Sie daran, mir die Liste zu faxen.«

»Verstanden, Sir.«

Sabrina Carver drückte auf die rote Taste und legte das Mobiltelefon beiseite. Sie warf einen Blick auf ihre Armbanduhr. Die Nacht war fast vorüber. Einen Augenblick lang überlegte sie, ob sie ein Bad nehmen oder sich schlafen legen sollte.

Sie entschied sich für das erstere, denn ein heißes Bad konnte ohne weiteres einen sechsstündigen Schlaf ersetzen. Anschließend konnte sie sich in aller Ruhe ankleiden, sich ein Frühstück gönnen, die Morgenzeitung lesen und dennoch um spätestens 7.30 Uhr wieder im Auto sitzen, um nach Hounslow zurückzufahren.

Sie schlüpfte aus ihrem Overall, ließ das Wasser einlaufen und streckte sich in der Wanne aus. Als die Wärme auf wohltuende Weise dafür sorgte, daß sich ihre Muskeln entspannten, schloß sie genießerisch die Augen und ließ ihre

Gedanken treiben. Sie dachte an ihr Zuhause, an die Behaglichkeit und den Komfort ihres Apartments in New York, ihr Lieblingsrestaurant, in das sie am Wochenende immer …

Mit dem Begriff *Restaurant* war untrennbar *Essen gehen* verbunden. Schlagartig fiel ihr ein, daß sie mit Inspector Lowther verabredet war.

»*Merde*«, stöhnte sie verzweifelt, perfekt den Akzent ihrer Mutter imitierend.

5

Am Montagmorgen holte sich Whitlock um 9.10 Uhr die letzten noch benötigten Informationen aus dem Computer. Mit diesen Details ergänzte er die Liste, die Philpott ihm am Freitag übergeben hatte. Der Job war ziemlich nervenaufreibend und frustrierend gewesen, zumal die Überstunden am Wochenende Whitlocks ohnehin bereits angespanntes Privatleben zusätzlich belastet hatten. Nachdem er in letzter Minute eine Dinnerparty am Samstagabend abgesagt hatte, redete seine Frau nun überhaupt nicht mehr mit ihm.

Während er bereits zum vierten Mal vergeblich versuchte, sie ans Telefon zu bekommen, bauten sich die letzten Zeilen auf dem Computermonitor auf. Er lehnte sich zurück und gähnte. Dabei ging ihm durch den Kopf, wie alt er sich wegen all der Probleme und Belastungen fühlte. Er hatte in den letzten vierundzwanzig Stunden ständig mit Frustrationen zu kämpfen gehabt, ohne einen Hoffnungsschimmer am Horizont zu sehen. Nun, da wenigstens das Ende der Arbeit am Computer in Sichtweite war, verspürte er zumindest einen Hauch der Erleichterung. Und dieses Gefühl ließ auch seine Hoffnung erneut aufkeimen, sich ohne allzu große Auseinandersetzungen wieder mit Carmen zusammenraufen zu können.

Whitlock war der Typ Mann, den man auf Anhieb mochte. Als gebürtiger Kenianer verfügte er über einen Teint, den eine seiner Freundinnen einmal als bronzen bezeichnet hatte. Überdies war seine Mutter schon immer davon überzeugt gewesen, daß seine goldbraunen Augen jede Menge Herzen brechen würden. Den Teint verdankte er seinem Großvater, einem weißen Offizier der britischen Armee. Von ihm hatte er auch das energische Kinn und den entschlossenen Zug um den Mund: dieser Eindruck wurde nur durch einen Schnurrbart ein wenig gemildert.

Whitlock beugte sich vor, gab den Befehl DRUCKEN ein und warf einen Blick auf die Uhr. Es wurde höchste Zeit. Manchmal hatte er das Gefühl, als ob er nur Aufträge bekam, die in der vorgegebenen Zeit so gut wie nicht zu schaffen waren. Er griff zum Haustelefon und wählte die 3 für den Pförtner.

»Calvin? Ist Mister Philpott bereits eingetroffen?«

»Ja, vor fünf Minuten.«

»Danke.«

»Es tut mir leid, wenn ich Sie mit dieser Nachricht enttäuscht haben sollte.«

»Schon gut, Calvin. An dem Tag, an dem der Chef einmal zu spät kommen sollte, werde ich Ihnen ein Mittagessen ausgeben.«

Er legte den Hörer wieder auf.

»Dies ist einfach kein Leben für einen halbwegs sensiblen Menschen«, seufzte er.

Whitlock hatte in Oxford studiert und war dann lange Jahre als Offizier im Geheimdienst-Corps der kenianischen Armee tätig gewesen. Philpott selbst war es gewesen, der ihn zur UNACO geholt hatte, und inzwischen war er das dienstälteste Mitglied der Einsatzgruppe 3. Bereits wiederholt hatte Philpott zugegeben, daß er in Whitlock den gebildetsten und vielseitigsten seiner aktiven Agenten sah: ein Lob, das aus Whitlocks Sicht nur die Funktion hatte, seine Fähigkeiten permanent bis zur Schmerzgrenze auszubeuten.

Nachdem das letzte Blatt ausgedruckt war, rief er unverzüglich das Zentralbüro der Interpol in Berlin an und schaltete auf Sprechkontakt um. Dann bedankte er sich bei dem diensthabenden Kollegen in der dortigen Informationszentrale und versicherte ihm, sich bei Gelegenheit zu revanchieren.

Zwei Minuten später begab sich Whitlock, die Unterlagen säuberlich in einem Aktenordner verstaut, in den Waschraum. Dort traf er auf Mike Graham, der vorgebeugt vor dem Waschbecken stand, um sich beim Kämmen im Spiegel zu betrachten. Er nickte dem grimmig dreinblickenden Whitlock grüßend zu.

»Guten Morgen, C.W.! Schön, jemandem zu begegnen, der die Arbeitswoche mit einem heiteren Gemüt angeht.«

Whitlock legte den Aktenordner ab und krempelte seine Hemdsärmel hoch. Dann wusch er sich die Hände und das Gesicht, band seine Krawatte neu und polierte seine Schuhe mit dem Schuhputzgerät. Anschließend kehrte er zum Waschbecken zurück, wo er sich nahe zum Spiegel vorbeugte und seine Augenlider, eins nach dem anderen, nach oben zog.

»Entweder bin ich blutarm, oder ich leide unter einer schweren Depression.«

»Ich habe gehört, daß du das ganze Wochenende über eingespannt warst.«

»Ja, im Selby-Fall. Ich war mit einer Liste von gebürtigen Deutschen beschäftigt, von denen die meisten ziemlich schwierig aufzuspüren waren. Da allem Anschein nach kein einziger von ihnen straffällig geworden ist, mußte ich jede Menge Persönlichkeitsrechte verletzen, um an ein paar brauchbare Informationen heranzukommen.«

»Darin ist keiner besser als du.«

»Nur weiter so«, seufzte Whitlock, »mach dich nur lustig über mich. Genau das brauche ich jetzt.«

Mike zog seine Jacke wieder an, während er sich der Tür zuwandte.

»Die Besprechung beginnt in fünf Minuten«, sagte er, »Denk daran, pünktlich zu sein.«

»Ich werde mich bemühen ...«

Drei Wände des Besprechungszimmers der UNACO waren mit dunklem Holz getäfelt. Die vierte Wand nahm eine große Glasscheibe ein, die den Blick auf den East River freigab. In der Mitte des Raums befand sich ein langer, glänzend polierter Tisch, an dessen Längsseite jeweils drei Stühle standen sowie einer am Kopfende, nicht weit von der Fensterfront entfernt. Auf dem Tisch waren Notizblökke, Bleistifte, Gläser sowie zwei Karaffen mit Wasser verteilt. Auf einem schwarzen Ebenholz-Sideboard an der rechten Wand stand ein Chromtablett mit Kaffee, Tee und einem Kühlgefäß mit Coca-Cola.

Als Mike Graham und C.W. Whitlock eintraten, wartete Philpott bereits im Raum. Er stand am Fenster und studierte gerade ein Fax. Am Tisch saß Lucy Dow. Sie war eine große, ernst wirkende junge Frau, die seit über drei Jahren im Libanon als Untergrundagentin arbeitete und als absolute Expertin für den arabischen Kulturkreis galt. Sabrina Carver war ebenfalls schon anwesend und goß sich gerade einen Kaffee ein.

»Willkommen zu Hause, Sabrina«, sagte Graham. »Wie war's in England?«

»Anstrengend.«

»Hast du an die *Bath-Olivers*-Kekse gedacht?« fragte Whitlock nach. »Oder hast du sie in all dem Trubel etwa vergessen?«

Sabrina Carver deutete auf eine Plastiktüte mit dem Aufdruck *Fortnum and Mason's*, die auf dem Sideboard lag.

»Sechs Pakete. Mehr konnte ich nicht tragen. Aber das sollte genügen, damit du in Nostalgie schwelgen kannst, bis dein Magen nicht mehr mitmacht.«

»Du bist ein Schatz.«

Whitlock hauchte ihr einen Kuß auf die Wange.

»Diese Kekse sind das einzige, was ich von meiner Studienzeit wirklich vermisse.«

»Du mußt ja von diesen Dingern beinahe abhängig gewesen sein«, mischte sich Mike Graham ein. »Hast du sie vielleicht zerkrümelt und als Joint geraucht?«

»Können wir jetzt beginnen?« ließ sich Philpott vernehmen, der seine Lektüre beendet hatte und nun auf den Besprechungstisch deutete. »Ich habe heute sehr viel zu tun. Also lassen Sie uns zusehen, daß wir zügig vorankommen.«

Whitlock und Graham versorgten sich ebenfalls mit Kaffee und setzten sich gegenüber, wie sie es immer taten. Sabrina Carver wählte hingegen jedesmal einen anderen Platz. Auf diese Weise wollte sie als einziges weibliches Mitglied dieser Einsatzgruppe alle Spekulationen unterbinden, daß sie möglicherweise die Nähe eines der anderen besonders bevorzugte oder aber mied. Heute jedenfalls saß sie neben Whitlock und in unmittelbarer Nachbarschaft zu Philpott.

»Sie alle sind zumindest in groben Zügen mit dem Mordfall Emily Selby vertraut«, eröffnete Philpott die Besprechung und schlug eine vor ihm liegende Mappe auf. »Lucy ist heute morgen zu uns gestoßen, um uns bei dem Versuch zu helfen, zumindest so etwas wie ein taktisches Konzept zu entwickeln, wie wir weiter vorgehen wollen. Denn mittlerweile sind wir offiziell mit der Klärung des Mordes beauftragt. Darauf haben sich am Samstagmorgen Colonel Wolrich, der Sicherheitsattaché der US-Botschaft in London, und der stellvertretende Vorsitzende des Sicherheitsrates telefonisch verständigt.«

»Mit der Folge, daß ich mein Wochenende abschreiben konnte«, seufzte Whitlock.

»Warum wurden die Ermittlungen so schnell der UNACO übertragen?« fragte Lucy Dow.

»Nun, vor allem, da wir wissen, daß der Mörder ein international bekannter Terrorist ist und weil er allem Anschein nach eigens nach Europa reiste, um dort eine jüdische Amerikanerin zu töten, die im Weißen Haus arbeitete«, erklärte Philpott. »Die Fakten sprechen für sich. Alles deutet darauf hin, daß wir es mit einem Verbrechen zu tun haben, dessen Aufklärung von internationalem Interesse ist, zumal wir bisher vermutlich nur die Spitze des Eisberges kennen.«

»Yaqub Hisham war in der Tat ein Killer von internationalem Format«, bestätigte Lucy Dow und schlug die Beine übereinander. »Im Libanon war man jedenfalls sehr stolz auf ihn.«

»Bist du ihm jemals persönlich begegnet?« erkundigte sich Sabrina Carver.

»Er war zwar alles andere als ein geselliger Mensch, aber unsere Wege haben sich tatsächlich einmal gekreuzt. Er war ohne Zweifel einer der prominentesten Terroristen, wohl nicht zuletzt, weil er mehr Glück hatte als andere, zumindest so lange, bis die Israelis ihn gezielt aufs Korn nahmen. ›Geißel der Juden‹ wurde er genannt. Und seine Popularität war so groß, daß sich einer der angesehensten arabischen Chirurgen erbot, seine Gesichtszüge zu verändern, damit ihn der Mossad nicht schnappte. Die Operation wurde kostenlos in einem der besten ägyptischen Krankenhäuser durchgeführt.«

»Machte er anschließend weiter wie bisher?« hakte Philpott nach.

Lucy Dow schüttelte den Kopf. »Es gelang dem israelischen Geheimdienst irgendwie, an ein aktuelles Foto von Yaqub Hisham heranzukommen. Für ihn war die ganze Sache letztendlich ein Schlag ins Wasser. Er stand nun mit einem Gesicht da, das seiner Auffassung nach nicht halb so ansehnlich war wie sein früheres, und dennoch war ihm der Mossad nach wie vor so dicht auf den Fersen, als ob an jeder Ecke sein Steckbrief gehangen hätte. Also mußte er erneut untertauchen. Deshalb ging er nach Marokko, denn dort ist es für die Israelis schwierig, an jemanden heranzukommen.«

Philpott lenkte seinen Blick auf Mike Graham.

»Bitte berichten Sie uns, was Sie herausgefunden haben.«

Graham faßte kurz zusammen, was über den Aufenthalt des Arabers in London bekannt war, bevor dieser Emily Selby und dann sich selbst erschossen hatte.

»Die zwei wichtigsten Fragen, die wir zunächst einmal beantworten müssen, sind die nach dem Motiv für die Tat und nach dem Verbleib der Waffenlieferung in den USA«, schloß er seine Ausführungen, »denn in beiderlei Hinsicht tappen wir noch völlig im dunkeln.«

»Sabrina?«

Nach Philpotts Aufforderung beschrieb die Agentin, wie sie in Emily Selbys Londoner Hotelzimmer eingedrungen war und was sie dort entdeckt hatte.

»Für eine normale Touristin hatte sie ziemlich viel Gepäck bei sich. Aber das einzig Außergewöhnliche, das ich fand, waren der Schlüssel und die Namensliste. Und der Schlüssel wäre mir nicht einmal besonders aufgefallen, wenn er nicht in ihre Jacke eingenäht gewesen wäre.«

»Welchen Eindruck haben Sie sonst von der Frau gewonnen?«

»Sie war in einem geradezu krankhaften Sinne sauber und ordentlich.«

Sie beschrieb kurz die pedantische Anordnung der Schuhe, ferner die Tatsache, daß Emily Selby ihre Kleidung nach Farben und die Fläschchen ihrer Kosmetika nach Größe sortiert hatte.

»Der Auswahl ihrer Kleidung zufolge besaß sie sehr viel Geschmack, gleichzeitig muß sie jedoch auch ein eher zurückhaltender und bescheidener Mensch gewesen sein. Alle ihre persönlichen Gegenstände waren von ausgewählter Qualität, aber viel zu konservativ, als daß Emily Selby ein pompöses oder extravagantes Leben geführt hätte.«

»Ihr Gesamteindruck?« fragte Philpott.

»Sie war zweifellos hochintelligent und gebildet. Aber ihr Leben muß von einer Tragödie überschattet gewesen sein, die sie aus dem Gleichgewicht geworfen hat. Darauf deutet ihr sonst kaum erklärbares neurotisches Verhalten hin«, erläuterte Sabrina Carver. »Soweit ich weiß, dient geradezu zwanghaftes Verhalten bei intelligenten Menschen oft dazu, traumatische oder Angst erzeugende Erlebnisse zu verdrängen.«

Whitlock und Lucy Dow nickten zustimmend.

»Emily Selbys Biografie bestätigt diese Vermutung«, fuhr Sabrina Carver fort. »Aus ihren Personalunterlagen, in die ich erst heute morgen Einblick nehmen konnte, geht hervor, daß sie vor drei Jahren Witwe wurde. Es muß sich um eine regelrechte Tragödie gehandelt haben, da an jenem Tag nicht nur ihr Mann, sondern zusammen mit ihm auch ihr Vater ums Leben kam.«

Philpott nahm eine der vor ihm liegenden Fotokopien zur Hand.

»Auf dem Lake Cayuga in Ithaca, New York State«, präzisierte er die Angaben seiner Mitarbeiterin. »Ein Angelunfall. Beide Männer ertranken. Nun, wir werden den Vorfall nochmals genauer unter die Lupe nehmen. Aber sagen Sie uns noch, Sabrina, haben Sie irgend etwas über die Verbindung zwischen Emily Selby und dieser Erika Stramm herausgefunden, die zusammen mit der Ermordeten auf dem Foto zu sehen ist?«

»Alles, was ich derzeit habe, ist lediglich die Vermutung, daß es sich bei dem Vermerk ›ES‹ auf der Namensliste um die Initialen von Erika Stramm handelt. Aber ich arbeite an der Sache.«

Philpott schaute Whitlock an.

»Jetzt sind Sie an der Reihe, C.W.! Was haben Sie mit den Namen auf der Liste anfangen können?«

Whitlock hatte bereits den Aktenordner aufgeschlagen und einige der Materialien vor sich ausgebreitet.

»Es handelt sich um eine Namensliste von dreißig männlichen Deutschen zusammen mit ihren Adressen. Als erstes habe ich überprüft, ob die betreffenden Personen vorbestraft sind, aber ich habe nichts gefunden. Wer immer diese Männer sein mögen, sie sind auf jeden Fall gesetzestreue Bürger. Daraufhin blieb mir nichts anderes übrig, als mich in mühevolle Kleinarbeit zu stürzen, um an nähere Informationen heranzukommen. Einige Leute bei Interpol haben mich dabei sehr unterstützt, so daß ich am Ende zu jedem der Männer zumindest ein paar Dinge zusammentragen konnte.«

»Die wichtigste Frage zuerst: Gibt es irgendwelche Anhaltspunkte darüber, was diese Männer miteinander verbindet?« unterbrach ihn Philpott.

»Bisher nicht«, gestand Whitlock. »Allem Anschein nach

sind sie weder miteinander verwandt noch durch geschäftliche Beziehungen verbunden. Die einzige Gemeinsamkeit besteht augenscheinlich darin, daß sie es alle zu Wohlstand gebracht haben. Auffällig ist allerdings, daß zumindest fünfzehn der aufgeführten Männer als Kinder adoptiert worden sind, da sie Vollwaisen waren.«

»Was ist mit den übrigen?«

Whitlock zuckte bedauernd mit den Achseln.

»In den restlichen Fällen existieren keine Geburtsurkunden oder ähnlichen Dokumente mehr, da sie im Krieg zusammen mit Millionen von anderen Personalunterlagen durch die Bombardierung insbesondere Berlins und Dresdens vernichtet worden sind. Das hat zur Folge, daß mehr als zwei Drittel aller in den Nachkriegsjahren ausgestellten Ausweispapiere auf unzuverlässigen und unvollständigen Angaben basieren. Anders gesagt: Diese Situation eröffnete Fälschungen Tür und Tor.«

»Was machen diese Männer beruflich?« fragte Sabrina Carver.

»Alles mögliche. Vom Buchbinder über den Teppichhändler bis hin zu renommierten Medizinern und Juristen sind die unterschiedlichsten Berufsgruppen vertreten. Interpol hat ferner versucht, in einzelnen Fällen weitere Angaben zu bekommen, indem standesamtliche Register zum Beispiel im Hinblick auf Heiratsurkunden überprüft wurden. Dabei ist allerdings nichts Verwertbares herausgekommen.«

Mike Graham wollte wissen, ob sämtliche Männer etwa dasselbe Alter hätten.

»Sie liegen ziemlich dicht beieinander. Alle sind nämlich zwischen neunundfünfzig und fünfundsechzig Jahre alt.«

»Ich habe das Gefühl, daß die Verbindung darin besteht, daß so viele von ihnen Waisen sind«, erklärte Sabrina Carver. »Zumindest würde ich diese Möglichkeit nicht außer acht lassen«, fügte sie hinzu, als sie sah, daß Mike Graham den Kopf schüttelte.

»Bis wir Näheres wissen, sollten wir uns nicht in Spekulationen verlieren«, mahnte Philpott. »Und dennoch ...?«

Sein Blick blieb auf einer Stelle der vor ihm liegenden Kopie hängen.

»Einer der auf der Liste aufgeführten Männer bereitet mir tatsächlich Kopfzerbrechen.«

Die anderen sahen ihn neugierig an.

»Ich meine Andreas Wolff. Er ist ein österreichischer Computerexperte, dessen Firma sich auf hochkomplexe Programme spezialisiert hat.«

»Sie haben recht«, bestätigte Mike Graham. »Ich sehe sogar sein Gesicht vor mir. Ein Mann von jugendlicher Erscheinung mit kurzgeschnittenen Haaren, einer Metallrandbrille und einem gewinnenden Lächeln.«

Philpott nickte nachdenklich.

»Worauf wollen Sie hinaus, Michael?«

»Das Konterfei dieses Mannes ist an jeder Ecke auf den Verpackungen einer ausgesprochen teuren Serie von Computerspielen zu sehen.«

»Mike verbringt nämlich sehr viel Zeit in Spielzeugläden«, spottete Sabrina Carver.

»Wolff ist so etwas wie der ungekrönte König der Spiele-Software«, fuhr Graham unbeirrt fort. »Seine Produkte verkaufen sich wie warme Semmeln, obwohl sie alles andere als billig sind.«

»Andreas Wolff ist allerdings nicht nur für seine Leistungen auf diesem Software-Sektor berühmt«, fügte Philpott säuerlich hinzu. »Er hat sich auch in polizei- und nachrichtendienstlichen Kreisen einen hervorragenden Ruf erworben. Es war nämlich Wolff, der die Programme für ICON erstellt hat.«

ICON – das *International Criminal Observation Network* – war das mit Abstand größte Datennetzwerk zur Verbrechensbekämpfung in der westlichen Welt. Unzählige Strafregister, Fingerabdruckkarteien, Tatmuster sowie Angaben zu Aberhunderten von polizeilichen Ermittlungen wurden über dieses System ausgetauscht und darin gespeichert. Verfügte man nur über die notwendigen Grundkenntnisse, konnte praktisch jeder Benutzer der Datenbank innerhalb von Sekunden Informationen zu mehr oder weniger jedem der gespeicherten Verbrechen abrufen.

»Und bei dem auf der Liste aufgeführten Mann handelt es sich zweifelsfrei um genau *diesen* Andreas Wolff?« vergewisserte sich Sabrina Carver.

»Die Adresse ist dieselbe«, bestätigte Philpott. »Und anhand der von C.W. beschafften Angaben kann ich sagen, daß auch das Alter stimmt. Ich wiederhole nochmals, daß wir die Bedeutung dieser Liste nicht zu hoch ansetzen sollten. Aber es ist immerhin besorgniserregend, daß Wolffs Name ausgerechnet *jetzt* in diesem mysteriösen Verzeichnis auftaucht.«

»Was meinen Sie damit – ausgerechnet *jetzt?*« bohrte Sabrina Carver nach.

»Wie Sie alle wissen, hat sich die Kapazität von ICON besonders im letzten Jahr vervielfacht«, erklärte Philpott. »Das liegt vor allem daran, daß immer mehr internationale Polizeiorganisationen zugestimmt haben, ihre Daten in das System einzuspeisen. Für diesen Prozeß ist Andreas Wolff die zentrale Figur. Im Klartext: Er ist zur Zeit der einzige, der das gesamte System überschaut und im Griff hat.«

»Sie wollen damit sagen, daß die Polizeibehörden der halben Welt dumm genug waren, ihre sensiblen Datenbanken den Händen einer einzelnen Person anzuvertrauen?« stöhnte Mike Graham. »Das kann ich mir einfach nicht vorstellen!«

»Das Ganze ist fraglos keine optimale Lösung des Problems«, stimmte Philpott zu. »Aber niemand hatte geplant, daß die Geschichte diesen Verlauf nehmen würde. Es hat sich im Laufe der Zeit einfach gezeigt, daß Wolff allen anderen um Längen voraus ist, was die Steuerung und Konzeption der gesamten Anlage betrifft. Mittlerweile ist niemand mehr in der Lage, seine Programmierung oder die von ihm installierten Absicherungen des Systems zu durchschauen.«

»Im Klartext: Sollte Wolff etwas zustoßen, stünden wir alle im Regen, und die in ICON gespeicherten Daten wären möglicherweise nicht mehr ausreichend geschützt«, resümierte Whitlock.

»Genau das bereitet mir Sorgen«, bestätigte Philpott. »Schließlich ist es ein großer Anreiz für viele Hacker, in ICON einzudringen. Außerdem wissen wir, daß ein nicht unbeträchtlicher Anteil krimineller Energie genau auf dieses Ziel gerichtet ist.«

»Hätten Hacker denn eine ernsthafte Chance?« erkundigte sich Lucy Dow.

»Aber ja. Sie haben durchaus eine Chance, und sie haben ihr Glück bereits mehrfach versucht. ICONs Abschirmungen sind schon mehr als einmal durchbrochen worden.«

Die beiden Frauen in der Runde warfen sich entsetzte Blicke zu.

»Um genau zu sein: zweimal in drei Wochen«, präzisierte Philpott seine Ausführungen. »Jedesmal bestand der Zugang zum System nur wenige Mikrosekunden, bevor andere Absicherungen dem Spuk ein Ende bereiteten. Wir müssen die Vorfälle dennoch sehr ernst nehmen und haben keine Veranlassung, uns in Sicherheit zu wiegen.«

»Wer steckt dahinter?« fragte Lucy Dow verwundert.

»Das weiß der Himmel. Aber ich glaube nicht, daß es eine bestimmte Gruppe ist. Es gibt immerhin genügend kriminelle Organisationen in aller Welt, die daran interessiert sind, uns in die Karten zu sehen. Sofern genügend Geld zur Verfügung steht, finden sich auch genug Hacker, die ihr Geschick auch in den Dienst solcher Leute stellen.«

»Sind in der Zwischenzeit weitere Schritte zur Absicherung des Systems ergriffen worden?« fragte Mike Graham.

»Im Augenblick sieht die Situation so aus, daß die Zugangscodes alle zwölf Stunden geändert werden. Diese Maßnahmen müssen genügen, bis die von Wolff entwikkelte neue Generation von sich selbst steuernden Zugangskontrollen getestet und installiert worden ist.«

»Falls Wolf also plötzlich von der Bildfläche verschwinden sollte, könnte über Nacht die gesamte Absicherung des

ICON-Systems zusammenbrechen!« stellte Sabrina Carver ungläubig fest.

»Diese Situation könnte im Extremfall eintreten«, gestand Philpott. »Natürlich könnten wir ICON notfalls abschalten, aber die Konsequenzen wären beinahe ebenso katastrophal, als ob sich ein Unbefugter Zugang verschafft hätte. Die neuen Systeme werden die Lage jedoch grundsätzlich ändern. Danach wird sich ICON praktisch selbst steuern und absichern. Doch bis dahin bleiben gewisse Risiken bestehen, und wir sind auf das Wissen von Andreas Wolff angewiesen.«

Philpott warf einen Blick auf seine Armbanduhr.

»Das wär's für erste«, beendete er die Besprechung. »Ich muß jetzt gehen. Tauschen Sie bitte untereinander das gesamte bisher gesammelte Material aus und stellen Sie sicher, daß alle den gleichen Kenntnisstand haben. So undurchschaubar das Ganze im Augenblick auch erscheinen mag, unsere Marschroute ist klar: Wir müssen herausfinden, warum diese Männer alle auf einer Liste stehen und warum Emily Selby ermordet wurde.«

Auf dem Weg zur Tür blieb Philpott nochmals stehen und wandte sich um.

»Möglicherweise ändere ich die Aufgabenverteilung zu einem späteren Zeitpunkt, aber im Augenblick halte ich es für das beste, wenn Sabrina sich darauf konzentriert, unser Bild von Emily Selby zu vervollständigen, vor allem im Hinblick auf ihre Verbindung zu Erika Stramm.«

»Sollten wir nicht zusehen, daß einer von uns Erika Stramm aufspürt und verhört?« gab Whitlock zu bedenken.

»Noch nicht. Bevor sie uns ihre Version auftischt, möchte ich mehr über sie wissen«, wiegelte Philpott ab. »Mike, Sie kümmern sich um den Schlüssel, den Sabrina gefunden hat. C.W., Sie beschäftigen sich weiterhin mit der Frage, was die Namen auf der Liste miteinander verbindet.«

Philpott öffnete die Tür.

»Setzen Sie alles daran, damit wir erfahren, was hinter all dem steckt und wer unser Gegner ist, damit wir gezielt gegen ihn vorgehen und ihn unschädlich machen können.«

6

»Sei mal ehrlich! Hat dich die Besichtigung gelangweilt, oder warst du wirklich so begeistert, wie du vorhin während der Führung gesagt hast?«

Karl Sonnemann, der in der folgenden Woche seinen vierundsechzigsten Geburtstag feiern wollte, zeigte sein jungenhaftes Lächeln und legte seine Hände auf die Schultern der erst einundzwanzig Jahre alten Charlotte Gustl. Beide standen vor dem Eingang von Goethes Geburtshaus. Charlotte – ein blondes und ausgesprochen hübsches Mädchen, das aus Münster stammte – besuchte Sonnemanns Literaturvorlesungen an der Frankfurter Johann-Wolfgang-von-Goethe-Universität. Seit der letzten Nacht war sie jedoch nicht nur Sonnemanns Studentin, sondern auch seine Geliebte.

»Es war einfach wundervoll«, schwärmte sie. »Ich werde all diese Eindrücke niemals vergessen.«

»Ich hatte mir schon gedacht, daß dieser Besuch Eindruck auf dich machen würde.«

»Mit eigenen Augen den kleinen Raum zu sehen, in dem er geschlafen und geträumt hat!«

Charlotte stützte andächtig das Kinn auf ihre gefalteten Hände.

»Ich konnte förmlich spüren – zumindest bildete ich mir ein, es spüren zu können –, von welcher Intensität und Kraft Goethes Inspiration gewesen sein muß. Ich sehe sein Werk jetzt mit ganz anderen Augen, Herr Professor.«

»Karl«, erwiderte Sonnemann strahlend. »Nenn mich einfach Karl.«

»Na gut – Karl«, sagte Charlotte errötend. »Innerhalb der letzten vierundzwanzig Stunden scheint sich mein ganzes Leben verändert zu haben.«

Während beide auf eine Reihe wartender Taxis zugingen, faßte Sonnemann das Mädchen beim Arm. Wie ähnlich waren sich doch seine kleinen Favoritinnen, mit denen er sich ein oder zwei Semester lang amüsierte: ihre Erscheinung, ihre Ausdrucksweise, die Art, wie sie sich ihm hingaben …!

Aber so sehr sie alle einander glichen, so wenig wurde er es müde, sie zu seinen Geliebten zu machen. Als er fünfzig geworden war, hatte ihn einer seiner Freunde beiseite genommen und gefragt, ob er nicht langsam seinem Alter Tribut zollen müsse und wohl oder übel ›sein kleines Hobby‹ aufgeben wolle. Damals hatte Sonnemann geantwortet, er wolle eher sterben als sein Leben ändern. Und nach wie vor sah er keine Notwendigkeit, seine amourösen Abenteuer einzustellen, denn noch immer ließen sich die Mädchen, ungeachtet seines Alters, nur allzu willig von ihm verführen.

»Ich denke, wir sollten uns jetzt ein ausgiebiges Mittagessen gönnen, bevor wir uns auf den Rückweg zur Universität machen«, schlug Sonnemann vor. »Schließlich haben wir noch genug Zeit, denn wenn ich mich nicht irre, steht heute nur noch ein Beratungsgespräch mit einer gewissen Charlotte Gustl auf meinem Terminkalender.«

Das Mädchen stieß ein unterdrücktes, kehliges Lachen hervor, das ihn an die Laute erinnerte, die sie in der vergangenen Nacht im *Excelsior* unter der Bettdecke von sich gegeben hatte. Einen Augenblick lang wurde Sonnemann von der Erinnerung an diese Stunden und an die Wärme und intime Nähe des Mädchens überwältigt, bis ihn ihre Stimme wieder in die Realität zurückholte.

»Da ist wieder dieser junge Mann.«

»Wen meinst du?«

»Diesen Kerl, auf den ich dich schon vorhin aufmerksam gemacht habe. Er scheint dich zu beobachten.«

Sonnemann drehte sich um. Der junge Mann, von dem Charlotte gesprochen hatte, stand einige Meter von ihnen entfernt und betrachtete die Auslagen in einem Schaufenster. Auch Sonnemann hatte ihn bereits beim Betreten von Goethes Geburtshaus bemerkt. Beim Anblick des blonden, kräftig gebauten Mannes, der allem Anschein nach ziellos auf dem Bürgersteig herumlungerte, war dem Professor einen Augenblick lang der erschreckende Gedanke durch den Kopf geschossen, seine Frau könne seinen Eskapaden am Ende doch noch auf die Schliche gekommen sein und einen Detektiv auf ihn angesetzt haben.

Sonnemann wandte sich wieder dem Mädchen zu und lächelte unwillkürlich über sich selbst und seine grundlose Panik. »Mir kommt es eher so vor, als ob du es bist, die ihn nicht aus den Augen läßt. Vielleicht, weil sich deine lebhafte Fantasie an dem jungen Mann entzündet hat?«

»Das ist nicht wahr!« Charlotte wirkte beleidigt. »Wie kannst du nur denken, daß ich ...?«

Sie brach den Satz abrupt ab und starrte über Sonnemanns Schulter, der sich daraufhin erneut umdrehte. Der junge Mann stand jetzt unmittelbar vor ihnen. Sein Gesicht zeigte einen ernsten und sehr entschlossenen Ausdruck. Er ließ seinen Blick zuerst zu den im Hintergrund stehenden Taxis schweifen und richtete ihn dann auf den Professor.

»Sie sind Professor Sonnemann, stimmt's?«

»Warum wollen Sie das wissen?« fragte Sonnemann steif.

»Nun, eigentlich nur, um auf Nummer Sicher zu gehen«, erwiderte der Fremde, der mit einer Hand gestikulierte, während er die andere in seinem Mantel verborgen hielt. »Denn wie heißt es doch gleich: Spätere Reklamationen können leider nicht mehr berücksichtigt werden.«

»Was wollen Sie von uns?«

»Also sind Sie Professor Sonnemann? Professor Karl Sonnemann?«

»Ja, ja«, bestätigte der Gefragte gereizt. »Aber was soll das Ganze?«

»Ich soll Ihnen etwas ausrichten«, erklärte der junge Mann.

Sein Gesicht wirkte nun völlig ausdruckslos. In seiner rechten Hand, die er langsam aus dem Mantel zog, hielt er einen langen Bratspieß, wie man ihn zum Grillen von Geflügel benutzt.

»Das hier ist für Yitzhak Brenner.«

Er trat unvermittelt einen Schritt vor und rammte den Spieß seitlich in Sonnemanns Hals. Als Charlotte kreischend zurückwich und auf die Taxis zurannte, stellte der Professor nur verdutzt fest, daß er keinerlei Schmerz verspürte, jedoch langsam, aber sicher die Kontrolle über seinen Körper verlor.

Der junge Mann machte keine Anstalten, dem um Hilfe rufenden Mädchen zu folgen, sondern starrte weiterhin in Sonnemanns schockierte, bereits glasig werdende Augen. Der tödlich Verletzte zitterte am ganzen Körper, während arterielles Blut – und damit sein Leben – pulsierend aus seinem Hals spritzte und seinen Wollmantel besudelte. Bei seinen letzten rasselnden Atemzügen bildete sich Schaum vor seinem Mund.

Unterdessen war Charlotte bei den wartenden Wagen angelangt und bat schluchzend um Hilfe. Sonnemann sank auf die Knie und hustete Blut. Sein Gesicht wirkte grau und unnatürlich, als sei es aus Wachs.

Als zwei Taxifahrer ausstiegen und auf den Sterbenden zueilten, bückte sich der Täter, um seine blutbesudelte Rechte an Sonnemanns Mantel abzuwischen, und ergriff dann die Flucht. In Sekundenschnelle war er um die nächste Ecke verschwunden und in der Menge der Passanten untergetaucht.

Einer der Taxifahrer versuchte, ihm zu folgen, während der andere bei Sonnemann blieb, der mit dem aus seinem Hals ragenden Bratspieß reglos am Boden lag.

7

Am nächsten Morgen saß Sabrina Carver in der Frühmaschine nach Washington D.C. Sie wollte keine Zeit vergeuden und so schnell wie möglich Emily Selbys Freunde und Arbeitskollegen befragen, um jene Art von Informationen über die Ermordete zu erhalten, die gewöhnlich in keiner Personalakte stehen. Ihr Besuch im Weißen Haus war am Vortag von der UNACO angekündigt worden. Dabei hatte man sich darauf geeinigt, daß Sabrina Carver – die laut ihres Dienstausweises Mitarbeiterin der amerikanischen Sektion von Interpol war – ihre Befragungen im Beisein eines der dortigen Sicherheitsbeamten durchführen durfte.

In der Empfangshalle des Weißen Hauses wurde sie von einer emsigen jungen Dame zunächst in das Besucherwartezimmer geführt. Dort mußte sie einige Minuten warten, bevor sie von Kevin Riley, einem der leitenden Mitarbeiter des Sicherheitsdienstes, abgeholt und in einen anderen Raum geleitet wurde.

»Die strengen Sicherheitsvorschriften des Weißen Hauses verlangen, daß Sie sich während Ihres hiesigen Besuches nur in diesem Zimmer aufhalten«, erklärte Riley nachdrücklich. »Sollten Sie den Raum doch verlassen wollen, dann nur in Begleitung eines der hauseigenen Sicherheitsbeamten. Ansonsten wollen wir Ihnen natürlich Ihren Aufenthalt im Weißen Haus so angenehm wie möglich gestalten.«

»Vielen Dank.«

»Da Ihre Dienststelle betonte, daß Sie derzeit keine offiziellen Ermittlungen durchführen, haben wir es den betreffenden Kollegen von Emily Selby freigestellt, Ihnen ein paar Fragen zu beantworten. Drei Mitarbeiter haben sich dazu bereit erklärt. Der erste müßte jeden Augenblick hier sein. Natürlich sind wir alle sehr daran interessiert, daß auf Emily Selbys Namen nicht der geringste Schatten eines Zweifels fällt.«

Als erste trat Janice Cleary ein. Sie war eine kleine, untersetzte Frau in den Vierzigern, die ein ebenso unpassendes wie aufdringliches Parfüm benutzte. Schnaufend ließ sie sich auf einen Stuhl fallen und benötigte eine Weile, um ihre weiträumigen Kleidungsstücke zu ordnen. Als sie das Wort ergriff, stellte Sabrina Carver erstaunt fest, daß Janice Cleary eine sehr hohe, beinahe kindliche Stimmlage hatte.

»Ich dürfte diejenige sein, die Emily von allen Kollegen am besten kannte. Spätestens seit dem Herzog-Projekt, an dem wir vor vier Jahren gemeinsam arbeiteten, waren wir wirklich enge Freunde.«

»Um was handelte es sich bei dem Herzog-Projekt?«

»Es handelte sich um ein Projekt, das nach dem damaligen israelischen Präsidenten Chaim Herzog benannt war. Herzog war seinerzeit darum bemüht, ein solides Fundament für einen israelisch-arabischen Friedensvertrag zu schaffen. Hier im Weißen Haus herrschte allgemein der Eindruck, daß er dabei ein bißchen mehr Unterstützung von den USA gebrauchen konnte, als dies zuvor der Fall gewesen war. Die Beziehungen zwischen den beiden Staaten waren nämlich ein wenig abgekühlt. Vor diesem Hintergrund unternahmen Emily und ich unser möglichstes, um außerhalb der offiziellen politischen Kontakte die Atmosphäre zu entspannen.«

»Was bedeutete das konkret?«

»Nun, wir konnten die Rundfunkanstalten und alle anderen Medien dazu bewegen, kulturelle Austauschprogramme zu fördern. Wir brachten Info-Material heraus, in dem die Gemeinsamkeiten der israelischen und amerikanischen Interessen hervorgehoben wurden. Der gemeinsame Nenner all dessen bestand darin, der Öffentlichkeit klarzumachen, daß beide Nationen – ungeachtet gewisser politischer Differenzen – durch eine feste und traditionell gewachsene Freundschaft verbunden waren. Emily nahm diese Aufgabe ausgesprochen ernst. Und wie ich schon sagte, damals entwickelte sich eine wirklich tiefe Freundschaft zwischen uns.«

»Was für ein Mensch war Emily Selby?« fragte Sabrina Carver. »Hatte sie viele Kontakte? Ging sie gern zu Partys, ins Theater, in Konzerte …?«

»Nach Desmonds Tod nicht mehr. Vorher allerdings wohl auch nicht besonders. Jedenfalls wüßte ich nicht …«

»Sie litt also sehr unter dem Tod ihres Mannes?«

»Hätten Sie das etwa nicht getan?«

»Brauchte sie sehr lange, um darüber hinwegzukommen?«

»Sie ist nie darüber hinweggekommen.«

»Hat sie Ihnen das gesagt?«

»Das war nicht nötig. Ich merkte es ihr auch so an, denn sie veränderte sich ziemlich. Sie zog sich immer mehr in sich zurück und entwickelte zunehmend Arbeitsformen, bei denen sie nicht auf die Hilfe von Kollegen angewiesen war. In unserem Beruf ist dies sehr leicht. Man entwickelt sich immer mehr zu einem Spezialisten. Und ich kann Ihnen sagen, daß Emily unsere herausragendste Spezialistin war.«

Sabrina Carver gewann immer mehr den Eindruck, daß Janice Cleary niemals ein wirkliches Vertrauensverhältnis zu der Ermordeten gehabt hatte. Unsensible und oberflächliche Leute wie sie deuteten reine Höflichkeit oftmals fälschlicherweise als intime Vertraulichkeit. Dennoch setzte die Agentin das Gespräch noch einige Minuten fort, bevor sie absolut sicher war, daß Janice Cleary nichts über Emily Selbys Privatleben wußte. Schließlich bedankte sich Sabrina Carver bei der Frau und entschuldigte sich bei ihr dafür, sie von der Arbeit abgehalten zu haben.

Eine Minute später trat ein junger, großgewachsener Mann ein, der sich als Joe Dexter vorstellte. An ihm fiel der Agentin auf, daß er sie vorsichtig aus tief in den Höhlen liegenden Augen musterte und daß sein Mund so verkniffen wirkte, als seien seine Lippen unfähig, sich jemals zu einem Lächeln zu verziehen. Seit fünf Jahren arbeite er im Weißen Haus als Assistent des außenpolitischen Fachberaterstabs. Emily Selby sei eine seiner Vorgesetzten gewesen.

Ohne daß Sabrina Carver ihn hätte weiter ermuntern müssen, berichtete Dexter zehn Minuten lang über Emily Selbys Arbeitsmethoden, ihr Organisationstalent, ihre Geduld gegenüber jüngeren Mitarbeitern und die aufopferungsvolle Hingabe zu ihrem Beruf. Er erwähnte im Laufe seines Berichts, daß er die Ermordete wegen ihrer beruflichen und charakterlichen Qualitäten über alle Maßen geschätzt habe.

Als er weiterredete, erfuhr Sabrina Carver, daß Dexters Begeisterung für Emily Selby allem Anschein nach keineswegs nur beruflicher Natur gewesen war. Obwohl sie ihn offensichtlich nur als talentierten Mitarbeiter betrachtet und behandelt hatte, war er von ihr tatsächlich ›über alle Maßen‹ fasziniert gewesen. Seinen Andeutungen zufolge hatte er aber wohl nie den Mut gefunden, ihr seine Gefühle zu offenbahren. Schon deshalb nicht, weil so etwas ›einfach unprofessionell‹ gewesen sei.

Wie bei mir und Mike, dachte die Agentin und zuckte innerlich zusammen. Zwar war ihr diese stets verdrängte Wahrheit in dem Augenblick nicht zum erstenmal bewußt geworden, doch wie stets zuvor scheute sie auch jetzt wieder davor zurück, sich mit diesem Thema auseinanderzusetzen.

Genau wie bei mir und Mike.

Auch sie hatte sich ihrem Kollegen gegenüber noch nie offenbart. Ganz im Gegenteil. Meist wurde das Verhältnis zwischen ihr und Mike durch berufliche Rivalität bestimmt, die nicht selten in mehr oder weniger unverhohlene Abneigung, ja sogar in Haß gipfelte. Dennoch empfand sie für Mike Gefühle von einer Leidenschaftlichkeit, die ihr Kollege niemals für möglich gehalten hätte. Und sie hatte den Verdacht, daß es tief in Mikes Innerem etwas gab, das auch er vor seinen Kollegen und Freunden verbarg.

Joe Dexter war in Schweigen verfallen, und Sabrina Carver war ihm in diesem Augenblick dankbar dafür. Ohne ein weiteres Wort zu verlieren, verließ er den Raum.

Die Agentin mußte sich eingestehen, daß sie über Emily Selby nichts erfahren hatte, was ihr bei der Klärung des Mordes geholfen hätte. Allmählich fand sie sich mit dem Gedanken ab, daß sie mit leeren Händen nach New York zurückkehren würde und daß es vermutlich ratsam war, sich bereits jetzt zu überlegen, wie sie Philpotts Unmut darüber würde besänftigen können.

Plötzlich läutete das Telefon auf dem Tisch vor ihr. Am anderen Ende der Leitung meldete sich eine Frau, die sich als Dilys Craig vorstellte. Sie sei eine ehemalige Kollegin von Emily Selby und würde gern mit der Ermittlerin sprechen, werde aber leider durch einen wichtigen Termin aufgehalten.

»Könnten wir uns vielleicht noch zu einem späteren Zeitpunkt treffen? Vielleicht auf eine Tasse Kaffee?« fragte Dilys Craig.

»Gern«, erwiderte Sabrina Carver, »falls es Ihnen keine zu großen Umstände bereitet. Wo wollen wir uns treffen?«

»Bei *Harvey und Hannah's*«, schlug Dilys Craig vor. »Es ist leicht zu finden. Gehen Sie einfach die Pennsylvania Avenue hinunter, bis Sie zum Willard Hotel kommen. Das Café befindet sich direkt neben dem Restaurant. Wie wäre es mit halb fünf? Würde Ihnen das passen?«

»Aber sicher. Dann bis später.«

Als Dilys Craig um 16.32 Uhr das Café betrat und geradewegs auf Sabrina Carvers Tisch zustrebte, bot sie in ihrem karierten Escada-Jackett und dem enganliegenden grauen Rock einen hinreißenden Anblick. Sie war hoch aufgeschossen, hatte große haselnußbraune Augen und einen Teint, der mit Hilfe einiger kosmetischer Präparate nahezu vollkommen aussah. Ihr kurzgeschnittenes Haar war kastanienbraun gefärbt. Sie war nicht mehr gerade jung, wie die kleinen Krähenfüße in den Augenwinkeln und die Fältchen um den Mund verrieten. Aber ihr Auftreten war nach wie vor beeindruckend.

»Ich habe einen Kaffee für Sie bestellt«, sagte Sabrina Carver und deutete auf die Tasse, die ihr gegenüber stand. »Die Kellnerin schien zu wissen, was Sie bevorzugen.«

»Sie ist ein nettes Mädchen.«

Dilys Craig schlug elegant die Beine übereinander.

»Ich freue mich, daß wir uns doch noch treffen konnten.«

Sie nippte an ihrem Kaffee.

»Soll ich gleich zur Sache kommen?«

»Gern.«

»Schön. Lassen Sie mich vorausschicken, daß ich Emily so nahestand, wie dies nur möglich war. Aber dennoch habe ich sie nie wirklich durchschaut, denn sie verstand es meisterhaft, sich vom Rest der Welt abzukapseln.« Sie zog ein flaches, dunkles Zigarettenetui aus ihrer Handtasche. »Stört es Sie, wenn ich rauche?«

»Mich nicht. Aber ich glaube, daß hier ...«

»… Rauchen verboten ist? Sie haben recht. Aber das vergrößert nur meinen Genuß. Außerdem darf ich hier rauchen, solange keine anderen Gäste anwesend sind.«

Sie zündete sich eine Zigarette an und seufzte.

»Ich kann noch immer nicht glauben, daß sie tot ist. Aber natürlich will ich Ihnen bei Ihren Ermittlungen helfen, so gut ich kann.«

»Ich bin vor allem daran interessiert, etwas über Emily Selbys Privatleben zu erfahren«, erklärte Sabrina Carver. »Hatten Sie auch privat mit ihr Kontakt?«

»Sicher. Wir haben uns oft getroffen. Das war zu der Zeit, als Desmond noch lebte. Die Woche über wohnte er in Ithaca, wo er an der Cornell-Universität lehrte. An den Wochenenden kam er nach Washington, oder Emily fuhr nach Ithaca. Ihre Freizeit verbrachten beide jedoch meist hier, und zwar oft zusammen mit mir und meinem jeweiligen Begleiter. Wir sahen uns also auch außerhalb des Büros ziemlich regelmäßig.«

»Sind Sie bei derartigen Treffen jemals jemandem aus Emily Selbys privatem Bekanntenkreis begegnet?«

»Nein.« Dilys Craig schüttelte den Kopf. »Ich glaube nicht, daß die beiden Freunde hatten – jedenfalls nicht in dem Sinne, daß es jemanden gab, mit dem sie regelmäßig in Verbindung standen. Sie hatten einander, und das schien ihnen zu genügen. Und es gab natürlich noch Emilys Vater, mit dem Desmond die Woche über ein Haus auf dem Campus der Universität teilte. Ich weiß nur, daß Emily ihren Vater sehr geliebt hat.«

»Hat sie Ihnen gegenüber jemals eine Frau namens Erika erwähnt?«

»Erika Stramm?« Dilys Craig lächelte, als sie bemerkte, wie verblüfft ihr Gegenüber sie ansah. »Sie ist ihre Cousine.«

»Ihre Cousine?«

»Ja … wenn auch nur zweiten Grades.«

Sabrina Carver fragte sich, wie es bei den Recherchen von UNACO hatte verborgen bleiben können, daß Emily Selby und Erika Stramm Blutsverwandte waren.

»Emilys Vater war als Johannes Stramm geboren worden«, erklärte Dilys Craig. »Aber in der Zeit, die er während des Krieges im Konzentrationslager verbrachte, änderte er seinen Namen, um auf diese Weise sein Leben zu retten. Als er nach Amerika kam, behielt er seinen falschen Namen bei – Johannes Lustig. Deshalb war ›Lustig‹ Emilys Mädchenname. Erika ist die Tochter des Cousins von Johannes Stramm. Von Erika wissen außer mir noch mehrere Leute in der Führungsetage des Weißen Hauses. Angesichts des untadeligen Rufes, den Emily genoß, war es nicht schlimm, daß eine ihrer Verwandten eine extreme Kommunistin war. Heutzutage würde so etwas nicht einmal mehr in den Personalakten auftauchen. Sie wissen schon, das Ganze würde viel zu sehr nach einer Hexenjagd wie in der McCarthy-Ära riechen.«

Für Sabrina Carver war es auf jeden Fall eine interessante Neuigkeit, daß Erika Stramm offenkundig als aktive linke Terroristin bekannt war.

»Wissen Sie etwas darüber, mit welchen Leuten Emily nach dem Tod ihres Mannes Umgang hatte?«

Dilys Craig zuckte höchst elegant eine Achsel. »Sie war sehr verschlossen in dieser Hinsicht. Ich hatte allerdings den Eindruck, daß sie praktisch keinerlei private Kontakte mehr hatte. So geht es ja vielen Witwen.«

»Da könnten Sie recht haben«, bestätigte Sabrina Carver. »Erzählen Sie mir mehr darüber, was für ein Mensch Emily war.«

Dilys Craig sog an ihrer Zigarette und starrte dann gedankenverloren auf ihre Gucci-Armbanduhr.

»Neben ihren beträchtlichen Fähigkeiten gab es eine alles überragende Eigenschaft an Emily – ihre Selbstlosigkeit. Wie oft hören wir das Tag für Tag. Aber Emily ist der einzige Mensch, den ich jemals getroffen habe, auf den dieses Wort wirklich zutrifft. Wann immer es zu einem Interessenkonflikt kam, stets war es Emily, die ihre eigenen Belange hintanstellte.«

»Ich gewinne langsam den Eindruck, daß sie so etwas wie eine Heilige war.«

»Großer Gott, nein!« Dilys Craig verzog das Gesicht. »Wer hat denn behauptet, sie sei eine Heilige gewesen?«

»Niemand. Aber was immer ich über Emily Selby erfahre, klingt danach, als sei sie eine außergewöhnlich uneigennützige und aufopferungsvolle Frau gewesen.«

»Na ja, sie war sicherlich ein bemerkenswerter und in vielerlei Hinsicht vorbildlicher Mensch. Aber eine Heilige? Sie lebte zurückgezogen, aber nicht weltabgeschieden wie in einem Kloster. Wenn man sie brauchte, war sie immer da. Sicher, sie war scheu und zurückhaltend, doch man hatte nie das Gefühl, daß sie sich auf diese Weise nur mit einer geheimnisvollen Aura umgeben wollte, wenn Sie verstehen, was ich meine.«

»Ich glaube schon.«

Sabrina Carver beobachtete die Bedienung hinter der Theke, die gerade damit beschäftigt war, einen Cappuccino zuzubereiten. Was die Agentin am meisten bewunderte, war der Umstand, daß die mindestens drei Zentimeter hohe aufgeschäumte Sahnehaube locker und zugleich stabil war. Wann immer sie selbst es versuchte, wurde die Sahne zwar schön cremig, blieb aber flach wie ein Pfannkuchen.

»Haben Sie irgendeine Vorstellung davon, wer ein Motiv gehabt haben könnte, Emily Selby umzubringen?«

»Dasselbe wollte ich Sie gerade fragen«, erwiderte Dilys Craig.

Sabrina Carver schüttelte den Kopf. »Wir wissen nur, *wie* sie getötet wurde, aber nicht *warum*.«

»Wenn man bedenkt, was für ein gutherziger und großzügiger Mensch sie gewesen ist ...« Dilys Craig zog auf die ihr eigentümliche Weise wieder nur die eine Achsel hoch. »Ich kann mir nur vorstellen, daß es entweder ein Versehen des Mörders war oder daß es etwas mit ihrer Cousine zu tun hat.«

»Mit Erika Stramm?«

»Genau.«

»Wissen Sie, ob sich die beiden häufig gesehen haben?«

»Vor noch relativ kurzer Zeit haben die beiden viel miteinander korrespondiert. Und es ging dabei um ernste Dinge.«

»Um was für Dinge?«

»Ich weiß nichts Genaueres. Ich weiß nur, daß Joe Dexter – mit dem Sie wahrscheinlich schon gesprochen haben – so etwas wie den Boten spielte.«

»Was heißt das?«

»Joe lebt allein, weil er zu schüchtern ist, mit anderen in direkten Kontakt zu treten. Deshalb begnügt er sich damit, in seiner Freizeit vor dem Computer zu sitzen und eine Art Vermittlung zu betreiben. Er ist die Anlaufstelle für andere, die Botschaften bei ihm deponieren, damit sie von ihm an Dritte weitergeleitet werden. Umgekehrt kann der Adressat einer Nachricht diese bei ihm natürlich auch abrufen.«

»Auf welche Weise treten die Leute mit ihm in Kontakt?«

»Dazu reicht ein Telefon und ein Modem. Joe kann per Internet Nachrichten aus aller Welt empfangen und selbstverständlich auch in alle Welt verschicken. Und ich weiß, daß er nicht nur an Emily adressierte E-Mails von Erika empfing, sondern auch E-Mails von Emily an Erikas Mailbox sandte.«

»Emily hat mit Ihnen darüber gesprochen?«

»Nein, und ich habe sie auch nicht danach gefragt«, erklärte Dilys Craig. »Aber wenn man gewisse Unregelmäßigkeiten in einem bestimmten Muster erkennen will, dann muß man sich dieses Muster nur lange genug anschauen, verstehen Sie? Vor etwa sechs, sieben Monaten fiel mir auf, daß Joe plötzlich wesentlich häufiger mit Emily zu tun hatte, als dies durch die Arbeit zu erklären war. Also schaute ich genauer hin.«

»Und was stellten Sie fest?«

»Nun, ich stellte Joe eines Tages zur Rede. Er gab zu, daß er für Emily Nachrichten entgegennahm und auch verschickte. Er wisse jedoch nicht, worum es sich handle, da die Nachrichten verschlüsselt seien und er nicht versucht habe, den Code zu knacken.«

»Das glaube ich ihm sogar.«

»Sicher. Dazu hatte er viel zuviel Respekt vor Emily. Außerdem nehme ich an, daß er in sie verliebt war.«

»Hatten Sie den Eindruck, daß Joe Dexter den Verdacht hegte, etwas Verbotenes zu tun?«

»Nein, niemals. Er war der Ansicht, daß es bei der ganzen Sache nur um rein private, vertrauliche Dinge ging. Joe wollte nur seinen Teil dazu beitragen, alles möglichst diskret zu handhaben.«

Dilys Craig trank ihre Tasse leer und stand auf. »Ich hole uns noch einen Kaffee.« Sie nickte in Richtung des Nachbartisches. »Aber was halten Sie davon, wenn wir uns draußen auf die Veranda setzen?«

»Sie wollen eine Zigarette rauchen?«

»Seien Sie nachsichtig mit einer Süchtigen.«

»Kein Problem.«

Beide gingen hinaus und wählten einen kleinen Tisch, der hinter einem Windfang stand.

»Jedesmal, wenn ich darüber nachdenke, muß ich unwillkürlich über mich selbst lachen«, sagte Dilys Craig und schirmte das Feuerzeug mit der linken Hand ab. Sie zog mehrmals an der Zigarette, bevor sie diese angezündet hatte. Dann lehnte sie sich zurück und stieß langsam den Rauch aus.

»Was für eine Ironie. Jeden Tag begebe ich mich irgendwann an die frische Luft, nur um mir dann die Lungen mit diesem Qualm zu füllen.«

Sabrina Carver nippte schweigend an ihrem Kaffee und wartete geduldig darauf, daß die ihr gegenübersitzende Frau weiterredete.

»Sind Sie jemals verheiratet gewesen?« fragte Dilys Craig unvermittelt.

»Nein.«

»Ich war es – zweimal. Und ich habe zwei Scheidungen hinter mir. Jedesmal litt ich unter dem Trennungsschmerz, obwohl ich einmal beinahe Haß für meinen Mann empfunden hatte und das andere Mal fast nur noch Abscheu. Doch in beiden Fällen brauchte ich mehrere Monate, um darüber hinwegzukommen. Ich dachte immer wieder daran zurück, wenn ich mir klarzumachen versuchte, was Emily empfunden haben muß, als ihr Mann starb: der Mann, den sie über alles in der Welt geliebt hatte.«

»Kam er nicht zusammen mit ihrem Vater ums Leben?«

»Ja. Sie hat mit mir darüber gesprochen.«

»Über ihren Vater?«

»Über den Tod beider Männer.« Dilys Craig inhalierte tief. »Emily bat mich jedoch, keinem Dritten gegenüber jemals ein Sterbenswörtchen davon zu verraten.«

Sie schaute Sabrina Carver offen in die Augen.

»Aber es scheint so, daß es jetzt für mich an der Zeit wäre, mein damaliges Versprechen zu brechen, nicht wahr?«

Die Agentin erwiderte nichts.

»Ich glaube, sie weihte mich in ihre Vermutungen ein, weil sie es einfach nicht länger ertragen konnte, alles in sich hineinzufressen. Das Ganze war wirklich eine unglaubliche Tragödie. Ihr Mann Desmond und ihr Vater waren mit einem Boot zum Angeln auf den Lake Cayuga hinausgefahren. Der See befindet sich auf dem Universitätsgelände, und zwar in Sichtweite des Hauses, in dem die beiden Männer wohnten. Emily hatte sich eine Woche Urlaub genommen und kam an dem Nachmittag, als es geschah, gerade von der Universitätsbibliothek zurück, wo sie für ein Buch recherchiert hatte, an dem sie gerade arbeitete. Als sie vom Wohnzimmerfenster aus das leere Boot auf dem See treiben sah, dachte sie zuerst, es sei abgetrieben und die beiden Männer säßen – wie sonst häufig um diese Zeit – auf ein paar Drinks in einer Bar. Im ganzen Haus gab es allerdings keinerlei Anzeichen dafür, daß die beiden zwischenzeitig vom Angeln zurückgekehrt waren. Daraufhin suchte Emily überall nach ihnen, jedoch ohne Erfolg. Schließlich alarmierte sie, halb verrückt vor Angst, die Polizei. Es wurde sofort eine Suche eingeleitet, und man fand die Leichen gegen Sonnenuntergang.«

»Ich hatte einen Schulfreund, der auf die gleiche Weise

umkam«, sagte Sabrina Carver. »Solche Unfälle passieren eben.«

»Ich weiß. Einem meiner Cousins erging es nicht anders«, erwiderte Dilys Craig. »Sein Boot kenterte, und er schaffte es in seinem schweren Angleranzug nicht mehr bis zum Ufer.«

»Aber es war nicht der Unfall, über den Sie schweigen sollten?«

»Nein!« Dilys Craig schnippte die Zigarette weg und zündete sich sofort eine neue an. »Nach dem Tod ihres Mannes und ihres Vaters sagten Emilys Nachbarn, ihre Kollegen und die Polizei alle übereinstimmend dasselbe, nämlich das, was auch wir gerade gesagt haben. Es handle sich um einen tragischen Unfall, wie er nun einmal vorkommen könne. Aber Emily glaubte nicht einen Augenblick daran, daß sich wirklich ein Unfall ereignet hatte.«

»Nannte sie Gründe für ihren Verdacht?«

»Ja. Der Pathologe, der die Autopsie vorgenommen hatte, lieferte sie ihr. Seine diesbezüglichen Befunde wurden bei der Untersuchung des Falles jedoch nicht zur Kenntnis genommen. Allem Anschein nach waren die Behörden durch eine Vielzahl von Ermittlungen völlig überlastet und deshalb nur daran interessiert, die Akten möglichst schnell zu schließen. Als offizielles Ergebnis wurde Tod durch Ertrinken festgestellt, ohne auch nur mit einem Wort anzudeuten, daß es sich möglicherweise nicht um einen Unfall handeln könnte. Dabei hatte der Pathologe bei der Anhörung auf einige Ungereimtheiten hingewiesen, die ihm an den Leichen aufgefallen waren. Ihm wurde jedoch keinerlei Gehör geschenkt. Emily bekam allerdings mit, wie er sich bei einem Polizeibeamten darüber beschwerte, daß die Ermittlungen auf unzulässige Weise abgeschlossen worden seien. Daraufhin setzte sich Emily privat mit dem Arzt in Verbindung ...«

Dilys Craig brach ab und deutete auf ihre leere Tasse. »Ich will Ihre Geduld nicht überstrapazieren, aber ich bin nicht nur nikotin-, sondern auch koffeinsüchtig. Wenn Sie noch einen Augenblick Zeit hätten, würde ich gern noch eine Tasse ...«

Sie wollte sich bereits von ihrem Stuhl erheben, aber Sabrina Carver kam ihr zuvor und bestand darauf, daß nun sie an der Reihe sei. Sie ging hinein und bestellte zwei weitere Portionen Kaffee. Bevor sie jedoch auf die Veranda zurückkehrte, eilte sie kurz in die Damentoilette, um von dort aus mit ihrem Mobiltelefon die UNACO-Zentrale anzurufen. Dort meldete sich Philpotts Sekretärin. Sabrina Carver nannte ihr rasch die Namen und das ungefähre Datum, an dem Emily Selbys Mann und ihr Vater umgekommen waren, und bat sie, die Autopsieberichte zu besorgen. Kurz darauf trat die Agentin mit zwei dampfenden Tassen hinaus ins Freie und gesellte sich wieder zu der Wartenden.

»Okay. Also wie ging das Ganze weiter?«

Dilys Craig führte aus, daß Emily Selby zu dem Krankenhaus gefahren sei, in dem der Pathologe arbeitete. Anfänglich habe er gezögert, ihr Auskunft zu geben, da es sich seinem ethischen Verständnis nach nicht ziemte, wenn ein vereidigter Leichenbeschauer des Staates New York eine kontroverse Position zu einem offiziellen Untersuchungsergebnis bezog. Aber Emily brauchte nicht lange, um ihn umzustimmen, da sich der Mann zugleich in seinem beruflichen Stolz und in seinem Gerechtigkeitssinn verletzt fühlte. Deshalb berichtete er Emily von einigen Befunden, die ihn stutzig gemacht hatten.

»Es sei zwar völlig unstrittig – so erzählte Emily mir später –, daß die beiden Männer ertrunken seien. Der Pathologe habe jedoch bezweifelt, daß die beiden einfach nur durch eine Unachtsamkeit ins Wasser gefallen seien. Beide Leichen hätten nämlich Verletzungen aufgewiesen, die bei einem Unfall dieser Art nicht unbedingt zu erwarten seien. So habe Desmond eine Prellung im Nacken und auf der Stirn sogar eine klaffende Wunde gehabt. Bei Emilys Vater hatte der Arzt am Schädel ebenfalls eine Platzwunde festgestellt. Zudem hätten beide Leichen um die Augen herum Kratzer und Quetschungen aufgewiesen, Desmonds Körpers darüber hinaus sogar noch Anzeichen für eine schwere Hüftverletzung. All dies deute darauf hin, daß beide Männer mit einem oder mehreren Angreifern gekämpft hätten.«

»Wie reagierte Emily auf diese Offenbarungen?«

»Sie sagte mir, sie setze alles daran, daß erneut Ermittlungen aufgenommen würden. Aber die Behörden wiesen ihre Anträge ab. Eine Zeitlang wurde sie bei ihren Bemühungen immerhin noch von dem Pathologen unterstützt, der sich mehrmals an die Polizei wandte. Er erstellte sogar ein längeres Gutachten, in dem er darauf hinwies, daß die Toten nicht nur ungewöhnliche äußere, sondern auch innere Verletzungen aufwiesen, die nicht durch einen Bootsunfall erklärt werden könnten. Beide liefen jedoch gegen eine Mauer an, und zu allem Unglück erkrankte der Pathologe etwa einen Monat, nachdem er sein Gutachten erstellt hatte, an Krebs und starb kurz darauf. Dadurch stand Emily nun ohne ihren wichtigsten Verbündeten ganz allein da. Von diesem Zeitpunkt an war sie verbittert und zog sich immer mehr zurück. Sie schien zu resignieren und unternahm meines Wissens keinen weiteren Versuch, die Behörden zu einer Neuaufnahme des Verfahrens zu bewegen.«

»Hat Emily jemals angedeutet, sie wüßte einen Grund, warum jemand ihren Mann und ihren Vater umbringen sollte?«

»Ich bin mir sicher, daß sie einen bestimmten Verdacht hatte. Schließlich war sie von Anfang an davon überzeugt, daß es sich nur um einen vorgetäuschten Unfall handelte. Außerdem erwähnte sie mir gegenüber einmal, daß Desmond wahrscheinlich nur deshalb habe sterben müssen, weil er den Mördern in die Quere gekommen sei, die auf ihren Vater angesetzt worden seien.«

»Waren das ihre Worte?«

»Ja. Sie brachte das Gespräch aber nur ein einziges Mal auf dieses Thema, und es schien ihr anschließend leid zu tun.«

Beide Frauen verfielen in Schweigen und nippten wortlos an ihren Tassen. Dann blickte Dilys Craig auf ihre

Armbanduhr und stellte fest, daß sie sich nun beeilen müsse.

»Ich habe eine Verabredung, und in meinem Alter nimmt man derartige Termine zunehmend ernster«, gestand sie lächelnd. »Außerdem dauert es immer länger, bis ich mich so weit hergerichtet habe, daß ich einen erträglichen Anblick biete. Allein für die Vorarbeiten brauche ich mittlerweile mehr als eine Stunde.«

»Verkaufen Sie sich nicht unter Preis«, lachte Sabrina Carver. »Sie sehen wirklich großartig aus.«

»Wenn ich nur halb so attraktiv wäre wie Sie, könnte ich die Dinge viel gelassener sehen.«

Beide erhoben sich und durchquerten das Café. An der Eingangstür streckte Sabrina Carver ihrer Begleiterin die Hand entgegen.

»Vielen Dank für die Zeit, die Sie mir geopfert haben, Dilys.«

»Es war mir ein Vergnügen. Ich hoffe nur, ich konnte Ihnen ein wenig weiterhelfen.«

»Sie waren mir wirklich eine große Hilfe. Ich habe jetzt ein sehr viel klareres Bild von Emily Selby als zuvor. Und Sie haben mir ein paar wichtige Hinweise gegeben, in welcher Richtung ich weiter nachforschen muß.«

»Na, das ist doch immerhin etwas!«

»Das ist sehr viel mehr, als ich erhofft hatte.«

8

Etwa zur selben Zeit, als Sabrina Carver das Café in Washington verließ, beendete Peter Leder sein Abendessen, das er bei *Alfons* in der Blissestraße in Berlin-Wilmersdorf eingenommen hatte. Es war bereits gegen 22.20 Uhr, und Leder hatte es sich zur Gewohnheit gemacht, meist um 23.00 Uhr zu Bett zu gehen. Deshalb legte er den Löffel beiseite und schob den Rest des Desserts von sich.

»Das Essen war ausgezeichnet«, lobte er. »Dies ist wirklich das einzige Restaurant, das ich kenne, in dem die Zabaglione mit echter Vanille zubereitet wird.«

Im Jahre 1969 hatte er sich im Alter von vierunddreißig Jahren einer Notoperation unterziehen müssen, als eine Krebsgeschwulst in seinem Zwölffingerdarm durchgebrochen war. Bei der Gastrektomie war er fast verblutet, aber die Operation war schließlich erfolgreich verlaufen, und er war nach langer Rekonvaleszenz wieder auf die Beine gekommen. Der ihm verbliebene Rest seines Magens hatte jedoch nur noch die Größe eines Tennisballs. Dies bedeutete für Leder, daß er fortan nur noch sehr kleine Mahlzeiten zu sich nehmen konnte. Aß er zuviel, wurde er für seine Sünden sofort mit Schmerzen und Übelkeit bestraft. Mit vierzig hatte er jedenfalls gelernt, beim geringsten Druckgefühl in seinem Leib niemals einen Bissen oder einen Schluck zuviel zu sich zu nehmen.

»Das bedeutet aber keinesfalls, daß ich mich nicht an einem guten Essen und einem erlesenen Tropfen erfreuen könnte«, erklärte er seinem Gast, nachdem er bereits erläutert hatte, warum er nur so winzige Mengen zu sich nahm. »Ich muß mich eben nur in Bescheidenheit üben und auf die Geduld derer hoffen, die die Last auf sich nehmen, mit mir essen zu gehen.«

Der ihm gegenübersitzende Stefan Fliegel betonte scheinbar überrascht, ihm sei nichts Ungewöhnliches aufgefallen. Angesichts Leders ständigen Aufstoßens, das die gesamte Mahlzeit begleitet hatte, war diese Aussage allerdings leicht als Höflichkeitslüge zu durchschauen. Fliegel wußte jedoch, daß sein Gastgeber für derlei dick aufgetragene Schmeicheleien durchaus empfänglich war. Immerhin war auf diese Weise das Treffen mit ihm zustande gekommen. Folglich sah Fliegel jetzt keinerlei Veranlassung, die einmal eingeschlagene Taktik zu ändern.

»Ich bedauere nur«, seufzte Leder, »daß mein Leiden mich in manch anderer Hinsicht beeinträchtigt. Die Ärzte haben mir erklärt, daß hierfür eine Stoffwechselstörung verantwortlich sei. Seit der Operation ist mein Magen einfach nicht mehr in der Lage, genügend Nährstoffe aufzunehmen. Vor allem die Zeit, in der ich vollständig auf flüssige Ernährung angewiesen war, trug dazu bei, daß meine Haut vorzeitig gealtert ist.«

»Aber ich bitte Sie, Herr Leder. Sie sehen keineswegs älter aus, als man es von einem Mann unseres Alters erwarten kann«, widersprach Fliegel vehement. »Wenn ich mich recht erinnere, sind Sie jetzt einundsechzig, also ein Jahr jünger, als ich es bin.«

»Sie sagen es.« Leder tupfte sich mit der Serviette den Mund ab. »Schauen Sie sich nur den Unterschied an, wenn Sie uns beide miteinander vergleichen.«

»Ich wollte mit meiner Feststellung nur hervorheben, daß ich keinerlei Unterschied erkennen kann.«

In Wahrheit hätte man Fliegel für Leders Sohn halten können, denn Leder sah etwa zwanzig Jahre älter aus, als er tatsächlich war. Fliegel jedoch, der einen nicht geringen Teil des Jahres damit verbrachte, sich an diversen italienischen Seen zu bräunen, wirkte wie ein Mann von etwa fünfzig Jahren. Er war ausgesprochen gutaussehend und von sportlicher Statur, während Leder eher untersetzt war und eine fleckige, von Falten zerfurchte Haut hatte.

Wieder tupfte Leder sich die Lippen ab, als wolle er auch auf diese Weise seinen Wunsch zum Ausdruck bringen, daß es nun Zeit für einen Themenwechsel war.

»Herr Fliegel, ich sehe keine Veranlassung dazu, Sie noch länger auf die Folter zu spannen. Ich möchte Ihnen daher mitteilen, daß ich Ihr Projekt für förderungswürdig halte.«

»Das freut mich.« Fliegel lehnte sich erleichtert zurück.

»Meine Einladung zu diesem Essen war allerdings keineswegs bereits als Hinweis auf meine Zustimmung zu verstehen«, betonte Leder. »Ich habe mich schon mit vielen Männern zum Essen verabredet, obwohl ich ihnen anschließend abschlägige Bescheide mitteilen mußte. Ich bin einfach nur der Überzeugung, daß man bei einem gemeinsamen Essen sehr gut über Geschäfte reden kann, was immer auch dabei herauskommen mag.«

»Ich verstehe«, sagte Fliegel mit einem strahlenden Lächeln. »Und ich möchte mich herzlich bei Ihnen dafür bedanken, daß Sie bereit sind, unsere Stiftung zu unterstützen.«

»Nun, was sollte dagegen sprechen, daß meine Direktoren und ich eine gutgeführte Organisation unterstützen, die es sich zum Ziel gesetzt hat, die Lebensqualität und die Zukunftsaussichten von benachteiligten jungen Menschen in unserem Lande zu fördern?«

»Nur durch die Großzügigkeit und den Weitblick von Persönlichkeiten, wie Sie es sind, ist es uns möglich, unsere Arbeit fortzusetzen.«

Fliegel war stolz darauf, wie leicht es ihm gefallen war, Leder auf seine Seite zu ziehen. Als sein Gegenüber sich vorbeugte, neigte auch er sich vor, und als Leder die Hände faltete, tat Fliegel es ihm abermals nach, denn er hatte bei einem Psychologiekurs gelernt, daß spiegelbildliches Verhalten dazu beiträgt, mögliche Vorbehalte des anderen abzubauen.

»Die Mappe mit den Empfehlungsschreiben ist höchst eindrucksvoll«, sagte Leder. »Und es hat mir imponiert, daß Sie nicht nur einen beträchtlichen Teil Ihrer Freizeit für die Stiftung opfern, sondern auch einen ansehnlichen Teil Ihres Einkommens.«

»Allerdings«, bestätigte Fliegel, der jedoch die Augen in einstudierter Bescheidenheit niederschlug. »Es gehört schon eine Menge Enthusiasmus und Hingabe dazu, diese Arbeit zu tun. Und ich habe einfach das Gefühl, meine Arbeitskraft zu vergeuden, wenn ich nicht wenigstens zehn Prozent davon in den Dienst der Stiftung stellen kann.«

Als Fliegel sich zurücklehnte und nach seinem Weinglas griff, stand plötzlich ein Kellner neben ihm, der sich vorher im Hintergrund gehalten hatte. Es war allerdings nicht derselbe, der die beiden Männer bereits zuvor bedient hatte. Dieser hier war um einiges größer.

Und sein Gesicht strahlte den gelassenen Ernst aus, den man sonst nur auf den Zügen von Friedhofsengeln sieht, dachte Fliegel. Zudem fiel ihm auf, daß der Kellner ausgesprochen schlank und drahtig war: ein attraktiver junger

Mann, der durchaus das Zeug dazu hatte, sein Herz zu brechen. Fliegel lächelte ihn aufmunternd an.

»Hat Ihnen das Essen geschmeckt, mein Herr?«

Fliegel nickte nur. Der Kellner schaute ihm dabei zu, wie er einen Schluck Wein nahm und das Glas wieder absetzte.

»Haben Sie sonst noch einen Wunsch?«

»Nun ...«

Fliegel hätte sich sehr gern einen Cognac bestellt. Aber er fühlte sich ein wenig verwirrt und abgelenkt. Zum einen zeigte Leder unübersehbare Anzeichen von Verärgerung, weil der Kellner ihn offenkundig völlig mißachtete, und zum anderen legte der in der Mitte des Saals stehende Oberkellner die Stirn in Falten und starrte verwundert zu ihrem Tisch herüber, als sei irgend etwas nicht in Ordnung. Darüber hinaus fiel Fliegel auf, daß der neben ihm stehende Mann irgendwie ganz anders war als alle Kellner, die er jemals gesehen hatte. In der Tat zeigte der Mann keine Spur der für einen Kellner typischen Zurückhaltung und Unterwürfigkeit, sondern starrte ihn geradezu frech und herausfordernd an.

»Sie wünschen also nichts weiter, mein Herr?« Die Blikke des Mannes bohrten sich geradezu in Fliegels Augen.

»Dann wäre es jetzt wohl an der Zeit, daß wir reinen Tisch machen und ich Ihnen die Rechnung präsentiere«, stellte der Kellner fest.

Fliegels Verwirrung nahm immer mehr zu. »Wie bitte?«

Der Oberkellner setzte sich in Bewegung und kam auf ihren Tisch zu. Als er mit einem der übrigen Gäste zusammenstieß, blieb er jedoch stehen, um sich zu entschuldigen.

Der Mann schaute kurz über seine Schulter, bemerkte den Herankommenden und nickte Fliegel lächelnd zu.

»Der Oberkellner«, raunte er ihm zu, erneut nickend. »Ich denke, es ist jetzt wirklich an der Zeit, Ihnen die Rechnung zu präsentieren.«

»Ich verstehe nicht, was Sie meinen.«

Der Kellner griff mit der Rechten in sein Jackett und zog einen Revolver hervor. Plötzlich hatte Fliegel das Gefühl, das alles um ihn herum sei nicht real, sondern nur die Szene eines Alptraums. Laut hörte er seinen Puls in den Ohren dröhnen. Er wollte sich gerade von seinem Stuhl erheben und stützte sich, Halt suchend, am Tisch ab, als sich der Revolver auf sein Gesicht richtete. Als gehe von Fliegel eine magnetische Wirkung aus, folgte die Waffe jeder seiner Bewegungen.

»Hier ist die Rechnung für Nathan Barash«, rief der Kellner.

Fliegel hörte noch, wie die Waffe ein metallisches Geräusch von sich gab. Dann versank die Welt für ihn in eine donnernde Flut aus Rot, der das absolute Nichts folgte.

In dem Augenblick, als der Schuß abgefeuert wurde, strich sich ein Mann, der zwei Tische weiter saß, gerade mit den Fingern der rechten Hand durchs Haar. Durch den Lärm der Detonation und das Schreien einiger Gäste erschreckt, blickte er verwundert auf seine Hand, an der plötzlich etwas Warmes und Klebriges haftete. Verständnislos starrte er auf die Mischung aus Blut und Hirnmasse, die sich über seine Finger verteilt hatte.

»Haltet den Mann!« brüllte der Oberkellner.

Peter Leder konnte währenddessen seinen Blick nicht von Stefan Fliegel lösen, der auf seinem Stuhl zusammengesackt war und in dessen Gesicht ein Auge und die Hälfte der Stirn fehlten. Noch immer hallte der Lärm des Schusses in Leders Ohren nach, aber er hörte auch zersplitterndes Glas. Als er daraufhin seinen Blick hob, sah er, wie der Schütze – noch immer mit der Waffe in der Hand – unverletzt durch das zerborstene Fenster sprang und über die Straße rannte, bis ihn die Dunkelheit verschluckte.

9

Mike Graham verbrachte den ganzen Morgen damit, die UNACO-Bibliothek nach Schlüssel- und Schließfachverzeichnissen zu durchforsten. Nach zwei Stunden ergebnislosen Suchens fand er schließlich in einem der zahllosen

Bände eine Liste, in der mehr als zehntausend Schlüsselnummern aufgeführt waren. Sie alle gehörten zu Schließfächern, die ausnahmslos bei amerikanischen Bankinstituten eingebaut worden waren. Dort stieß Graham auf den gesuchten Eintrag:

Schlüsselserie BL 921773 bis BL 921872:
Sanders Lowe Incorporation für Luckham Depositories.

Luckham war ein großes Unternehmen, das für die Schließfächer in diversen Banken zuständig war und offensichtlich eine Serie von hundert Schlüsseln geordert hatte. Emily Selbys Schlüssel hatte die Nummer BL 921786. Es handelte sich um ein aus Wolfram gefertigtes Unikat mit höchst präzise gefrästen Nuten und Einkerbungen. Allein der Schlüssel mußte ungefähr so viel gekostet haben wie eine qualitativ hochwertige Schließfachkassette. Deshalb entschloß sich Graham dazu, zunächst die drei renommiertesten Banken, die Luckham betreute, unter die Lupe zu nehmen. Mit etwas Glück befanden sich alle einhundert Schließfächer an einem Ort.

Zu diesem Zweck suchte Graham einen der EDV-Räume auf, setzte sich an ein Terminal und gab sein Paßwort ein: *licet* – das lateinische Wort für ›es ist gestattet‹. Nach einer Sekunde erschien auf dem Bildschirm ein Menü. Graham klickte ein bestimmtes Symbol an und verschaffte sich Zugang zu einem UNACO-Datenbank-System, das gegen eine Vielzahl von Datenschutzgesetzen verstieß und zudem auf illegale Weise erarbeitet worden war. Aber dieses System stellte für verschiedene Ermittlungstätigkeiten ein unschätzbares Instrument dar. Auf normalem Wege hätte es mehrere Tage und wahrscheinlich einige hundert Dollar an Schmiergeldern gekostet, den Standort des Schließfaches herauszubekommen, zu dem Emily Selbys Schlüssel paßte. Mit Hilfe des Computers erledigte Graham diese Aufgabe in acht Minuten.

Er schaute sich zuerst ein Verzeichnis aller Schließfächer an, die von Luckham betreut wurden. Graham konzentrierte sich dabei auf jene Fächer, die dem höchsten Sicherheitsstandard entsprachen, und fand sogar ein aktualisiertes Verzeichnis der Schließfachbenutzer. Allerdings gehörte keiner der aufgeführten Schlüssel zu der BL-Serie. Daraufhin untersuchte Graham die Auflistung der nächstniedrigeren Güteklasse, für die ein Nutzer im Monat vierhundert Dollar oder weniger bezahlen mußte. Dort fand der Agent, was er gesucht hatte:

> Sanders-Lowe-Schlüsselnummern BL 921773 bis 921872, zugehörig zu feuerfesten titanummantelten Kassetten aus 5 mm starkem, kaltgewalztem Stahlblech.
> Die Kassetten befinden sich, zehn Reihen hoch, in Zehnerreihen nebeneinander und werden rund um die Uhr von acht lasergestützten Alarmsystemen überwacht.

Die Schließfach-Anlage befand sich im achten Stock der Okasaki-Bank im Bezirk Mount Vernon in Washington D.C. Graham notierte sich die Adresse und telefonierte anschließend etwa fünf Minuten lang über die hausinterne Anlage mit C.W. Whitlock, um ihm zu erläutern, was er vorhatte. Dann begab er sich in die UNACO-Abteilung für technische und sonstige Ausrüstung.

»Ich muß wie ein reicher, vornehmer Pinkel aussehen«, erklärte er Theresa, die für den Bereich ›Garderobe‹ zuständig war.

»Und das bedeutet?« fragte sie nüchtern und – wie stets – mit ausdruckslosem Gesicht.

»Wie wär's mit einer dunklen Seidenkrawatte von Dior mit floralem Muster?« schlug Graham vor. »Dazu vielleicht ein blaues Oberhemd von Turnbull und Asser und den petrolfarbenen Armani-Anzug.«

»Sie meinen nicht zufällig den Anzug, auf den Sie die spanische Gemüsesuppe gekleckert haben?« fragte Theresa in strengem Ton.

»Habe ich das getan?« fragte Graham mit Unschuldsmiene. »Sind Sie sicher?«

»Es gibt Zeugen dafür!«

»Da können Sie mal sehen, wie schnell man heutzutage Dinge einfach vergißt. Gibt es deswegen denn irgendein Problem?«

»Für die Trockenreinigung stellt spanische Gemüsesuppe immer ein Problem dar. Entfernt man den Fleck vollständig, bleibt eine helle Stelle zurück. Entfernt man den Fleck nur so weit, daß man keine helle Stelle zurückläßt, bleibt der Knoblauchgeruch im Gewebe zurück. Für welches Übel soll man sich da entscheiden?«

»Theresa, ich bin wirklich in Eile! Kann ich den Anzug nun haben oder nicht?«

»Wenn es ein Armani-Anzug sein soll, dann haben Sie nur die Wahl zwischen Dunkelblau oder Hellgrau. Der petrolfarbene ist noch nicht wieder einsatzbereit.«

Graham entschied sich für den dunkelblauen Anzug. Während dieser aufgebügelt wurde, legte der Agent seine Jeans und das Sweatshirt ab und schlüpfte in einen Bademantel. Als er aus der Umkleidekabine trat, stieß er mit einem ausgemergelt wirkenden Handwerker zusammen, der mit einem Overall bekleidet war und eine Wollmütze trug. Zu Grahams Überraschung lächelte ihn der Mann an und nickte ihm grüßend zu.

»Du erkennst mich wohl nicht?« fragte der Mann, als Graham sich bereits abwenden wollte. »Man kann sagen, was man will: Die Maskenbildner hier verstehen wirklich ihr Handwerk.«

Graham wandte sich ihm erneut zu: »Ich fürchte, ich verstehe nicht, was ...?«

»Vor knapp einem Monat habe ich es auf der Abschiedsparty von Nancy Blair wohl ein bißchen übertrieben. Jedenfalls hast du mich nach Hause gebracht und mir ins Bett geholfen. Das war wirklich nett von dir. Und jetzt willst du einfach grußlos an mir vorbeilaufen, Mike? Erkennst du mich wirklich nicht, oder habe ich mich damals so danebenbenommen, daß du es jetzt vorziehst, mich einfach zu übersehen?«

Graham musterte den Mann nun intensiver. »Steht hier wirklich Jackie Lloyd vor mir?«

»Genau der.«

»Sie haben tatsächlich ganze Arbeit an dir geleistet. Durch die falsche Nase siehst du ganz verändert aus. Aber sie steht dir. Du solltest dir überlegen, ob du sie nicht ständig ...«

»Wirklich sehr witzig!« Lloyd deutete auf die künstlichen Tränensäcke unter seinen Augen. »Ich habe allerdings auch schon mit dem Gedanken gespielt, die Dinger hier zu behalten und mit den rotgeränderten Augen vor meine Ex-Frau zu treten, um bei ihr auf die Tränendrüse zu drücken. Vielleicht kauft sie mir dann ab, daß mich die hohen Unterhaltszahlungen noch ins Grab bringen.«

»Ich habe dich wirklich nicht wiedererkannt, Jackie. Was haben wir doch für einen seltsamen Beruf, daß wir solche Kindereien mit uns machen lassen?«

»Es gibt unangenehmere Möglichkeiten, sein Geld zu verdienen.« Lloyd reichte ihm die Hand. »Ich muß mir noch eine Ausrede einfallen lassen, wie das Öl auf den Overall und die Schuhe kommen konnte. Theresa wird mir dafür sicherlich Daumenschrauben anlegen. Bis zum nächsten Mal, Mike.«

»Paß auf dich auf, Jackie.«

Graham durchquerte einen angrenzenden Raum und begab sich in das Hoheitsgebiet von Imogen Kelly.

»Hallo, Mister Graham«, begrüßte ihn die Hairstylistin und Kosmetikerin. »Sie haben gerade zur rechten Zeit den Weg zu mir gefunden, wie ich sehe. Denn als Sie hereinkamen, dachte ich zuerst, ein Wischmob stünde vor mir.«

Imogen Kelly hatte ihre berufliche Laufbahn bei der UNACO als Hausbotin begonnen, ihren Aufgabenbereich jedoch gewechselt, nachdem bekannt geworden war, worin ihr eigentliches Talent bestand. Seither war sie die Herrin eines hervorragend ausgestatteten Frisiersalons, in dem sie dafür zu sorgen hatte, daß die UNACO-Agenten ein ständig wechselndes und jeweils der Situation angepaßtes Äußeres hatten.

»Ich muß wie ein Geschäftsmann in leitender Position

aussehen«, erklärte Graham. »Und es muß so schnell wie möglich gehen.«

Sie wies ihn an, im Frisierstuhl Platz zu nehmen, und warf ihm ein Magazin für Herrenmoden in den Schoß.

»Hier. Suchen Sie sich einen Adonis aus. Ich werde Ihnen dann sagen, ob ich Sie so hinkriege oder ob Sie unter Größenwahn leiden.«

Graham blätterte durch die Hochglanzseiten und deutete schließlich auf einen jungen Mann mit Mittelscheitel, dessen etwas längere Haare an den Seiten leicht gewellt waren.

»Könnten Sie mir diese Frisur verpassen, ohne daß mir meine Haare beim ersten Windstoß in die Augen wehen?«

»Sicher doch.«

Imogen Kelly legte ihm einen weißen Umhang um die Schultern und stopfte das obere Ende in den Kragen seines Bademantels.

»Ich muß zuerst die Form ein wenig verändern und die Länge stutzen, dann wasche ich Ihr Haar. Bevor ich es anschließend föne, werde ich es mit einem neuartigen Mittel behandeln.«

Sie hielt eine schwarze Plastikflasche in die Höhe.

»Diese Flüssigkeit sorgt dafür, daß Ihr Haar einen Hitzeschutz erhält. Dadurch kann ich schneller arbeiten und Ihnen die gewünschte Frisur mit dem Fön förmlich einbrennen. Ich verspreche Ihnen: Selbst eine Bombenexplosion würde nicht dazu ausreichen, daß Ihnen der Scheitel verrutscht.«

Das Ganze dauerte keine fünfzehn Minuten. Am Ende sah Grahams Frisur der des Mannes im Magazin zum Verwechseln ähnlich.

»Wunderbar.« Er betrachtete im Spiegel seine Frisur von allen Seiten. »Ich hätte nie gedacht, daß Sie es so schnell hinbekämen.«

»Ich habe vorhin vergessen zu erwähnen, daß die Sache allerdings einen Haken hat«, erwiderte Imogen Kelly trokken, während sie den Umhang entfernte. »Nach drei Tagen fallen Ihnen alle Haare aus. Aber man kann schließlich nicht alles haben, stimmt's? Also machen Sie das Beste daraus!«

Als Mike Graham sich um fünf nach drei mit der Gucci-Aktentasche unter dem Arm neben dem Piloten des UNACO-Flugdienstes anschnallte, sah er wie ein typischer Wall-Street-Topmanager aus. Es regnete, aber der Helikopterpilot versprach dem Agenten, daß das Wetter aufklaren würde.

»Das ist meine einzige Rettung«, brüllte Graham, um den Lärm des Rotors zu übertönen. »Denn wenn der Anzug auch nur einen Fleck abbekommt, brauche ich mich bei der UNACO nicht mehr blicken zu lassen.«

Es war windig, aber trocken, als Mike Graham eine Stunde vor Schalterschluß vor dem Eingangsportal der Okasaki-Bank in Mount Vernon, Washington D.C. stand. Im Bewußtsein seiner neuen Identität passierte er zielstrebig die Rauchglastür und bestieg den Fahrstuhl, um in den achten Stock zu gelangen.

Dort stieß er auf das erste Hindernis, das es zu überwinden galt: eine Wand aus Panzerglasplatten, die in einen Rahmen aus glänzendem Stahl eingelassen waren. Als Graham sich erfolglos nach einer Tür umschaute, wurde er von einer Stimme angesprochen, die etwa auf Kopfhöhe aus der Wand zu kommen schien.

»Guten Tag, Sir. Womit können wir Ihnen dienen?«

»Ich möchte ein Schließfach bei Ihnen mieten.«

»Aber gern. Bitte treten Sie ein, und nehmen Sie einen Augenblick Platz.«

Eine der Glasplatten glitt beiseite und gab den Durchgang in einen benachbarten Raum mit schweren, grünen Wandbehängen frei. An einem Ende befand sich ein schmaler Fensterschlitz, in dessen Nähe ein Tisch und zwei Ledersessel standen. Graham hatte gerade Platz genommen, als die Panzerglasplatte wieder in ihre alte Position glitt und sich eine andere öffnete. Von dort trat ein Enddreißiger auf ihn zu, dessen graue Schläfen tadellos gestutzt waren, was ihm die Seriosität eines Bundesrichters verlieh, und dessen Anzug fast so erlesen war wie Grahams.

»Mein Name ist Dan Conway«, begrüßte er den Besucher mit einem vorsichtigen Lächeln und reichte ihm die Hand. »Ich hoffe, wir können Ihnen behilflich sein, Mister ...?«

»Lewis. Brett Lewis.«

Conway legte eine lederne Mappe auf den Tisch und setzte sich. Als er die Mappe aufschlug, sah Graham, daß sie Antragsformulare enthielt. Antragsformulare aber bedeuteten Zeitverzögerung, und genau dies konnte sich Graham nicht leisten.

»Könnten Sie mir einige Angaben dazu machen, für welchen Zweck Sie ein Schließfach benötigen, Mister Lewis? Ich möchte Ihnen nicht unnötig Zeit stehlen, falls sich möglicherweise herausstellen sollte, daß Sie bei einer unserer Filialen besser aufgehoben sind.«

Dies war eine Klippe, die Graham umschiffen mußte, damit er in den hiesigen Saferaum eingelassen wurde.

»Es geht nur um die Deponierung einiger Dokumente«, erklärte er. »Das und ein paar kleinere Wertgegenstände.«

»Ist nichts dabei, das größer wäre als 35 mal 28 mal 18 Zentimeter?«

»Aber nein. Die von Ihnen genannten Maße reichen völlig aus. Ich muß Ihnen allerdings sagen, daß mein Anliegen sehr dringlich ist. Ich habe nämlich Dokumente bei mir, die einen ebenso sensiblen wie hochkarätigen Geschäftsabschluß betreffen und deshalb bis zur endgültigen Vertragsunterzeichnung an einem absolut sicheren Ort verbleiben müssen, zumal keinerlei Kopien oder Durchschriften existieren.«

»Nun, Mister Lewis, lassen Sie mich Ihnen zunächst erläutern, welche Leistungen wir unseren Kunden anbieten und was wir dafür von unseren Kunden erwarten.«

Natürlich werde vollständige Anonymität garantiert, betonte Conway – worüber Graham am liebsten laut gelacht hätte, denn mit Hilfe der UNACO-Datenbank hätte er innerhalb von Minuten jeden Inhaber eines von Luckham hergestellten Schließfaches ermitteln können. Zudem werde die Sicherheit der eingelagerten Gegenstände garantiert, da zum einen die Kassetten feuerfest und auch sonst außergewöhnlich widerstandsfähig seien und zum anderen ein ausgeklügeltes Schlüsselsystem jedem Unberechtigten den Zugang unmöglich mache. Darüber hinaus werde der Saferaum durch mehrere, mit drei Polizeirevieren verbundene Laser-Alarmanlagen überwacht. Sollte es dennoch zu irgendwelchen Schäden oder Verlusten kommen, seien die Einlagen in den Schließfächern hoch versichert.

»Was wir nun von Ihnen benötigen, Mister Lewis, ist zunächst eine Bestätigung Ihrer Hausbank, daß Sie in der Lage sind, die monatlich anfallenden Gebühren in Höhe von siebenhundert Dollar zu bezahlen. Ferner müßten Sie drei Referenzen renommierter Unternehmen beibringen und uns die Erlaubnis erteilen, Informationen darüber einzuholen, daß Sie weder vorbestraft sind noch ein polizeiliches Ermittlungsverfahren gegen Sie läuft. Beim letzten Punkt handelt es sich nur um eine Formalität, aber – so leid es mir tut – das Versicherungsunternehmen, mit dem wir zusammenarbeiten, besteht darauf.«

»Gegen all das habe ich keine Einwände. Mein Problem ist ein anderes«, erwiderte Graham und bemerkte, wie der Blick Conways eine Spur mißtrauischer wurde. »Ich benötige den Schutz Ihres Schließfaches jetzt, das heißt heute, noch in dieser Stunde, denn am frühen Abend fliege ich geschäftlich nach Asien. Deshalb muß ich absolut sicher sein können, daß diese Unterlagen ...« – Graham tätschelte seine Aktenmappe – »... während meiner Abwesenheit wohlverwahrt sind.«

Conway räusperte sich vornehm. »Sir, Ihnen noch heute die Benutzung eines Schließfaches einzuräumen widerspräche allen Gepflogenheiten unseres Hauses.«

»Aber es wäre möglich?«

»Ich fürchte, ich kann Ihnen nicht sehr viel Hoffnung machen.«

»Vielleicht ist es möglich, das übliche Verfahren ein wenig abzukürzen«, schlug Graham vor. »Sie verfügen doch sicherlich über eine aktuelle Liste häufiger Safe-Benutzer, nicht wahr? Eine vertrauliche Liste, auf der zweihundert Namen von Persönlichkeiten aus Wirtschaft und Politik aufgeführt sind, deren Ruf über jeden Zweifel erhaben ist!«

Auch dies war ein kritischer Punkt. Es war durchaus möglich, daß Conway die Existenz dieser Liste leugnete. In dem Fall waren Graham die Hände gebunden.

»Nun ja ...!« Wieder räusperte sich Conway. »Die Liste, von der Sie sprechen, bezieht sich auf eine Gruppe von hochrangigen Gewährsleuten, deren Empfehlung wir unbesehen folgen. Wollen Sie mit Ihrer Frage andeuten, Mister Lewis, daß Sie jemand auf dieser Liste kennen, der Ihnen eine Referenz erteilen könnte?«

»Nicht nur das. Wenn mich nicht alles täuscht, dürften Sie meinen eigenen Namen auf der Liste finden.«

»Ehrlich gesagt, wüßte ich nicht, wie es Ihnen gelungen sein sollte, davon Kenntnis zu erlangen, Mister Lewis.«

»Ich kann Ihnen nur versichern, Mister Conway, daß es mir niemand absichtlich mitgeteilt hat«, beeilte sich Graham zu versichern. »Wissen Sie, wenn man wie ich tagaus, tagein in sehr sensiblen Bereichen Geschäfte macht, bleibt es einfach nicht aus, daß man per Zufall bestimmte Dinge erfährt, die einem sonst verborgen bleiben.«

Conway erhob sich von seinem Platz.

»Wenn Sie mich bitte für ein paar Minuten entschuldigen wollen, Mister Lewis ...«

Er wandte sich zum Gehen, kehrte jedoch noch einmal zu Graham zurück.

»Würden Sie mir bitte den Namen desjenigen nennen, der für Sie bürgen könnte?«

»Es handelt sich um Kenneth Ross.«

Conway notierte sich den Namen und verließ dann den Raum. Während Graham warten mußte, malte er sich vor seinem geistigen Auge aus, was nun geschah: Conway würde sich an seinen Computer setzen und die geheime Datei mit den zweihundert Namen aufrufen, einen Suchbefehl eingeben und schließlich unter der Eintragung ›Brett Lewis‹ nicht nur auf ein Foto von Graham stoßen, sondern auf den Lebenslauf eines Geschäftsmannes, der auf eine kometenhafte Bilderbuchkarriere verweisen konnte und nicht in Gold aufzuwiegen war.

Sollte Conway auch nach dem Namen Kenneth Ross suchen, würde er ein Foto des Schauspielers Alan Flint vorfinden, dessen Talente sich die UNACO regelmäßig zunutze machte. Die zugehörigen Angaben wiesen auch ihn als genialen Industriekapitän aus, wie die Vielzahl der dokumentierten Erfolge eindrucksvoll belegte – auch wenn diese frei erfunden und erst nach dem Abflug Grahams von C.W. Whitlock in die allen Banken zugängliche Datei eingespeist worden waren.

Der nächste Schritt würde darin bestehen, daß Conway die in der Geheimliste genannte Telefonnummer wählte, um persönlich Auskünfte über Brett Lewis einzuholen. Am anderen Ende der Leitung würde sich unter dem Namen Kenneth Ross allerdings C.W. Whitlock melden, um eine mehr als überzeugende Lobeshymne auf seinen alten Freund Brett anzustimmen.

Es waren noch keine fünf Minuten vergangen, als Conway ein wenig atemlos wieder zurückkehrte. Sein bereits zuvor ausgesprochen höfliches und respektvolles Auftreten wirkte nun geradezu devot.

»Es tut mir außerordentlich leid, Mister Lewis, daß Sie so lange warten mußten. Ich bin aber außerordentlich erfreut, Ihnen mitteilen zu können, daß es unser Haus mit Stolz erfüllen würde, Ihnen jederzeit mit allem von Ihnen Gewünschten dienen zu können.«

Zehn Minuten später befand sich Graham allein in einer klimatisierten Stahlkammer, in der zehn mal zehn Schließfachkassetten aufbewahrt wurden. Nachdem er auf eine Einverständniserklärung, das Fach für mindestens einen Monat zu mieten, eine unleserliche Unterschrift gekritzelt hatte, war ihm Nummer acht zugeteilt worden. Conway hatte zudem betont, daß er in der Stahlkammer absolut unbeobachtet sei. Graham glaubte ihm.

Deshalb verlor er keine unnötige Zeit, sondern machte sich – nachdem sich die Tür hinter ihm geschlossen hatte –

unverzüglich mit Hilfe einer Taschenlampe daran, die Plaketten zu untersuchen, auf denen die zugehörigen Schlüsselnummern eingraviert waren. Im Handumdrehen stellte er fest, daß Emily Selby die Kassette Nummer 29 benutzt hatte. Graham stellte sie auf den in der Mitte der Kammer stehenden Tisch und schloß sie auf. Dann öffnete er den Deckel so langsam, als fürchte er, etwas Gefährliches könne ihm daraus entgegenspringen.

Der Agent hatte keinerlei Vorstellung gehabt, welcher Inhalt ihn erwarten würde. Aber jetzt gestand er sich doch ein, daß er ein wenig enttäuscht war, denn in der Kassette befand sich nur sehr wenig, und zudem Gegenstände, die man eher in einem Schuhkarton auf dem Dachboden als in einer teuren Stahlkassette in einem Tresorraum vermutet hätte.

Graham stieß auf einige Schnappschüsse, die Emily Selby und ihren Mann zeigten. Daneben lagen ein altes gerahmtes Foto von den Eltern der Ermordeten und mehrere kleine Bücher mit Erzählungen für Kinder, auf deren Einband von Kinderhand der Name ›Emily Lustig‹ gekritzelt stand. Ferner befanden sich Emily Selbys Geburts- und Heiratsurkunde in der Kassette, einige Versicherungspolicen und ein versiegelter weißer Umschlag. Graham öffnete ihn.

In dem Umschlag steckte ein Foto, das zehn Frauen und Männer zeigte. Sie alle saßen mit feierlichen Gesichtern und steifer Haltung in zwei Reihen unter einem Banner mit der Aufschrift *ZJ – Gegründet 1994.* Ansonsten enthielt der Umschlag nur noch ein billiges Notizbuch mit einem einzigen Eintrag: *Scharnweberstraße 17a, Berlin.*

Bis auf das gerahmte Bild und die Kinderbücher verstaute Graham alles in seiner Aktenmappe. Das Notizbuch und das Gruppenfoto deponierte er jedoch sicherheitshalber in der Innentasche seines Jacketts, denn ohne voreilig sein zu wollen, maß er diesen beiden Gegenständen die einzig ernstzunehmende Bedeutung bei.

Er verschloß die Kassette wieder und brachte sie an ihren alten Platz zurück. Dann nahm er seine eigene, öffnete sie und legte ein paar Zeitungen hinein, die er in seiner Aktenmappe mitgebracht hatte, so daß diese trotz der hinzugekommenen Unterlagen Emily Selbys einen nach wie vor unverdächtigen Umfang hatte.

Als Graham den Tresorraum verließ, eilte Conway aus dem Hintergrund auf ihn zu und begleitete ihn zum Fahrstuhl.

»Ich hoffe, daß wir Ihnen auch weiterhin zu Diensten sein können, Mister Lewis.«

Graham lächelte und nickte.

»Ich glaube sagen zu dürfen, daß Ihre Unterlagen nirgendwo sicherer und besser aufgehoben wären als hier.«

»Ich danke Ihnen für Ihre Hilfe«, erwiderte Graham, nachdem sich die Lifttüren geöffnet hatten. »Einen schönen Tag noch, Mister Conway.«

Während sich die Türen wieder schlossen und der Fahrstuhl nach unten glitt, dachte Graham bei sich, daß sein Spind in der Zentrale der UNACO wesentlich sicherer war als dieses teure Schließfach. Soweit er wußte, war niemand außer ihm selbst autorisiert, den Spind zu öffnen, auch wenn dort nichts Wertvolles oder Bedeutsames zu finden war.

10

Philpott hatte seinen Leuten die Nachricht zukommen lassen, sich um 15.00 Uhr zu einer Lagebesprechung in der UNACO-Zentrale einzufinden. Als der Mitarbeiterstab etwa fünf Minuten früher im Sitzungsraum erschien, stand Philpott, in die Lektüre einiger Computerausdrucke vertieft, am Fenster. Nachdem alle Platz genommen hatten, schaute er auf die Uhr.

»Na, dann können wir ja beginnen«, rief er und setzte sich ebenfalls an den Tisch. »Ich möchte vorausschicken, daß dieser Fall immer weitere Kreise zieht und mittlerweile höchste Priorität genießt. Doch dazu später mehr. Zuerst wollen wir sehen, was wir bis jetzt wissen. Sabrina, würden Sie den Anfang machen und uns mitteilen, was Sie über Emily Selby in Erfahrung bringen konnten?«

Sabrina Carver faßte knapp zusammen, was sie von den früheren Kollegen der Ermordeten, vor allem von Dilys Craig, erfahren hatte.

»Ohne Zweifel führte der 20. Juli 1993 die einschneidendsten Veränderungen in ihrem Leben herbei, da an diesem Tag ihr Mann und ihr Vater starben. Emily Selby hatte gute Gründe, davon auszugehen, daß es sich dabei keineswegs nur um einen Unfall handelte.«

Sie las einen Abschnitt aus dem Autopsiebericht vor, demzufolge beide Männer Verletzungen erlitten hatten, die bei einem Tod durch Ertrinken normalerweise nicht auftraten.

»Abgesehen davon habe ich in Erfahrung bringen können, welche Verbindung zwischen Emily Selby und Erika Stramm besteht.«

Die Agentin berichtete über die verwandtschaftliche Beziehung zwischen den beiden Frauen und darüber, daß beide in jüngster Vergangenheit regelmäßig miteinander korrespondiert hatten.

»Was wissen Sie über Emily Selbys Ehemann?« fragte Philpott.

»Ich habe die einschlägigen Presseartikel und sonstigen zugänglichen Unterlagen sowohl über Desmond Selby als auch über seinen Schwiegervater durchgesehen.«

Sie zog ein weiteres Blatt aus ihren Unterlagen.

»Über Desmond Selby läßt sich nichts Auffälliges feststellen. Er war bei seinem Tod dreiundvierzig und Professor für Orientalistik. Er und Emily lernten sich in Bagdad kennen, als dort beide an verschiedenen Forschungsprojekten arbeiteten. Selby war Jude, aber soweit bekannt, hatten weder er noch seine Frau Kontakt zu jüdischen Organisationen, sei es hier in den USA oder sonstwo. Desmond Selby war offenbar ein Wissenschaftler von ausgezeichnetem Ruf. Nirgendwo ist ein Motiv zu erkennen, warum ihn jemand hätte umbringen wollen. Daher dürfte der Verdacht seiner Frau von um so größerer Bedeutung sein, denn sie schien davon auszugehen, daß er nur deshalb sterben mußte, weil er den Mördern ihres Vaters in die Quere kam.«

»Und wer war Emily Selbys Vater?« hakte Philpott erneut nach.

»Er wurde 1923 als Georg Hofmannsthal Stramm geboren«, las Sabrina Carver von einem weiteren Blatt ab. »Er wuchs in München und Berlin auf, wurde jedoch 1941, im Alter von achtzehn Jahren, zusammen mit anderen jüdischen Studenten von den Nazis von der Universität verwiesen. Zudem wurde er mit einem Arbeitsverbot belegt. Nach mehreren erfolglosen Versuchen, Deutschland zu verlassen, wurde er 1942 im Zuge einer der sogenannten Säuberungsaktionen in das Konzentrationslager Buchenwald gebracht. Dort nahm er die Identität eines verstorbenen Mithäftlings an, eines gewissen Johannes Lustig. Es gelang ihm tatsächlich, bis Kriegsende zu überleben. Nach dem Einmarsch der Alliierten stellte Stramm den Antrag, in die Vereinigten Staaten immigrieren zu dürfen. Schließlich erhielt er die amerikanische Staatsbürgerschaft und erwarb sich im Laufe der Jahre den Ruf eines angesehenen Gelehrten.

Emily Selbys Vater unterstützte aktiv die Zionistenbewegung und gehörte zu den Augenzeugen, als David Ben Gurion 1948 die Gründung des Staates Israel ausrief. Er promovierte in Hebraistik und in Philosophie und erhielt schließlich einen Ruf an die Universität Cornell, wo er europäische Geschichte lehrte. Er schrieb vier Bücher über die russischen Pogrome und einige Aufsätze über den Holocaust.«

»Kann man ihn als politischen Agitator bezeichnen?«

»Ich habe dafür keinen Anhaltspunkt gefunden«, stellte Sabrina Carver fest. »Nun ja, von Zeit zu Zeit schrieb er erzürnte Leserbriefe an verschiedene Zeitungen, und in einigen seiner Aufsätze geißelte er bestimmte Tendenzen der amerikanischen Außenpolitik, da er in ihnen faschistische Züge zu erkennen glaubte. Aber das war's auch schon.«

Alle anderen machten sich eifrig Notizen.

»So weit, so gut«, resümierte Philpott. »Jetzt sind Sie an der Reihe, Mike.«

Mike Graham berichtete in wenigen Worten, auf welche Weise er sich Zugang in den Tresorraum der Okasaki-Bank verschafft hatte.

»Offensichtlich maß Emily Selby auf geradezu rührende Weise ein paar simplen Gegenständen einen sehr hohen ideellen Wert bei, denn der Inhalt ihrer Schließfachkassette besitzt keinen nennenswerten materiellen Wert.«

Graham reichte Sabrina Carver und C.W. Kopien des Gruppenfotos und des Eintrags in das Notizbuch.

»Die in dem Notizbuch angegebene Adresse habe ich mittlerweile überprüfen lassen«, erklärte Philpott. »Es handelt sich um eine Wohnung in Berlin-Kreuzberg: ein Stadtteil, in dem es häufig zu Spannungen zwischen den Bevölkerungsgruppen unterschiedlicher Nationalitäten kommt. Zudem herrscht dort eine hohe Kriminalitätsquote. Die betreffende Wohnung kommt einem Hochsicherheitstrakt gleich: keine Fenster, dafür aber Metalltüren, Alarmanlagen und diverse Überwachungskameras. Sie gehört der angesehenen Maklerfirma Herschell und Grosz, die keinerlei Auskunft über den Mieter gibt.«

»Wollen wir wetten, daß es sich um Erika Stramm handelt?« fragte Whitlock.

»Möglich. Aber von ihr ist uns kein fester Wohnort bekannt«, gab Philpott zu bedenken. »Wir haben lediglich ihre E-Mail-Adresse.«

Sabrina Carver, Mike Graham und C.W. Whitlock lehnten sich zurück und schauten ihren Chef erwartungsvoll an, der ihnen offensichtlich eine wichtige Mitteilung zu machen hatte. Während der letzten paar Minuten hatte Philpott mehrmals seine Krawatte zurechtgerückt und sich geräuspert: untrügliche Anzeichen dafür, daß etwas Bedeutsames geschehen war.

»Hier haben Sie einige Informationen über zwei Morde, die erst gestern in Deutschland verübt worden sind«, verkündete er und teilte Kopien an seine Mitarbeiter aus. »Das eine Opfer war Karl Sonnemann, dreiundsechzig Jahre alt, Universitätsprofessor. Er wurde in Frankfurt getötet. Bei dem anderen Opfer handelt es sich um Stefan Fliegel, einen zweiundsechzigjährigen Geschäftsmann, der in Berlin erschossen wurde. Die Namen der beiden Männer standen auf der Liste, die Sabrina in Emily Selbys Hotelzimmer gefunden hat. Welche Bedeutung dieses Dokument auch immer haben mag, auf jeden Fall scheint es sich dabei um eine Liste von Todeskandidaten zu handeln, deren Hinrichtung bereits begonnen hat.«

»Wissen wir irgend etwas über den oder die Mörder?« fragte Graham.

»In beiden Fällen wird der Täter als junger Mann beschrieben, der nicht älter als fünfundzwanzig sein soll, knapp 1,90 Meter groß, blonde Haare, blaue Augen ...«

»Na, dann dürfte es ja kein Problem sein, ihn aufzuspüren«, rief Graham voller Sarkasmus. »Diese Beschreibung trifft höchstens auf eine Million Deutsche zu.«

»Aber er ist vermutlich kein Deutscher«, widersprach Philpott. »Eine Zeugin, die mit Professor Sonnemann unmittelbar vor dessen Ermordung zusammen war, sagte aus, daß der Täter einen seltsamen Akzent gesprochen habe. Sie konnte allerdings keine genaueren Angaben machen.«

»Sind bereits Maßnahmen ergriffen worden, um Andreas Wolff abzuschirmen?« erkundigte sich Whitlock. »Ich nehme doch an, daß sein Schutz angesichts dieser Mordfälle höchste Priorität genießt?«

»Er wird auf Schritt und Tritt von einem bewaffneten Leibwächter begleitet«, sagte Philpott. »Außerdem wird sein Appartement am Berliner Tiergarten rund um die Uhr überwacht.«

Sabrina Carver erkundigte sich, ob auch die anderen Personen, deren Namen auf der Liste standen, gewarnt worden seien.

»Bis jetzt noch nicht«, antwortete Philpott. »Die Entscheidung, sie nicht zu warnen, mag auf den ersten Blick verantwortungslos erscheinen. Aber im Augenblick müssen wir zuallererst herausfinden, was diese Leute miteinander verbindet. Dieses Ziel könnte gefährdet werden, wenn wir vorzeitig die Karten offenlegen.«

Sabrina Carver verkniff sich einen Kommentar. Schließlich wurde sie nicht dafür bezahlt, Entscheidungen ihrer Vorgesetzten anzuzweifeln.

»Wir befinden uns immer noch am Anfang der Ermittlungen und benötigen weitere Informationen«, stellte Philpott fest. »Deshalb möchte ich, daß Sie, Sabrina, nach Marokko fliegen und dort etwas über den Mann herausfinden, der Emily Selby erschossen hat. Immerhin ist es sehr wahrscheinlich, daß er im Auftrag gehandelt hat. Stellen Sie also fest, ob es Hintermänner gibt und um wen es sich dabei handelt.«

»Ist es sicher, daß er sich in Marokko aufhielt?« vergewisserte sich die Agentin. »Ich meine, unmittelbar vor dem Anschlag?«

»Der israelische Geheimdienst hat über sein Büro in Rabat die Bewegungen des Täters vor dessen Abflug nach London überprüft. Der Mossad ist der Überzeugung, daß der Mörder sich in Tetuán aufgehalten hat. Bevor Sie aufbrechen, erhalten Sie eine Mappe, in der Sie eine Karte sowie Angaben über den mutmaßlichen Aufenthaltsort finden werden.«

»Gut.«

Philpott wandte sich an Mike Graham.

»Ich möchte, daß Sie sich Zugang zu dieser mysteriösen Berliner Wohnung verschaffen und feststellen, von wem sie bewohnt wird. Sollte es sich dabei tatsächlich um Erika Stramm handeln, benötigen wir Informationen darüber, was sie mit der ganzen Geschichte zu tun hat und was sie weiterhin zu tun gedenkt.«

»Sollten Sabrina und ich unsere Aufgaben nicht vielleicht besser tauschen, so daß sie nach Deutschland geht und ich nach Marokko?« schlug Graham vor.

»Wollen Sie damit sagen, daß Sie Sabrina nicht zutrauen, in Marokko zurechtzukommen?« fragte Philpott.

»Marokko ist ein ausgesprochen heißes Pflaster«, erwiderte Graham. »Ich habe dort so meine Erfahrungen gemacht und ...«

»Vielen Dank für deine Besorgnis, Mike. Aber ich glaube, ich kann ganz gut auf mich selbst aufpassen«, unterbrach ihn Sabrina Carver mit entschiedener Stimme.

»Meine Entscheidung, Sabrina nach Marokko zu schikken, resultiert aus meiner Einschätzung, daß sie als Frau dort nicht in gleichem Maße als Bedrohung betrachtet wird wie möglicherweise ein Mann«, erklärte Philpott.

Mike Graham zuckte mit den Achseln.

»Außerdem wird sie dort nicht auf sich allein gestellt sein«, fügte Philpott hinzu. »Lucy Dow wird sie erwarten, um ihr mit Rat und Tat zur Seite zu stehen.«

»Aus welchem Grund?« hakte Graham nach.

»Lucy ist zur Zeit ohnehin in Marokko, um dort eine terroristische Splittergruppe der *Sendero Luminoso* zu beobachten. Sie ist mit Land und Leuten vertraut und kann Sabrina daher eine große Hilfe sein.«

Philpott faßte Graham scharf ins Auge.

»Haben Sie irgendwelche Einwände dagegen, Mike?«

»Aber nein«, erwiderte der Gefragte säuerlich, »wie sollte ich?«

»Na, dann ist es ja gut.«

Philpott wandte sich an Sabrina Carver.

»Sie werden sich also um 17.30 Uhr hier wieder einfinden, um die notwendigen Unterlagen in Empfang zu nehmen. In Marokko sollten Sie nur mit leichtem Gepäck unterwegs sein, so als wären Sie eine Touristin.«

Philpott erhob sich von seinem Platz und sammelte seine Papiere zusammen.

»Das wär's für den Augenblick. Machen wir uns also wieder an die Arbeit. Und denken Sie daran, daß die Uhr läuft. Davon, wie jeder einzelne von Ihnen seine Aufgabe löst, hängt es ab, wie schnell wir den oder die Täter aufspüren und schließlich neutralisieren können.«

»Leichter gesagt als getan«, murmelte Mike Graham vor sich hin, als er aufstand. Draußen wartete er auf Sabrina Carver.

»Ich hab's wirklich nicht böse gemeint«, beteuerte er, als sie den Raum verließ. »Ich dachte nur, daß dir der Auftrag in Berlin eher liegen würde.«

»Ich übernehme jeden Auftrag, der mir erteilt wird«, erwiderte seine Kollegin, »und bisher habe ich jeden erfüllt.«

»Das habe ich auch nicht angezweifelt, Sabrina. Ich dachte nur, ich könnte dir einen Gefallen tun.«

»Vielen Dank, aber es wäre mir lieber, wenn du dich in Zukunft um deinen eigenen Kram kümmern würdest.«

Sie wollte Graham einfach stehenlassen, aber er ließ nicht locker.

»Hey, wie meinst du das? Warum bist du so eingeschnappt?«

»Weil es bei dir auf dasselbe hinausläuft, ob du jemandem einen Gefallen tun oder ihm vors Schienbein treten willst!«

Als sie davoneilte, zeichneten sich rote Flecken auf ihren Wangen ab: ein deutliches Zeichen für ihre Verärgerung. Graham war sich durchaus bewußt, daß nicht selten er der Grund hierfür war. Allem Anschein nach hatte er im Umgang mit Sabrina nicht gerade eine glückliche Hand.

Philpott und C.W. Whitlock waren im Besprechungszimmer zurückgeblieben und diskutierten über die beiden letzten Morde. Trotz intensiver Nachforschungen der deutschen Kriminalpolizei hatten sich keinerlei Verbindungen zwischen den Mordopfern ermitteln lassen.

»Offenbar haben beide nur gemeinsam, daß sie von demselben Täter getötet worden sind und daß ihre Namen auf dieser Liste stehen«, faßte Whitlock zusammen.

Aber Philpott zeigte sich keineswegs überzeugt. Während seiner vielen Jahre bei Scotland Yard hatte er immer wieder eine Erfahrung gemacht, die ihm zum Motto geworden war: ›Fehlende Indizien oder Beweise sind nichts anderes als das Ergebnis unzureichender Ermittlungsarbeit – es sei denn, das Gegenteil kann bewiesen werden!‹

»Es muß eine Verbindung zwischen ihnen geben, und wir müssen sie schleunigst finden. Sonst werden wir es bald mit weiteren Mordfällen in Deutschland zu tun haben.«

»Wir werden zweifellos noch mehr Informationen hereinbekommen. Aber damit ergibt sich ein weiteres Problem«, argwöhnte Whitlock. »Die Gefahr dabei ist nämlich, daß wir Zusammenhänge konstruieren, wo es keine gibt. Bis jetzt wissen wir zum Beispiel, daß neun der Männer, die auf der Liste stehen, einmal einen Urlaub in Südafrika verbracht haben. Elf haben ein Konto auf einer Schweizer Bank. Noch auffälliger ist, daß viele von ihnen Waisen sind und ein großer Teil der übrigen adoptiert wurde. Infolge des Krieges sind die Akten der deutschen Behörden allerdings alles andere als vollständig, was uns die Arbeit nicht gerade erleichtert. Aber ich tue, was ich kann. Darauf können Sie sich verlassen.«

»Das weiß ich«, sagte Philpott mit Nachdruck.

Whitlock war sich darüber im klaren, welche Verantwortung auf seinen Schultern ruhte. Vor allem von ihm wurde erwartet, daß er Zusammenhänge erkannte, die andere nicht sahen. Und er wußte auch, daß sein Chef davon überzeugt war, daß die größte Stärke seines Mitarbeiters in dessen analytischem Denkvermögen bestand. Whitlock hielt dies für Unsinn. Seiner eigenen Auffassung nach verfügte er in dieser Hinsicht über keinerlei besonderes Talent, sondern lediglich über eine Eigenschaft, die viele andere allerdings vermissen ließen: Geduld.

Falls notwendig, konnte sich Whitlock tagelang mit einem Problem beschäftigen, und zwar so lange, bis er jedes Detail in einem Maße verinnerlicht hatte, daß ihm die Struktur des Ganzen klar vor Augen stand und daher das Problem oftmals gelöst werden konnte.

»Was wissen wir über die Opfer?« fragte er Philpott.

»Wir haben nur den üblichen nichtssagenden Kram. Sonnemann, der Professor, hatte eine lange akademische Karriere hinter sich. Die einzige Schwäche, die er offensichtlich hatte, war seine Vorliebe für junge Frauen. Aber wer will das heutzutage noch als ungewöhnlich bezeichnen? Der andere, Stefan Fliegel, war ein beinahe genauso respektabler Zeitgenosse – bis auf die Tatsache, daß seine besondere Vorliebe jungen Männern galt. Keiner von beiden ist jemals mit dem Gesetz in Konflikt geraten. Beide lebten in unterschiedlichen Regionen Deutschlands, und es gibt keinen Hinweis darauf, daß sie sich kannten oder jemals getroffen haben.«

»Bekomme ich Kopien der polizeilichen Ermittlungsakten?«

»Sie müßten innerhalb der nächsten Stunde auf Ihrem Schreibtisch liegen.«

»Sobald mir der ganze Papierkram vorliegt, werde ich mir die Karten legen und aus dem Kaffeesatz lesen, was hinter der Sache steckt.«

Philpott machte sich auf den Weg, da er zu einer Sitzung mußte, auf der die sinkende Vertrauenswürdigkeit des Internationalen Gerichtshofes erörtert werden sollte. Daraufhin verließ auch Whitlock das Besprechungszimmer und folgte dem Korridor, der in die Kommandozentrale der UNACO führte. Dort betrat er das Büro, in dem ständig eingehende Meldungen über mehrere Monitore flimmerten. Da der Raum unbesetzt war, ließ Whitlock seinen Blick eine Weile über die verschiedenen Bildschirme wandern, bis er sich schließlich dazu entschloß, den bevorstehenden Anruf nicht länger hinauszuschieben, sondern sich der erwarteten Konfrontation zu stellen. Also hob er den Hörer ab und wählte die Handynummer seiner Frau.

»Ich bin's«, sagte Whitlock.

»Um was geht's?« fragte Carmen kurz angebunden.

»Ich wollte mich nur melden, weil ich letzte und vorletzte Nacht im Büro ...«

»Könntest du dich bitte kurz fassen!«

»Als ich mich die letzten beiden Male bei dir entschuldigen wollte und du mich auch kalt abblitzen ließest, war es ...!«

»Ich habe zu arbeiten, C.W.! Gibt es irgend etwas Wichtiges, das du mir sagen möchtest?«

Whitlock fragte sich, ob sie diesen Ton auch gegenüber ihren Kollegen anschlug. Seine Frau war Kinderärztin und

Mitinhaberin einer gutgehenden Praxis. Sie arbeitete darüber hinaus jedoch jede Woche zehn Stunden in der Notaufnahme eines Krankenhauses, wie C.W. seinen Freunden gegenüber immer wieder hervorhob, da er sehr stolz darauf war, daß Carmen sich aus sozialer Verantwortung auch um ärmere Menschen kümmerte.

»Also?« hakte sie nach. »Was willst du?«

»Ich wollte dir eigentlich nur sagen, daß es mir wegen der letzten Nächte sehr leid tut«, seufzte Whitlock.

»Das ändert nichts an der Tatsache, daß du die ganze Zeit einfach untergetaucht bist!«

»Was erwartest du von mir, Carmen? Was soll ich denn tun?«

»Welchen Nutzen hätte es, wenn du etwas nur deswegen tätest, weil ich es dir gesagt habe?«

Zum erstenmal fragte sich Whitlock, ob seine Frau auch mit ihren kleinen Patienten so hart umsprang. Großer Gott, die armen Kinder!

»Sag mir nur eins, Carmen!«

»Was?«

»Behandelst du mich nur deshalb wie einen dummen Jungen, weil du mich auf diese Weise dazu bringen willst, gar nicht mehr nach Hause zu kommen?«

»Jetzt wirst du wirklich kindisch, C.W.!«

»Jawohl, da hast du völlig recht!« erwiderte er mit wachsendem Unmut. »Aber was mußt du für eine Frau sein, wenn du dich mit einem so kindischen und oberflächlichen Kerl wie mir abgibst?«

Er knallte den Hörer auf die Gabel.

»Ärger?« fragte eine Stimme hinter ihm.

Als Whitlock sich umdrehte, stand Caroline vor ihm: die diensthabende Beamtin, die an diesem Nachmittag die Weiterleitung der eintreffenden Meldungen überwachte.

»Ich habe nur die dumme Angewohnheit, immer wieder in offene Messer zu laufen«, sagte Whitlock, »und anschließend die Messer für meine Unachtsamkeit verantwortlich zu machen – wenn du verstehst, was ich meine.«

»Aber sicher doch«, erwiderte Caroline gelassen und

stellte ihre Tasse mit heißem Kaffee ab. »Jeder hat seine Marotten und macht mal eine schlechte Phase durch.«

Sie führte einen scheckkartengroßen Ausweis durch den Schlitz eines Lesegerätes. Daraufhin öffnete sich eine Schublade unter der Computerkonsole, aus der sie einen großen braunen Umschlag nahm.

»Das hier ist vor zehn Minuten für dich reingekommen.«

Whitlock nahm den Umschlag entgegen und schaute hinein. Es handelte sich um die vorläufigen Berichte der Berliner und Frankfurter Polizei über die Morde an Karl Sonnemann und Stefan Fliegel.

»Ah, endlich wieder Arbeit!« rief er, froh über die Ablenkung.

»Ein weiser Mann hat einmal gesagt, daß Arbeit das einzige sei, was den Menschen über den Kummer seines Daseins hinwegtrösten könne«, kommentierte Caroline. »Wenn ich mich nicht irre, stammt das Zitat von Miguel de Unamuno.«

»Vielen Dank, Caroline, daß du deine Versuche immer noch nicht aufgegeben hast, meinen begrenzten intellektuellen Horizont zu erweitern.«

Whitlock klemmte den Umschlag unter den Arm und verließ den Raum. Während er den Korridor entlang zu seinem Büro eilte, gingen ihm die Worte allerdings nicht mehr aus dem Sinn: *Arbeit ist das einzige, was den Menschen über den Kummer seines Daseins hinwegtrösten kann.*

Manchmal, dachte Whitlock bei sich, gibt es wirklich Situationen, in denen ein Satz wie dieser den Nagel auf den Kopf trifft.

11

Als Sabrina Carver in Tanger aus dem Flugzeug stieg, hatte sie das Gefühl, in einem Treibhaus gelandet zu sein. Die Sonne glühte zwar von einem wolkenlosen Himmel herab, aber erst zehn Minuten zuvor hatte es geregnet. Auf dem Rollfeld standen große Wasserpfützen, aus denen Dampf aufstieg und die heiße Luft mit Feuchtigkeit sättigte.

Sabrina hatte bewußt auf extravagante Kleidung verzichtet und trug eine schlichte, braungemusterte Bluse, beigefarbene Jeans und Sportschuhe. Zudem hatte sie keinerlei Make-up aufgelegt und ihr langes Haar zu einem Zopf zusammengebunden. Dennoch hatte sie die Aufmerksamkeit eines rotgesichtigen Geschäftsmannes auf sich gezogen, der plötzlich in der Schlange an der Paßkontrolle hinter ihr stand und ihre Hüfte mit seinen Fingerspitzen berührte.

»Ich weiß nicht, ob Sie schon einmal hier waren«, raunte er ihr ins Ohr, »aber ich möchte Sie auf jeden Fall warnen. Glauben Sie mir, diese Kerle sind regelrechte Ferkel und werden nichts unversucht lassen, um Sie zu einer Erlaubnis für eine Leibesvisitation zu bewegen. Sie sollten sich besser schon ein paar Antworten zurechtlegen.«

Soweit Sabrina Carver es beurteilen konnte, machten die Beamten einen absolut seriösen Eindruck. Das einzige Ferkel, das sie weit und breit ausmachen konnte, war der Kerl hinter ihr, dessen whiskydurchtränkter Atem mit der schwülen Luft eine ekelhafte Verbindung einging. Seine Glupschaugen und seine vorstehenden Raffzähne erinnerten sie in fataler Weise an das Aussehen des einzigen Kinderschänders, mit dem sie es früher einmal zu tun gehabt hatte. Sie gestand sich allerdings ein, daß ihr Urteilsvermögen durch die Hitze und die Kopfschmerzen, unter denen sie litt, ein wenig getrübt sein mochte.

»Ich werde mich vorsehen«, erwiderte sie.

»Nicht, daß die Kerle darauf aus wären, Sie zu demütigen«, redete der Geschäftsmann weiter. »Sie verdienen einfach sehr wenig und greifen daher nach jeder Gelegenheit, ein wenig Spaß zu haben – zum Beispiel, indem sie eine junge amerikanische Dame begrabschen.«

»Schon gut. Ich habe verstanden.«

»Sind Sie geschäftlich hier?«

Nun drängte sich die Klette auch noch neben sie, obwohl

ein Schild unübersehbar signalisierte, daß einer hinter dem anderen stehen sollte.

»Ich habe jedenfalls nicht den Eindruck, daß Sie hierhergekommen sind, um sich ein paar schöne Tage zu machen.«

»Ich habe hier geschäftlich zu tun«, erklärte die Agentin, ohne den Mann eines Blickes zu würdigen.

»Mein Name ist Harvey Bristow.«

»Schön für Sie.«

»Und wie heißen Sie?«

Sabrina Carver bemerkte, daß einer der Abfertigungsschalter frei war und der dahinter stehende Beamte ihr ein Zeichen gab. Sie strebte auf den Beamten zu und reichte ihm ihren Paß, ohne daß Bristow sich abschütteln ließ.

»Denken Sie daran, was ich Ihnen gesagt habe!« wiederholte er und drängte sich dicht an sie heran.

Der Zollbeamte – ein großgewachsener, mit einer tadellos sitzenden, leichten Uniform bekleideter Mann – lächelte sie an. Er blickte in ihren Paß, musterte dann gründlich ihr Gesicht und lächelte dann erneut, während er auf eine der freien Seiten einen Stempel drückte und ihr das Dokument zurückgab.

Sabrina Carver dankte ihm, passierte die Absperrung und hielt nach dem Gepäckband Ausschau, um dort ihren Koffer in Empfang zu nehmen. Dabei ereigneten sich zwei Dinge beinahe gleichzeitig. Zum einen hörte sie, wie die Klette ihr schnaufend nacheilte, um sie einzuholen, zum anderen drang von dem Hertz-Schalter zu ihrer Rechten eine vertraute japanische Stimme an ihr Ohr.

»Kogatasha o karitai no desu ga.«

Sie wandte sich um und erkannte Nat Takahashi, der für den Wirtschafts- und Sozialausschuß der Vereinten Nationen arbeitete. Er war ein kleiner, drahtiger, sehr temperamentvoller Mann von Ende Dreißig. Trotz der unerträglichen Hitze trug er einen dunklen Business-Anzug und ein weißes Oberhemd mit Krawatte. Er schien sehr erfreut darüber zu sein, daß der Angestellte der Autovermietung Japanisch verstand.

»Isshuukan karitai no desu ga ...«

Sabrina kannte nur ein paar Brocken Japanisch, glaubte aber verstanden zu haben, daß Takahashi für eine Woche ein kleineres Auto mieten wollte.

»Die Gepäckausgabe ist dort drüben«, keuchte Bristow und legte ihr seine Hand auf die Schulter. »Kommen Sie, ich werde Ihnen mit dem Koffer helfen.«

»Hallo, Nat«, rief sie dem Japaner zu.

Takahashi drehte sich um und spähte stirnrunzelnd nach der Person aus, die seinen Namen gerufen hatte. Als er erkannte, um wen es sich handelte, verzog sich sein Gesicht zu einem freudigen Strahlen.

»Hey, Sabrina! Bist du mir etwa gefolgt?«

Sie versuchte, ihm mit den Augen zu verstehen zu geben, daß sie sich in unliebsamer Gesellschaft befand und seiner Hilfe bedurfte.

»Einen Augenblick!« Er schien verstanden zu haben. »Ich muß hier nur noch eine Formalität erledigen.«

Bristow wirkte enttäuscht.

»Ist der Bursche ein Bekannter von Ihnen?«

»Das ist er allerdings.«

Gemeinsam verfolgten sie, wie Takahashi seine Kreditkarte zurückerhielt und den Mietvertrag zusammen mit den Wagenschlüsseln ausgehändigt bekam. Nachdem er alles sorgfältig verstaut hatte, eilte er auf Sabrina Carver zu. Sein Gesicht war nun völlig ausdruckslos.

»Belästigt dich dieser Mann?«

»Nun aber langsam ...!« Bristow stieß ein nervöses Kichern aus. »Ich habe mich nur ein wenig mit der Dame unterhalten ...«

»Los, ziehen Sie Leine!«

Bristow wirkte verblüfft. Dann schluckte er hart.

»Was fällt Ihnen ein, in diesem Ton mit mir zu reden? Ich werde ...«

»Sind Sie taub oder was?«

Nat Takahashis grobe Ausdrucksweise, die er auf den Straßen New Yorks erworben hatte, stand in befremdendem Kontrast zu seinem asiatischen Aussehen und seiner konservativen Kleidung. Es wäre keineswegs verwunderlich gewesen, wenn Bristow in diesem Augenblick gedacht hätte, einen japanischen Gangster vor sich zu haben.

»Die Dame kann auf Ihre Gesellschaft verzichten, klar?«

»Herr im Himmel, was habe ich ihr denn getan?«

»Packen Sie einfach Ihre Sachen und verschwinden Sie! Oder muß ich erst nachhelfen und Ihnen einen Tritt in Ihren fetten Hintern verpassen?«

Bristow schnappte sich sein Gepäck und stampfte davon, das Gesicht geröteter denn je und wütende Verwünschungen vor sich hin murmelnd. Sabrina Carver blickte Takahashi entsetzt an.

»Ich brauchte dich doch nur als Vorwand, um ihn loszuwerden!«

»Na und?« Der Japaner zuckte mit den Achseln. »Das ist uns doch auch gelungen, oder nicht? Wenn man eine Arbeit übernimmt, dann soll man sie auch richtig erledigen.«

Er nahm ihren Arm und geleitete sie zum Gepäckband.

»Ich weiß, daß es sinnlos wäre, dich zu fragen, was dich nach Tanger geführt hat, Sabrina. Du würdest mir doch nur ein paar Lügengeschichten auftischen. Aber sag mir wenigstens, ob du zum erstenmal hier in der Stadt bist?«

»Allerdings. Und ich muß nach Tetuán.«

»Das trifft sich gut. Ich muß in eine Stadt namens Martil, die nur ein paar Meilen von Tetuán entfernt liegt. Laß uns das Gepäck holen, und dann machen wir uns auf den Weg. Ich bringe dich dorthin.«

»Das ist lieb von dir, Nat.«

»Da wäre ich mir an deiner Stelle nicht so sicher. Ich liebe es, mit meinen landeskundlichen Kenntnissen zu prahlen. Und selbst wenn du die ganze Zeit gähnen solltest, kann mich das nicht davon abhalten. Warte ab, wenn wir erst in Tetuán sind, wirst du wünschen, du wärest bei diesem schmierigen Kerl geblieben.«

Nat Takahashi chauffierte Sabrina Carver in dem kleinen roten Peugeot mit halsbrecherischer Unbekümmertheit durch die Straßen von Tanger. Dergleichen hatte die UNACO-Agentin zuvor nur in Saigon erlebt, wo die Fahrer von Autos und Lastwagen offensichtlich auf keinerlei Regeln, sondern ausschließlich auf das Gebot der göttlichen Vorsehung vertrauten.

»Zivilisierte Menschen, die dazu gezwungen sind, einige Zeit in diesem Teil der Welt zu verbringen, lernen als erstes, daß die Hupe für den Araber sehr viel wichtiger ist als die Bremse«, erklärte der Japaner, der beinahe pausenlos die Hupe betätigte und auf diese Weise Passanten von der Straße scheuchte.

»Wenn man sich erst einmal daran gewöhnt hat, erkennt man, daß das Ganze sogar eine durchaus nachvollziehbare Logik hat.«

Damit seine Begleiterin zumindest ein paar der Sehenswürdigkeiten von Tanger zu sehen bekam, wählte Takahashi eine kurvenreiche Strecke, die aus der Stadt hinaus in ein Netz von Straßen führte, die von Restaurants, Bars und Nachtclubs gesäumt waren.

»Tanger war einst ein internationaler Treffpunkt für Schmuggler, Geheimagenten und Flüchtlinge aus aller Welt: eine ebenso aufregende wie gefährliche Stadt.«

»Warst du zu der Zeit hier, Nat?«

»Zu der Zeit war ich noch nicht einmal geboren, Sabrina. Aber ich habe viele Geschichten von Leuten gehört, die das alles selbst erlebt haben. Doch wenn du zumindest ein bißchen von der Atmosphäre schnuppern möchtest, die hier damals in den dreißiger Jahren geherrscht hat, solltest du der Altstadt von Tanger einmal einen Besuch abstatten. Es ist wirklich faszinierend, in dieses Labyrinth von engen Straßen und verwinkelten Gassen einzutauchen. Ich tue es auch von Zeit zu Zeit.«

Sabrina Carver versuchte sich vorzustellen, wie die Araber reagierten, wenn der Japaner in seinem dunkelblauen Anzug in ihr Reich eindrang.

»Was hat dich eigentlich nach Tanger geführt, Nat?«

»Das Übliche.«

Er unterbrach seine Erklärung, da er sich in den dichter

fließenden Verkehr in der Rue de la Liberté einfädeln mußte.

»Ich soll ein paar UN-Projekte vorbereiten, die einerseits etwas mit Wirtschafts- und Handelsförderung zu tun haben, andererseits aber auch mit Geburtenkontrolle. Im Grunde genommen bin ich hier so etwas wie das Mädchen für alles, was unter die politische Beschlußfassung der UN-Generalversammlung fällt.«

»Ich bin beeindruckt.«

»Dazu besteht keine Veranlassung. Ich mache das jetzt schon so lange und habe in all den Jahren keine einzige ernsthafte Veränderung erlebt. Glaub mir, Sabrina, ich habe oft daran gedacht, zur UNACO überzuwechseln.«

Wie die meisten UN-Mitarbeiter wußte auch Nat Takahashi von der Existenz der UNACO, aber er hatte keine Ahnung, wer als Agent für diese Organisation arbeitete und wer die führenden Köpfe waren. Er wußte nicht einmal, mit welchen Aufgaben die UNACO-Agenten betraut wurden. Nur wenn wieder einmal einer der Agenten unter ungeklärten Umständen den Tod gefunden hatte, wurde dem Rest des UN-Stabes zumindest für kurze Zeit bewußt, daß einige der Mitarbeiter in Ausübung ihrer beruflichen Pflichten geradezu unglaubliche Risiken auf sich nahmen.

»Du würdest vermutlich jede Art von Tätigkeit als langweilig empfinden, Nat«, erwiderte Sabrina Carver, um das Gespräch auf ein anderes Thema zu lenken. »Wahrscheinlich bist du der Nachfahre eines alten Kriegergeschlechts, vielleicht sogar ein Samurai? Leute wie du empfinden die Veränderungen der modernen Gesellschaft niemals als befriedigend.«

»Ich bin keinesfalls der Nachkomme eines kriegerischen Geschlechts«, widersprach Takahashi. »Meine Vorfahren waren allesamt Buchhalterseelen. Selbst mein Großvater, der während des Zweiten Weltkriegs als Soldat eingezogen wurde, war schließlich Zahlmeister bei einer Verwaltungsdienststelle in Kobe.«

Der Japaner lehnte sich so weit vor, daß seine Stirn fast die Windschutzscheibe berührte.

»Schau dich um, Sabrina. Dies hier ist der große Markt.«

Sabrina Carvers Blick offenbarten sich endlos scheinende Reihen von Verkaufsständen, die beinahe ausnahmslos von Frauen in der landesüblichen Tracht bevölkert wurden. Sie priesen dort Früchte, Gemüse und Gewürze jeder Art an.

»Wunderbar«, sagte sie und meinte es auch so. »Der Markt ist einfach traumhaft!«

Das Stimmengewirr und die intensiven Gerüche, die in der Luft lagen, wirkten beinahe wie eine Droge auf sie. Wohin auch immer ihr Beruf sie führte, zuallererst bemühte sie sich, einen Eindruck von dem zu gewinnen, was sie als das Typische des jeweiligen Ortes empfand. Erst wenn sie das Gefühl hatte, nicht mehr nur außenstehender Beobachter zu sein, widmete sie sich ihren eigentlichen Aufträgen. So war es ihr schon in ihrer Kindheit ergangen, und so erging es ihr auch jetzt wieder, als sie zumindest eine Ahnung davon bekam, was das Leben in Marokko ausmachte. Wäre sie darauf angesprochen worden, hätte sie dergleichen niemals zugegeben, sondern vehement geleugnet. Aber sich selbst gegenüber war sie ehrlich, und als sie nun plötzlich spürte, daß Nat Takahashis neugierige Blicke auf ihr ruhten, gestand sie offen und ehrlich:

»Mir gefällt es hier wirklich.«

»Das habe ich gehofft«, erwiderte der Japaner, »denn ich liebe diesen Ort sehr.«

Er verlangsamte das Tempo des Wagens, so daß sie einem alten Kunstschmied dabei zusehen konnten, wie er aus einer Kupferplatte einen Kessel trieb, wobei er lediglich einen Stein und einen Hammer verwendete, um den ein Lappen gewickelt war.

Plötzlich steckte auf Takahashis Seite ein Kind seinen Kopf durch das heruntergekurbelte Seitenfenster und lächelte. Der Japaner erwiderte das Lächeln.

»Das alles ist geradezu märchenhaft«, sagte Sabrina Carver.

»Das ist es.«

Takahashi strich dem Kind über das Haar und fuhr dann wieder an.

»Aber du mußt aufpassen, daß du nicht süchtig danach wirst, denn das Leben hier geht dir früher oder später in Fleisch und Blut über.«

Takahashi blickte zu seiner Beifahrerin hinüber. Seine Miene war ernst.

»Ich will dir etwas verraten. Ich könnte meinen Job schon lange nicht mehr ertragen, wenn er mich nicht mehrmals im Jahr nach Marokko führen würde.«

Er lachte.

»So! Jetzt ist es heraus. Jetzt kannst du mich bis ans Ende meiner Tage damit erpressen, daß du meine heimliche Leidenschaft kennst.«

Sie ließen Tanger hinter sich und folgten einer breiten, staubigen Straße, die in südöstlicher Richtung zu dem siebenundfünfzig Kilometer entfernten Tetuán führte. Takahashi schlug nun wieder ein zügiges Tempo an und schloß das Fenster wegen des hereinwehenden Staubes.

»Ich will keineswegs meine Nase in deine Angelegenheiten stecken, aber verrate mir zumindest so viel, Sabrina: Könnte es sein, daß du in Tetuán mit Leuten zu tun hast, die ... nun sagen wir ... nicht gerade zu den gesetzestreuesten Bürgern dieses Landes zählen?«

Sie nickte. »Das könnte durchaus sein.«

»Nun, du mußt mir auch glauben, daß ich deine Fähigkeiten keinesfalls unterschätze und dir auch zutraue, daß du allein auf dich aufpassen kannst. Aber du solltest folgendes wissen: Die Kriminalität in diesem Land hat traditionelle Wurzeln. Deshalb hat die Polizei die Dinge niemals richtig in den Griff bekommen. Doch es gab gewisse Grenzen und Tabus, die von allen Seiten respektiert wurden. Die Situation hat sich allerdings entscheidend geändert.«

»Wie meinst du das?«

»Seit etwa einem Jahr wird die Atmosphäre zunehmend durch extremistische Tendenzen vergiftet«, erklärte Takahashi. »Früher bestanden die übelsten Auswüchse darin, daß man zum Beispiel jemandem den Arm brach, weil man ihm fünf Dollar stehlen wollte. Heute besteht das Ziel von Extremisten darin, möglichst viele Leute zu töten, nicht aus Rache oder um an ihr Geld heranzukommen, sondern nur deshalb, weil man dadurch auf sich aufmerksam machen kann.«

»Wer ist dafür verantwortlich?«

»Natürlich die Politik. Mit simplen Parolen, zweifelhaften Zielen und vereinfachendem Schwarzweiß-Denken liefert sie machthungrigen und skrupellosen Kreisen einen Vorwand für brutalste Vorgehensweisen. In einer belebten Straße eine Bombe zu zünden und dabei viele unschuldige Menschen zu töten wird nun als politischer Extremismus verschleiert, obwohl jedermann weiß, daß es sich dabei im Grunde um nichts anderes handelt als um verbrecherische Greuel eines krankhaften Psychopathen.«

»Wie kommst du darauf, Nat, daß diese Informationen für mich von Bedeutung sein könnten?« fragte Sabrina Carver.

»Weil die Auswirkungen dieser Veränderungen äußerst schlimm sind. Noch vor zwei Jahren hätte man sich wahrscheinlich nur eine blutige Nase geholt, wenn man in Tetuán zur falschen Zeit am falschen Ort gewesen wäre. Heutzutage wird man ebenso schnell getötet, weil es einfach keine natürlichen Hemmschwellen mehr gibt.«

»Ich verspreche dir, daß ich auf der Hut sein werde.«

»Das mußt du auch.«

Takahashi warf ihr erneut einen ernsten Blick zu.

»Achte darauf, daß auf keinen Fall deine Bewegungsfreiheit eingeschränkt wird, wie unbedeutend und harmlos dir die Situation auch erscheinen mag. Und halte stets die Augen offen. Das ungeschriebene Gesetz verschiedener Kreise in der Stadt lautet: ›Wenn du im Zweifel bist, dann töte deinen Gegner!‹ Ein Menschenleben bedeutet hier nicht viel.«

Als sie Tetuán erreichten, steuerte der Japaner den Wagen in einen Stadtteil namens Bab Ceuta. Dort stiegen beide aus und ließen ihre Blicke über den muslimischen Friedhof zu dem dahinterliegenden Judenviertel schweifen.

»Das hier ist ein wunderschöner Ort«, schwärmte Sabrina Carver.

»Ja, das ist er. Aber laß dich von diesem Eindruck nicht betören. Man sollte dieses Viertel nur bei Tageslicht besuchen und sich trotz all seiner Schönheit stets daran erinnern, daß hier in jeder Gasse Gefahren lauern.«

Sollte Philpott eines Tages in den Ruhestand gehen, dachte die Agentin bei sich, wäre es vermutlich keine schlechte Idee, Nat Takahashi zu seinem Nachfolger zu machen. Er besaß zweifellos die Fähigkeit, Dinge auf den Punkt zu bringen, war fürsorglich und verstand es außerdem, jemanden nachdrücklich zur Vorsicht zu mahnen. Sie fragte sich nur, ob auch er – wie die meisten anderen Männer – ihr nicht zutraute, allein zurechtzukommen.

»In welchem Hotel wohnst du?« fragte Takahashi.

»Im *National*. Es hat nur einen Stern. Kennst du es, Nat?«

»Ja. Es befindet sich dort drüben in dieser Richtung.« Er deutete mit dem Arm nach links. »An der Rue Mohammed Ben Larbi Torres. Es ist ein altes Hotel, aber es liegt ruhig, und es hat einen schönen, friedlichen Innenhof.«

»Würdest du sagen, daß man dort relativ sicher untergebracht ist?«

»Ja, das würde ich. Aber du solltest vorsichtshalber davon ausgehen, daß man in dieser Stadt nirgendwo sicher ist.« Er berührte ihren Arm.

»Ich bringe dich jetzt in dein Hotel.«

12

»Das sind äußerst schlechte Neuigkeiten, Viktor.«

Der hünenhafte Amerikaner unterstrich seine Besorgnis, indem er die rechte Hand in Höhe des Herzens auf seinen fetten Leib legte und mit der Linken den großen Stetson-Hut in den Nacken schob. Dann stieß er einen tiefen Seufzer aus.

»Stefan Fliegel und Karl Sonnemann waren sehr wertvolle Männer. Die Lücke, die ihr Tod hinterläßt, wird schwer zu schließen sein.«

Viktors Kiefermuskulatur verkrampfte sich deutlich sichtbar. »Eine scharfe Vergeltungsmaßnahme wäre das einzige, was den entstandenen Schaden angemessen wettmachen würde.«

»Aber du weißt nicht, wer dahintersteckt, oder?«

»Wir werden bald herausfinden, wer der Attentäter ist. Davon abgesehen wissen wir auf jeden Fall, wer ihn geschickt hat.«

Der Amerikaner hieß Harold Gibson, kam aus Waxahachie in Texas und war gerade erst auf dem Berliner Flughafen Tegel gelandet, um sich vor Ort über die beiden Morde zu informieren. In einem Café hatte er sich mit seinem Freund Viktor Kretzer getroffen, einem deutschen Architekten, der völlig kahlköpfig war und diesen Umstand durch seine Perücke eher unterstrich als kaschierte.

»Du meinst, *ZJ* steckt dahinter, nicht wahr?« vergewisserte sich Gibson.

»Es ist schließlich ihr erklärtes Ziel, uns alle aus dem Weg zu räumen. Damit haben sie jetzt offensichtlich angefangen. Und wenn wir eins über die Juden wissen, dann das: Ihre Drohungen sind ernst zu nehmen.«

»Wissen die anderen, was los ist?«

Kretzer nickte. »Jeder ist gewarnt worden, Schutzvorkehrungen zu treffen. Aber das allein genügt nicht.«

Kretzer berührte seine Perücke.

»Es ist taktisch einfach unklug, untätig zu verharren, wenn der Gegner aggressiv zuschlägt. Deshalb müssen wir etwas unternehmen.«

»Wie du weißt, haben wir bereits erste Schritte eingeleitet. Wir haben ihnen auch schon einen schweren Schlag versetzt, und zwar mitten ins Mark ...«

»Ein Schlag, der aber allem Anschein nach nicht die gewünschte Wirkung hatte, wenn man die jüngsten Ereignisse bedenkt.«

»Nun untertreibst du aber, Viktor. Ich bin durchaus der Meinung, daß der Tod Emily Selbys mehr war als nur ...«

»Ihr Tod sollte zum einen drohende Ermittlungen gegen uns verhindern und zum anderen den Willen von *ZJ* brechen. Und wie du weißt, starb die Frau bereits vor den Morden an Karl und Stefan. Unsere Rechnung ist also nicht aufgegangen. Im Gegenteil! Wenn meine Informationen zutreffen, dann sind wir haarscharf an einer Katastrophe vorbeigeschlittert, weil der von dir ausgesuchte Mann in London beinahe geschnappt worden wäre. Da er sich selbst umbrachte, hat er zwar Schlimmeres verhindert, konnte dafür aber nicht mehr seinen zweiten Auftrag ausführen, nämliche diese andere Frau aus dem Weg zu räumen.«

Kretzer hatte seinen Freund zweimal ungeduldig unterbrochen und schien sich plötzlich seiner Unhöflichkeit bewußt zu werden.

»Tut mir leid, Harold. Ich habe mich im Ton vergriffen. Aber mich hat die ganze Sache wirklich schwer getroffen.«

»Schon gut, alter Freund, mich auch.«

Gibson spielte nachdenklich mit dem silbernen Beschlag an seiner Aktentasche.

»Hast du schon konkrete Pläne für einen Vergeltungsschlag, oder ist es dafür noch zu früh, Viktor?«

»Wir brauchen zunächst einmal ein Ziel, das wir genau lokalisieren können.«

»Wie auch immer. Falls du Hilfe brauchst – ein Wort von dir genügt. Dieses Problem muß so schnell wie möglich aus der Welt geschafft werden.«

»Ich denke, daß die Hilfe, die du uns heute zukommen läßt, uns so oder so einen wichtigen Schritt weiterbringen wird«, sagte Kretzer. »Es war und ist nun einmal ein kostspieliges Unterfangen, die Zahl der Juden zu dezimieren. Und ich kann immer wieder nur betonen, wie wertvoll deine moralische und finanzielle Unterstützung für unser gemeinsames Ziel ist. Ohne dich hätten wir bei weitem nicht so viele Erfolge verbuchen können. Jetzt müssen wir fürs erste eine neue Zielbestimmung vornehmen und einen Weg finden, *ZJ* zu zerschlagen, und zwar endgültig.«

»Nachdem wir damals diesen ›Bootsunfall‹ arrangiert hatten, hätte ich nie gedacht, daß Informationen über unsere Organisation in die Hände der Tochter und dieser anderen Frau gelangen könnten«, seufzte Gibson.

»Wen wundert es da, daß man langsam mit Enttäuschungen zu kämpfen hat«, stimmte Kretzer zu. »Seit Jahrzehnten können wir nur im verborgenen wirken, uns niemals offen miteinander austauschen und nur auf verschlungenen Pfaden Kontakt zueinander halten. Und nun, da wir langsam daran glaubten, die Früchte unserer Arbeit genießen zu dürfen, müssen wir um unser Leben fürchten, weil jemand dabei ist, uns einer nach dem anderen aus dem Verkehr zu ziehen und ...«

»Sscchht, nicht so laut!« mahnte Gibson.

»Entschuldige. Ich bin im Augenblick ziemlich verzweifelt. In dieser Verfassung sollte ich wohl besser den Mund halten.«

»Gerade in diesen schweren Stunden mußt du dir immer wieder vor Augen führen, Viktor, daß du in den bisherigen fünfzig Jahren deines Lebens treu und entschlossen dem Auftrag des Führers gefolgt bist. Darauf kannst du stolz sein. Es gibt keinen Grund zu verzweifeln.«

»Du hast natürlich recht«, erwiderte Kretzer. »Wir sollten nicht die Köpfe hängen lassen, sondern uns unserer Tugenden besinnen.«

»Und halte dir immer vor Augen, daß unsere Gegner ein schwacher, kleiner Haufen sind, die bisher nur Glück gehabt haben.«

Gibson klopfte dem anderen auf die Hand.

»Jetzt muß ich aber gehen, da ich um Punkt elf in der Bank erwartet werde. Wo treffen wir uns anschließend?«

»In der Nähe des Internationalen Congreß-Centrums.«

»Ich glaube, ich kenne den Weg dorthin.«

»Es liegt zwischen dem Messedamm und der S-Bahn. Du kommst über die Avus leicht dorthin und wirst keine Schwierigkeiten haben, einen Parkplatz zu finden.«

»Soweit ich mich erinnere, umfaßt das ICC einen ziemlich großen Komplex, Viktor.«

»Deshalb habe ich dort einen besonderen Treffpunkt ausgewählt. Würde dir 12.30 Uhr passen?«

»Einverstanden. Und wo genau?«

Der Anflug eines zynischen Lächelns huschte über Kretzers Gesicht.

»Vor dem Begegnungszentrum der jüdischen Gemeinde. Was für eine Ironie, findest du nicht? Zudem wurde das Gebäude von Architekten entworfen, die ich immer schon verachtet habe.«

Beide standen auf, und Kretzer überreichte Gibson einen Wagenschlüssel.

»Der Mercedes steht im Parkhaus West. Und paß auf dich auf!«

Beide trennten sich an der Eingangstür, die hinaus in die Ankunftshalle führte. Anschließend folgte Gibson den Wegweisern zu der von Kretzer benannten Parkhaussektion und blieb vor der ersten Wagenreihe stehen. Dort drückte er auf den Knopf des Wagenschlüssels, woraufhin in der zweiten Reihe kurz die Scheinwerfer einer blauen Mercedes-Limousine aufleuchteten.

Gibson quetschte seinen umfangreichen Leib durch eine Lücke zwischen zwei Fahrzeugen hindurch und verstaute sein Gepäck im Kofferraum des für ihn bereitgestellten Wagens. Anschließend stieg er ein, startete den Motor und zog eine Kassette aus seiner Jackentasche, die er in den Radiorecorder des Wagens schob.

Als Gibson das Flughafengelände verließ und Richtung Innenstadt fuhr, drehte er den Lautstärkeregler hoch, um sich den Klängen von Andy Williams' *Home Lovin' Man* hinzugeben. Wohin auch immer er ging, der Amerikaner hatte stets seine Lieblingskassette bei sich, auch wenn seine Frau sie schon lange nicht mehr hören konnte. Mochten die anderen ruhig für diese albernen Schnulzensänger schwärmen, die heutzutage das große Geld machten: Andy Williams aber war ein echter Kerl, der eine männliche Stimme hatte und es verstand, von den Gefühlen und Gedanken eines Mannes zu singen.

Gibson traf drei Minuten vor elf bei der Bank ein. Er wurde dort vom stellvertretenden Direktor begrüßt und in ein Nebenzimmer gebeten. Wortlos bot man ihm dort einen Sessel sowie einen Kaffee an und reichte ihm einen Kugelschreiber, um drei Dokumente zu unterzeichnen. Anschließend erhob er sich und nahm einen schwarzen Aktenkoffer entgegen, der von einem Angestellten aus dem Tresorraum herbeigeschafft worden war.

»Es war mir wie immer ein Vergnügen, Mister Gibson«, erklärte der stellvertretende Direktor.

»Ganz meinerseits«, erwiderte der Amerikaner und klopfte dem anderen auf die Schulter, bevor er die Bank verließ.

Da er den Wagen auf der anderen Straßenseite geparkt hatte, mußte Gibson sich mit einiger Mühe durch den fließenden Verkehr kämpfen. Leicht außer Atem stieg er in den Mercedes und legte den Sicherheitsgurt an. In dem Augenblick fiel ihm der junge Mann an der Ecke auf.

Beobachtete ihn der Bursche?

Gibson hielt einen Augenblick lang inne, doch der Mann war bereits aus seinem Blickfeld verschwunden.

Doch, der Kerl hatte ihn zweifellos beobachtet! Er war sich seiner Sache jetzt völlig sicher. Vielleicht sollte er die Geldübergabe das nächstemal doch anders regeln.

Stirnrunzelnd schob er den Schlüssel in das Zündschloß, ohne den kleinen Metallstift zu bemerken, der kaum sichtbar aus dem Armaturenbrett herausragte und mit einem aufgeklebten, nur hemdknopfgroßen Sender verbunden war.

Gibson drehte den Schlüssel. Durch den von der Batterie gelieferten Strom wurde jedoch nicht nur der Anlasser betätigt, sondern auch der Sender aktiviert, dessen Reichweite nicht mehr als etwa neunzig Zentimeter betrug. Doch diese bescheidene Leistung reichte völlig aus. Der Empfänger des Signals, der keine andere Funktion hatte, als einen Funken zu erzeugen, befand sich unter dem Beifahrersitz und war dort mit einer Flasche verbunden, in der sich zwei Liter Flugzeugbenzin befanden.

Die Abfolge der Ereignisse – von der Übertragung des Signals bis zur Zündung des Kerosins – dauerte nicht länger als zwei Hundertstel Sekunden.

Als der Wagen explodierte, zerbarsten durch die Druckwelle in weitem Umkreis Fenster und Glastüren. Zudem wurden durch das umhergeschleuderte, entflammte Benzin zwei Läden und eine Telefonzelle in Brand gesetzt. Fünf Minuten lang war die sich durch das Feuer entwikkelnde Hitze so groß, daß sich niemand dem Wagen nähern konnte.

Nachdem die Feuerwehr schließlich eingetroffen war und das Wrack mit einem Schaumteppich eingedeckt hatte, waren auf dem Fahrersitz nur noch die Umrisse einer verkohlten Leiche zu sehen, neben der die Überreste eines Aktenkoffers lagen.

13

Sabrina Carver war nachdrücklich empfohlen worden, sich an das Fremdenverkehrsbüro in der Avenue Mohammed V zu wenden. Dort könne sie sich für ein paar Dollar einen Führer engagieren, der ihr die Altstadt zeigen würde.

»Sollten Sie sich auf eigene Faust aufmachen, werden Sie sich bestimmt verlaufen«, hatte der großgewachsene Inder an der Hotelrezeption sie gewarnt, wobei seine Leidensmiene, die er stets zur Schau trug, noch finsterer geworden war. Bei Sabrina Carvers Aufbruch hatte er einen letzten Versuch unternommen und ihr mit erhobenem Zeigefinger und jammervoller Stimme nachgerufen: »Selbst wenn Sie sich nicht verlaufen sollten, werden Sie ohne Führer nur einen geringen Teil der Sehenswürdigkeiten zu Gesicht bekommen, glauben Sie mir!«

Die UNACO-Agentin hatte ihm für seine Fürsorge gedankt, aber darauf hingewiesen, daß sie auch allein zurechtkommen werde. Dann war sie aus dem Hotel getreten und die Straße hinuntergegangen, um in ein dort wartendes, zerbeultes Taxi zu steigen. Als sie dem Fahrer den Zettel gezeigt hatte, auf dem Lucie Dows Adresse notiert war, hatte der Mann das Gesicht verzogen, als bereite ihm der Anblick der Wörter Schmerzen.

»Sehr eng dort«, hatte er gesagt und zur Verdeutlichung die Arme gehoben, die Handflächen nur wenige Millimeter voneinander entfernt. »Ich nur fahren in Nähe. Okay?«

»Na schön. Schauen wir uns die Gegend mal an.«

Sie hatten zwanzig Minuten gebraucht, um in ein Gewirr von Straßen einzudringen, die immer enger und verwinkelter geworden waren, bis der Fahrer schließlich vor einer Gasse hielt, die nur wenig breiter als der Wagen war.

»Dort.«

Er deutete mit der linken Hand auf einen engen Durchgang zwischen zwei Häusern, während er die Rechte nach hinten reckte, um das Fahrgeld in Empfang zu nehmen.

Nachdem der Wagen außer Sichtweite war, ging Sabrina Carver nur zögernd in die ihr gewiesene Richtung. Sie hatte einen belebten Treffpunkt erwartet, nicht aber einen gottverlassenen Ort wie diesen. Die Stille, die hier herrschte, war so bedrückend, daß man das Gefühl hatte, hinter jeder Ecke lauere jemand mit angehaltenem Atem. Die Häuser ringsum sahen verlassen aus, doch Sabrina Carver wurde den Eindruck nicht los, daß die Bewohner sich nur tief in die dunklen Schatten preßten und sie von dort aus beobachteten.

»Nun reiß dich zusammen und werde nicht paranoid!« munterte sie sich selbst auf und warf erneut einen Blick auf die ihr angegebene Adresse. Über der Straßenangabe stand ein in Großbuchstaben geschriebenes Wort: *KABILA*.

Sabrina Carver schaute sich um und entdeckte das Wort auf einem provisorischen Wegweiser wieder, der in die vor ihr liegende Gasse deutete. Sie trat in den Schatten der dicht beieinanderstehenden Häuserwände und nahm den Geruch von Feuchtigkeit und Katzen war. Ungefähr zehn Meter von ihr entfernt bog rechts ein Torweg ab, dem sie folgte. Die vereinzelten Sonnenstrahlen, die sich von weit oben herab nach unten stahlen, erhellten mit ihrem schwachen Licht eine wenig vertrauenswürdige Treppe.

»Da hast du dir ja ein schönes Versteck ausgesucht, Lucy«, murmelte Sabrina Carver und stieg die Stufen hinauf, wobei sie deutlich spürte, wie sich die Bretter unter ihren Füßen bogen. Die Treppe endete vor einem Raum, dessen Eingang mit einem schweren Vorhang verhängt war. Die Agentin schlug ihn beiseite und spähte hinein. Das Zimmer war hell und freundlich und hatte einen gekachelten Boden, auf dem in der Mitte ein Teppich lag. Lucy Dow saß in einem hochlehnigen Sessel, der dem einzigen Fenster zugewandt war.

»Du hast mich wohl noch nicht erwartet?« rief Sabrina Carver erleichtert und eilte auf ihre Kollegin zu. Nach drei Schritten blieb sie allerdings wie angewurzelt stehen. Irgend etwas in diesem Raum stimmte nicht, und blitzartig realisierte sie, was es war: Lucy Dow starrte noch immer regungslos aus dem Fenster.

»O mein Gott, Lucy …!«

Sie waren nicht gerade intime Freundinnen gewesen, aber sie hatten sich immerhin gut genug gekannt, daß der Anblick sie wie ein Schlag traf. Sabrina Carver trat näher an die Leiche heran. Die Hände vor dem Körper gefesselt, saß Lucy Dow mit durchschnittener Kehle leicht vornübergebeugt im Sessel. Offensichtlich war sie erst vor wenigen Stunden ermordet worden. Fliegen hockten auf den Rändern der klaffenden Halswunde und auf dem klumpigen Blut, das sich vor allem im Schoß der Toten gesammelt hatte.

Sabrina Carver schaute sich um. Falls sich in dem Raum jemals Gegenstände befunden hatten, die Lucy Dow gehörten, so waren sie samt und sonders entfernt worden. Wer immer dies getan hatte, Sabrina Carver wollte auf keinen Fall noch vor Ort sein, falls der oder die Täter noch einmal zurückkehrten. Als eine Art Abschiedsgeste berührte sie kurz die Schulter der Ermordeten und verließ dann den Raum, in dem der süßliche Geruch des Todes hing.

Mit schnellen Schritten eilte sie auf die Gasse zurück und suchte sich dort am entgegengesetzten Ende einen nicht einsehbaren Winkel, in dem sie ihr Mobiltelefon aus der Tasche zog und drei Tasten drückte. Kurz darauf meldete sich C.W. Whitlock. Mit ruhiger Stimme, die ihre innere Erregung nicht verriet, informierte ihn Sabrina Carver knapp über den Stand der Dinge.

»Geh zurück ins Hotel, und genehmige dir dort erst einmal einen anständigen Drink«, riet ihr Whitlock. »Ich werde dafür sorgen, daß die örtliche Polizei benachrichtigt wird und sich um alles kümmert.«

»Glaubst du, daß die Sache etwas mit Yaqub Hisham und meinen Nachforschungen zu tun hat? Immerhin wäre Lucys Ermordung ein deutliches Zeichen dafür, daß ich meine Nase nicht in fremde Angelegenheiten stecken soll.«

»Nein, das glaube ich nicht. Ich vermute eher, daß die Burschen aus Peru dahinterstecken. Lucy deutete an, daß sie ihr auf der Spur waren. Aber sie glaubte, mit der Gefahr fertig werden zu können. Allem Anschein nach hat sie sich geirrt.«

»Haben die Kerle ihr Versteck hier in der Nähe?«

»Darüber solltest du nicht einmal nachdenken, Sabrina«, erklärte Whitlock mit Nachdruck. »Du bewegst dich dort auf fremdem Terrain und solltest keinen unüberlegten Schritt tun. Vergiß außerdem nicht, daß Einsatzgruppe 6 für alles Weitere zuständig ist.«

»Schon gut.«

»Sabrina? Hörst du mir überhaupt zu?«

»Mach dir keine Sorgen. Ich habe verstanden. Aber du wirst mir wohl kaum verdenken können, daß mich das Ganze nicht kaltgelassen hat!«

»Sicher nicht. Aber laß dich jetzt nicht von Rachegefühlen leiten. Ich verspreche dir, der Mord an Lucy wird nicht ungesühnt bleiben. Hör zu, Sabrina: Warte auf jeden Fall erst einmal Verstärkung ab, falls das Pflaster zu heiß werden sollte. Mir ist es viel lieber, wenn ich dich erst in ein paar Tagen gesund und munter wiedersehe als schnell und dafür in einem Zinksarg. Also paß auf dich auf!«

»Schon gut. Sollte mir tatsächlich etwas zustoßen, dann bestimmt nicht, weil ich zuwenig aufgepaßt oder keine Warnungen erhalten hätte.«

»Melde dich so bald wie möglich wieder!«
»Verstanden.«

Sie war nicht zum erstenmal mit einem gewaltsamen Tod konfrontiert worden, und es würde gewiß nicht das letztemal gewesen sein. Sobald sie wieder auf ihrem Hotelzimmer war, nahm Sabrina Carver ein Bad, wechselte die Kleidung und verbannte Lucy Dow aus ihren Gedanken. Dann begann sie damit, Yaqub Hishams Komplizen auf eigene Faust ausfindig zu machen.

Zunächst nahm sie den Plan zur Hand, den sie zusammen mit den übrigen Unterlagen erhalten hatte. Den Recherchen des Mossad zufolge hatte Emily Selbys Mörder an einem Ort namens Rouelle Nador gelebt. Sie prägte sich die Wörter ein und machte sich dann auf die Suche. Zwei Stunden später mußte sich Sabrina Carver allerdings eingestehen, daß sie sich in dem undurchschaubaren Straßenlabyrinth hoffnungslos verirrt hatte und allem Anschein nach mehrmals im Kreis gelaufen war.

Das Problem bestand darin, daß nur einige der Straßen und Gassen mit Namen versehen waren. Aus diesem Grund war trotz des Plans eine genaue Orientierung unmöglich. Hinzu kam, daß einige Beschriftungen verblichen und unlesbar waren, andere an mehreren Stellen auftauchten, offenkundig um Touristen in bestimmte, von Händlern bevölkerte Ecken zu locken.

Beinahe noch schlimmer war, daß Sabrina Carver überall großes Aufsehen erregte. Wieder hatte sie sich bewußt unauffällig mit einem senffarbenen, knöchellangen Rock und einem passenden Oberteil gekleidet. Aber sie war Amerikanerin und blond – und beides machte ihre Bemühungen zunichte. So blieben die Menschen an vielen Ekken flüsternd stehen und warfen ihr neugierige Blicke nach.

Gegen Mittag war sie kurz davor, aufzugeben und zunächst einmal ins Hotel zurückzukehren, um sich dort eine neue Taktik zurechtzulegen. Ohne Lucy Dow war es ihr anscheinend nicht möglich, Yaqub Hishams früheren Aufenthaltsort, der wahrscheinlich nur einen Steinwurf weit entfernt war, zu finden. Statt dessen war sie zwischen namenlosen Moscheen sowie zum Teil höchst eleganten und luxuriösen Häusern umhergeirrt, hatte sich den Kopf an unzähligen niedrigen Durchgängen gestoßen und sich durch überfüllte Gassen gedrängt. Die Stadtmauer, welche die Altstadt umschloß, wurde an Dutzenden von Stellen von eisen- und kupferbeschlagenen Eichentoren durchbrochen. Diese schienen allerdings nicht aus dem Altstadtbezirk hinauszuführen, sondern in dunkle Viertel, die nicht auf dem Plan verzeichnet waren. Darüber hinaus waren viele der Tore verschlossen gewesen. Kurz und gut: Als touristische Unternehmung war Sabrina Carvers Rundgang ein unvergeßliches Erlebnis; als Versuch, gezielt eine bestimmte Adresse ausfindig zu machen, war es die Hölle auf Erden.

Natürlich konnte sie niemanden nach dem Weg fragen. Eine Amerikanerin, die sich in diesem Viertel Tetuáns aufhielt, um jemanden aufzusuchen, mußte nicht nur zwangsläufig Neugier, sondern auch Argwohn erwecken. Deshalb ließ sie sich mit dem Menschenstrom einfach weitertreiben, immerhin durch die Tatsache getröstet, daß sie sich in ihrer derzeitigen Verfassung keine Mühe geben mußte, um als erschöpfte und verlorene Touristin durchzugehen.

Als ihr vor einem Lokal der Duft frischen Kaffees in die Nase stieg, ließ sie sich kurz entschlossen in einen Stuhl fallen. An der Stelle war die Straße nicht breiter als vielleicht drei Meter, und einer der Balkone über ihr spendete wohltuenden Schatten. Trotz des verführerischen Mokkageruchs bestellte sie Eistee. Dann genoß sie einen Augenblick lang das Vergnügen, endlich sitzen und sich mit einem Taschentuch den Schweiß von Gesicht und Nacken tupfen zu können.

Während der Kellner den Eistee vor ihr auf den Tisch stellte und sie ihm dabei über die Schulter schaute, fixierte ihr Blick plötzlich ein Straßenschild an der gegenüberliegenden Ecke: *Rouelle Nador.*

»Verflucht! Das gibt's doch gar nicht!«

»Mam'selle?«

Der Kellner starrte sie verblüfft an.

»Der Tee sieht köstlich aus«, erklärte sie mit einem strahlenden Lächeln und nippte an dem schlanken Glas, das in einem silbernen Halter stand.

»Und er schmeckt auch köstlich!«

Verwirrt machte sich der Kellner davon.

Sabrina Carver beschloß, nichts zu überstürzen, sondern zunächst einmal die Umgebung zu beobachten. Rouelle Nador war eine lange Straße, enger und düsterer als die benachbarten. Aus einer Reihe von offenstehenden Fenstern plärrte heisere arabische Musik. Auch das war ungewöhnlich, denn die Musik, die zuvor aus den Cafés und Geschäften an ihr Ohr gedrungen war, hatte melodisch geklungen und war eindeutig von westlichen Einflüssen geprägt gewesen.

Bei den Leuten, die aus der Straße kamen oder in sie einbogen, handelte es sich nach Sabrina Carvers Einschätzung unzweifelhaft um Randexistenzen, deren Gesichter dumpfe, tiefverwurzelte Abneigung gegen den Rest der Welt verrieten. Es waren Gesichter, wie sie Sabrina Carver früher schon in San Salvador in den Bars von La Libertad, bei Angehörigen der berüchtigten *esquadrones muertes,* der Todesschwadronen, gesehen hatte.

Sie atmete tief durch. Es hatte keinen Sinn, sich etwas vorzumachen. Natürlich saß ihr noch immer der Schock über die Ermordung Lucy Dows in den Knochen, und unzweifelhaft wurde ihre Wahrnehmung dadurch getrübt. All diese fremdartigen Leute um sie herum machten sie nervös und unsicher.

Aber dann kam ihr plötzlich wieder Mike Grahams Angebot in den Sinn, an ihrer Stelle nach Marokko zu reisen. Und dieser Gedanke war genau die Medizin, die sie gebraucht hatte. Sie richtete sich auf, leerte das Glas und warf den Kopf in den Nacken. Nachdem sie eine Handvoll Münzen auf den Tisch geworfen hatte, machte sie sich entschlossen auf den Weg.

In der Straße gab es keine Moschee, keine Läden oder Cafés und auch keine eleganten Häuser. Die Gerüche, die aus den Fenstern und Türen nach draußen drangen, hatten keinesfalls exotische Reize, sondern deuteten lediglich auf Verfall und Verwahrlosung hin. Nein, sie hatte sich nicht getäuscht. Es war ein Ghetto: eine Zusammenhäufung von Verlorenen, die inmitten des sonstigen Lebens ringsherum ein Schattendasein fristeten.

Ein Mann, der in einem Hauseingang stand, starrte sie unverhohlen an, während sie an ihm vorbeiging. Er trug ein verschlissenes Unterhemd, ebenso schäbige Jeans sowie Plastiksandalen. Als Sabrina Carver schließlich stehenblieb und seinen Blick wortlos erwiderte, hörte er auf, weiterhin auf dem Streichholz zu kauen, das in seinem Mundwinkel hing.

»Sprechen Sie Englisch?« fragte sie ihn.

Er zögerte erst, dann nickte er.

»Ich suche die Familie oder Freunde von Yaqub Hisham.«

Der Mann schüttelte den Kopf.

»Kennen Sie den Namen?«

Abermals schüttelte er den Kopf. Dann begann er wieder zu kauen.

Sabrina Carver setzte ihren Weg fort. Nachdem sie in Gedanken bis zehn gezählt hatte, drehte sie sich um. Der Mann war verschwunden. Vermutlich informierte er gerade jemanden, daß sie nach Yaqub Hisham gefragt hatte. Die Sache würde nun langsam ins Rollen kommen. Sie spürte, wie ihr plötzlich ein kalter Schauder über den Rücken lief. Doch sie schüttelte das in ihr aufkeimende Unbehagen ab und setzte ihren Weg fort.

Etwa eine Minute später hörte sie, wie sich von hinten rasch Schritte näherten, als renne ihr jemand nach. Da die Schritte leicht und keinesfalls bedrohlich klangen, wandte sie sich ruhig und gelassen um und sah, wie ein kleiner Junge von vielleicht fünf oder sechs Jahren auf sie zugelaufen kam.

»Missy gehen dorthin!« rief er atemlos und deutete auf

eine Tür an einer Ecke, an der zwei Gassen abzweigten. »Gehen Maruf-al-Hakim!«

»Wohin?« Sie kniete sich nieder und legte dem Jungen die Hand auf die Schulter. »Sag es mir noch einmal – langsam.«

Der Junge zog die Stirn kraus und blickte sie nur verständnislos an. Offensichtlich verstand er selbst kein Englisch, sondern hatte nur Worte wiederholt, die ihm jemand vorgesprochen hatte.

»Dorthin soll ich gehen?«

Sabrina Carver zeigte auf die Tür, auf die das Kind zuvor gedeutet hatte.

Der Junge nickte heftig. Sie griff in ihre Tasche, um ihm ein paar Münzen zuzustecken, aber genauso schnell, wie der Junge aufgetaucht war, war er auch schon wieder verschwunden.

Sabrina Carver trat an die Tür. So wie die Dinge lagen, blieb ihr nichts anderes übrig, als zu improvisieren. Also betätigte sie den Türklopfer, ohne einen genauen Plan oder eine nähere Vorstellung davon zu haben, was sie jenseits der Tür erwartete. Innerlich machte sie sich jedoch auf alles gefaßt.

Die Tür öffnete sich einen Spalt, durch den das Gesicht eines ungefähr fünfzehn Jahre alten Mädchens sichtbar wurde.

»Ich möchte mit Maruf-al-Hakim sprechen!«

Das Mädchen schloß die Tür wieder. Als sie einen Augenblick später erneut aufgetan wurde, stand ein großgewachsener, bärtiger Mann von mächtiger Leibesfülle vor ihr. Er trug eine alte Khakihose der US-Armee, ein schmutziges, grünes Polohemd und war barfuß.

»Sind Sie Maruf-al-Hakim?«

»Das ist mein Name.«

Sabrina Carver hätte schwören mögen, daß niemals eine Zahnbürste mit den vergilbten Zähnen in Berührung gekommen war, die beim Sprechen hinter den Barthaaren sichtbar wurden.

»Ich möchte mit Ihnen über Yaqub Hisham sprechen.«

Der Mann zuckte mit den Achseln. »Wer sind Sie?«

»Ich heiße Mary Smith. Ist Yaqub ein Freund von Ihnen?«

»Wir sind Brüder.«

»Oh, ich verstehe ...«

»Wir alle sind Brüder.«

Sabrina Carver bemerkte im Hintergrund ein Poster an der Wand, auf dem eine Gruppe durchtrainierter, junger Araber zu sehen war, die Maschinenpistolen über ihren Köpfen schwenkten und im Licht der untergehenden Sonne marschierten.

»Ist das Ihre Bruderschaft?« fragte sie und deutete auf das Poster.

»Was wollen Sie hier?« fragte Maruf-al-Hakim und verschränkte die Arme vor der Brust.

»Ich weiß etwas über Yaqubs Auftrag, den er in London ausführen sollte.«

Er schüttelte den Kopf. »Unmöglich. Yaqub ist in Palästina.«

»Nein, er war vor kurzem in London. Aber er benutzte nicht seinen richtigen Namen, sondern nannte sich Kamul Haidar.«

Maruf-al-Hakims Augen verengten sich zu schmalen Schlitzen. Dann wiegte er nachdenklich den Kopf hin und her.

»Ich frage Sie nochmals: Was wollen Sie hier?«

»Ich muß erfahren, warum Yaqub nach London gegangen ist.«

Sabrina Carver war überzeugt, daß Maruf-al-Hakim längst vom Tod Yaqub Hishams wußte. Und ebenso sicher gab es bereits einen Plan, was mit ihr geschehen sollte. Und genau darauf legte sie es an. Sie wollte eine Reaktion provozieren, da sie nur auf diese Weise rasch an Informationen herankommen konnte.

»Ich verstehe«, sagte der Araber.

Sein Bart war so dicht, daß es kaum möglich war, Regungen in seinem Gesicht abzulesen. Aber nun schien er zu lächeln.

»Trinken Sie doch eine Tasse Pfefferminztee mit uns.«

»Vielen Dank für die Einladung. Aber ich glaube nicht, daß es sich schickt, wenn ich ohne Begleitung einer Anstandsdame das Haus eines Fremden betrete.«

Sein Blick verfinsterte sich. Nichts war Männern wie ihm verhaßter als eine Frau, die Entschlossenheit bewies.

»Aber vielleicht kann ich Sie zu einem Tee oder etwas anderem in ein Café einladen?« bot Sabrina Carver an.

Maruf-al-Hakim schien darüber nachzudenken.

»Einen Augenblick«, rief er ihr zu und verschwand dann im Hintergrund, nachdem er die Tür fast zugezogen hatte.

Sie wartete draußen auf ihn, ohne den Türspalt aus den Augen zu lassen, aus dem leise Musik zu dringen schien. Dann wurde Sabrina Carver von Schritten überrascht, die sich ihr plötzlich von hinten näherten. Sie warf sich herum, doch es war bereits zu spät. Ein stechender Schmerz durchzuckte sie, und ein heller Blitz blendete ihre Augen, als sie von einem harten Gegenstand seitlich am Kopf getroffen wurde. Dann fiel sie in eine bodenlose Finsternis hinein.

Als sie wieder zu sich kam, war der fürchterliche Gestank um sie herum das erste, was sie wahrnahm. Doch im nächsten Augenblick wurde sie von derart unerträglichen Kopfschmerzen heimgesucht, daß sie befürchtete, einen Schädelbruch erlitten zu haben. Als sie jedoch versuchte, ihren Kopf zu betasten, stellte sie fest, daß sie ihre Hände nicht bewegen konnte.

Es dauerte eine ganze Weile, bevor sie es wagte, die Augen zu öffnen. Als sie es tat, schnitt das fahle Licht, das auf ihre Netzhaut traf, scharf in ihr Hirn und raubte ihr beinahe erneut das Bewußtsein. Nach einer kurzen Pause unternahm sie einen zweiten Anlauf. Diesmal beschränkte sich der Schmerz auf ein dumpfes Pochen hinter der Schläfe.

Sie lag auf dem rauhen Boden eines schmutzigen Raumes, von dessen Wänden der Mörtel bröckelte. Es war unerträglich heiß. In den wenigen Lichtstrahlen, die durch die mit Brettern vernagelten Fenster drangen, tanzte der

Staub, der in der Luft lag. Da selbst die geringste Kopfbewegung zu heftigen Schmerzattacken führte, dauerte es mehrere Minuten, bis sie ihre Situation einzuschätzen vermochte.

Sie hockte halb sitzend auf dem Boden, die Schultern an der Wand. Der ekelhafte Gestank, der ihr in die Nase gestiegen war, stammte aus einem geborstenen Abwasserrohr, an das sie mit Handschellen gefesselt war. Zudem verspürte sie gräßlichen Durst.

Schließlich gelang es Sabrina Carver, sich auf ihre Ausbildung zu besinnen. Sie durfte nicht in Panik verfallen. Nur wenn sie die Nerven behielt, würde sie in der Lage sein, aus jeder noch so kleinen Chance Nutzen zu ziehen. Deshalb mußte sie die Fakten nüchtern analysieren.

Ihre Lage war zweifellos ernst, möglicherweise sogar lebensbedrohlich. Dazu hatte es nur kommen können, weil sie es versäumt hatte, entsprechende Vorkehrungen zu treffen. Aber jetzt war es zu spät, sich deswegen den Kopf zu zerbrechen. Anstatt damit Zeit und Energie zu verschwenden, war es viel sinnvoller, sich darauf zu konzentrieren, wie sie die Dinge wieder ins Lot bringen konnte.

Falls sie in diesem Raum zu lange eingesperrt blieb, würde sie an Flüssigkeitsentzug sterben. Rief sie um Hilfe, würde vielleicht jemand kommen – und sie möglicherweise töten. Andererseits war sie ohne fremde Hilfe nicht in der Lage, ihre unbequeme Position zu verändern. Also versuchte sie zu rufen. Aber wie sie erwartet hatte, war ihr Mund so ausgedörrt, daß sie kaum ein Krächzen herausbringen konnte.

Sie begann damit, ihre Beine zu bewegen und ihre Wadenmuskulatur anzuspannen, um auf diese Weise ihren Kreislauf in Schwung zu bringen und damit letztlich auch ihre Speichelproduktion anzuregen. Erst wenn sie wieder schlucken konnte, würde sie auch in der Lage sein, zu sprechen und um Hilfe zu rufen.

14

Philpott war gerade im Begriff, sein Büro zu verlassen, als das Telefon läutete. Er knöpfte noch rasch seinen Mantel zu und hob dann den Hörer ab.

»Philpott.«

Zuerst drangen die üblichen elektronischen Geräusche, die das Einschalten des Zerhackers begleiteten, an sein Ohr, dann die Stimme Mike Grahams.

»Ein Glück, daß ich Sie noch erwische«, meldete er sich.

»In der Tat. Ich bin nämlich gerade auf dem Sprung. Heute abend steht ein Empfang des Kuratoriums auf dem Programm.«

»Mein Beileid, Sir.«

»Eine der Strafen, die ein hoher Posten nun mal mit sich bringt«, seufzte Philpott. »Wo stecken Sie, Michael?«

»Ich bin vor zwei Stunden in Berlin eingetroffen und wollte nur routinemäßig durchgeben, daß ich mich vor der Wohnung in der Husemannstraße befinde.«

»Gut. Bei der Gelegenheit kann ich Ihnen etwas mitteilen, daß für Sie vielleicht von Belang ist. Heute morgen ist nämlich ganz in Ihrer Nähe etwas Aufsehenerregendes passiert. Ein amerikanischer Staatsbürger wurde in seinem Auto gegrillt, kurz nachdem er bei einer Bank einen erheblichen Betrag abgehoben hatte.«

»Darauf wollte ich Sie auch ansprechen, Sir«, erwiderte Graham. »Bei dem Mann handelt es sich um Harold Gibson aus Waxahachie: ein texanischer Ölbaron mit riesigem Grundbesitz. Außerdem hat er vor fünf Jahren noch eine kleine Erbschaft gemacht, um genau zu sein, zweitausendvierhundert Hektar erstklassiges Land rings um den Lake Texoma, der etwa hundert Kilometer nördlich von Dallas liegt. Gibson war also ein schwerreicher Mann.«

»Sieht ganz so aus. Aber sein Vermögen hat ihn auch nicht feuerfest gemacht«, kommentierte Philpott trocken. »Wie kommt es, daß Sie so viel über ihn wissen?«

»Ich habe zufällig mit ihm gesprochen, als ich vor zwei Jahren mit der Mordsache in dem Wildpark zu tun hatte.«

Der Mord an einem farbigen Polizeibeamten, dessen Leiche im Wildpark von Glenrose, südlich von Fort Worth, gefunden worden war, hatte nach einem tödlichen Angriff mexikanischer Grauwölfe aussehen sollen. Die von C.W. Whitlock und Mike Graham angestellten Nachforschungen hatten jedoch ergeben, daß die Tat auf das Konto einer Gruppe von weißen Rassisten ging. Allem Anschein nach zeichnete dieselbe Gruppe noch für zahlreiche andere Morde verantwortlich, die in einem Zeitraum von etwa sechs Jahren in dem Gebiet um Dallas und Fort Worth begangen worden waren. Mangels Beweisen war es jedoch in keinem der Fälle jemals zu einer Anklage, geschweige denn zu einer Verurteilung gekommen.

»Einer der damals ermittelnden Polizeibeamten hegte den Verdacht, daß Gibson etwas mit dem Mord zu tun haben könnte. Von dieser Vermutung erhielt schließlich die UNACO Kenntnis.«

»Was haben Sie damals über den Mann herausgekriegt, Mike?«

»Nun, das Ganze ist schon eine Weile her, aber ich erinnere mich daran, daß Gibson ein erklärter Anhänger faschistischen Gedankenguts war. Er machte keinen Hehl aus seiner Überzeugung. Ich gab vor, Journalist zu sein und an einer Artikelserie über ›Reiche Männer mit Rückgrat‹ zu arbeiten. Er fühlte sich unglaublich geschmeichelt und schwelgte darin, mit seinen Besitztümern, seinen geschäftlichen Erfolgen und seiner Durchsetzungskraft zu prahlen. Außerdem hob er sein Projekt hervor, Henry Fords Pamphlete über das internationale Judentum neu herauszubringen.«

»Heiliger Himmel«, stöhnte Philpott. »Haben Sie jemals einen Blick in diese Schriften geworfen?«

»Nein, Sir. Ich habe immer einen Bogen darum gemacht, weil ich befürchtete, durch die Lektüre depressiv werden zu können.«

»Da hatten Sie recht. Und es spricht Bände, daß Adolf Hitler höchstpersönlich einmal eingestand, durch Henry Ford zu vielen Gedanken angeregt worden zu sein, die er in *Mein Kampf* weiterentwickelt hat.«

»Davon wird auch Gibson gewußt haben. Er sagte nämlich, daß Hitler der größte Visionär seit Johannes dem Täufer gewesen sei. Gibson hatte an der Wand seines Arbeitszimmers sogar ein kleines gerahmtes Bild von Hitler hängen.«

»Interessant.«

»Hier in Berlin habe ich in den letzten Nachrichten gehört, daß die hiesigen Spurensicherungsexperten neben Gibsons Leiche die verkohlten Reste von zweihunderttausend Dollar gefunden hätten.«

»Das klingt noch interessanter, und ich glaube, wir sollten uns mit diesem Gibson noch einmal näher beschäftigen. Bevor wir das Gespräch beenden müssen, habe ich allerdings noch eine unerfreuliche Nachricht für Sie, Mike.«

Philpott berichtete knapp über den Mord an Lucy Dow.

»Natürlich wissen wir alle, daß so etwas zu unserem Berufsrisiko gehört. Aber das ändert nichts an der Tragik des Ganzen.«

Philpott blickte auf seine Armbanduhr.

»Ich muß jetzt auflegen, Michael. Vielen Dank für Ihren Anruf. Melden Sie sich unverzüglich, sobald Sie etwas über diese Erika Stramm herausgefunden haben.«

Nachdem Philpott auf dem Empfang fünf Stunden lang Konversation betrieben hatte, kehrte er gegen 23.00 Uhr in sein Büro zurück, um am Computer diverses Aktenmaterial durchzusehen.

»Konnten Sie den Gedanken nicht ertragen, Ihre Zeit für ein paar Stunden Schlaf zu verschwenden und einmal nicht zu arbeiten?« fragte Whitlock vom Flur aus, da er das Licht im Büro seines Chefs gesehen hatte.

Philpott wandte sich zu ihm um.

»Dasselbe könnte ich Sie fragen!«

»Da haben Sie recht.«

Philpott warf seinem Mitarbeiter einen verständnisvollen Blick zu.

»Ärger zu Hause?«

»Mehr, als ich brauchen kann«, gestand Whitlock und schloß die Tür hinter sich.

»Wegen Ihrer Arbeit?«

Der Gefragte schenkte sich eine Tasse Kaffee ein.

»Zum Teil – ja.«

»Üblicherweise müßte ich jetzt sagen, daß mich Ihr Privatleben nichts angeht. Aber ich erlaube mir trotzdem eine Bemerkung. Meiner Erfahrung nach leistet ein Mann, der mit gewissen Familienproblemen fertig wird, in unserem Geschäft bessere Arbeit als jemand, der im siebten Ehehimmel schwebt.« Philpott lächelte. »Derartige Absonderlichkeiten scheint nur unser Berufsstand zu kennen.«

Whitlock nickte zustimmend. »Bei der Polizei sieht es genauso aus.«

»Dort habe ich ebenfalls meine Erfahrungen gemacht.«

Da Whitlock wenig Lust verspürte, das Thema zu vertiefen, fragte er Philpott, ob er ihm helfen könne.

»Ich suche Material über einen texanischen Millionär namens Harold Gibson, der erst vor wenigen Stunden in Berlin getötet worden ist. Beim ersten Durchsehen der Akten, die wir über ihn haben, bin ich auf ein paar interessante Dinge gestoßen. Ein Undercover-Agent des FBI hat mitbekommen, wie Gibson auf einer Party, die vor zwei Monaten im Botanischen Garten von Dallas stattfand, in einem Gespräch etwas Bemerkenswertes erwähnte. Er schätze sich glücklich, einigen Männern die Hand geschüttelt zu haben, die bereits Adolf Hitler persönlich die Hand gegeben hätten. Außerdem ist Gibson seit 1989 jedes Jahr zweimal nach Berlin geflogen.«

»Ich könnte ja mal einen Blick in unsere Extremisten-Kartei werfen«, schlug Whitlock vor. »Vielleicht finden wir dort weitere Informationen über Ihren Mann.«

»Das ist eine gute Idee«, bestätigte Philpott und räumte den Platz an seinem Computer. »Seien Sie mein Gast, C.W.!«

Die von Whitlock angesprochene Extremisten-Kartei beinhaltete nach verschiedenen Kategorien angelegte Dossiers über auffällig gewordene Fanatiker, Dogmatiker und Rassisten. Da es sich um höchst vertrauliche Informationen handelte, war man in der UNACO übereingekommen, daß außer Philpott nur Whitlock Zugang zu dem von ihm selbst kodierten Material erhalten sollte.

Der Computer begann zu surren, während er den von Whitlock eingegebenen Suchbefehl ausführte und in Sekundenschnelle unzählige Daten überprüfte.

»Ich habe so das Gefühl, daß wir einiges über diesen Harold Gibson gespeichert haben«, erklärte der Kenianer und blickte über die Schulter zu Philpott hinüber, der wieder an seinem Schreibtisch Platz genommen hatte und mit den Fingern auf die Tischplatte trommelte.

»Ich schaffe das auch allein, Sir«, schlug Whitlock vor, »denn ich kann es verstehen, wenn Sie jetzt endlich nach Hause wollen.«

»Nein, nein«, lehnte Philpott ab. »Ich muß erst noch eine Entscheidung treffen, die auch Sie betrifft.«

Auf dem Bildschirm erschien das Bild eines Mannes, woraufhin Philpott aufstand und sich hinter seinen Mitarbeiter stellte. Das Foto zeigte einen übergewichtigen Mann in den besten Jahren mit grauen, kurzgeschnittenen Haaren, der aus vollem Halse lachte.

»Ist er das?«

»Harold Gibson, sechzig Jahre alt, wohnhaft in Waxahachie, wichtigster Teilhaber und leitender Direktor von *Munro, Davis und Gibson,* einer in Fort Worth ansässigen Maklerfirma.«

Whitlock überflog die über Gibson gespeicherten Vermerke.

»Da haben wir doch, was wir suchen. Bereits 1960 war unser Freund Mitglied der von George Lincoln Rockwell gegründeten US-Nazipartei. Er gehörte auch zu den Begleitern Rockwells, als dieser 1962 bei einer Englandreise wegen Verbreitung von Nazipropaganda des Landes verwiesen wurde. Und Gibson zählte zu den prominentesten Trauergästen, die Rockwell das letzte Geleit gaben, nachdem dieser 1967 von einem Heckenschützen erschossen worden war. Gibson teilte seinen Gesinnungsgenossen mit, daß er das von Rockwell begonnene große Werk fortsetzen werde.«

»Hat Gibson ein Strafregister?«

»Keine Verurteilungen, nur ein paar Bagatellen. Er wurde wegen agitatorischen Verhaltens angezeigt und in einem zivilrechtlichen Prozeß belangt, weil er bei einer Demonstration gegen den Bau einer Synagoge an einem Sitzstreik teilgenommen hatte.«

»Irgendwelche Angaben darüber, ob Gibson bestimmte Gruppen oder Organisationen finanziell unterstützte?«

Whitlock scrollte den Text.

»Und ob. Zusammen mit Don Chadwick und Emerett Pearce, die hier als in Fort Davis und Brownsville ansässige Unternehmer geführt werden, gründete Gibson die *Lone-Star-Patrioten.*«

Wieder vergingen einige Augenblicke, bis Whitlock den engzeiligen Text entziffert hatte.

»Bei dieser Vereinigung handelt es sich keinesfalls um eine hinterwäldlerische Stammtischrunde unverbesserlicher Rassisten, sondern um eine finanzkräftige Gruppierung, die sogar zu einem Institut in der Schweiz Kontakte pflegt, bei dem in Langzeitstudien die genetischen Mängel der nichtkaukasischen Rassen nachgewiesen werden soll. Darüber hinaus haben sich in Washington drei Unterausschüsse mit Beweismaterial beschäftigt, demzufolge Gibsons *Patrioten* mit ihrem Geld in Südamerika untergetauchte Naziverbrecher unterstützt haben. Des weiteren gibt es Hinweise darauf, daß zahlreiche Universitäten und die Führungsetagen größerer Firmen von *Patrioten* infiltriert sind. Daß Gibson mit seinem Geld zudem drei ebenso aussichtsreiche wie rechtsextreme Kandidaten für Senatorenposten gesponsert hat, kann kaum überraschen. Außerdem hat er vor drei Jahren bei einem Kriegsverbrecherprozeß in Krakau die Hälfte der Anwaltskosten des Angeklagten übernommen.«

»Ich glaube, das reicht schon.«

Philpott nahm wieder Platz.

»Gibson ist vor weniger als vierundzwanzig Stunden in Berlin vermutlich aufgrund einer Autobombe in seinem Wagen verbrannt. Unseren Informationen zufolge hat er erhebliche Geldmittel in diese rechtsextremistische Vereinigung gepumpt. Sehen Sie zwischen diesen beiden Fakten und den übrigen Morden, mit denen wir uns gerade beschäftigen, irgendeinen Zusammenhang? Oder zumindest die Möglichkeit eines Zusammenhangs?«

»Zweifellos. Gibsons *Patrioten* müßten dringend einmal unter die Lupe genommen werden.«

»Sie meinen also, wir sollten uns in Texas umsehen?«

Whitlock starrte seinen Chef verblüfft an.

»Die Ermittlungen in Europa und in Nordafrika liegen in guten Händen«, erklärte Philpott. »Zumindest gehe ich davon aus, solange ich nichts Gegenteiliges höre. Die Möglichkeit, daß hier von Amerika aus die Fäden gesponnen werden, erfordert unsere volle Aufmerksamkeit.«

»Wenn Sie von *wir* sprechen, meinen Sie …?«

»Sie und mich.«

Philpott musterte Whitlocks Gesicht.

»Trauen Sie mir vielleicht nicht mehr zu, daß ich selbst vor Ort ein paar Ermittlungen übernehme?«

»Das habe ich nicht gesagt.«

»Seitdem ich am frühen Abend das Büro verließ, habe ich mir über diese Sache den Kopf zerbrochen. Mein erster Gedanke war, Geoff Prentice nach Texas zu schicken. Aber ich habe erfahren, daß er in Indien im Krankenhaus liegt. Dann dachte ich an Timothy Osborne, doch die aktuelle Entwicklung in Bosnien hält ihn dort fest.«

Philpott zuckte mit den Achseln.

»Also fragte ich mich, warum ich mich nicht persönlich um die Sache kümmern soll? Schließlich bin ich auch ein alter Cop und verbringe, ehrlich gesagt, viel zuviel Zeit hinter dem Schreibtisch. Ein kleiner Wechsel wird mir guttun und meinen Sekretärinnen endlich Gelegenheit geben, sich ihr Geld wirklich zu verdienen.«

»Der Ausflug könnte sich natürlich auch als völliger Reinfall erweisen«, gab Whitlock zu bedenken. »Aber hier und da kann ja auch einmal ein Schuß ins Blaue sein Ziel finden.«

»Allerdings.« Philpott kniff ein Auge kaum merklich zusammen: eine Geste, die bei ihm einem Zwinkern am nächsten kam. »Außerdem könnte eine kurze Abwesenheit von New York auf ihre familiären Turbulenzen durchaus beruhigend wirken.«

Er stand auf und streckte sich vorsichtig.

»Wenn ich jetzt nicht bald ins Bett komme, falle ich um.«

»Um Gottes willen«, rief Whitlock erschrocken, da er vor zwei Jahren dabeigewesen war, als Philpott seinen Herzinfarkt erlitten hatte, »ich habe schon genug Streß am Hals.«

»Dann sind wir uns also einig?« Philpott nahm seinen Mantel. »Wir fahren nach Texas und schauen uns dort ein wenig um.«

»Wenn Sie es sagen.«

»Ich hatte gedacht, Sie würden vielleicht etwas mehr Widerstand gegen meinen Vorschlag leisten.«

»Zu einem anderen Zeitpunkt und unter anderen Umständen – vielleicht«, gestand Whitlock und schaltete den Computer aus. »Aber gerade jetzt scheint mir ein Tapetenwechsel durchaus passend. Außerdem gibt es niemanden, der so gut auf Sie aufpassen könnte wie ich.«

15

In den Lichtstrahlen, die in den vergangenen Stunden von der Zimmerdecke zu ihrer Rechten bis zum Fußboden links von ihr gewandert waren, tanzten dichte Staubwolken. Sabrina Carver verfügte schon lange nicht mehr über die Kraft, laut um Hilfe rufen zu können. Es kam ihr so vor, als sei sie zwischendurch eingeschlafen, ohne sich dessen in ihrer Benommenheit allerdings sicher zu sein. Die Hitze, die sie umgab, war inzwischen noch unerträglicher geworden. Dennoch war das brennende Durstgefühl merkwürdigerweise nicht mehr so quälend wie zuvor. Die

Handschellen hatten ihre Haut an den Handgelenken schmerzhaft aufgeschürft, und ihre Hüften und das Gesäß waren vollkommen taub von der unbequemen Sitzhaltung.

Als sie versuchte, sich zu bewegen, hatte sie das Gefühl, als ob ihr Körper schwer wie Blei wäre.

Meine Kräfte verlassen mich, dachte sie verzweifelt.

Irgendwie mußte sie an Wasser kommen. Selbst in vermeintlich aussichtslosen Situationen konnten einige Schluck Wasser Wunder wirken und neue Kräfte verleihen.

Wasser!

Sie schaute zu dem gesprungenen, vollkommen verdreckten Waschbecken über ihrem Kopf hinauf. Es sah so aus, als ob es seit Jahren nicht mehr benutzt worden war. Dies war nicht das Haus, vor dem Sabrina mit Maruf-al-Hakim gesprochen hatte, so viel war ihr schnell klargeworden. Schon am Geruch hatte sie erkannt, daß jenes Haus bewohnt war, während es hier nur nach Verfall roch. In dieser verlassenen Bruchbude hatte mit Sicherheit seit Jahren niemand mehr gelebt.

Sie hatte die ganze Zeit über nicht ein einziges Geräusch vernommen, das auf die Anwesenheit von Menschen hingewiesen hätte: keine entfernten Stimmen, nicht einmal das Schlurfen von Schritten. Das Rascheln einer Ratte, die über den Fußboden des Raums gelaufen war, war das einzige Geräusch gewesen, das die Stille durchbrochen hatte.

An ihren Knien und an der Oberseite ihres linken Fußes hatte sie schwere Schürfwunden. Dies sowie die zerrissenen Riemen ihrer Sandalen bewiesen ihr, daß sie offenbar gewaltsam hierhergezerrt worden war – eine stinkende Gasse entlang bis in dieses Dreckloch, wo man sie hineingestoßen hatte, damit sie hier sterben sollte.

Dagegen sprach allerdings, daß man sie nicht sofort getötet, sondern zunächst noch am Leben gelassen hatte. Offenbar wollte man sie erst einmal lediglich schwächen, bevor man versuchen würde, unter Folter aus ihr herauszuquetschen, was sie über den Tod Yaqub Hishams wußte.

Auf eine solche Situation war Sabrina Carver im Rahmen ihrer Ausbildung *theoretisch* vorbereitet worden. Sie hatte sie jedoch noch nie am eigenen Leibe erfahren. Es hatte zwar schon mehrmals Versuche gegeben, sie umzubringen, aber in einer Lage wie der jetzigen hatte sie sich noch nie zuvor befunden. In der Tat hatten sich schon mehr Männer auf sie geworfen, um sie zu töten, als um sie zu vernaschen, dachte sie unwillkürlich.

Sie begann gerade, in einen hilflosen Dämmerzustand zu verfallen, als sie plötzlich ein Geräusch vernahm. Vor Schreck lief ihr ein kalter Schauder über den Rücken. Das Rasseln einer Kette war zu hören, dann wurde ein Riegel zurückgestoßen. Schließlich sprang die Tür auf.

Bei dem Mann, der hereinkam, handelte es sich nicht um Maruf. Dieser Mann war kleiner und schmächtiger. Als er näher kam, erkannte Sabrina, daß seine fehlenden Zähne und sein ungepflegtes dünnes Haar ihn auf den ersten Blick älter erschienen ließen, als er wahrscheinlich war. Sein Gesicht hatte einen mürrischen und verschlossenen Ausdruck. Noch während sie ihn anstarrte, bemühte sie sich, ihrer Abneigung Herr zu werden. Sie wußte nur zu gut, daß sie in dieser Situation darauf angewiesen war, einen klaren Kopf zu bewahren, wenn sie ihre Chance wahren wollte, mit dem Leben davonzukommen.

Der Mann hatte einen Plastikbecher und einen Emaillekrug mitgebracht.

»Wollen Sie etwas trinken?«

»Bitte!« krächzte sie.

Er kniete sich neben ihr nieder und goß Wasser aus dem Krug in den Becher, den er ihr an die Lippen setzte. Das Wasser war frisch, und Sabrina konnte die Kühle geradezu riechen. Als es wie eine erfrischende Welle über ihre Zunge rann, hatte sie das Gefühl, als ob ihre Kehle es sofort aufsog wie ein Schwamm. Sie hüstelte, und der Mann setzte den Krug ab, um ihr nach einer kurzen Pause einen zweiten Schluck zu gönnen. Noch immer fühlte sich die Flüssigkeit in ihrem Hals scharf und ungewohnt an.

Erneut setzte der Mann den Krug ab.

»Sie müssen erst einen Moment warten, bevor Sie weitertrinken.«

Er sprach zwar kein akzentfreies, aber ein vollkommen korrektes Englisch.

»Warum hat man mich hierhergebracht?«

»Sprechen Sie nicht.«

»Aber ich habe Angst.« Ihre Lippen zitterten. »Bitte sagen Sie mir, was das alles zu bedeuten hat.«

»Ich weiß überhaupt nichts.«

Sein Gesichtsausdruck zeigte keinerlei Regung.

»Ich erfülle nur meinen Auftrag. Sie verstehen?«

»Bitte ...!«

Sie holte tief Luft. Tränen traten ihr in die Augen.

»Ich habe nichts Unrechtes getan. Bitte sagen Sie mir doch, was man mit mir vorhat.«

»Ich kann lediglich meine Vermutungen äußern.«

Sabrina Carver schaute ihn an. Sie bot einen erbarmungswürdigen Anblick.

»Wahrscheinlich wird man Sie, noch bevor der morgige Tag zu Ende ist, im Müllhaufen des Guersa-el-Kebir-Marktes finden, und zwar ohne Hände und ohne Kopf.«

Sie erschauderte.

»Könnte ich bitte noch etwas Wasser bekommen?«

»Aber trinken Sie langsam.«

Sie ließ das Wasser in ihren Mund laufen und spülte damit ihren Mund.

Konzentriere dich, ermahnte sie sich.

Während Sie weiterhin so tat, als ob sie trinken wolle, ließ sie das Wasser aus dem Mundwinkel laufen.

Konzentriere dich.

Sie schluckte alles, was sie noch im Mund hatte, hinunter und begann zu husten, während sie die Lippen noch immer an den Becherrand preßte, so als habe sie sich verschluckt.

»Bitte ...!« wimmerte sie, als er den Becher wegzog. »Bitte befreien Sie eine Hand. Ich kann nicht richtig trinken, solange Sie den Becher festhalten.«

Der Araber murrte, machte aber keinerlei Anstalten, sie von den Handschellen zu befreien.

»Nur für einen kurzen Augenblick«, jammerte Sabrina, »ich habe so einen gräßlichen Durst.«

Er brummte verärgert, stand aber schließlich auf. Aus der Tasche seiner weiten Hose zog er einen Schlüsselbund, der mit einer Kette an seinem Gürtel befestigt war. Dann nahm er einen kleinen, glänzenden Schlüssel in die Hand und kniete sich neben Sabrina. Der Gestank seines Atems und seiner verschwitzten, ungewaschenen Kleidung erfüllte sie mit Ekel. Er schloß die rechte Handschelle auf und legte sie um das Abflußrohr.

Sabrina Carver streckte ihre Finger und fühlte, wie das Blut wieder bis in ihre Fingerspitzen zu zirkulieren begann. Sie setzte ein trauriges, aber dankbares Gesicht auf.

Konzentriere dich.

Während der Mann ihr den Becher reichte, hielt Sabrina ihren Blick fest auf ihn gerichtet.

Er steht zwischen dir und deiner Rettung.

»Danke.«

Sie führte den Becher an ihre Lippen, bevor sie mit einer plötzlichen Bewegung ihre Hand vorschnellen ließ und ihm das Wasser in die Augen schüttete. Als er es sich mit der Hand aus dem Gesicht wischen wollte, ergriff sie seinen Daumen und brach ihn, indem sie ihn gewaltsam herumriß.

Er schrie auf.

Während die Agentin seinen Daumen noch immer festhielt, senkte sie den Kopf und rammte ihn mit voller Wucht zweimal gegen seine Nase. Er stürzte aufheulend gegen sie, während ihm Blut aus der zerschmetterten Nase floß. Währenddessen schlang sie ihre Beine um seine Hüfte.

»Mach nicht solchen Lärm«, zischte Sabrina Carver ihm ins Ohr.

Als er daraufhin noch lauter aufschrie, verstärkte sie den Druck ihrer Beine und preßte seine Nieren zusammen. Dann stieß sie erneut mit dem Kopf zu.

Er verstummte fast augenblicklich und schnappte nur

noch keuchend nach Luft. Ohne ihn aus der Beinschere zu lassen, gab sie rasch seinen Daumen frei und setzte statt dessen einen Griff an seiner Hand an. Sie sammelte den Rest ihrer Energie und überdrehte mit einem Ruck sein Handgelenk, woraufhin die Beugesehne riß.

Der Mann verlor das Bewußtsein.

Sabrina Carver stieß ihn von sich und schnappte sich zunächst einmal seinen Schlüsselbund, um auch ihre Linke von den Handschellen zu befreien. Daraufhin drehte sie den Bewußtlosen auf sein Gesicht und fesselte seine Hände auf den Rücken. Dann wälzte sie ihn wieder auf seinen Rücken zurück. Noch immer rann ihm Blut aus der Nase.

Die Agentin erhob sich langsam und streckte behutsam erst die Beine, dann die Arme aus. Anschließend betastete sie die Beule an ihrem Kopf, während sie mit ihrem Becken Kreisbewegungen ausführte, um die Steifheit aus ihrem Körper zu vertreiben und die Blutzirkulation wieder in Gang zu bringen. Nachdem sie ein paarmal hin und her gegangen war und noch etwas Wasser zu sich genommen hatte, kam sie langsam wieder zu Kräften.

Es wurde bereits dunkel. Vorsichtig spähte Sabrina Carver durch die Ritzen der Jalousie. Im letzten Licht der untergehenden Sonne erkannte sie, daß ein Pfad vom Haus durch eine Gruppe von ungefähr dreißig Bäumen zu der dahinter liegenden Straße führte, an der ein Citroën 2CV parkte.

Dann wandte sie sich dem am Boden liegenden Mann zu, der noch nicht wieder zu sich gekommen war und röchelnd atmete. Neben seinem Kopf hatte sich am Boden das nach wie vor aus seiner Nase rinnende Blut in einer Lache gesammelt. Sabrina Carver nahm den Krug zur Hand und schüttete ihm das restliche Wasser ins Gesicht.

Hustend und würgend erwachte der Mann, und mit ihm die Schmerzen in seiner lädierten Hand und in der Nase. Seinen Kopf hin und her werfend, riß er die Augen weit auf.

»Wie fühlst du dich, mein Freund?« fragte ihn Sabrina Carver.

»Hilf mir hoch!« stieß er haßerfüllt zwischen den Zähnen hervor.

»Vielleicht.«

»Ich werde dich töten!«

»In dem Zustand, in dem du dich befindest, könntest du nicht einmal einer Fliege etwas zuleide tun.«

Er brüllte ihr etwas auf arabisch entgegen.

»Das war doch nicht etwa eine Beleidigung?«

»Meine Hand ist verletzt. Du mußt mir aufstehen helfen. Der Schmerz ist einfach unerträglich.«

Sie kniete sich nieder und drehte ihn auf die Seite.

»Zieh die Beine an, dann rollst du nicht so leicht wieder auf den Rücken zurück.«

Seine Erleichterung war nicht zu übersehen. Dennoch mußte er unter starken Schmerzen leiden, wie die enormen Schwellungen an seiner Hand und dem Daumen verrieten.

»Sag mir, wie du heißt!« forderte Sabrina Carver ihn auf und schlug ihren Rocksaum um, so daß sie sich auf ihn knien konnte.

»Ich heiße Sayed.«

»Nun, Sayed, dann erzähl mir alles, was du über Yaqub Hisham weißt.«

»Ich habe diesen Namen noch nie gehört.«

Sie streckte ihre Hand aus und verdrehte seinen verletzten Arm, was er mit einem lauten Aufschrei quittierte.

»Nur damit du Bescheid weißt, Sayed«, begann Sabrina Carver, nachdem er sich wieder beruhigt hatte, »ich bin nicht die Art von Frau, mit der du gewöhnlich zu tun hast. Ich bin weder unterwürfig, noch werde ich der Anziehungskraft deiner Männlichkeit erliegen. Genauer gesagt, bin ich ausgesprochen nachtragend und gereizt, nachdem man so unsanft mit mir umgegangen ist.«

Sie beugte sich dicht über ihn, um ihren Worten mehr Nachdruck zu verleihen.

»Und ich sage dir, daß ich noch nicht einmal angefangen habe, dir richtig weh zu tun, Sayed.«

Sie hockte sich wieder auf ihre Knie.

»Also noch einmal die gleiche Frage: Was weißt du über Yaqub Hisham?«

»Er war ein Freiheitskämpfer«, stieß Sayed keuchend hervor.

»Ein Terrorist, ich weiß. Aber warum ist er nach England gegangen? In wessen Auftrag hat er gehandelt?«

»Ich bin nur ein einfacher Handlanger. Über solche Dinge weiß ich nicht Bescheid.«

»Würdest du das beschwören?«

»Ich schwöre es.«

Sabrina Carver nahm seinen Ellbogen und bewegte den verletzten Arm auf und ab. Sayed wimmerte laut vor sich hin, und Tränen liefen über sein Gesicht.

»Schwörst du immer noch, die Wahrheit gesagt zu haben?«

»Yaqub ... er war hier in Tetuán. Aber er mußte sich verstecken. Dann kam ein Mann hierher, um ihn zu sprechen. Ein Amerikaner.«

»Wie hieß der Amerikaner?«

»Ich weiß es nicht! Ich schwöre, ich weiß es nicht!« beeilte sich Sayed zu versichern. »Ich habe seinen Namen nie gehört. Aber er hatte ein Empfehlungsschreiben von einem angesehenen Offizier der Hizbollah.«

»Und woher weißt du das?«

»Ich bin Mitglied einer Befreiungsbewegung, die von Yaqub Hisham unterstützt wurde.«

»Er hat euch ausgebildet, stimmt's?«

»Ja.«

Mit vor Schmerzen verzerrtem Gesicht holte er tief Luft.

»Aber er war nicht nur unser Lehrer, sondern auch unser Verwandter. Die ganze Bewegung besteht zum Großteil aus Familienmitgliedern.«

»Wie viele Leute umfaßt eure Bewegung?«

»Ungefähr dreißig Mann. Wir sind zwar nicht sehr viele, aber unsere Entschlossenheit ist dafür um so größer.«

Einen Augenblick wirkte er regelrecht kämpferisch und hob den Kopf, um seine Peinigerin anzusehen.

»Die Stärke unseres Willens wird letztlich jede Unterdrückung überwinden.«

»Wenn du meinst. Aber jetzt fahr mit deiner Geschichte fort. Was wollte der Amerikaner von Yaqub?«

»Es ging um einen Profi-Auftrag, der in England erledigt werden sollte. Yaqub wollte ihn eigentlich nicht annehmen, aber er brauchte das Geld.«

»Und was für ein Auftrag war das?«

»Ich schwöre Ihnen, daß ich keine Einzelheiten kenne.«

Sabrina Carver faßte ihn scharf ins Auge.

»Sayed, wir beide wissen, daß das nicht wahr ist, stimmt's?«

Sie hob den Arm ein winziges Stück an.

»Der Auftrag lautete, Mitglieder einer gewissen Organisation aus dem Weg zu räumen.«

Sie wartete. »Nun?«

»Ich habe Ihnen alles gesagt.«

»Was für eine Organisation war das?«

»Der Name war zu kompliziert, ich konnte ihn mir wirklich nicht ...«

Sayed brach ab und biß die Zähne zusammen, als er sah, daß sie erneut nach seinem Arm griff. Er war offensichtlich entschlossen, diesmal nichts zu verraten. Die Agentin packte ihn mit beiden Händen und warf ihn höchst unsanft auf den Rücken, was ihm ein mühevoll unterdrücktes Stöhnen entlockte. Mit einer Hand hielt sie seinen Kopf fest, während sie ein Knie auf seine Stirn stemmte und den Zeigefinger der anderen Hand unter sein linkes Augenlid schob. Laut wimmernd versuchte er erfolglos, sich von ihrem Griff zu befreien.

»Hör mir gut zu, Sayed. Wenn ich innerhalb der nächsten fünf Sekunden keine befriedigende Antwort von dir erhalte, werde ich dir das Auge herausreißen.«

Sie unterstrich ihre Drohung dadurch, daß sie den Druck auf seinen Augapfel erhöhte.

»Und wenn du dann immer noch nicht reden willst, nehme ich mir dein anderes Auge vor. Ich stelle dir die Frage jetzt ein letztes Mal: Wie hieß die Organisation, deren Mitglieder Yaqub Hisham beseitigen sollte?«

»Es ... es ist eine jüdische Gruppe, die von Deutschland aus organisiert wird. Sie nennt sich *Zwanzigster Juli.*«

Sabrina Carver erinnerte sich an das Foto, das Mike Graham aus Emily Selbys Schließfachkassette besorgt hatte. Auf dem darauf abgebildeten Banner hatten die Initialen *ZJ* gestanden. Sayed sagte also vermutlich die Wahrheit. Sie ließ seinen Kopf los und lehnte sich wieder zurück, während der Araber sie furchtsam anblinzelte.

»Yaqub erhielt einen ... wie sagt man ... ein Papier mit verschiedenen Angaben zu Orten und Zeiten, an die er sich halten sollte.«

»Einen Zeitplan?«

»Genau. Zuerst sollte er nach London und dort eine Weile bleiben. Zu diesem Zweck hatte der Amerikaner ihm gefälschte Ausweispapiere besorgt.«

»Deshalb nannte er sich Kamul Haidar?«

»Ja. Auf diesen Namen waren sein Paß, sein Visum und alle anderen benötigten Dokumente ausgestellt. Außerdem übergab der Amerikaner ihm eine Pistole: ein Spezialmodell, das man leicht durch die Sicherheitskontrollen am Flughafen schmuggeln konnte.«

Er hob den Kopf vom Boden.

»Kann ich mich auf die Seite legen? Meine Hand brennt wie Feuer!«

Die UNACO-Agentin rollte ihn in die gewünschte Position und stand dann auf.

»Eine letzte Frage. Wie viele Leute sollte Yaqub umbringen?«

»Ich schwöre bei Allah, daß ich es nicht weiß!«

»Zwei? Mehr als zwei?«

»Das erfuhr Yaqub nicht. Der Amerikaner redete immer nur davon, daß es Mitglieder des *Zwanzigsten Juli* seien, die ausgeschaltet werden sollten. Weitere Einzelheiten sollte Yaqub erst nach seiner Ankunft in England erfahren.«

Sayed versuchte aus den Augenwinkeln Sabrina Carvers Gesicht zu beobachten.

»Aber Yaqub hatte von Beginn an das Gefühl, daß seine Reise nach England unter keinem guten Stern stand.«

»Damit hatte er allerdings recht«, bestätigte die Agentin trocken, während sie den Schlüsselbund inspizierte und den für den Citroën passenden heraussuchte.

»So, ich werde jetzt gehen.«

»Aber Sie können mich doch nicht so zurücklassen! Sie müssen mir die Handschellen öffnen!«

»Ich muß gar nichts! An deiner Stelle würde ich ruhig liegenbleiben und mich darüber freuen, noch am Leben zu sein.«

Sie stand auf und ging auf die Tür zu.

»Noch ein gutgemeinter Ratschlag, Sayed. Wenn du das nächstemal ein Stinktier ißt, solltest du ihm vorher das Fell abziehen.«

Sie wollte gerade hinauseilen, als sie beinahe mit einem Mann zusammenstieß, der sie zunächst verwundert anstarrte, plötzlich aber zurückwich und ein Messer zückte, als er die Situation durchschaute.

»Laß es lieber bleiben«, zischte Sabrina Carver ihm zu und beugte sich mit gespreizten Armen vor, den Zündschlüssel des Wagens wie einen Dorn in ihrer rechten Faust umklammernd. »Ich will nur, daß du mich durchläßt. Dann geschieht dir nichts.«

Als der Mann angriff, wich sie seinem Arm mit dem Messer seitlich aus und hieb ihm ihre Rechte an den Kopf, wobei sie deutlich spürte, wie der Schlüssel die Wange ihres Angreifers durchdrang. Vor Wut und Schmerz aufschreiend, attackierte sie der Mann erneut. Doch diesmal rammte ihm Sabrina Carver den Schlüssel in den Hals und durchtrennte dabei den Knorpel zwischen Kehlkopf und Luftröhre. Noch während der Mann das Messer fallen ließ, röchelnd mit beiden Händen seinen Hals umklammerte und dann rückwärts auf den Boden stürzte, riß die Agentin die Tür auf und rannte auf den Wagen zu.

Gegen 21.00 Uhr traf Sabrina Carver in ihrem Hotel ein. Durch die Fahrt über staubige und unbefestigte Straßen waren ihre Haut und ihre Kleidung mit terrakottafarbenem Sand überzogen. An der Rezeption benachrichtigte sie der alte Inder, daß ein Besucher auf sie warte. Er schien allerdings von dieser Tatsache ebensowenig angetan zu sein wie von ihrer äußeren Erscheinung.

Sie betrat die kleine Bar und stieß dort auf Nat Takahashi, der in einer Ecke saß und eine lokale Abendzeitung las. Als er Sabrina Carver erkannte, wirkte er schockiert.

»Was ist passiert? Bist du vielleicht vor einen Bus gelaufen?«

»Nichts Besonderes. Nur die übliche UNACO-Routine. In meinem Job darf man sich nicht zu fein sein, sich auch einmal die Hände ein wenig schmutzig zu machen. Aber was führt dich hierher, Nat?«

»Ich dachte, ich könnte dich vielleicht zum Abendessen einladen, bevor du wieder zurückfliegst.«

»Du bist wirklich ein Schatz. Ich könnte mir im Augenblick wirklich nichts Schöneres vorstellen.«

»Du solltest dich vorher vielleicht doch besser umziehen, Sabrina. Schließlich bin ich ein Mann, der seinen guten Ruf zu verlieren hat«, sagte Takahashi lachend.

»Mach dir keine Sorgen, Nat. Gib mir nur zwanzig Minuten. Dann wirst du mich nicht wiedererkennen.«

Während er wieder Platz nahm und einen Bericht über die Auffindung zweier toter Peruaner las, die nachmittags aus einem Brunnen im Medina-Viertel gezogen worden waren, eilte sie die Treppe hinauf.

Oben angekommen, dachte Sabrina Carver daran, wie wohltuend es wäre, jetzt mit Nat Takahashi darüber reden zu können, was sich in der Zwischenzeit alles ereignet hatte. Aber dazu würde es nicht kommen. Sie mußte sich nun einmal an die Spielregeln halten, und das hieß – schweigen.

»Er würde mir ohnehin kein Wort glauben«, tröstete sie sich auf dem Weg ins Badezimmer.

16

Um sieben Uhr morgens, eine Stunde nachdem Sabrina Carver mit der ersten Frühmaschine aus Tanger abgeflogen war, befand sich Mike Graham im Gebüsch am Rande einer öffentlichen Parkanlage in Berlin-Kreuzberg. Er hatte sich dort zwischen den Sträuchern versteckt, weil er von diesem Punkt aus einen freien Blick auf den direkt gegenüberliegenden, düster und massiv wirkenden Gebäudeblock in der Scharnweberstraße hatte. Die Eingangstür zu der Wohnung mit der Hausnummer 17a befand sich gegenüber seines Beobachtungspunktes, so daß er sie genau im Blick hatte.

Auch wenn einige Tage später laut Kalender bereits Frühlingsanfang sein würde, war der Morgen noch sehr frisch. Zudem hatte es seit Sonnenaufgang pausenlos geregnet. Obwohl Graham einen hochmodernen, federleichten und antireflektierenden Thermo-Overall trug und eine Thermoskanne mit heißem Kaffee dabeihatte, begann er gegen 8.30 Uhr mehr und mehr zu frösteln.

Neben sich hatte er zwischen den Sträuchern auf einer Bambusstange einen Hochfrequenz-Geräusch-Assimilator befestigt, den er auf das Türschloß des Hauses Nummer 17a ausgerichtet hatte. Bereits am Tag zuvor war er mit dem Wagen hier vorbeigefahren und hatte sich vergewissert, daß es sich bei dem Schloß um eine elektronische Schließanlage mit einem zusätzlichen Sicherheitsschloß handelte. Er hatte deshalb neben dem Assimilator eine Auswahl an Schlüsselrohlingen sowie die nötige Ausrüstung mitgebracht, um im Notfall auch mit dem Zusatzschloß fertig zu werden.

Um zehn Minuten nach neun trat eine in einen modischen Dufflecoat gekleidete Frau aus der Wohnungstür. Doch noch bevor Graham sein Fernglas ans Auge nehmen konnte, hatte sie bereits die Kapuze ihres Mantels über den Kopf gezogen. Sie schloß die Tür und richtete ihren elektronischen Schlüssel auf das Türschloß. Graham drückte auf den Knopf, der auf der Oberseite des Assimilators angebracht war. Ein leiser Piepton zeigte ihm an, daß das Gerät das Signal aufgefangen hatte.

Die Frau steckte den Schlüssel ein, drehte sich um und stieg die Stufen vor der Eingangstür hinab. Alles, was Graham von ihrem Gesicht sehen konnte, war der entschlossene Zug um ihren Mund und die mit einem leuchtendroten Stift nachgezogenen Lippen. Am Fuße der Treppe wandte sie sich um und ging fort. Graham zog den Assimilator von dem Stab und steckte ihn in seine Tasche. Er wartete noch eine Weile beobachtend ab, da er sichergehen wollte, daß die Frau nicht noch einmal zurückkehrte. Das Warten an sich machte ihm nichts aus, aber aus seinen Händen und Füßen war vor lauter Kälte inzwischen jegliches Gefühl gewichen.

Um zehn Uhr überquerte er schließlich die Straße und stieg die Treppe zum Haus Nummer 17a hinauf. Der Regen war inzwischen immer heftiger geworden, und die Straße war menschenleer. Er schaute sich verstohlen um, wobei er das Kinn an die Brust drückte, so daß sein Gesicht mit Hilfe der Überwachungskamera, die über der Tür angebracht war, nicht identifiziert werden konnte. Dann holte er den Assimilator aus der Tasche, richtete ihn auf das Schloß und drückte auf die ÜBERTRAGEN-Taste. Aus dem Apparat ertönte daraufhin ein Piepsignal, das exakt dem glich, den der Schlüssel der Frau von sich gegeben hatte. Mit Erleichterung bemerkte Graham, daß sie den zusätzlichen Sicherheitsschlüssel nicht benutzt hatte. Mit einem leichten Druck ließ sich die Tür öffnen.

Er schlüpfte leise ins Haus, machte die Eingangstür hinter sich zu und schloß für einen Moment die Augen, damit sie sich an die Dunkelheit im Haus gewöhnten. In derart gesicherten Gebäuden wie diesem waren in den Räumen ohne Fenster die Lichtschalter häufig mit Alarmanlagen gekoppelt. Sobald sie betätigt wurden, ertönte ein Alarmsignal bei der Polizei. Es war deshalb sicherer, sich nur im Dunkeln zu bewegen und sich mit der Taschenlampe zu begnügen.

Als Graham die Augen wieder öffnete, sah er ein rötliches Notlicht über der Eingangstür, das ihm den Weg durch den Flur und einen Teil des angrenzenden Raumes wies, bei dem es sich offensichtlich um das Wohnzimmer handelte. Er ging hinein und schaltete seine kleine Maglite-Taschenlampe ein.

Das Wohnzimmer war mit schweren, modernen Möbeln eingerichtet. Die Schränke waren schwarz lackiert und die Polstermöbel mit einem schwarz und dunkelblau gemusterten Stoff bezogen. Über dem unechten Kaminsims hing ein Gemälde, das von einer kleinen Bildleuchte nur schwach erhellt wurde. Bei näherem Hinsehen erkannte Graham, daß es sich um ein Portrait Erika Stramms handelte, auch wenn sie nicht besonders gut getroffen war.

An der Wand gegenüber der Zimmertür stand ein Sideboard, das an einer Seite offene Regale und an der anderen Schubladen hatte. Graham nahm die Taschenlampe zwischen die Zähne und zog die unterste Schublade auf. Sie war voll mit ungefähr hundert druckfrischen Taschenbüchern, deren Titel *Armageddon im Osten* und *Der Mißbrauch von Macht* lauteten. Beide Bücher waren von Erika Stramm verfaßt worden. In der zweiten Schublade von unten befand sich ein Zeichenbrett, professionelle Zeichenutensilien und mehrere Bögen mit selbstklebenden Buchstaben.

Der Inhalt der obersten Schublade machte einen erheblich vielversprechenderen Eindruck, denn Graham konnte im Lichtkegel seiner Taschenlampe mehrere ziemlich abgegriffene Notizbücher erkennen, die mit einem Gummiband zusammengehalten wurden. Er holte sie hervor und legte sie auf dem Sideboard ab, um sie sich näher anzusehen. Außerdem nahm er einen Aktenordner und ein Ringbuch mit Rechnungen heraus.

Während er den Rest des Inhalts der Schublade vorsichtig untersuchte – darunter eine Tintenflasche, einen Hefter und Papier –, bemerkte Graham nicht, wie aus einem an das Wohnzimmer angrenzenden Raum ein Mann eintrat und sich lautlos mit einem Spazierstock in der Hand von hinten an ihn heranschlich.

Der Mann holte aus, um Graham mit voller Wucht einen Schlag auf den Hinterkopf zu verpassen. Graham ging augenblicklich in die Knie und rollte sich zur Seite ab. Diese Bewegung als Reaktion auf das Geräusch, wenn ein Gegenstand die Luft durchschnitt, war ihm fast schon instinktiv in Fleisch und Blut übergegangen. Der Spazierstock traf mit einem lauten Krachen das Sideboard, während Graham gleichzeitig dem Angreifer die Füße wegtrat und dieser daraufhin auf den Rücken fiel.

»Kak eto nazy!«

Ein scharrendes Geräusch war zu hören, dann flog etwas durch die Luft, und plötzlich landete ein schweres Gewicht auf Grahams Brust. Jemand packte seinen Hals und versuchte, ihn zu erwürgen. Er nahm den Geruch von einem teuren Rasierwasser und einer Spur Brandy wahr.

Die Männer wälzten sich kämpfend am Boden, bis sie gegen die Zimmertür stießen. Grahams Kopf schlug mit Wucht gegen die Wange des anderen, der vor Schmerz laut aufheulte und losließ. Graham sprang auf und spürte, wie der Angreifer eines seiner Beine umklammerte. Er trat mit seinem freien Fuß aus, doch im gleichen Moment wurde der andere Fuß nach vorne gerissen, so daß er rückwärts zu Boden stürzte. Beim Fallen schlug er mit dem Hinterkopf gegen etwas Hartes, so daß für einen Moment alles um ihn herum verschwomm.

Der Angreifer war inzwischen wieder auf den Knien und schlug mit den Fäusten auf ihn ein. Auch Graham stemmte sich unter Anstrengung hoch, ohne jedoch den Schlägen ausweichen zu können, die in seinem Gesicht und auf seinen Rippen landeten. Mit letzter Kraft kam er wieder auf die Beine, packte den Mann bei den Haaren und schlug ihm mit der freien Hand in die Magengegend. Sein Gegenüber sank wimmernd zusammen.

Mike nutzte diesen Moment, um sich hastig nach der Tür umzusehen. Doch noch bevor er auch nur einen Schritt in ihre Richtung machen konnte, traf ihn eine geballte Faust am Hinterkopf und zwang ihn auf die Knie. Dann wurde er hochgerissen und mit einem erneuten Schlag auf einen Sessel gestoßen und an ihn gefesselt. Seine Arme versagten, so daß er nicht mehr in der Lage war, Gegenwehr zu leisten.

Plötzlich wurde das Licht eingeschaltet. Mike hob langsam seinen Kopf und blickte in das Gesicht des Mannes, mit dem er soeben noch gekämpft hatte. Er war ein riesiger, bulliger Kerl mit einem großen, kahlgeschorenen Schädel und einer Nase, der man ansah, daß sie bereits mindestens dreimal gebrochen gewesen sein mußte. Er trug ein blaues Sporthemd und eine Trainingshose. Neben dem Sofa stehend, sah er Graham an, als wolle er am liebsten nochmals zuschlagen.

Dann drehte sich der Mann wortlos um und verließ den Raum. Graham hörte, wie er einen Telefonhörer abnahm und eine Nummer wählte.

Der taubengraue Lear-Jet rollte vom Vorplatz der Flugzeughalle und begab sich in Warteposition, um dort auf die Startfreigabe zu warten. Malcolm Philpott und C.W. Whitlock waren die einzigen Passagiere an Bord.

»Dienstliche Flüge im Privatjet haben etwas Entspannendes«, seufzte Philpott wohlig und lehnte sich in das rückenfreundlich geformte Polster seines Sitzes zurück. »Genug Platz, um die Beine auszustrecken, alles, was man braucht, in Reichweite ...« – er deutete auf das Regal neben seinem Sitz – »... Video, Leselampe – und zwar eine wirklich gute –, Lichtschutzrollos, Musik und sogar eine direkte Sprechverbindung zum Piloten. Und das Essen wird einem mindestens so aufmerksam serviert wie im besten Restaurant.«

»Sie scheinen sich gerne verwöhnen zu lassen«, bemerkte Whitlock.

»Und ob.«

»Ich weiß es zu schätzen, diese Annehmlichkeiten mit Ihnen teilen zu dürfen.«

Sie flogen den Flughafen Fort Worthington in Dallas an, einen der verkehrsreichsten Flughäfen der Vereinigten Staaten, auf dem ihr Eintreffen keinerlei Aufsehen erregen würde.

»Es wäre nett gewesen, wenn wir auch im selben Hotel hätten untergekommen wären«, sagte Philpott. »Aber das hätte in dieser Situation doch problematisch werden können.«

Whitlock holte ein Blatt Papier aus seiner Tasche.

»Ich bin irgendwo in der Nähe des Lyndon-B.-Johnson-Freeway untergebracht. Wie weit ist das von Ihrer Unterkunft entfernt?«

»Nicht allzuweit. Ich werde im Fairmont in der North Ackard Street wohnen. Die Nummer steht unten auf Ihrem Zettel.«

»Und Sie sind Mister Beamish.«

»Das ist korrekt, Mister Tait.«

Ein plötzliches lautes Dröhnen übertönte ihr Gespräch. Das Flugzeug schoß mit steigender Geschwindigkeit über die Startbahn, wobei die Kabine durch jede Bodenunebenheit erschüttert wurde. In nur wenigen Sekunden hatte das Flugzeug abgehoben, und das Motorengeräusch reduzierte sich zu einem monotonen Brummen.

»Ich kann mich noch immer nur schwer an den Gedanken gewöhnen, daß wir unsere Unternehmung nicht mit Mike und Sabrina abgestimmt haben«, gab Whitlock zu bedenken. »Das ist so ähnlich, als ob man auf der Bühne steht, ohne seinen Text zu kennen.«

»Improvisation soll doch eine Ihrer Stärken sein.«

»Ist es auch. Aber wir wissen nichts Genaueres. Auch eine Improvisation muß zur jeweiligen Situation passen, andernfalls ist sie nichts wert.«

»Wir werden bald wissen, was gespielt wird. Was immer unsere beiden Kollegen auch herausbekommen und ob es nun eine Verbindung zu Harold Gibsons *Patrioten* gibt oder nicht, wir können unsere Aktion entsprechend ausrichten. Auf jeden Fall gewinnen wir Zeit, indem wir als erste die wahren Hintergründe über die Texas-Connection herausbekommen.«

»Wenn es sie überhaupt gibt.«

»Da bin ich mir hundertprozentig sicher«, beharrte Philpott. »Doch auch wenn es sie nicht geben sollte, würde das nichts ändern. Letzte Nacht habe ich über all die häßlichen Dinge nachgedacht, die Sie aus unserem Extremisten-Archiv herausgekramt haben. Es ist höchste Zeit, etwas gegen diese sogenannten *Patrioten* zu unternehmen, meinen Sie nicht auch?«

»Falls Sie damit sagen wollen, daß reine Beobachtung kein ausreichendes Mittel ist, um den Aktivitäten von Verbrechern Einhalt zu gebieten, dann gebe ich Ihnen recht. Auch ich halte es für richtig, hier andere Wege zu suchen.«

»Ich habe noch genug Kampfgeist, um sie mit ihren eigenen Waffen zu schlagen.«

»Und auf welche Weise wollen Sie das tun?«

»Sie einschüchtern, tyrannisieren, natürlich auf raffinierte Weise.«

Philpott schlug auf sein Armlehne.

»Wir müssen uns natürlich vorsehen und aufpassen, daß wir einen klaren Kopf bewahren. Ich habe so das Gefühl, daß es eine Verbindung zwischen Gibsons faschistischer Gruppe, dem Mord an Emily Selby und der Liste mit den deutschen Todeskandidaten gibt. Falls ich mich nicht täusche, müssen wir nach wie vor herausbekommen, welcher Art diese Verbindung ist. Hierbei könnte es durchaus von Vorteil sein, in Texas zu sein, noch bevor Gibson unter der Erde liegt.«

Whitlock schmunzelte.

»Sie haben sich also in den Kopf gesetzt, diesen Leuten ernsthaft zuzusetzen, nicht wahr?«

»Wieso glauben Sie das?«

»Wegen der Entschlossenheit, mit der Sie diese Reise in die Wege geleitet haben. Sie haben sich dabei keine Sekunde mehr Zeit gelassen, als absolut notwendig war.«

»Ich gebe zu, daß mich diese Sache keineswegs kaltläßt.«

Philpott schaute aus dem Fenster auf die Umrisse der City von New York, die jetzt unter ihnen lag.

»Außerdem bin ich der Meinung, daß dies eine Mission für Männer ist, die sich nicht in jeder Situation an die eng gesetzten Grenzen der Politik halten müssen.«

Sieben Jahre als Leiter der Kriminalpolizei von Scotland

Yard und sechs Jahre als einer der leitenden Direktoren der dortigen Sondereinheit *Special Branch* hatten Philpott zunehmend in seinem Eindruck bestärkt, daß die meisten staatlichen Sicherheitsdienste nur unzureichend über operative Schlagkraft verfügten. Sie mochten genügend hochqualifizierte Experten im Recherchieren und Analysieren von Fakten haben. Aber ihnen fehlte sowohl die Erfahrung mit Kriminellen, über die Polizisten verfügten, als auch die eiserne Disziplin, mit der Soldaten ihre Pflicht über alles andere stellten. Polizisten und Soldaten waren zudem besser dazu geeignet, oftmals unbequeme Entscheidungen zu treffen – auch und gerade in Situationen, in denen den Behörden die Hände gebunden waren.

»Ich muß jedoch zugeben, daß das faschistische Gedankengut der Nazis für mich immer ein rotes Tuch gewesen ist«, verriet Philpott. »Ich habe einen Teil meiner Familie durch den Krieg verloren und wuchs später in einem Land auf, das sich von den einschneidenden Verlusten erholen mußte, und zwar sowohl wirtschaftlicher als auch sozialer Natur. Die Menschen machten wegen der unglückseligen Kriegsereignisse eine harte Zeit durch und mußten ganz von vorne anfangen. Und das alles aufgrund der Folgen, die die Gewaltherrschaft der Nazis mit sich gebracht hatte. Die wahren Ausmaße des Grauens lernte ich erst Jahre später kennen, als ich die ehemaligen Konzentrationslager Auschwitz-Birkenau und Bergen-Belsen besuchte.«

Er blickte Whitlock vielsagend an.

»Jeder Tag, an dem es mir gelingt, einen Nazi-Sympathisanten dingfest zu machen, hat seinen Sinn erfüllt.«

Gegen Mittag landeten sie in Dallas. Während Philpott sich von einem Taxi direkt ins Hotel bringen ließ, mietete Whitlock bei der Autovermietung Hertz einen Ford Sedan und fuhr zum Comfort Inn in West Kingsley.

Nachdem er eingecheckt hatte, tauschte er seinen Anzug gegen eine leichte Freizeithose und ein Polohemd ein und setzte sich mit einem Drink hinaus auf den Balkon in die Sonne. Er hatte von hier aus freien Blick auf den beheizten Swimmingpool, in dem mehrere Hotelgäste sich ein Bad gönnten. Whitlock spürte, wie er sich durch den Alkohol und die warme Luft mehr und mehr entspannte. Nachdem er sich noch einen zweiten Drink gegönnt hatte, fühlte er sich bereit, Carmen anzurufen.

Er wählte auf seinem Mobiltelefon die Nummer, unter der sie in der Arbeit zu erreichen war. Nach zweimaligem Läuten schaltete sich der Anrufbeantworter ein und informierte ihn, daß sie bis zum nächsten Tag nicht mehr im Büro zu erreichen sein würde. Auch zu Hause meldete sich Carmen nicht. Während er noch überlegte, was er als nächstes tun sollte, klingelte sein Zimmertelefon. Er ging hinein und nahm den Hörer ab.

»Tait hier«, meldete er sich.

»Sie lügen.«

Whitlock überlegte einen Moment, dann meldete er sich erneut als Tait.

»Ich sage Ihnen, daß Sie lügen.«

Der Mann am anderen Ende lachte.

»Wie geht's denn so, C.W.?«

Plötzlich erkannte Whitlock schlagartig die Stimme wieder.

»Grundy? Russ Grundy?«

»Volltreffer.«

Grundy war ein alteingesessener UNACO-Agent, eine Art Mädchen für alles, dessen vielseitige Fähigkeiten und umfangreiche Ausrüstung es ihm jederzeit erlaubten, auch kurzfristig Kollegen bei ihrem Einsatz zu unterstützen. Zu Grundys Spezialitäten gehörten Nachtüberwachung und -fotografie, das Herstellen von improvisierten Telefonverbindungen, das Anzapfen von Telefonleitungen, das Außerkraftsetzen selbst hochkomplizierter Alarmanlagen sowie jede Art von Sabotage. Wie die anderen vier Allround-Spezialisten der UNACO war Russ Grundy ständig aktiv im Einsatz. Über die Jahre hatten er und Whitlock in zahlreichen Fällen zusammengearbeitet.

»Woher, in aller Welt, wußtest du, daß ich hier bin?« wollte Whitlock wissen.

»Ganz Texas hat seine Augen auf dich gerichtet. Ich habe dich und Philpott auf dem Flughafen gesehen.«

»Und wir haben uns eingebildet, niemand würde von uns Notiz nehmen.«

»Du weißt doch, C.W., irgend jemand sieht dich immer. Was führt dich nach Dallas?«

»Das wollte ich dich gerade fragen!«

»Ich beobachte im Auftrag des Sicherheitsrats eine Geldwäscherbande von internationalem Format: Yen werden zu Dollars, Dollars werden zu Pfund oder Mark ...«

»Sicher hochinteressant«, vermutete Whitlock.

»Leider gar nicht. Es ist sogar ziemlich öde. Diese Kerle sind furchtbar berechenbar. Zur Zeit halten sie sich verdeckt, zumindest glauben sie das. Jedenfalls passiert überhaupt nichts. Klärst du mich nun auch auf, weshalb du hier bist?«

»Es tut mir leid, Russ, aber ich darf dir nichts darüber verraten. Das kann höchstens der Boß tun.«

»Nun, wie wär's, wenn wir drei uns heute abend auf einen gemeinsamen Drink treffen würden?« schlug Grundy vor. »Ich kenne einige sehr diskrete Läden, wo Philpott mich in aller Ruhe über eure Mission aufklären kann. Ich werde ihn bei der Gelegenheit daran erinnern, daß ich immer gut für ein Abenteuer bin. Mal sehen, vielleicht wird es ja doch noch ein interessanter Aufenthalt hier.«

»Ich werde es ihm vorschlagen. Am besten rufe ich ihn gleich an. Wie erreiche ich dich?«

»Ganz einfach, wink mir vom Balkon aus zu. Ich sitze am Swimmingpool.«

17

»Ich nehme an, Ihr Freund spricht nicht meine Sprache«, sagte Mike Graham zu der Frau im Dufflecoat. Er vermutete, daß sie aufgrund des Anrufes zurückgekommen war.

»Nur wenige Worte.« Ihr deutscher Akzent war kaum

zu hören. »Er geht einfach davon aus, daß die meisten Leute Russisch können. Dafür spreche ich vielleicht sogar besser Englisch, als Sie es tun.«

Als die Frau den Mantel ablegte und sich zu ihm umdrehte, erkannte Graham, daß sie durchaus attraktiv war und über ebenmäßige, wenn auch sehr ernste Gesichtszüge verfügte. Hier in dem künstlichen Licht der Wohnung leuchtete ihr Lippenstift noch stärker als draußen.

»Sie müssen Erika Stramm sein«, sagte Graham.

Sobald er seinen Kiefer bewegte, durchfuhr ihn ein heftiger Schmerz. Immerhin schienen seine Zähne alle noch an Ort und Stelle zu sein, wie er mit seiner Zunge feststellte. Er versuchte, sich ein Lächeln abzuringen.

»Sie scheinen mehr über mich zu wissen als ich über Sie. Dadurch bin ich im Nachteil.«

»Danach sieht es angesichts meiner derzeitigen Situation im Augenblick nicht aus.«

»Nun, ich nehme an, daß es gute Gründe gab, Sie in Ihrer Bewegungsfreiheit ein wenig einzuschränken.«

Sie umrundete ihn einmal und blieb dann vor ihm stehen.

»Komisch, Sie sehen gar nicht wie ein Faschist aus.«

»Das liegt daran, daß ich keiner bin. Mein Name ist Desmond Miles. Ich bin Amerikaner und arbeite in derselben Branche wie Sie.«

»Was meinen Sie damit?«

»Journalismus. Ich schreibe als freier Mitarbeiter für drei Zeitungen an der Westküste.«

»Das glaube ich Ihnen nicht.«

Erika Stramm deutete auf den Assimilator, der zusammen mit Grahams übriger Ausrüstung auf dem Sideboard lag.

»Journalisten wissen gewöhnlich nicht, wie man mit solchen Geräten umgeht.«

»Sie wissen es doch allem Anschein nach auch.«

»Bei mir liegen die Dinge auch ein wenig anders.«

Sie schenkte ihm ein kaltes Lächeln.

»Warum sind Sie in meine Wohnung eingebrochen?«

»Weil ich mehr über Sie erfahren wollte.«

»Das müssen Sie mir näher erklären.«

Sie warf dem hünenhaften Mann, der Graham überwältigt hatte, einen kurzen Blick zu.

»Falls Sie sich weigern sollten, werde ich Gregor nochmals auf Sie ansetzen. Sie müssen wissen, daß er aus Swerdlowsk stammt. Die Leute von dort können zu wahren Wilden werden – wenn es sein muß.«

»Ich kam hierher, weil ich herausfinden wollte, welche Verbindung zwischen Ihnen und einer Organisation namens *ZJ* besteht.«

Graham beobachtete Erika Stramms Gesicht, aber sie verzog keine Miene.

»Die Klärung dieser Frage wäre von großer Bedeutung. Sie könnte über Leben und Tod entscheiden.«

»Wessen Tod?«

»Ihren!«

»Ich weiß nicht, wovon Sie sprechen.«

»Sie können mit der Abkürzung *ZJ* wirklich nichts anfangen?«

»Nein, absolut nichts.«

»Und der Name Emily Selby sagt Ihnen auch nichts?«

Erika Stramms Lächeln erstarrte. »Was wissen Sie von ihr?«

»Sie geben also zu, daß Sie sie kennen?«

»Hören Sie ...!« Plötzlich gewann ihre Stimme an Schärfe. »Sagen Sie endlich, was Sie zu sagen haben, und hören Sie auf, um den heißen Brei herumzureden.«

»Emily Selby ist tot. Wußten Sie das?«

Sie starrte ihn mehrere Sekunden lang sprachlos an.

»Sie lügen!«

Graham fragte sich schon die ganze Zeit über, wieviel von der ganzen Sache nach außen durchgesickert sein mochte. Scheinbar nicht viel. Die englischen Zeitungen hatten nur berichtet, daß eine Amerikanerin auf offener Straße erschossen worden war, ohne den Namen des Opfers zu nennen. Zudem war die Geschichte auf diplomatischen Druck hin zu einer winzigen Meldung zusammengeschrumpft, die nur auf einer der Innenseiten gebracht worden war.

»Emily wurde vor einigen Tagen in London auf offener Straße erschossen«, fuhr er fort. »Bei dem Täter handelte es sich um einen Araber, der sich kurz nach der Tat selbst tötete.«

Plötzlich geschah etwas Seltsames. Ohne ersichtlichen Grund lenkte Erika Stramm ihren Blick auf einen Punkt im Raum, der sich etwa im rechten Winkel zu ihrem Standort befand. Das Ganze dauerte nur einen kurzen Moment lang, aber Graham konnte sich unmöglich getäuscht haben, denn die Frau hatte ihren Kopf drehen müssen. Allem Anschein nach hatte sie die Bewegung unbewußt ausgeführt. Graham vermutete, daß etwas ihren Blick angezogen hatte, das in irgendeiner Beziehung zu dem stand, was er gesagt hatte. Der Agent folgte ihrer Blickrichtung, konnte jedoch nur einen kompakten Hi-Fi-Lautsprecher ausmachen, der an der Wand befestigt war, und einen danebenstehenden, schwarzen Sessel.

»Ihre Behauptungen lassen sich leicht überprüfen«, erwiderte Erika Stramm.

»Dann tun Sie es.«

Sie eilte aus dem Raum, während Gregor ihn nicht aus den Augen ließ. Von nebenan war das Geräusch eines Modems zu hören, das gerade eine Verbindung herstellte. Nach wenigen Minuten kehrte Erika Stramm zu den beiden Männern zurück. Sie wirkte blaß.

»Emily ist tatsächlich tot«, sagte sie mit ausdrucksloser Stimme. »Ich hatte absolut nichts davon gehört.«

Sie sah Graham an. »Sie sagten, der Täter sei ein Araber gewesen?«

»Danach sieht es aus.«

»Wie haben Sie herausgefunden, daß Emily und ich in Verbindung standen?«

»Nun, ich habe gewisse vertrauliche Quellen, die ich nicht preisgeben darf.«

»Ich könnte Sie durchaus dazu zwingen«, drohte Erika Stramm. Aber sie klang viel zu niedergeschlagen, um einschüchternd zu wirken. »Und was hat es mit diesen Initialen auf sich?«

»*ZJ*. Ich habe ein Foto gesehen, auf dem eine Gruppe junger Leute vor einem Banner mit der Aufschrift *ZJ* sitzt. Emily Selby trug es in ihrer Tasche bei sich.«

»Wie können Sie das wissen?«

»Ich weiß es eben. Aber woher kannten Sie Emily Selby?«

»Wir waren Freunde.«

Erika Stramm massierte ihre Schläfen. Dann murmelte sie Gregor etwas auf russisch zu, woraufhin er sich widerstrebend von seinem Platz entfernte und hinausging, jedoch nicht ohne Graham noch einen finsteren Blick zuzuwerfen.

»Sie sind also nur hierhergekommen, weil Sie eine gute Story gewittert haben?«

»Ja, nämlich über Sie. Ich möchte alles erfahren über Ihre Verbindungen ... auch über Ihre mögliche Verbindung zu dem Mord an Emily Selby.«

Erika Stramm starrte regungslos auf den Boden. Dann sah sie Graham in die Augen.

»Ich könnte dafür sorgen, daß Sie innerhalb einer Stunde zerkleinert in einem Müllwagen landen und Ihre sterblichen Überreste noch heute abend den Krähen als Fraß dienen.«

»Das glaube ich Ihnen.«

Sie trat näher an ihn heran und blieb unmittelbar vor ihm stehen

»Ich hätte auf wesentlich unangenehmere Weise von Emilys Tod erfahren können«, gestand sie und begann, die Stricke von seinen Armen zu lösen. »Aber ich verzeihe Ihnen weder den Einbruch und auch nicht den Quatsch über Leben und Tod.«

Sie hielt einen Augenblick inne.

»Geben Sie sich also keiner Täuschung hin. Normalerweise würde ich mit Ihnen kurzen Prozeß machen.«

»Aber Sie schweben tatsächlich in Gefahr.«

»Selbst wenn es so wäre, soll das nicht Ihr Problem sein.

Schließlich sind Sie doch nur an einer guten Story interessiert, nicht wahr? Ich habe nämlich Ihre Angaben überprüft. Sie genießen wirklich den Ruf, für eine gute Geschichte über Leichen zu gehen.«

Im ersten Augenblick war Graham verwirrt, doch dann fiel der Groschen. Das Modem! Sie hatte allem Anschein nach per Internet Erkundigungen über ihn eingezogen. Die UNACO achtete jedoch immer pedantisch darauf, daß die Tarnungen ihrer Agenten nicht aufflogen, sondern stets aktualisiert wurden. So besaß Graham gleich mehrere Identitäten: abgesehen von einer Zulassung als Anwalt genoß er den Status als Ermittler der Finanzbehörde ebenso wie den eines Journalisten, der für mehrere Zeitungen tätig war. Darüber hinaus konnte Graham unter vier weiteren Lebensläufen und Tätigkeiten auswählen.

»Also genießen Sie Ihr unglaubliches Glück, Mister Miles, noch einmal mit heiler Haut davongekommen zu sein«, wurde er von Erika Stramm ermahnt. Sie reichte ihm seine Taschenlampe, den Assimilator und das Werkzeug zum Anfertigen eines Nachschlüssels.

»Ich habe den Code gelöscht, mit dem Sie meine Eingangstür geöffnet haben, und zwar ohne Ihr Gerät zu beschädigen. Ich habe nämlich etwas übrig für moderne Technologie – sogar dann, wenn sie gegen mich eingesetzt wird.«

»Vielen Dank.«

Sie begleitete ihn zur Tür. »Finden Sie sich damit ab, daß Sie hier keine Story finden werden. Jedenfalls nicht die, welche Sie zu finden hofften.«

»Sie sollten meine Warnung ernst nehmen«, sagte Graham, während er die Tür öffnete. »Es kann sehr gut sein, daß Sie in Lebensgefahr schweben. Ich weiß zwar, daß Sie mir meine Besorgnis nicht abnehmen, aber vielleicht glauben Sie mir wenigstens, daß ich sehr nervös werde, wenn plötzlich bewaffnete Araber auf der Bildfläche erscheinen und wild um sich schießen.«

»Aus welchem Grund Emily auch immer umgebracht worden sein mag, ich jedenfalls habe nichts damit zu tun«, erklärte Erika Stramm. Sie versuchte, gelassen zu erscheinen, wirkte jedoch noch immer blaß und mitgenommen.

»Vielleicht haben Sie ja bei Ihrer nächsten Reportage mehr Glück. Aber vergessen Sie nicht: Sollten Sie noch einmal versuchen, Ihre Nase in meine Angelegenheiten zu stecken, werden Sie nicht so ungeschoren davonkommen. Genauer gesagt: Sie werden dann nie wieder irgend etwas tun können.«

Mike Graham stieg die Stufen hinab auf die Straße und wandte sich dann noch einmal um. Sie stand noch immer in der Tür und sah ihm nach. Er winkte ihr zum Abschied zu, wandte sich dann nach links und machte sich zu Fuß davon.

Als er ungefähr einen halben Kilometer zurückgelegt hatte, überquerte er die Straße und begab sich erneut in den Park. Sorgfältig darauf achtend, daß er sich stets nur im Schutz der Bäume und des Buschwerks bewegte, näherte er sich wieder der Scharnweberstraße. Er bezog erneut seinen alten Beobachtungsposten, befestigte den Assimilator an der Bambusstange, die noch immer an Ort und Stelle steckte, und justierte das Gerät auf das Schlüsselloch der Hausnummer 17a. Dann setzte er sich hin und stellte sich zum zweitenmal auf ein längeres Warten ein.

Um Punkt 5.00 Uhr früh stand C.W. Whitlock auf, duschte und rasierte sich, zog frische Kleidung an und ließ sich um Viertel vor sechs sein Frühstück aufs Zimmer bringen.

Danach stellte er sein Macintosh-PowerBook auf den kleinen Tisch vor dem Balkonfenster und schloß das Gerät mit dem Verbindungskabel an den Telefonanschluß des Hotelzimmers an. Nachdem er das UN-Netz angewählt hatte, gab er das UNACO-Paßwort für den Zugang zu seiner Mailbox ein. Kurz darauf erschien eine mit einem Vorhängeschloß versehene Schatztruhe auf dem Bildschirm. Whitlock tippte seinen persönlichen Code ein, woraufhin der Deckel der Kiste aufklappte. Ein Informationsballon stieg auf und verkündete ihm, daß zwei Nachrichten für ihn eingegangen waren. Bei der ersten handelte es sich um ein Schreiben, das ihm FBI-Agent Tim Webster gesandt hatte. Webster bestätigte, daß die Ausarbeitung des angeforderten Dossiers über die Beziehungen zwischen Harold Gibson, Don Chadwick und Emerett Pearce höchste Priorität genoß und innerhalb von maximal achtundvierzig Stunden übermittelt werden würde.

Die zweite Nachricht stammte von der für die Schweiz zuständigen ICON-Zentrale in Zürich. Es handelte sich um ein Rundschreiben an alle am Computernetzwerk beteiligten Polizeiorganisationen:

Am 21. März 1996 wurde um 4.17 Uhr mitteleuropäischer Zeit ein dritter unbefugter Zugriff auf ICON-Daten registriert. Die Zugriffszeit betrug lediglich eine Mikrosekunde, bevor routinemäßig weitere Schutz- und Verschlüsselungsmaßnahmen in Kraft traten. Doch obwohl die Zugriffszeit nur sehr kurz war, muß die Möglichkeit in Betracht gezogen werden, daß der Eindringling mit Hilfe von Ultra-Speed-Datentransfer-Programmen – wie sie erst kürzlich von der in Kalifornien ansässigen Firma ›Preceptor Systems‹ entwickelt wurden – beträchtliche Datenmengen kopiert hat.

Nach dem gegenwärtigen Stand der Dinge wird Andreas Wolff die letzten Tests mit der neuesten Generation von Sicherungsmodulen in wenigen Tagen, spätestens aber in einer Woche abgeschlossen haben. Sobald die neuen Systeme installiert worden sind, werden in absehbarer Zeit voraussichtlich keine weiteren Sicherheitsprobleme mehr auftreten.

Whitlock nahm sein Mobiltelefon, aktivierte den Zerhakker-Modus und rief Philpott im Fairmont-Hotel an. Der UNACO-Chef meldete sich nach dem ersten Rufzeichen.

»Sie hören sich überraschend munter an für die frühe Stunde«, bemerkte Whitlock.

»Das liegt an der texanischen Luft. Ich könnte es hier nicht längere Zeit aushalten. Innerhalb eines Jahres wäre ich völlig ausgedörrt. Aber was gibt's, C.W.?«

Whitlock informierte ihn über die Nachricht aus Zürich.

»Wir können den Kopf nicht einfach in den Sand stekken, sondern müssen uns selbst um die Sache kümmern«, meinte Philpott. »Nicht auszudenken, was geschähe, wenn ICON zusammenbrechen sollte. Haben Sie die Möglichkeit, Mike zu erreichen?«

»Falls er gerade eine Operation ausführt, hat er sein Mobiltelefon abgeschaltet. Ich könnte ihm allenfalls eine Nachricht in seiner Mailbox hinterlassen. Er kontrolliert sie zweimal am Tag, sofern er Zugang zu einem Computer-Terminal hat.«

»Teilen Sie ihm mit, was passiert ist, und beordern Sie ihn, sobald er seinen Job in Berlin erledigt hat, nach Wien. Er soll sich dort persönlich um Wolffs Sicherheit kümmern.«

»Nach Wien?«

»Ja. Wolff hält sich dort auf, um der ICON-Software den letzten Schliff zu verpassen. Hat was mit Aberglauben zu tun. Wien war nämlich der Ort, an dem er die ersten Sicherungs- und Abschirmungssysteme entwickelt hat. Seine Adresse habe ich in der Rollkartei in meinem Büro notiert. Sie müssen nur eine meiner Sekretärinnen anrufen.«

»Wer kümmert sich in der Zwischenzeit um Wolffs Schutz?«

»Leider Gottes die österreichische Polizei«, seufzte Philpott. »Wolff ist so etwas wie ein österreichischer Nationalheld. Deshalb betrachten es die dortigen Behörden als eine Prestigeangelegenheit, sich selbst um ihn zu kümmern. Das Problem besteht nur darin, daß die österreichische Polizei praktisch keine Erfahrung mit Terroranschlägen hat – auch wenn sie selbst anderer Meinung ist.«

»Die Kompetenzen sind klar festgelegt. Wir könnten darauf bestehen, unsere eigenen Leute einzusetzen.«

»Ich weiß. Aber wir sollten zuerst einen diplomatischen Weg einschlagen. Ich möchte den österreichischen Sicherheitsbehörden ungern auf die Füße treten, solange nicht eindeutig erwiesen ist, daß sie nicht Herr der Lage sind. Deshalb soll sich zunächst einmal nur Mike um Wolff kümmern. Sagen Sie ihm, daß er völlig freie Hand hat. Sollte er Schwierigkeiten bekommen, erhält er von mir absolute

Rückendeckung – oder von Ihnen für den Fall, daß ich verhindert sein sollte.«

»Sehr gut.«

»Gibt es sonst noch etwas?«

»Nichts Besonderes. Das FBI hat mitgeteilt, daß es mit Hochdruck gegen Gibson, Chadwick und Pearce ermittelt. Ansonsten habe ich leichtes Schädelbrummen. Muß wohl an einem der Biere liegen, die wir gestern mit Russ Grundy getrunken haben.«

»Mir geht es jedenfalls blendend, C.W.! Vielleicht sollten Sie ein Aspirin nehmen. Und dann kümmern Sie sich um die paar Dinge, die wir gerade besprochen haben, bevor Sie sich auf Ihren großen Auftritt vorbereiten.«

Whitlock stutzte und dachte einen Augenblick nach.

»Sie meinen die Beerdigung? Großer Gott, es ist noch so früh, daß ich dachte, sie sei erst morgen.«

»Sie haben nicht etwa auch vergessen, was Sie zu tun haben?«

»Natürlich nicht.« Whitlock lenkte seinen Blick auf die schwarze Krawatte und die Nikon-Spiegelreflexkamera, die über der Lehne eines Stuhls hingen.

»Ich verfüge über die nötige Ausrüstung, und ich habe den nötigen Ehrgeiz. Falls ich sonst noch etwas brauchen sollte, lasse ich es Sie wissen.«

»Das wollte ich hören. Ich werde mich im weiteren Verlauf des Tages wieder mit Ihnen in Verbindung setzen. Dann also viel Glück.«

Whitlock bedankte sich. »Und beten Sie am besten dafür, daß ich bei all diesen Rassisten hier nicht gelyncht werde.«

Es war bereits nach 13.00 Uhr, als Erika Stramm die Außentür ihrer Wohnung öffnete und in Gregors Begleitung zu Fuß davoneilte.

Mike Graham wartete noch weitere fünf Minuten, bevor er aus seinem Versteck hervortrat, die Feuchtigkeit von seinem Overall streifte und mit dem Assimilator in der Hand die Straße überquerte. Diesmal zögerte er nicht, das Licht einzuschalten, sobald er die Wohnung betreten hatte. Zielstrebig eilte er ins Wohnzimmer.

Der Lautsprecher, in dessen Richtung Erika Stramm so auffällig geschaut hatte, war fest mit der Wand verschraubt. Merkwürdig war, daß man das Frontgitter nicht entfernen konnte und daß es zwischen dem Gehäuse und der Wand keinerlei Zwischenraum gab. Graham packte den Lautsprecher mit beiden Händen und versuchte ihn zu bewegen, aber er rührte sich keinen Millimeter.

Der Agent nahm daraufhin seine Taschenlampe zur Hand und entfernte die Batterien. Nach kurzem Rütteln fiel ein Ultraschallsensor in seine Hand. Er richtete das Gerät in Richtung des Lautsprechers und des danebenstehenden Sessels. Es gab ein leises Summen von sich, dessen Ton sich erhöhte, als er sich dem Lautsprecher näherte. Unmittelbar hinter der Lehne des Sessels nahm das Summen ab, doch das Gerät zeigte keinerlei verdächtiges Echo an, das auf ein verborgenes Hochfrequenzgerät hingewiesen hätte.

Graham kniete sich daraufhin nieder und richtete den Sensor zunächst auf Bodenhöhe, dann langsam ansteigend in verschiedene Richtungen. Als er sich auf Höhe der Sitzfläche des Sessels befand, gab der Sensor unüberhörbar ein Echosignal von sich. Graham bewegte das Gerät vorsichtig vor dem Sessel hin und her, wobei es erneut mehrmals hohe Piepsgeräusche erzeugte. Ohne Zweifel war irgendwo in dem Möbel ein elektronisches Gerät verborgen.

Er tastete den Sitz ab, dann die abgesteppten Seiten und die Lehne und schließlich auch den Unterboden des Sessels.

»Aha!«

Seine Finger spürten etwas Schmales mit harten Kanten. Als er weitersuchte, stieß er auf einen Verschlußmechanismus, den er öffnete, woraufhin der ertastete Gegenstand auf den Teppichboden fiel. Es handelte sich um eine Diskette.

Der Computer befand sich in einem kleinen Büro direkt neben dem Badezimmer. Das Gerät war eingeschaltet. Nachdem Graham die Diskette eingelegt hatte, erschien eine Anzeige auf dem Bildschirm: DATEIEN GEÖFFNET.

Erika Stramm hatte nicht gelogen, als sie sagte, sie habe viel für Elektronik übrig. Offensichtlich diente die Diskette dazu, dem Benutzer des PC den Zugang zu den gespeicherten Dateien zu eröffnen. Graham klickte das Symbol für das Inhaltsverzeichnis an, und kurz darauf erschienen zehn verschiedenfarbige Dateinamen. Einer davon sprang Graham geradezu ins Auge: *ZJ – Satzung und Ziele.*

Er öffnete die Datei, die etwa zehn Seiten umfaßte. Um keine unnötige Zeit zu verlieren, schloß er sie sofort wieder und suchte auf der Festplatte nach einem Programm, das ihm dabei helfen konnte, die Datei zu komprimieren. Nach kurzer Suche war er erfolgreich.

Danach stellte er eine Verbindung zur UNACO her und gab das Paßwort ein, um Zugang zu seiner Mailbox zu erhalten. Wieder erschien die Schatztruhe auf dem Bildschirm, verbunden mit der Aufforderung, den persönlichen Code einzugeben. Nachdem Graham dies getan hatte, klappte der Deckel hoch, und er erfuhr, daß eine Nachricht für ihn eingegangen war.

Der Agent adressierte die komprimierte Datei aus Erika Stramms Computer an C.W. Whitlock und übermittelte sie nach New York. Der Datentransfer dauerte keine zwanzig Sekunden. Anschließend lud er die für ihn hinterlegte Nachricht. Sie stammte von Whitlock. Mike Graham stöhnte, als er sie gelesen hatte, wiederholte seine Lektüre anschließend und prägte sich die Anschrift ein, die am Ende genannt wurde.

Dann löschte er die Mitteilung und schloß alle von ihm geöffneten Dateien. Nirgendwo am Computer war nun festzustellen, daß Graham ihn benutzt hatte. Bevor er die Wohnung verließ, deponierte er die Diskette wieder in ihrem Versteck und schaltete das Licht aus.

Als er an der Eingangstür stand, spürte Graham – wie so oft in ähnlichen Situationen – den starken Impuls, eine

Art Visitenkarte zu hinterlassen. Doch wie immer widerstand er auch diesmal diesem Bedürfnis und machte sich spurlos davon.

18

Die Anlage des Lodge Hill Friedhofs erinnerte mit ihren Eichen, Zypressen und Weiden, die zwischen die sanft geschwungenen Linien der Rasenflächen gruppiert waren, eher an einen Golfplatz als an einen Friedhof. Doch auf dem Terrain befanden sich schier endlose Reihen von Grabsteinen aus Marmor, Sandstein und Granit. Kreuz und quer durch das Gelände verliefen mit dunkelrotem Sand belegte Fußwege und breitere Asphaltstraßen für den Besucherverkehr bei Beerdigungen.

Die Trauerfeier für Harold Gibson fand in Sektor 9 im südwestlichen Areal des Friedhofs statt, und zwar in der Nähe eines einsam stehenden prächtigen Weidenbaumes, den der Verstorbene bereits vor zwanzig Jahren für sich hatte pflanzen lassen. Mehr als hundert Trauergäste waren erschienen und hatten sich wie eine dunkle Schafherde um den chrom- und schwarzglänzenden Katafalk versammelt, auf dem der Sarg ruhte.

»Denn der Mensch wandelt auf Erden im Schatten der Eitelkeit und häuft Reichtümer an, die ihm seinen Seelenfrieden rauben«, verlas der Priester aus einem mit Goldschnitt versehenen Gebetbuch. »Doch nun frage ich Dich, Herr, auf wem ruht meine Hoffnung? Und ich sage Dir, sie ruht allein in Dir!«

Gibsons Witwe Ginny, eine kleine, untersetzte Frau mit leuchtendroten Haaren, stand vor dem offenen Grab und preßte ein Taschentuch vor ihren Mund, während ihr schwarzer Seidenmantel im warmen Wind flatterte. Um sie herum stand eine Gruppe von acht oder neun Leuten – zumeist grimmig dreinschauende Männer –, die sich von den übrigen Trauergästen ein wenig abgesetzt hatten. Die kleine Gruppe wurde von mehreren Leibwächtern abgeschirmt, deren Köpfe ständig in Bewegung waren, um mögliche drohende Gefahren auszumachen.

Don Chadwick – ein vierschrötiger, kräftiger Mann mit kleinen Augen – stand direkt neben Ginny Gibson.

»Wer ist das?« wandte er sich an seinen hochaufgeschossenen Nachbarn.

Emerett Pearce spähte aufmerksam um sich. »Wen meinst du?«

»Dort drüben rechts.«

Pearce richtete seinen Blick in die angegebene Richtung und sah, wie der in einen schwarzen Anzug gekleidete Malcolm Philpott auf die um die Witwe versammelte Schar zukam.

»Woher, zum Teufel, soll ich wissen, wer das ist?« erwiderte Pearce, ohne die Lippen zu bewegen.

»Auf jeden Fall ist er kein Freund der Familie«, knurrte Chadwick, »soviel steht fest.«

»Nicht so laut.«

Die Zeremonie näherte sich dem Ende. Der Sarg wurde dafür vorbereitet, ins Grab gesenkt zu werden, und der Priester erhob seine Stimme.

Als er eine Pause machte und die Trauergemeinde in tiefem Schweigen verharrte, war klar und deutlich das Klikken einer Kamera zu hören. Die meisten wandten sich in die Richtung, aus der das Geräusch kam, und sahen C.W. Whitlock, der – mit einem eleganten grauen Anzug und einer schwarzen Krawatte bekleidet – auf einem kleinen Hügel stand und von dort aus die Beerdigung fotografierte.

»Auch das noch«, stieß Don Chadwick hervor. »Der Kerl geht mir auf die Nerven. Sobald das hier vorbei ist, werde ich ihn mir mal vorknöpfen.«

Auch die übrigen Trauergäste tuschelten miteinander und schüttelten verwundert ihre Köpfe. Unterdessen hatte sich Malcolm Philpott an die Seite Chadwicks herangepirscht.

»Mister Chadwick?«

Der Gefragte starrte Philpott mißtrauisch an.

»Verzeihen Sie, wenn ich es wage, Sie hier ...«

»Was gibt's?« unterbrach ihn Chadwick ungnädig.

»Mein Name ist Beamish. Ich werde mich Ihnen nach der Beerdigung vorstellen. Ich wollte Ihnen nur sagen, daß ich zufällig mitbekommen habe, was Sie gerade über den Fotografen dort drüben sagten und daß ich Ihre Besorgnis verstehen kann. Ich kenne den Mann nämlich.«

Er nickte in Whitlocks Richtung.

»Er ist Journalist und arbeitet nach eigener Aussage daran, die Hintergründe aufzuhellen, die zu Harold Gibsons Ermordung führten.«

»Ach ja?«

»An Ihrer Stelle würde ich ihn nicht in aller Öffentlichkeit zur Rede stellen. Ich will Ihnen natürlich keine Vorschriften machen, aber ich kann nur sagen, daß ich so meine eigenen Erfahrungen mit diesem Mann gemacht habe.«

»Ich verstehe.«

Philpott zog sich wieder ein paar Schritte zurück.

Der Priester räusperte sich und reckte seine Arme gen Himmel, bevor er weitersprach: »O Herr, sei meiner Seele gnädig, und gib mir Kraft, bevor ich hinüberschreite und nicht mehr von dieser Welt bin!«

Die Witwe schluchzte laut auf und fuhr sich mit dem Taschentuch über die Augen.

»Im Namen des Vaters, des Sohnes und des Heiligen Geistes. Amen.«

Die mit schwarzen Lederhandschuhen versehenen Mitarbeiter des Bestattungsunternehmens traten an den Katafalk, hoben den Sarg an und stellten ihn unmittelbar neben das Grab.

Whitlock hörte auf, weitere Fotos zu schießen, und hängte die Kamera über die Schulter. Er blieb noch eine Minute stehen und betrachtete die Trauergemeinde, bevor er sich umdrehte und den Hügel hinab in Richtung der Bäume davonging, die im östlichen Teil des Friedhofes standen.

Chadwick sah ihm nach und wandte sich dann nachdenklich zu Philpott um, der andächtig mit geschlossenen

Augen und gefalteten Händen den Worten des Priesters lauschte.

»Möge unser Erlöser und höchster Richter nicht sein Angesicht von uns wenden, sondern uns in unserer schwersten Stunde beistehen und unsere arme Seele zu sich nehmen.«

Einen kurzen Augenblick lang schwebte der Sarg über dem offenen Grab, bevor er langsam in die Erde gesenkt wurde. Ginny Gibson schluchzte wieder laut auf, woraufhin eine neben ihr stehende Frau sie zu trösten versuchte und ihre Hand auf die Schulter der Witwe legte. Diese aber wehrte die Hand entschlossen ab und trat vor, um dem Sarg nachzublicken. Dann wandte sie sich an den Priester.

»Was werde ich nur ohne ihn anfangen?«

Der Priester schien ihr darauf keine Antwort geben zu können. Mit einer kleinen Schaufel nahm er ein wenig Erde auf und warf sie hinab auf den Sarg, wobei ein dumpfes Geräusch erklang. Anschließend las er weiter aus dem Gebetbuch vor.

»Damit du, allmächtiger Gott im Himmel, die arme Seele unseres Bruders in deiner unendlichen Güte zu dir nimmst, überantworten wir seine sterblichen Überreste der Erde.«

»Erst 'ne Feuerbestattung und dann noch 'ne klassische Beerdigung«, raunte Chadwick seinem Nachbarn Pearce zu und unterdrückte ein Grinsen. »Harold wollte schon immer eine Extrawurst gebraten haben.«

Nach dem Ende der Beisetzung zerstreute sich die Trauergemeinde. Don Chadwick und Emerett Pearce überquerten den Weg und wählten eine Abkürzung durch die Bäume hindurch zu der Hauptzufahrtsstraße, an der Chadwicks Bentley parkte. Als die beiden Männer näher kamen, sprang der puertoricanische Fahrer aus dem Wagen und öffnete den Schlag. Chadwick ließ Pearce den Vortritt, zögerte dann jedoch, selbst einzusteigen.

»Was ist los?« fragte Pearce seinen Kumpanen und folgte dessen nach hinten gerichtetem Blick.

»Ist das nicht der Bursche, der dich angesprochen hat?«

»Ja, das ist er.«

Chadwick wartete, bis Philpott in Rufweite war.

»Sollen wir Sie ein Stück mitnehmen?«

Philpott beschleunigte seine Schritte und erreichte den Wagen, scheinbar außer Atem.

»Sehr gern«, antwortete er. »Ich hatte gehofft, Sie vor Ihrer Abfahrt noch einmal sprechen zu können.«

»Wollen Sie auch zum Leichenschmaus im Hause Gibson?«

»Nun, ich glaube nicht, daß das der Witwe recht wäre.«

»Warum nicht? Ginny hat sicher nichts dagegen einzuwenden, wenn Sie sich auch einen Drink genehmigen und am Büfett bedienen.«

»Na ja, vielleicht könnte ich ihr kurz mein Beileid aussprechen!«

»Sie wird das gewiß zu schätzen wissen.«

Chadwick trat einen Schritt zurück.

»Bitte sehr, nach Ihnen!«

Er ließ Philpott den Vortritt. Nachdem die drei Männer im Fond des Wagens Platz genommen hatten, startete der Chauffeur den Motor und fuhr an. Danach verfielen alle für eine Weile in tiefes Schweigen, das nur von Philpotts vorgetäuschter Kurzatmigkeit durchbrochen wurde. Währenddessen schauten Chadwick und Pearce scheinbar gelangweilt aus dem Fenster und wechselten nur gelegentlich ein paar kurze Blicke. Als Philpott endlich wieder normal atmete, drückte Chadwick auf einen Knopf in der Armlehne, woraufhin eine Glastrennscheibe den Fond vom Chauffeur trennte.

»Also, Mister …?«

»Beamish«, erwiderte Philpott. »Derek Beamish.«

Chadwick stellte ihm Emerett Pearce vor. Beide schüttelten sich die Hände. Dann lehnte sich Chadwick zurück und faltete die Hände über seinem enormen Bauchumfang.

»Würden Sie mir verraten, Mister Beamish, woher Sie wissen, wer ich bin?«

»Ich kenne Sie aufgrund Ihres hervorragenden Rufes«, erklärte Philpott. »Ich darf Ihnen sagen, daß Ihre Strategien für den Immobilienhandel in Europa viele Anhänger und Nachahmer gefunden haben.«

Chadwick lächelte geschmeichelt. »Davon habe ich bereits gehört.«

»Und Ihr Buch über schlanke Unternehmensstrukturen – *Überleben durch Stärke* – markiert einen Meilenstein in der Geschichte unternehmerischen Denkens.«

»Schön, daß Sie das sagen.«

Chadwick hatte eine zunehmend entspanntere Haltung eingenommen.

»In welcher Branche sind Sie tätig, Mister Beamish?«

»Ach Gott ...!« Philpott machte eine abwehrende Handbewegung. »Ich sitze im Vorstand von ein paar Firmen, die ihren Sitz in England und hier in Amerika haben. Zudem verfüge ich über ein gewisses Maß an nützlichen Erfahrungen und Kontakten, die aus meiner Zeit in der Politik stammen und die ich zugunsten der Firmen einbringe, für die ich arbeite.«

»Politik?« Chadwick schien das Wort auf der Zunge zergehen zu lassen. »Sie wollen damit sagen, daß Sie Politiker waren?«

»Ja. Ich war britischer Parlamentsabgeordneter.«

Chadwick und Pearce schienen beeindruckt.

»Darf ich fragen, für welche Partei Sie Abgeordneter waren?« wollte Pearce wissen.

»Ich war im konservativen Lager. Ich bin mein ganzes Leben ein Konservativer gewesen. Ich muß allerdings gestehen, daß mich der Linksruck der Torys in den letzten Jahren zunehmend enttäuscht hat«, sagte Philpott mit einem säuerlichen Lächeln. »Das letztemal bin ich nicht einmal mehr zur Wahl gegangen.«

»Aber Sie sind mit Harold Gibson persönlich bekannt gewesen?«

»Auch ihn kannte ich nur seinem Ruf nach. Aber ich glaube, ich darf sagen, daß wir immerhin gemeinsame Interessen hatten. So entsprach seine Kritik an bestimmten sozialen Fördermaßnahmen meiner persönlichen Auffassung.«

»Harold war wirklich ein guter Mensch«, seufzte Emerett Pearce. »Und ich sage das nicht nur, weil er ein Geschäftspartner von mir und Don war. Viel wichtiger war, daß er Visionen hatte und den Mut, seine Visionen auch umzusetzen.«

»Wir werden ihn zweifellos vermissen«, erklärte Philpott.

»Gewiß«, stimmte Chadwick zu und deutete dann mit seinem Daumen lässig nach hinten. »Und wer ist nun dieser Bursche mit der Kamera?«

Bei dieser Frage schaute Philpott drein, als leide er unter Zahnschmerzen.

»Er kommt aus New York und heißt Jonah Tait – ein Journalist und Verleger.«

»Verleger?«

»Ja. Er gibt Bücher und ein oder zwei Zeitschriften heraus. Im Grunde ist er ein ziemlicher Spinner, aber er hat seine Leserschaft. Man darf ihn nicht unterschätzen.«

Der Wagen bog in eine lange, ansteigende Auffahrt. Schließlich bremste der Chauffeur ab und hielt vor dem Eingang eines weitläufigen, in Weiß und Rosa gehaltenen Hauses. Chadwick senkte per Knopfdruck die Trennscheibe wieder ab.

»Park den Wagen dort drüben unter den Bäumen«, wies er seinen Fahrer an. »Ich möchte nicht, daß einer von diesen Möchtegernrennfahrern noch einen Kratzer in den Lack macht.«

Sie stiegen aus und traten zusammen mit einer weiteren Schar von Trauergästen ins Haus. In der großen Eingangshalle, die von einem himmelblauen Teppich dominiert wurde, standen schätzungsweise mehr als siebzig Personen in kleinen Grüppchen beisammen oder versorgten sich gerade an einem großen Büfett, das an einer Seite des Raumes aufgebaut worden war. Unterdessen hasteten Kellner lautlos zwischen den Gästen hin und her, um leere Gläser und benutzte Teller einzusammeln.

Philpott trat auf die Witwe zu, die im entlegensten Winkel der Halle – umgeben von mehreren, in Tränen aufgelösten Freundinnen – auf einer Art Thron Beileidsbezeugungen entgegennahm.

»Mistreß Gibson«, begann Philpott mit gefalteten Händen, die Augen demütig gesenkt, »ich heiße Derek Beamish, aber Sie werden mich nicht kennen. Ich möchte Ihnen dennoch in dieser schweren Stunde mein tief empfundenes Beileid für den ungeheuren Verlust aussprechen, den Sie und wir alle erlitten haben.«

Die Witwe dankte ihm mit leiser Stimme und reichte ihm kurz ihre Rechte, die Philpott mit beiden Händen umschloß, bevor er sich zurückzog, um sich einen Drink zu genehmigen. Doch bevor er an seinem Glas auch nur genippt hatte, standen plötzlich Chadwick und Pearce wieder neben ihm.

»Sie waren gerade im Begriff, uns etwas über diesen Journalisten zu erzählen … wie hieß er doch gleich …?«

»Jonah Tait.«

»Sie sagten, er wolle etwas über Harold schreiben?«

»In der Tat.« Philpott legte seine Stirn in Falten. »Soweit ich weiß, plant er ein Buch. Dabei soll der Mord an Mister Gibson der Ausgangspunkt für eine Art Biografie sein. Schwerpunktmäßig soll es nicht nur um die Geschäftspraktiken des Verstorbenen gehen, sondern auch und vor allem um dessen geschäftliche und finanzielle Verbindungen zu Organisationen, die für Juden und andere Minderheiten nicht gerade viel übrig haben. Tait meinte, sein Buch würde den Lesern die Augen über den wahren Harold Gibson öffnen.«

»Den wahren Harold Gibson?« Pearce wirkte besorgt und schien Philpott mit seinen Blicken durchbohren zu wollen. »Was hat er damit gemeint? Worauf will dieser Kerl hinaus?«

»Dahinter steckt der übliche linke Revanchismus und nichts weiter als eine Menge heißer Luft.«

»Aber Sie halten ihn dennoch für gefährlich?«

»Allerdings. Wie ich schon sagte, hat Tait eine treue Stammleserschaft, die ihm ergeben an den Lippen hängt. Deshalb würde ich ihn nicht unterschätzen. Außerdem hat er durchaus das Talent, seine Argumentation geschickt aufzubauen.«

»Aber Sie scheinen nicht gerade ein Freund von ihm zu sein?« warf Pearce ein.

»Ich bin alles andere als das. Aber man muß die Stärken seines Gegners kennen, wenn man ihn erfolgreich bekämpfen will. Und der Kampf hat bereits begonnen. Ein Freund von mir hat letzte Woche mitbekommen, wie Tait auf einem Empfang in New York bereits die Werbetrommel für sein neues Buch gerührt hat.«

Philpott senkte seine Stimme und blickte sich verschwörerisch um, als ob er befürchten müsse, belauscht zu werden.

»Ich will ganz offen zu Ihnen sein. Jonah Taits Buch ist der eigentliche Grund dafür, daß ich hierher nach Texas gekommen bin.«

»Wußten Sie denn, daß der Kerl auf der Beerdigung auftauchen würde?« fragte Chadwick.

»Nein, das nicht. Aber es hat mich auch nicht überrascht, als ich ihn hier sah.«

»Warum haben Sie mich gewarnt, keinen Streit mit ihm anzufangen?«

»Weil Tait das Talent besitzt, aus einer Mücke einen Elefanten zu machen. Die kleinste Meinungsverschiedenheit wird unter seiner Feder zu einem rassistischen Anschlag.«

»Und was hat es mit dem Buch auf sich?«

»Tait baut darauf, daß es ihm gelingt, hier in Texas genug Material zusammenzutragen, um daraus eine Sensationsgeschichte zusammenschustern zu können. Das Ganze soll dann ein Bestseller werden.«

»Das wäre in der Tat gefährlich«, stimmte Pearce zu.

Für einen Moment blickten sich die Männer wortlos an und nippten nachdenklich an ihren Gläsern. Es war Chadwick, der als erster wieder das Wort ergriff.

»Wollen Sie uns ein wenig mehr über sich erzählen, Mister Beamish?«

»Herzlich gern.«

»Und wenn Sie schon dabei sind, würde mich auch interessieren, inwiefern Taits Absichten *Sie* dazu bewegt haben, nach Texas zu kommen.«

»Es ist mir eine Ehre«, sagte Philpott lächelnd. »Aber bitte tun Sie mir einen Gefallen. Nennen Sie mich Derek. Alle meine Freunde nennen mich beim Vornamen!«

19

Whitlock klopfte zweimal an die Hotelzimmertür, bevor Philpott ihn einließ.

»Hat man Sie verfolgt?«

»Es kränkt mich, daß Sie überhaupt fragen.«

Whitlock nahm seine Sonnenbrille ab.

»Ich war vorsichtshalber überall im Hotel, sogar in den Läden. Dann habe ich noch etwas an der Bar getrunken. Es ist mir mit Sicherheit niemand gefolgt. Wie war's übrigens beim Leichenschmaus?«

»Die Sache kommt ins Rollen.«

Sie machten es sich in den Sesseln zu beiden Seiten des marmornen Kaffeetischchens bequem. Whitlock holte einen Stapel Papiere aus seiner Tasche.

»Als ich heute nachmittag vom Friedhof zurückkam«, begann er, »waren per E-Mail zwei Nachrichten eingetroffen. Bei der ersten handelte es sich um einen Bericht von Sabrina, der über Ihre Sekretärin zu mir gelangte. Sie ist offenbar nicht darüber informiert, wo Sie sich zur Zeit aufhalten.«

»Ich habe meine Mitarbeiter angewiesen, alle wichtigen Botschaften direkt an Sie weiterzuleiten. Deshalb habe ich im Büro gleich Ihre Kontaktadresse angegeben.«

Philpott schwenkte genüßlich seinen Drink.

»Sie können das Ganze natürlich auch so auslegen, daß ich mich – so gut es geht – um jede Verantwortung drükke.«

»Und ob ich das tue«, bestätigte Whitlock trocken, wobei er sein Notizbuch an der durch ein Lesezeichen markierten Stelle öffnete. »Sabrina war offenbar äußerst erfolgreich. Sie hat herausgefunden, daß *ZJ* für *Zwanzigster Juli* steht. Doch darauf komme ich gleich noch einmal zurück. Sie hat darüber hinaus erfahren, daß ein Amerikaner, vermutlich Harold Gibson, den Killer Yaqub Hisham anheuerte, um Emily Selby zu ermorden.«

Whitlock klopfte mit dem Zeigefinger auf den Stapel Papiere.

»Ich habe hier einen kompletten Ausdruck des Berichts.«

»Ein Mann, der Araber beinahe ebenso gehaßt hat wie Schwarze und Juden, soll einen Araber angeheuert haben, um für ihn einen Mord zu begehen?«

»Es sieht danach aus.«

»Und die zweite Nachricht?«

»Eine Computerdatei von Mike Graham. Ich habe sie in groben Zügen für Sie übersetzt. Sabrina hätte es sehr viel besser gekonnt, aber Sie sollten erst einmal die wichtigsten Fakten kennen. Mike hat übrigens ebenfalls einen Volltreffer gelandet.«

»Fassen Sie es bitte kurz für mich zusammen.«

»Die Datei beinhaltet die *Satzung und Ziele der Vereinigung Zwanzigster Juli.* Die unter diesem Namen agierende Gruppe besteht aus jüdischen Männern und Frauen, die es sich zum Ziel gesetzt haben, einen streng geheimen Bund – die sogenannte *Siegfried-Jugend* – aufzudecken und zu zerschlagen. Ich habe natürlich sofort alle polizeilichen und nachrichtendienstlichen Quellen angezapft, habe aber keinerlei Informationen darüber gefunden. Wir haben es also mit einem *wirklich* geheimen Zirkel zu tun.«

»Wie ›jung‹ sind denn die Mitglieder dieser *Siegfried-Jugend?*«

»Sie sind alles andere als jung, jedenfalls inzwischen nicht mehr. Sie bildeten die letzte Schar der Hitler-Jugend und wurden wenige Tage vor der Einnahme Berlins noch von Hitler persönlich mit einem letzten Auftrag betraut. Er trichterte den Jungen vor dem Hinterausgang seines Bunkers auf offener Straße ein, daß sie die Verkörperung des germanischen Helden Siegfried seien. Deshalb haben sich die Mitglieder dieser Gruppe auch Jahre später diesen Namen gegeben.«

»Und die Männer auf Emily Selbys Liste sind dann vermutlich die einzigen heute noch Lebenden?«

»So ist es. Sie hat viele Jahre ihres Lebens damit verbracht, diese Liste zu vervollständigen. Die Männer, die auf ihr stehen, haben es sich zur Aufgabe gemacht, Adolf Hitler in ihrem Handeln fortleben zu lassen und das Judentum mit allen Mitteln zu bekämpfen. Als Jungen sind sie mit Hilfe von speziell hierfür bereitgestellten Geldern gemeinsam in diesem Geist erzogen worden.«

»Und es ist ihnen gelungen, die Nachkriegszeit durchzustehen, ohne daß man auf sie aufmerksam geworden wäre? Das allein beweist schon, daß es sich um eine bemerkenswerte Organisation handeln muß.«

»Ihre Tarnung wurde mit großem Aufwand betrieben«, gab Whitlock zu bedenken. »Etliche Fluchthilfe-Experten der Nazis halfen dabei, die *Siegfried-Jugend* vor der Öffentlichkeit abzuschirmen. Die Jungen wurden an wechselnden Orten in der Schweiz gut versteckt und dort gemeinsam erzogen.«

»Sie waren die ganze Zeit über zusammen?«

»Ja. Und wie Hitler beabsichtigte, haben die damals geknüpften Bande allem Anschein nach bis in das Erwachsenenalter gehalten. Es existieren jedoch keinerlei offizielle Unterlagen über diesen Geheimbund. Wie bei vielen Deutschen, die zur Zeit des Zweiten Weltkriegs noch Kinder waren, sind die Ausweispapiere und sonstigen persönlichen Dokumente nur unvollständig erhalten geblieben. Einige der Jungen sind scheinbar adoptiert worden, andere sind angeblich bei Pflegeeltern aufgewachsen – aber das ist zumeist nur reine Spekulation. Sie sind jedenfalls zusammengeblieben, bis sie alt genug waren, in die Gesellschaft integriert zu werden – die meisten von ihnen in längst vorbereitete Karrieren.«

»Und haben sie die Erwartungen Hitlers erfüllt?«

»Wenn wir den von Mike beschafften Informationen

Glauben schenken dürfen, dann hat sich die *Siegfried-Jugend* zu einer etablierten Geheimorganisation gemausert, die systematisch versucht, Juden und jüdische Wirtschaftsunternehmen zu vernichten.«

»Und die Gruppe *ZJ* wiederum hat es sich zum Ziel gesetzt, der *Siegfried-Jugend* ein Ende zu bereiten, nehme ich an.«

»Sehr richtig. Es handelt sich dabei zwar um einen kleinen Kreis von Amateuren, aber sie verfolgen ihr Ziel mit sehr viel Entschlossenheit.«

»Und worin besteht die Verbindung zu Emily Selby?«

»Ihr Vater, Johannes Lustig, ist das Bindeglied. Die Organisation *Zwanzigster Juli* wurde erst nach seinem Tod, aber ganz in seinem Geiste gegründet. Er war ein Gelehrter und überzeugter Zionist, der elf Jahre seines Lebens an einer Chronik gearbeitet hat, die sich mit den weniger bekannten Übeltätern und Schlächtern an Hitlers Seite beschäftigte. Es gab während des Krieges beispielsweise sogenannte Kulturbeauftragte. Diese SS-Leute begutachteten, katalogisierten und beschlagnahmten unter anderem Kunstgegenstände jeder Art, sofern sie sich in jüdischem Besitz befanden und einen Wert darstellten. Sie haben damals auch Lustigs Vater ruiniert, der wenige Jahre später nach Buchenwald verschleppt wurde.«

»Ist diese Chronik jemals veröffentlicht worden?«

»Leider nicht. Sonst wäre man der *Siegfried-Jugend* möglicherweise eher auf die Spuren gekommen, da es an mehreren Stellen des Werkes offenbar einschlägige Hinweise gibt. Lustig hatte seine Informationen über die Gründung der Gruppe dem Tagebuch von General Albers entnommen, einem hohen Offizier, der zu Hitlers engsten Vertrauten gehörte. Weitere Details erfuhr Lustig, indem er Polizeiberichte durchkämmte und alte Schweizer Nationalisten im Ruhestand interviewte, die für die Erziehung der Jungen mitverantwortlich gewesen waren.«

»Und wie ist es Lustig gelungen, die Idee zu einer Gegenorganisation ins Leben zu rufen?«

»In seinem Testament hat er eine beträchtliche Summe

verfügt, um ...« – Whitlock warf einen Blick in sein Notizbuch – »›... eine Vereinigung zum Gedenken an die Opfer zu gründen, die im Ungeist der Nazidiktatur entrechtet und getötet worden sind, und zur Ausübung von Vergeltung für das durch die *Siegfried-Jugend* begangene Unrecht an unseren geliebten Glaubensbrüdern ...‹«

»Was hat es mit dem Namen der Vereinigung auf sich?«

»Am zwanzigsten Juli sind Johannes Lustig und sein Schwiegersohn im Lake Cayuga ertrunken. Die Nachfolger Lustigs betrachten es als symbolisch, daß genau am gleichen Tag im Jahr 1944 General Fromms Stabschef Claus von Stauffenberg versucht hat, Hitler durch ein Bombenattentat zu töten.«

»Das Attentat mißlang.«

»Ja, aber der Wille und die Bereitschaft zum Widerstand waren nicht zu übersehen. Mittlerweile haben wir auch eine Mitgliederliste der Vereinigung vorliegen. Offenbar hat Erika Stramm die Aufgabe übernommen, Mitglieder zu rekrutieren, und es ist ihr zweifellos gelungen, ein ausgesprochen hochkarätiges Team zusammenzustellen.«

»Wissen wir auch, wer als Vollstrecker der Todesurteile eingesetzt wird?«

»Nein. Es wird kein Name genannt.«

Philpott runzelte die Stirn.

»Es fällt mir schwer, zu glauben, daß unser Computer-Experte Andreas Wolff Angehöriger einer späten Nazi-Todesschwadron sein soll.«

»Haben Sie ihn jemals persönlich kennengelernt?«

»Ich habe ihn bereits mehrmals getroffen. Und ich bin auch schon wiederholt fanatischen Rassisten begegnet. Irgendwie paßt das nicht zusammen. Wolff ist eher so etwas wie ein alternder Hippie, der mit dem Kopf ständig in den Wolken steckt. Seine berufliche Brillanz scheint bei ihm beinahe nur eine Nebensache zu sein. Er ist am glücklichsten, wenn er sein Talent einsetzen kann, um in die Welt der Fantasie zu entfliehen: in die Welt seiner Computerspiele, in denen es nur so wimmelt von mystischen Gestalten wie mutigen Königen, verfolgten Jungfrauen und gefährlichen Drachen. Politik interessiert ihn nicht die Bohne, und die Realität auch nicht viel mehr. Beides ist ihm viel zu langweilig. Wolff eignet sich nicht zum Fanatiker.«

»Ich werde Mike darauf ansetzen, das noch einmal zu überprüfen.«

Whitlock erhob sich, und Philpott begleitete ihn zur Tür.

»Falls Sie etwas Interessantes von Mike hören, informieren Sie mich bitte«, sagte Philpott. »Machen Sie ihm klar, wie wichtig es ist, daß wir die Vergeltungsmaßnahmen des *Zwanzigsten Juli* stoppen, bevor die Dinge eskalieren. Er muß schnellstens herausfinden, wer der blauäugige Vollstrecker ist.«

»Vielleicht könnte uns Sabrina in Berlin weiterbringen?«

»Möglicherweise.« Philpott öffnete die Tür. »Wir kümmern uns erst einmal darum, daß wir diese üble Bande hier vor Ort zur Strecke bringen.«

»Ich wollte gerade mein Telefon abschalten«, klagte Mike Graham. »Falls die Sache bis morgen Zeit hat, wäre ich dankbar, wenn du mich dann noch mal anrufen könntest.«

»Es dauert nicht lange, Mike.«

Whitlock stand auf dem Balkon vor seinem Zimmer und beobachtete den Sonnenuntergang.

»Ich möchte nur, daß du einige Dinge noch einmal überprüfst. Wo bist du im Augenblick?«

»Im Bett. Ich befinde mich im Hotel Zisper, und es ist mitten in der Nacht.«

»Entschuldige, ich habe nicht an die Zeitverschiebung gedacht ...«

»Ich habe noch gelesen«, beruhigte ihn Mike. »Ich kann in letzter Zeit nicht besonders gut einschlafen.«

»Wir sind momentan in Texas.«

»Wer ist *wir?*«

»Der Alte und ich. Aber das erkläre ich dir später, falls ich diese ›Vergnügungsreise‹ überleben sollte. Sag mal, hast du Andreas Wolff bereits getroffen?«

»Nein, erst morgen früh. Ich habe den offiziellen Weg gewählt und einen Termin mit ihm vereinbart. Ich dachte, es wäre am besten, erst einmal einigermaßen zivilisiert vorzugehen.«

»Philpott möchte, daß du noch einige weitere Dinge überprüfst.«

Whitlock informierte Mike Graham darüber, was er aus der Computerdatei über die Gruppe *Zwanzigster Juli* erfahren hatte und warum Philpott große Zweifel daran hegte, daß Wolff ebenfalls eine Nazi-Vergangenheit habe. »Ich bin sicher, du wirst diese Fragen klären können.«

»Noch etwas?«

»Diese Erika Stramm – ist sie leicht einzuschüchtern?«

»Nun, die klare Antwort lautet *nein*.«

»Wir müssen herausbekommen, wer der Vollstrecker des *Zwanzigsten Juli* ist. Und Erika Stramm ist diejenige, die es uns sagen kann.«

»Sie würde es mir niemals sagen, sie leugnet sogar, etwas von dieser Organisation zu wissen. Sie hat auch behauptet, daß sie und Emily Selby nur Freundinnen gewesen seien.«

»Und du siehst keine Möglichkeit, sie zum Sprechen zu bringen?«

»Falls ich tatsächlich nahe genug an sie herankäme, um sie fragen zu können, würde sie mir an die Gurgel fahren, noch bevor ich auch nur den Mund aufgemacht hätte.«

»Ich werde es Philpott ausrichten.«

»Tue das. Aber ich muß jetzt wirklich aufhängen, C.W.! Sonst schlafe ich noch ein, während ich mit dir telefoniere.«

»Möchtest du denn gar nicht wissen, was Sabrina über den arabischen Killer herausgefunden hat?«

»Ein andermal gern. Aber wenn ich jetzt nicht die Augen schließe, wird es zwölf Stunden dauern, bis ich in die nächste Einschlafphase komme.«

Sabrina Carver befand sich in der hellblau eingerichteten Küche ihres Apartments in der 93. Straße. Sie stand vor der Theke aus Massivholz, die als Raumteiler diente, und schenkte sich in eine dunkelgrüne Pozellantasse Kaffee ein.

»Dieses Gefühl hat nichts mit Einsamkeit zu tun«, sagte sie mit Nachdruck zu sich selbst. »Ich bin lediglich noch nicht wieder ganz hier.«

Das beklemmende Gefühl verfolgte sie nun schon seit ihrer Rückkehr aus Marokko. Die erwartete Freude darüber, wieder zu Hause in den eigenen vier Wänden zu sein, hatte sich nicht eingestellt. Im Gegenteil, es drängte sich ihr immer wieder ein Gedanke auf, der sie auch jetzt belastete: daß das Leben sich ganz woanders, weit entfernt abspielte und sie vollkommen davon abgeschnitten war.

Sie nahm den Kaffee mit zur Couch und machte es sich bequem. Dann griff sie nach der Fernbedienung und schaltete den Fernseher ein. Sobald das Bild da war, begann sie, von einem Kanal zum nächsten zu schalten. Sie hatte irgendwo gelesen, daß Frauen weit weniger anfällig für das Zappen waren als Männer, aber sie konnte nicht nur in dieser Hinsicht mit jedem Mann problemlos mithalten.

Keines der Bilder zog sie jedoch hinreichend in den Bann, um bei dem Kanal zu bleiben und weiterzuschauen. Deshalb schaltete sie den Fernsehapparat wieder aus und lehnte sich zurück. Während sie den Kaffeeduft genießerisch einsog, starrte sie durch das Fenster auf den dunklen Nachthimmel.

Sie versuchte sich vorzustellen, wie ihr Leben aussehen würde, wenn sie doch Hochschullehrerin geworden wäre. Sie hatte eigentlich vorgehabt, diese Laufbahn einzuschlagen, aber der Zufall hatte ihren Weg in eine andere Richtung gelenkt. Nach dem Examen hatte sie einige Zeit an der Sorbonne verbracht und war einige Jahre lang kreuz und quer durch Europa gereist. Nach ihrer Rückkehr in die USA war sie zum FBI gegangen, was sicherlich etwas mit der Persönlichkeit ihres Vaters zu tun gehabt hatte. George Carver war ein Mann mit einer langjährigen Karriere in der Politik (oder besser in den ›Tretmühlen der Politik‹, wie er es beschrieb), der vermutlich lieber einen Sohn gehabt hätte. Sabrina Carver hatte den Job beim FBI damals unter anderem deshalb begonnen, weil sie nach ihrer Rückkehr nach Hause das Gefühl gehabt hatte, ihre Abenteuerlust irgendwie stillen zu müssen. Sie entdeckte bald, daß sie Talent im Gebrauch von Waffen hatte. Zudem machte ihr auch jede Art von Kampfsport Spaß, so daß die Überlegungen, Literatur und Sprachen zu unterrichten, bald völlig verblaßt waren. Ihr diesbezügliches Interesse pflegte sie allerdings in der ihr verbleibenden Freizeit auch weiterhin, und inzwischen erschien ihr der Gedanke an eine Stelle an einer kleinen, idyllisch gelegenen Universität des öfteren wieder durchaus reizvoll.

Sie trank ihren Kaffee aus und brachte die Tasse zurück in die Küche. Nachdem sie sie abgespült hatte, schaltete sie das Licht in der Küche aus und ging ins Schlafzimmer, da sie merkte, daß sie ziemlich erschöpft war. Ihre Schultern und Beine schmerzten immer noch von der unbequemen Haltung, in der sie in dem stinkenden Loch in Marokko hatte ausharren müssen. Nach einer ordentlichen Mütze voll Schlaf und einer Ruhepause für ihre Muskeln würde sie wieder wie neugeboren sein.

Auf der Bettkante sitzend schaute sie lächelnd das Foto mit ihren Eltern an, das auf dem Nachttisch stand. George und Jeanne Carver lebten inzwischen in Florida, und Sabrina hatte sie seit der Pensionierung ihres Vaters kaum mehr gesehen. Ab und zu kamen sie zwar noch für ein paar Tage zu ihr zu Besuch – den ihre Mutter dafür nutzte, sich die neuesten Shows am Broadway anzuschauen, und ihr Vater, um sich mit seinen alten Freunden zu treffen –, aber beide hatten jedesmal offensichtlich das Gefühl, als Störenfriede in ihr Leben einzudringen.

»Wenn ihr mich nur öfter stören würdet«, sagte Sabrina halblaut zu dem Foto.

In dem depressiven Gemütszustand, in dem sie sich gerade wieder einmal befand, hatte sie das Gefühl, zu niemandem richtig zu gehören, eine engere Bindung auch gar nicht zu wollen, gleichzeitig aber litt sie unter ihrer Isolation.

»Selbstmitleid ist nichts anderes als ein Verbrechen gegen sich selbst«, rief sie sich zur Ordnung und erhob sich. »Schluß damit.«

Dennoch konnte sie es nicht verhindern, daß eine leichte Melancholie sie beschlich, als sie sich entkleidete und in ihr Nachthemd schlüpfte. Sie bemühte sich in der Regel stets darum, sich nicht zu sehr von ihren Emotionen leiten zu lassen. Gleich am Anfang ihrer Karriere beim FBI war sie eine Affäre mit einem Kollegen eingegangen, der sich von seiner ausgesprochen unangenehmen Seite gezeigt hatte, sobald sie auch nur von Liebe gesprochen hatte. Schließlich hatte er sogar seine Frau auf sie angesetzt, um sie wieder loszuwerden. Inzwischen ging sie jeder Beziehung, die über eine normale Freundschaft hinausging, aus dem Weg. Und sie mied vor allem Männer, die bereits gebunden waren – was nicht immer einfach war, da viele oft genug einfach verschwiegen, daß sie bereits Frau und Kind hatten.

Das Klingeln des Telefons unterbrach ihre Gedanken. Sie hob den Hörer ab.

»Sabrina?« meldete sich Whitlock. »Ich hoffe, ich wecke dich nicht auf.«

»Das ist eine sehr rücksichtsvolle Frage von dir, C.W.«, antwortete sie ironisch. »Aber sei beruhigt. Um mich aus dem Schlaf zu reißen, hättest du zwanzig Minuten später anrufen müssen.«

»Du weißt, daß ich dich um diese Uhrzeit nur anrufe, wenn es wirklich wichtig ist.«

In diesem Moment läutete auch Sabrina Carvers zweites Telefon, und das Faxgerät schaltete sich ein.

»Ich höre, daß mein Fax dich gerade erreicht«, bemerkte Whitlock. »Es ist eine Zusammenfassung dessen, was Mike bei dem Besuch von Erika Stramms Wohnung herausgefunden hat. Lies alles bitte genau durch.«

»Wie komme ich zu all dieser Aufmerksamkeit mitten in der Nacht?«

»Es gibt ein Problem, das gelöst werden muß, und Philpott ist der Meinung, daß du genau die Richtige bist, um es zu lösen.«

»Schieß los.«

»Erika Stramm hat auf Mikes Besuch in ihrer Wohnung ziemlich allergisch reagiert.«

»Tatsächlich? Hat sie ihn denn überrascht?«

»Offensichtlich. Dennoch ist es Mike gelungen, an eine Computerdatei mit den Informationen heranzukommen, die ich dir gerade gefaxt habe. Es gibt jedoch leider eine Lücke darin.«

»Solche Lücken zu ergänzen ist meine ganz persönliche Spezialität.«

»Wir kennen noch nicht den Namen des Killers, der hinter den beiden Morden steckt. Und wie die Dinge zwischen Mike und Erika Stramm stehen, wird sie ihm den Namen auch bestimmt nicht verraten.«

»Wie kommst du darauf, daß sie ihn mir verraten würde?«

»Nun, der Chef hegt jedenfalls die Hoffnung, daß du ihn aus ihr herauskriegen wirst.«

Whitlock schwieg für einen Moment.

»Und ich glaube das auch. Ich habe deine, na ja, sagen wir ruhig *Überredungskunst* schon immer bewundert.«

Sabrina Carver überlegte einen Moment und fragte dann, ohne noch länger zu zögern: »Wann erfahre ich die Details meiner Reise?«

»Die liegen dir bereits vor. Du findest sie am Ende der Übertragung. Bleib in Kontakt zu mir, und paß vor allem auf dich auf.«

»Das werde ich.«

Sabrina legte den Hörer auf. Wieder lächelte sie das Foto mit ihren Eltern an. Es war schon erstaunlich, wie ihr Gemütszustand sich schlagartig verbesserte, sobald ihre Fähigkeiten gefordert waren. Immerhin war sie soeben dazu beordert worden, mal wieder Kopf und Kragen für einen Auftrag zu riskieren. Und im gleichen Moment fühlte sie sich keine Spur mehr einsam und isoliert.

20

Der untersetzte und rotgesichtige Russ Grundy hatte sich im rückwärtigen Teil des weißen Lieferwagens, auf dem in blauen Buchstaben *BENTICK'S ERSATZ-WINDSCHUTZ-SCHEIBEN* geschrieben stand, in eine Ecke gedrückt. Der Wagen war in einer kleinen Straße hinter den Büros des *Transit Authority Buildings* in Downtown Fort Worth in der Nähe einer Bushaltestelle geparkt.

»Hier ist eine sehr belebte Ecke, was sehr günstig für unsere Tarnung ist«, erklärte Grundy seinem Besucher Whitlock. »Darüber hinaus beeinträchtigt der Verkehr unsere Technik in keiner Weise. Außerdem bin ich nicht weiter als eine Meile von Chadwicks Haus entfernt. Falls nötig, können wir jederzeit noch näher hinfahren, ohne daß es groß auffallen würde.«

Whitlock war mit dem Bus gekommen, da er dies immer noch für die unauffälligste Transportart hielt. Dann hatte er den Busbahnhof durchquert und war wie selbstverständlich in den Lieferwagen eingestiegen, so als ob er dessen Besitzer war. Auf einem kleinen Klappstuhl saß er Grundy gegenüber und blickte auf die elektronischen Geräte, mit denen das Fahrzeug vollgestopft war. Grundy hatte neben einem kleinen Regal Platz genommen, auf dem ein Empfänger, Lautsprecher, ein Aufnahmegerät und Kopfhörer aufgebaut waren.

»Ich bin dir und Mister Philpott ausgesprochen dankbar für diese kleine Abwechslung, C.W.«, betonte Grundy.

»Eine Hand wäscht die andere. Wie funktioniert diese mordsmäßige Überwachungsanlage eigentlich?«

»Ohne dich beleidigen zu wollen – das meiste würdest du doch nicht verstehen. Aber um es vereinfacht zu sagen: Der Wagen ist mit einem engen Netz von Sendern verbunden, die sich in der Nähe der Zielperson befinden. Die Ventilatoren auf dem Autodach dienen dabei als Empfänger. Und dieses *Baby* ...« – er klopfte zärtlich auf eine längliche schwarz-rote Kiste an seiner Seite – »... sammelt und verarbeitet die eingegangenen Informationen. Ich habe zwei Wanzen in Chadwicks Haus und eine dritte in seinem Büro installiert, das etwa eine Meile vom Haus entfernt liegt. Er ist jedoch bis jetzt noch nicht in seinem Büro gewesen.«

»Und wie hast du die Wanzen dort unterbringen können?«

»Das ist mein Berufsgeheimnis, C.W.! Hab bitte Verständnis dafür, wenn ich es für mich behalte.«

»Du weißt, daß es uns hauptsächlich um die Telefonate geht?«

»Selbstverständlich. Damit nicht jedes Geräusch im Haus gleich automatisch aufgenommen wird, ist der Aufnahmemechanismus so eingestellt, daß er sich beim ersten Klingelton des Telefons einschaltet und sich wieder abstellt, sobald das Telefon eingehängt wird. Du siehst, C.W., daß du es mit einer außerordentlich gut durchdachten Anlage zu tun hast.«

»Kannst du die Telefonnummern herausbekommen, zu denen eine Verbindung aufgebaut worden ist?«

Grundy setzte ein mitleidiges Gesicht auf.

»Das hätte ich schon gekonnt, bevor dieser ganze technische Kram überhaupt erfunden wurde, C.W.! Manche Jungs hören die Nummer schon heraus, wenn sie sich nur in der Nähe des Telefons befinden. Die unterschiedlichen Geräusche verraten die Landes- und Ortsvorwahl sowie die Anschlußnummer, da alle drei separat geschaltet sind.«

Er zeigte aufs Kassettendeck.

»Chadwick hat in den letzten, äh ...« – er warf einen Blick auf die Uhr – »... neun Stunden eine ganze Reihe von Nummern angewählt.«

»Kannst du mir die Nummern ausdrucken?«

»Natürlich. Dafür ist dieses Maschinchen da.«

Grundy bediente eine Taste auf der Konsole. Einen kurzen Moment später erschien ein Streifen Papier wie bei einer Registrierkasse.

»Wieviel Zeit kannst du eigentlich erübrigen, C.W.?«

»Ich habe eine Rückfahrkarte für den gleichen Bus, mit dem ich auch gekommen bin. Das gibt mir einige Stunden.«

»Dann hast du ja genügend Zeit, um dir dies hier anzuhören.«

Grundy stellte ein kleines DAT-Kassetten-Abspielgerät vor Whitlock hin und legte eine Kassette ein.

»Steck das Kopfhörerkabel in die Buchse an der Seite.«

Whitlock verfolgte aufmerksam, was auf der Kassette zu hören war. Anfangs war es noch interessant, Chadwick in seinem eigenen Haus telefonieren zu hören, ohne daß dieser geahnt hätte, belauscht zu werden. Aber die Gespräche waren nicht besonders interessant, es ging nur um langweilige geschäftliche Dinge, die keinerlei Informationswert besaßen. Nach zwanzig Minuten entschloß Whitlock sich dazu, das Gerät abzuschalten und sich dankend zu verabschieden, um sich mit dem Rekorder und den anderen drei Kassetten auf den Weg zu machen. Doch im gleichen Moment begann die Aufnahme merkwürdig zu rauschen, und man vernahm nur noch unverständliche, kreischende Laute. Whitlock stoppte das Gerät und legte den Kopfhörer ab.

»Da stimmt was nicht mit der Aufnahme«, informierte er Grundy.

»Laß mal hören.«

Grundy bahnte sich den Weg zu ihm und setzte sich den Kopfhörer auf, schaltete das Gerät ein und konzentrierte sich auf das, was er hörte.

»Dieser ausgekochte Hund«, sagte er schließlich. »Er tarnt das Gespräch.«

»Er *tarnt* es? Was heißt das?«

»Er vergewissert sich auf altmodische Weise, daß niemand mithören kann. Er nimmt das Telefon wahrscheinlich mit ins Badezimmer und läßt einfach den Wasserhahn im Hintergrund laufen.«

»Meinst du, daß er von den Wanzen Wind bekommen hat?«

»Das wohl nicht, aber die meisten Gauner sind so mißtrauisch, daß sie nicht einmal ihrem eigenen Schatten trauen.«

»Dann werden wir also nie erfahren, warum er gerade

dieses Telefonat für wichtig genug erachtet hat, es zu tarnen?«

»Wer sagt das?«

Grundy holte die Kassette aus dem Abspielgerät heraus und nahm sie mit ans andere Ende des Lieferwagens. Dort legte er sie in einen anderen Rekorder ein, der mit seinen sechs verschiedenen Drehschaltern über dem Laufwerk technisch sehr aufwendig wirkte. Grundy spulte die Kassette ein kleines Stück zurück, spielte sie ein Stück weit ab und machte sich dann an verschiedenen Schiebereglern zu schaffen, die unterhalb des Laufwerks angebracht waren.

»Ich nehme die Frequenz des laufenden Wassers aus der Aufnahme heraus, dann dürften nur die Stimmen übrigbleiben.«

Abermals spulte er die Kassette zurück, justierte die Regler neu und drückte dann die Start-Taste. Es war nichts zu hören.

»Weshalb ist nichts auf dem Band?« erkundigte sich Whitlock.

»Die Kassette durchläuft noch den Bearbeitungsmodus. Gleich werden wir etwas hören.«

Nach genau drei Minuten und vierzig Sekunden stoppte das Band. Grundy spulte es bis zu dem Punkt zurück, an dem das Rauschen begonnen hatte.

»Nun hör genau hin.«

Er stellte das Gerät an. Musik erklang, eine Instrumentalversion des alten Beatles-Songs ›Fool on the Hill‹.

Grundy schlug sich gegen die Stirn.

»Hat er zusätzlich noch Musik laufen lassen?« wollte Whitlock wissen.

»Genau das. Dieser Chadwick gehört jedenfalls nicht zu den Durchschnittsparanoikern, C.W.! Er sieht anscheinend hinter jeder, aber auch jeder Ecke eine Gefahr.«

»Kannst du die Musik auch ausblenden?«

»Ja ... das kann ich«, antwortete Grundy zögernd.

Whitlock sah ihn an. »Aber?«

»Die Sprache kann dabei ebenfalls verschwinden. Es

hängt davon ab, wie weit die Stimme Chadwicks und die Töne und Harmonien der Musik auseinanderliegen.«

Grundy warf einen Blick auf seine Armbanduhr.

»Es könnte etwas dauern, und ich kann keine Garantie dafür geben, daß es klappt.«

»Wie lange wirst du brauchen?«

»Nun, ich muß die Musik manuell in kleinen Schritten herausfiltern, bis nur noch die Sprache übrigbleibt. Und ich muß mit Kopien arbeiten, da das Original leicht dabei draufgehen könnte. Zwei Stunden kann es schon dauern.«

Whitlock seufzte.

»Na gut! Dann mal los. Ich werde warten.«

»Aber nicht vergessen: Es gibt keine Erfolgsgarantie.«

»Wenn wir es gar nicht erst versuchen, werden wir auf jeden Fall mit leeren Händen dastehen.«

An diesem Abend meldete sich Whitlock über die abhörsichere Leitung bei Philpott und berichtete von Chadwicks Telefonat.

»Es hat zweieinhalb Stunden gedauert, die Musik aus der Aufnahme herauszufiltern.«

»Und was blieb schließlich übrig?«

»Chadwick hat mit einem Architekten in Berlin telefoniert, einem gewissen Viktor Kretzer.«

»Wirklich? Kretzer steht auf Emilys Liste.«

»Ich weiß. Wir besitzen nun eine deutliche Aufnahme, auf der Kretzer von Chadwick aufgefordert wird, vorerst nicht mit ihm in Kontakt zu treten.«

»Großartig.«

»Es wird noch besser«, fuhr Whitlock fort. »Am Ende des Gesprächs bekamen wir noch eine Zugabe geliefert. Chadwick berichtete Kretzer, daß irgendwelche Waffen ihre Rundreise beendet hätten und nach Europa zurückgekehrt wären, wo sie ursprünglich herstammten. Bei der Sendung würde jedoch eine Waffe fehlen – nämlich jene, die der Araber erhalten habe, um seinen Auftrag in London auszuführen. Na, ist das etwa nichts?«

»Das ist nicht nur erstklassiges Beweismaterial, sondern

es erspart mir auch, bei Chadwick und Pearce um den heißen Brei herumreden zu müssen.«

»Allerdings.«

»Ich werde Grundy höchstpersönlich meinen Dank aussprechen. Zuerst habe ich jedoch noch einige Recherchen vor mir. Und Sie auch.«

Er stieß ein Lachen aus.

»Lieben Sie nicht auch diese Augenblicke, wenn das Schicksal Ihnen einmal freien Lauf läßt, damit Sie schließlich das entscheidende Tor schießen können?«

Chadwick hatte einen Tisch im *Casa de Oro* in Fairmont reserviert, einem im Nordwesten von Dallas gelegenen Stadtteil. Als Philpott dort eintraf, hatten Chadwick und Pearce bereits Platz genommen. Er spürte ihre Blicke auf sich ruhen, als er den in blaues und goldenes Licht getauchten Speisesaal durchquerte. In ihrer etwas steifen Haltung drückte sich Anspannung aus.

»Gentlemen ...!«

Sie erhoben sich, und Philpott schüttelte ihnen die Hand.

»Ich hoffe, ich habe mich nicht allzusehr verspätet.«

»Überhaupt nicht.«

Chadwick zeigte auf den ihm gegenüberstehenden Stuhl.

»Setzen Sie sich doch, Mister Beamish.«

»Sagen Sie ruhig Derek zu mir.«

»Also gut, Derek, nehmen Sie schon einmal Platz, während ich Ihnen einen Drink besorge. Ich hoffe, Sie mögen die mexikanische Küche.«

»Ich liebe sie«, log Philpott lächelnd. Er nahm die ledergebundene Speisekarte zur Hand. »Ob sie hier wohl Mais-Enchiladas haben?«

»Ich denke schon«, erwiderte Pearce. »Sie scheinen sich mit der mexikanischen Küche auszukennen.«

»Ich bin öfter in Südamerika unterwegs.«

Philpott warf den beiden Männern einen bedeutsamen Blick zu.

»Man entwickelt sehr schnell ein Gefühl für die kulinarischen Besonderheiten eines Landes.«

Sie unterhielten sich über Essen und Trinken und andere belanglose Dinge, bis der Ober kam, um die Bestellung aufzunehmen. Dann brachte Chadwick das Gespräch auf den Punkt.

»Wir haben in der Zwischenzeit über das nachgedacht, was Sie uns berichtet haben«, begann er. »Am wichtigsten aber ist die Frage, ob es gelingen wird, diesen Jonah Tait mundtot zu machen. Würden Sie ihn als sehr hartnäckig bezeichnen?«

»In welcher Hinsicht?«

»Ich meine, läßt er sich leicht einschüchtern?«

»Ich glaube, er läßt sich überhaupt nicht einschüchtern.«

»Haben Sie in dieser Hinsicht Erfahrungen mit ihm gemacht?«

»Und ob. Ein Mann wie er ist in New York ständig Anfeindungen ausgesetzt. Aber er hat bisher allen die Stirn geboten.«

»Wir können uns also nicht einfach zurücklehnen und die Sache auf sich beruhen lassen?«

»Auf keinen Fall.«

Philpott nippte an seinem Glas Wein.

»Wir befinden uns in einer höchst schwierigen Situation. Aber Harold Gibson hätte sicherlich gleich gewußt, was zu tun ist.«

Philpott hatte das Risiko einer solchen Äußerung durchaus einkalkuliert, denn Chadwick und Pearce konnten sie leicht als Beleidigung auffassen. Aber Philpott hielt es für wahrscheinlicher, daß sie ihm zustimmen würden.

»Er wußte stets, was zu tun war«, bestätigte Chadwick. »Das muß man ihm lassen.«

»Einer der Gründe, weshalb ich nach Texas gekommen bin, ist der, daß ich Tait beschatten wollte. Ich hatte zwar keinerlei Vorstellung davon, was zu tun sei, falls es tatsächlich zu Schwierigkeiten kommen würde, aber mir war klar, daß ich zur Stelle sein müßte, um *irgend etwas* zu unternehmen.«

»Und womit beschäftigt er sich zur Zeit? Wir wissen zwar, daß er sich draußen an der West Kingsley Road im

Comfort Inn befindet, aber er scheint die meiste Zeit auf seinem Zimmer zu hocken.«

»Er ist dabei, sein Buch fertigzustellen. Er verfügt inzwischen über Ihre Fotos sowie die Namen von örtlichen Institutionen und Privatpersonen, aber er muß noch Details über Daten und Termine einfügen.«

Chadwick lehnte sich zurück und rieb sich geistesabwesend den Bauch.

»Könnte dieses Buch außer für Harold Gibson auch noch für andere Personen rufschädigend sein?«

»Es könnte für alle, die mit Harold Gibson zu tun hatten, fatale Folgen haben«, sagte Philpott ernst. »Wenn ich ehrlich sein darf ...!«

Er machte eine Pause, um die Spannung zu erhöhen.

»Fahren Sie fort«, forderte ihn Chadwick ungeduldig auf.

»Ich bin über Mister Gibsons Verbindungen zur sogenannten *Siegfried-Jugend* informiert ...«

Pearce schlug auf die Tischplatte.

»Ich habe es dir immer gesagt!«

Er schaute Chadwick vorwurfsvoll an.

»Ich wußte, daß es früher oder später herauskommen würde.«

»Sei ruhig, Emerett«, sagte Chadwick schroff.

»Harold war zwar der Kopf unserer Gruppe«, fuhr Pearce ungerührt fort,« aber er war nicht besonders clever, was die Geheimhaltung von Operationen betraf. Noch in der Woche, bevor er getötet wurde, habe ich ihm gesagt, daß er sich mehr in acht nehmen soll.«

»Es ist im großen und ganzen sicherlich nicht viel durchgesickert«, beruhigte Philpott ihn. »Ich weiß nur deshalb so gut Bescheid, weil ich erstens ein Sympathisant bin und weil ich zweitens über Informationsmöglichkeiten verfüge, die selbst den meisten Diplomaten verschlossen bleiben.«

»Sie wollten uns noch etwas Wichtiges verraten«, erinnerte ihn Chadwick.

Philpott beugte sich vor. »Eine Aufstellung von Zahlungen an die *Siegfried*-Leute ist Tait in die Hände gefallen, und er hat vor, sie gegen Sie zu benutzen. Ich habe außerdem zuverlässige Informationen darüber, daß er versuchen wird, Sie beide wegen Beihilfe zu der Ermordung von Emily Selby dranzukriegen. Es handelte sich bei dieser Frau um eine Mitarbeiterin des Weißen Hauses, die kürzlich in London erschossen wurde – und zwar von einem ...«

»... angeheuerten Killer, den Harold niemals hätte aussuchen dürfen«, unterbrach ihn Pearce. »Himmel, ich wußte, daß uns die Sache nur Scherereien bringen würde. Harold dachte, daß gerade die Wahl eines Arabers eine perfekte Tarnung darstellen würde. Aber da hat er sich wohl gründlich getäuscht.«

In diesem Moment wurde das Essen serviert und damit auch das Gespräch wieder auf unverfängliche Themen gebracht. Während sie speisten, tauschten sie sich über ihre Eßgewohnheiten aus. Chadwick hatte nach eigener Aussage schon immer eine Vorliebe für die bodenständige mexikanische Küche und ihre *Fajitas, Ceviche* oder *Carne asada* gehabt. Pearce erzählte von seinem Lieblingsrestaurant *Mia's,* wo man die besten *Chiles rellenos* in der ganzen Stadt bekäme. Und Philpott beichtete, daß er eigentlich eine besondere Schwäche für die französische Küche, vor allem *Foie gras,* gehobelte schwarze Trüffel, Kalbfleisch mit Artischocken und gelegentlich auch Lammfleisch mit Pfefferkruste habe.

Keiner von ihnen aß den Teller leer.

Chadwick legte als letzter Gabel und Messer aus der Hand, und sofort war man wieder bei Jonah Tait. Chadwick wollte unbedingt wissen, wie Derek Beamish so gut über die Pläne Taits informiert sein konnte.

»Jedem Politiker ist bekannt, daß man die Geheimnisse eines Gegners kennen muß, wenn es gelingen soll, ihn auszuschalten. Dabei besteht das größte Problem darin, die wichtigen Fakten und die elementaren Zusammenhänge herauszubekommen. Dies erfordert viel Können. Aber am wichtigsten sind oftmals die richtigen Kontakte, die man sich warmhalten muß.«

Er hob die Hand und zählte die von ihm genannten Punkte an den Fingern ab.

»Ich kenne Taits Berater bei der Bank, die Leute, die seine Bücher drucken, seine Anwälte und auch den Eigentümer des Grundstücks, auf dem er in Greenwich Village lebt. Auch wenn jeder einzelne annimmt, daß er mir nur unwesentliche Details offenbart hat, so ergeben die Informationen alles in allem ein überaus präzises Bild.«

Chadwick legte den Kopf schief, so als wolle er etwas in Philpotts Gesicht ablesen, das man aus keinem anderen Blickwinkel sehen konnte.

»Sie haben zwar nichts dergleichen geäußert, Mister Beamish, aber wäre es möglich, daß dieser Tait auch Ihnen ganz schön zusetzen könnte?«

»Das könnte er vermutlich.«

»Und Sie glauben wirklich, daß er uns reinreißen möchte?«

»Wie ich Ihnen bereits gesagt habe. Er könnte Ihnen vermutlich sogar eine ernsthafte Anklage an den Hals hängen.«

»Nun, selbst wenn ihm das gelänge, haben wir hier ausgezeichnete Anwälte, die die Sache schon schaukeln würden.«

»Das will ich gerne glauben«, erwiderte Philpott. »Trotzdem bin ich davon überzeugt, daß Tait eine ernsthafte Bedrohung für Sie darstellt. Versuchen Sie doch mal, es ganz nüchtern zu betrachten. Zunächst würde er Ihren Ruf zerstören, um dann als nächstes rechtliche Schritte gegen Sie einzuleiten wegen finanzieller Unterstützung krimineller Vereinigungen, beispielsweise der *Siegfried-Jugend.* Er würde so viele Fakten wie möglich über den Mordfall Emily Selby beibringen, was wiederum die Polizei dazu veranlassen würde, weiter nachzuforschen. Sie wissen selbst, daß dies eine ganze Lawine von Ermittlungen nach sich ziehen würde, bei denen jede Menge Schmutz ans Licht gezerrt werden könnte. Schließlich hat jeder noch irgendwo eine Leiche im Keller vergraben. So gut Ihre Anwälte also auch sein mögen, etwas von dem ganzen Dreck würde doch an Ihnen hängenbleiben.«

»Sie sagten uns bei unserem letzten Gespräch, daß Sie bereit seien, diesen Mann mit allen nur denkbaren Mitteln zu stoppen. Haben Sie das ernst gemeint?« schaltete sich Pearce ein.

»Selbstverständlich.«

»Sehen Sie, hier vor Ort stehen uns – im Gegensatz zu Ihnen – nur wenige Möglichkeiten offen, uns frei zu bewegen. Wir sind prominente Geschäftsleute und stehen ständig im Mittelpunkt des öffentlichen Interesses. Es würde deshalb niemandem lange verborgen bleiben, wenn wir irgendwelche unüberlegten Schritte unternähmen. Sie jedoch können sich hier jederzeit frei bewegen, da Sie niemand kennt.«

»Tait kennt mich.«

»Tait ist ein Sonderfall, und verglichen mit uns sind Sie allemal in der besseren Position, etwas gegen ihn zu unternehmen.«

»Da muß ich Ihnen recht geben.«

»Wie könnte man Jonah Tait zum Schweigen bringen?« fragte Pearce.

»Nun ...!« Philpott verzog das Gesicht. »Man müßte schon sehr weitgehende Maßnahmen ergreifen, fürchte ich.«

»O mein Gott«, entfuhr es in diesem Moment Chadwick, der zum Eingang des Restaurant starrte. »Da ist er.«

Philpott konnte sich nur mit Mühe ein Lächeln verkneifen. Das Timing war wirklich perfekt. C.W. Whitlock kam mit entschlossenem Schritt direkt auf ihren Tisch zu. Er trug eine schwarze Lederjacke und einen schwarzen Rollkragenpullover. Sein Gesichtsausdruck war eisig, aber seine Augen funkelten triumphierend.

»Entschuldigen Sie die Störung, Gentlemen«, sagte er knapp, während er sich mit den Fingerspitzen auf den mit einem gestärkten weißen Tuch bedeckten Tisch aufstützte. »Aber ich würde Sie gern kurz sprechen.«

»Was wollen Sie von uns?« fauchte Pearce ihn an.

Whitlock schenkte ihm ein überhebliches Lächeln.

»Ich werde dieses hübsche Städtchen morgen verlassen und dachte, ich sollte mich noch einmal persönlich bei Ihnen bedanken.«

»Und wofür?«

»Für gewisse Unterlagen. Äußerst brisante Unterlagen, um genau zu sein. Und zwar besitze ich mehr davon, als ich wahrscheinlich verwerten kann.«

»Ich glaube, ich rede für uns alle«, schaltete Philpott sich ein, »wenn ich Ihnen versichere, daß wir keine Ahnung haben, wovon Sie da sprechen.«

»Und ob Sie das wissen, Mister Beamish.«

Whitlock verzog sein Gesicht zu einem teuflischen Grinsen.

»Sie alle wissen es. Ich bin hierhergekommen, um ein Buch über die schmutzigen Geschäfte eines üblen Burschen fertigzustellen, und ich kann Ihnen versichern, daß mein Besuch mehr als erfolgreich war. Eins dürfte gewiß sein: Sie alle drei sind in dem Buch in einer Weise verewigt, die Ihnen Unsterblichkeit verleihen wird.«

»Verschwinden Sie!« knurrte Pearce.

Whitlock schüttelte mitleidig den Kopf.

»Ich werde Ihnen noch etwas sagen. Es gab einen Punkt, an dem ich mich gefragt habe, ob ich mit Ihnen vielleicht zu hart ins Gericht gehe. Aber nun, da ich Ihnen persönlich gegenüberstehe und mir der üble Gestank Ihres Heuchlertums entgegenweht, bin ich froh, jedes Detail recherchiert und Wort für Wort dokumentiert zu haben.«

»Scheren Sie sich zum Teufel!« fluchte Philpott.

Whitlock trat einen Schritt zurück und fixierte die drei Männer mit seinem Blick.

»Bitte nicht bewegen! Ich möchte mir nämlich Ihre erschrockenen Gesichter einprägen.«

Er lachte auf und ging dann davon.

Einige Minuten lang herrschte betretenes Schweigen. Dann schenkte Chadwick Wein nach und trank sein Glas hektisch leer, während Pearce die Hände vors Gesicht schlug. Als er sie wieder herunternahm, schaute er Philpott mit düsterem Blick an.

»Wir müssen uns unbedingt unterhalten«, sagte er.

Zwei Stunden später führte Whitlock in seinem Hotelzimmer ein interessantes Telefongespräch.

»Die beiden Herren und ich haben noch einmal alles beraten«, erklärte Philpott. »Wir sind zu einer Entscheidung gelangt.«

»Und die wäre?«

»Ich werde Sie töten, Mister Tait.«

»Nun, Sie sind der Boß. Ich werde mich dann besser bereit machen.«

»Chadwick und Pearce wollten erst einen ihrer Männer auf Sie ansetzen, aber das konnte ich nun wirklich nicht zulassen. Die beiden sind so verunsichert, daß sie niemandem mehr trauen. Am Ende waren sie sogar bereit, meine nicht gerade niedrigen Honorarforderungen zu akzeptieren. Ich habe ihnen im Gegenzug versprochen, den Auftrag sauber und ohne irgendwelche unangenehmen Folgen für sie zu erledigen.«

»Wann soll ich verschwinden?«

»Ich schlage vor, daß Sie noch in der Nacht nach New York zurückkehren und dort für mich einige Dinge erledigen. Morgen früh wird es Jonah Tait jedenfalls nicht mehr geben.«

»Brauchen Sie noch irgend etwas?«

»Etwas Penta-Methylenediamin, im Volksmund auch ›Aasgeruch‹ genannt.«

Whitlock überlegte einen Moment.

»Grundy könnte es zweifellos besorgen. Soll ich ihn fragen?«

»Nicht nötig. Ich werde ihn selbst fragen, denn ich habe sowieso noch einen anderen Auftrag für ihn.«

»Aber nehmen Sie sich in acht«, fügte Whitlock hinzu. »Das Zeug sollte nicht geöffnet werden, bevor es wirklich gebraucht wird. Und auf keinen Fall im Hotel. Gibt es noch irgend etwas zu bedenken?«

»Nein, nichts weiter. Ich sage nur noch auf Wiedersehen und wünsche Ihnen, daß Sie in Frieden ruhen mögen, alter Freund. Eine falsche Identität weniger, eh?«

»Davon habe ich noch mehr als genug«, erwiderte Whitlock gelassen.

21

Andreas Wolff wohnte in der Dachgeschoßwohnung eines eleganten Wohnhauses aus dem vorigen Jahrhundert. Von dort aus hatte man einen herrlichen Blick über den Hermann-Gmeiner-Park im Wiener Stadtteil Freyung.

»Ich kann von meinem Schreibtisch aus die Kinder in den kleinen Häuschen spielen und auf dem schön angelegten Parkgelände herumtollen sehen. Gmeiner hat den größten Teil seines Lebens damit verbracht, Waisenkindern ein Zuhause zu geben. Ein beeindruckender Mann.«

Graham hatte auch von Wolff sogleich den Eindruck gewonnen, es mit einem außergewöhnlichen Menschen zu tun zu haben. Er war ein stämmiger Mann in den mittleren Jahren, der unbändige Energie ausstrahlte. Über seiner hohen Stirn wucherte dichtes, schwarzes Haar, das von grauen Strähnen durchzogen war. Wenn er sprach, bewegten sich seine Augen hinter den Brillengläsern lebhaft hin und her, und seine Hände unterstrichen seine Worte mit temperamentvollen Gesten. Er bestand darauf, daß Graham ihn mit seinem Vornamen anredete, und zeigte keinerlei Erstaunen, als der UNACO-Agent ihm eröffnete, daß er ein Geheimagent im Dienste der Vereinten Nationen sei.

»Es haben sich bereits zwei Scharfschützen der Polizei bei mir einquartiert, ein Geheimagent paßt also noch sehr gut in die Runde.«

Es erwies sich allerdings als ausgesprochen schwierig, mit Wolff über dessen persönliche Sicherheit zu sprechen. Nachdem er Graham durch sein riesiges Appartement geführt hatte, bestand er darauf, daß Mike den Prototyp eines seiner neuesten Computerspiele ausprobierte. Dann stellte er fest, daß es Zeit für einen Kaffee sei. Sie nahmen ihre Tassen mit in das geräumige Wohnzimmer, in dem die wachhabenden Polizisten in bequemen Sesseln saßen, Zeitung lasen und mit den Maschinengewehren zu ihren Füßen etwas deplaziert wirkten. Man hatte ihnen mitgeteilt, daß es sich bei Graham um einen amerikanischen Computertechniker handelte, der mit Andreas Wolff zusammenarbeitete. Sie hatten bei Grahams Ankunft dessen Ausweis geprüft, der diese Version natürlich bestätigte.

»Das Leben ist verdammt kurz«, setzte Wolff das Gespräch fort. Er redete klar und deutlich und mit viel Ausdruck in der Stimme. An dem hohen Wohnzimmerfenster stehend, blickte er auf den Verkehr, der unten auf dem Börsenplatz vorbeibrauste.

»Ich könnte ohne weiteres drei Lebenszeiten damit füllen, meine ungebändigten Ideen in Computerspiele umzusetzen. Und weitere drei für die ernsthaften Programme.«

»Zum Beispiel ICON«, sagte Graham.

Wolff verzog das Gesicht. »Ich wünschte manchmal, ich hätte gar nicht erst damit angefangen. Sie können sich nicht vorstellen, wie mir diese verdammten Sicherheitscodes den Schlaf rauben.«

»Ich kann mir vorstellen, daß Sie eine Menge Nachdenken erfordern.«

»Das Ganze hat sich ziemlich verselbständigt. Die Arbeit daran verlangt zudem eine strenge Disziplin, die ich mir nie auferlegt hätte, wäre mir klargewesen, worauf ich mich einlasse. Inzwischen kann ich aber nicht mehr aussteigen, und die mir anvertrauten Aufgaben stellen für mich natürlich auch eine große Herausforderung dar. Die neuesten Programme nähern sich immer mehr der digitalen Perfektion, und ich kann das Endergebnis schon geradezu spüren. Ich habe ohnehin stets das fertige Projekt bereits komplett vor Augen, bevor ich auch nur den ersten Handschlag ausgeführt habe.«

»Sie sagen, die Programme seien noch nicht endgültig fertig. Sie sind also noch in der Erprobung?«

»Ja, sie befinden sich in der Testphase, in der noch erbarmungslos geändert und verbessert wird. Zum Beispiel werden dem vorhandenen Software-Torso ständig neuentwickelte Codierungen hinzugefügt.«

Wolff riß die Arme hoch, wobei er sich Kaffee auf die Hand spritzte.

»Das Ganze gibt mir sehr viel. Es macht mir Spaß, wenn Sie verstehen, was ich meine.«

»Sie betrachten es als eine Art persönliche Herausforderung?«

»Gewiß. Es ist für mich überaus inspirierend und beglückend, schwerwiegende Probleme zu überwinden, die mein analytisches Denken herausfordern, um am Ende als Sieger hervorzugehen. Aber es ist eine Aufgabe ohne Ende. Sobald ein Problem gelöst ist, tritt das nächste auf.«

Wolff drehte sich vom Fenster weg und grinste Graham breit an, wobei eine Reihe tadelloser Zähne sichtbar wurde.

»Am schlimmsten ist es, wenn mir – meistens erst spät am Abend – klar wird, wie viel meiner kostbaren Zeit dabei draufgeht.«

Graham warf einen Blick auf seine Armbanduhr.

»Und Ihre Zeit vergeude ich auch schon über Gebühr«, entschuldigte sich Wolff. »Es tut mir leid, aber wenn ich Besuch bekomme, bin ich manchmal wie ein Kind, das vollkommen das Zeitgefühl verliert. Kommen Sie, wir wollen uns setzen und über diese mysteriöse Sache sprechen. Ich versichere Ihnen noch einmal, daß meine beiden Leibwächter kein Wort Englisch verstehen.«

Während sie an einem Tisch beim Fenster Platz nahmen, fügte er hinzu: »Und ihr Deutsch ist leider auch nicht besonders.«

Graham äußerte seine Befürchtung, daß Wolffs Leben ernsthaft in Gefahr sei und die Sicherheitsvorkehrungen deshalb möglicherweise nicht ausreichten.

»Sie meinen, man will mich umbringen, um genug Zeit zu haben, den Sicherheitscode von ICON endgültig zu knacken?«

»Das ist nicht unwahrscheinlich.«

»Ich muß Ihnen sagen, daß mir das doch ein bißchen zu weit hergeholt scheint. Es kann natürlich durchaus sein, daß es Verbrecher gibt, die über so etwas nachdenken. Aber einen solchen Plan wirklich auszuführen würde sich doch letzten Endes gegen sie selbst richten. Ich denke, niemand ist weit genug mit dem Code, um deshalb das Risiko auf sich zu nehmen, mich zu ermorden.«

»Da bin ich nicht so sicher.«

»Hören Sie, Mister Graham, ich habe selbst das Gerücht in die Welt gesetzt, daß es ein Computergenie gibt, das mich bereits jetzt im Bereich der Sicherung von Computerdaten überrundet hat. Viele Leute sind daher der Überzeugung, daß die Zukunft von ICON in sicheren Händen liegt, egal, was mir zustoßen sollte.«

»Es gibt aber auch genügend Leute, die kein Wort davon glauben«, widersprach Graham. »Und das sind die, die mit all ihrem Wissen in das Datenschutzprogramm einzudringen versuchen und auch nicht davor zurückschrecken würden, Ihnen den Kopf wegzublasen.«

Wolff zuckte nur ungerührt mit den Achseln. Grahams Worte schienen ihn alles andere als überzeugt zu haben.

»Nun, die wahre Bedrohung kommt ohnehin aus einer ganz anderen Richtung.«

Graham zog ein Blatt Papier aus der Tasche und faltete es auseinander.

»Sie werden Ihren Namen auf dieser Liste finden. Kennen Sie sonst einen der dort aufgeführten Männer?«

Wolff nahm die Liste entgegen und runzelte die Stirn. »Den da«, sagte er und deutete mit dem Finger auf einen der Namen. »Rudolf Altenberg. Aber sonst kenne ich niemanden.«

»Wie gut kennen Sie ihn?«

»Ich habe auf die Bitte meiner Exfrau, die mit Frau Altenberg befreundet ist, ein Computersystem für ihn entwikkelt und persönlich bei ihm zu Hause installiert, obwohl ich ihn nicht besonders mag. Es ist ein sehr gutes System, sogar besser als das, welches ich zu Hause habe.«

»Haben Sie mit Altenberg häufiger verkehrt?«

»Weshalb wollen Sie das wissen?«

»Um offen zu sein, alle Männer auf dieser Liste sind Nazis.«

»Außer mir.«

»Nun ...«

»Es überrascht mich überhaupt nicht, daß Altenberg ein Nazi ist. Er ist ein ziemlich unangenehmer Bursche mit einem schrecklichen Geschmack, was Bücher und Musik betrifft. Aber weshalb, glauben Sie, stehe ich auf dieser Liste?«

»Weil jemand offenbar der Meinung ist, Sie seien ein Nazi.«

»Was ist das überhaupt für eine Liste?«

»Es ist eine Todesliste. Zwei Leute, die darauf stehen, sind bereits ermordet worden.«

»Das sind ja schaurige Nachrichten, Mister Graham.«

Wolff blickte zum Fenster.

»Dann könnte also wirklich jemand da draußen auf mich lauern?«

»Damit sollten Sie zumindest rechnen. Sagen Sie, weshalb könnte man auf die Idee kommen, Sie für einen Nazi zu halten?«

»Vielleicht wegen meines Kontakts zu Altenberg?«

»Möglicherweise.«

»Das könnte in der Tat sein«, fuhr Wolff fort. »Er hat mich wiederholt bei offiziellen Anlässen mitgenommen, um mich irgendwelchen Leuten vorzustellen, die sich angeblich für das Computersystem interessierten, das ich bei ihm installiert hatte. Ich hatte aber das Gefühl, daß er nur mit mir angeben wollte, weil ich nun mal ziemlich bekannt bin. Altenberg ist ein schrecklicher Mensch.«

Graham hatte einen Moment lang den Eindruck, als sei Wolff das Gespräch unangenehm und er wolle am liebsten das Thema wechseln.

»Und es fällt Ihnen kein anderer Grund ein, weshalb man Sie für einen Nazi halten könnte?«

Wolffs Augen verengten sich.

»Nein«, sagte er entschieden und wandte sich ab.

»Ich bin der Meinung, wir sollten die Sicherheitsvorkehrungen verschärfen«, schlug Graham vor.

»Ich bin dagegen.«

»Aber es kann auf keinen Fall schaden.«

»Es ist ausreichend, so wie es ist. Ich möchte nicht noch mehr in meiner persönlichen Freiheit eingeschränkt werden.«

»Diese Beamten hier sind keineswegs angemessen ausgebildet. Bevor sie auch nur aufgestanden wären oder ihre Waffen in die Hand genommen hätten, wären beide von einem professionellen Killer bereits ausgeschaltet worden.«

»Meinen Sie wirklich, ich könnte es mit einem professionellen Killer zu tun bekommen?«

»Es sieht leider ganz so aus. Wir haben eine Beschreibung von ihm und sind auch schon dabei, ihn aufzuspüren. Aber bevor wir ihn nicht haben, muß alles zu Ihrem Schutz unternommen werden. Es ist mir klar, daß wir die hiesige Polizei damit möglicherweise vor den Kopf stoßen, aber darauf können wir jetzt keine Rücksicht nehmen.«

Wolff erhob sich und trat erneut ans Fenster.

»Kommen Sie, schauen Sie einmal in diese Richtung.«

Er zeigte auf ein Gebäude am anderen Ende des Parks.

»Das ist die Börse, ein höchst geschäftiger Ort, wo jedes Büro mit Angestellten besetzt ist. Ein Killer dürfte es schwer haben, dort ungestört Posten zu beziehen. Und es ist das einzige Gebäude, das in Frage käme, um mich mit einem Gewehr zu erwischen.«

»Dennoch ...«

»Unten im Haus befindet sich ein Team von erfahrenen Sicherheitsbeamten, die jederzeit in der Lage sind, per Notschalter das Treppenhaus zu blockieren und den Fahrstuhl außer Betrieb zu setzen. Niemand, der auch nur im geringsten verdächtig wäre, könnte bis hier heraufkommen. Jeder Besuch wird mir außerdem vorher persönlich angekündigt, selbst wenn es sich nur um meine alte Mutter handeln sollte.«

»Ich bin trotzdem mit meinem schlichten Ausweis durchgekommen«, gab Graham zu bedenken.

»Nachdem ich Ihr Gesicht auf dem Überwachungsmonitor gesehen habe.«

»Und Sie haben gedacht, der Typ hat ein ehrliches Gesicht, den lasse ich mal heraufkommen. Ich hätte leicht Ihr Mörder sein können.«

»Ich habe Sie heraufkommen lassen, weil ich genau wußte, wer Sie sind.«

Mike schaute ihn zweifelnd an. »Nur weil wir eine Verabredung hatten?«

»Natürlich nicht.« Wolff lächelte. »Denken Sie einmal nach. Wenn Sie wie ich Zugang zu geheimen UN-Akten hätten, würden Sie nicht auch ab und zu hineinschauen?«

»Oh.«

»Also«, fuhr Wolff fort, »sollte dennoch der höchst unwahrscheinliche Fall eintreten, daß jemand es bis zu meiner Wohnungstür schaffen würde, dann hätten die beiden sicherlich genügend Zeit, um ihn dann noch zu durchlöchern.«

Graham überlegte. Schließlich nickte er zustimmend. »Ich werde das, was Sie gesagt haben, an meine Vorgesetzten weitergeben. Aber passen Sie dennoch gut auf sich auf, und gehen Sie nicht allein aus dem Haus. Falls Sie irgendwelche Ausflüge planen, lassen Sie es uns wissen, damit wir Ihnen einen fähigen Bewacher schicken können. Oder vielleicht sogar besser zwei.«

Graham wandte sich vom Fenster ab und fing den Blick eines der beiden Polizisten auf. Der Blick erinnerte ihn an den einer Kuh, die halb neugierig, halb abwesend einem Spaziergänger nachschaut.

»Denken Sie daran, was ich Ihnen gesagt habe. Verlassen Sie sich bitte nicht auf Ihre Wachmannschaft, und seien Sie stets auf der Hut.«

Eine Stunde nach Sonnenaufgang parkte ein schwarzer Ford Pick-up, in dem zwei Männer saßen, etwa hundertachtzig Meter entfernt vom Lieferanteneingang des Comfort-Inn-Hotels in Dallas. Der dickere der beiden Männer hieß Chuck, während der andere, ein jüngerer und eher schmächtiger Typ, Billy genannt wurde. Bei den beiden Männern handelte es sich um Angestellte Don Chadwicks, die für ihren Überwachungsjob mit stark vergrößernden Ferngläsern ausgerüstet waren. Damit konnten sie den von Chadwick zur Verfügung gestellten Kombi mit den gefälschten Nummernschildern beobachteten, der in unmittelbarer Nähe des Lastenaufzugs parkte.

»Da kommt er ja«, brummte Chuck.

Sie beobachteten, wie Philpott aus dem Aufzug stieg, die Heckklappe des Wagens öffnete und sich dann zurück zum Fahrstuhl begab. Er beugte sich dort vor, packte das Ende eines zusammengerollten Teppichs und zerrte ihn zum Fahrzeug hinüber.

»Heiliger Himmel!« entfuhr es Billy. »Es ist nicht schwer zu raten, was er da durch die Gegend schleppt.«

Es war offensichtlich, daß der Teppich schwer und sperrig war. Sie konnten die Schweißperlen auf Philpotts Stirn deutlich erkennen. Als dieser den Schwerpunkt des Teppichs in den Laderaum des Wagens bugsiert hatte, ließ er ihn fallen. Chuck und Billy konnten deutlich das dumpfe Geräusch hören, mit dem die schwere Ladung aufschlug. Dann bückte sich Philpott und schob den Rest des Teppichs ebenfalls in den Wagen, wobei er sich regelrecht gegen das sperrige Gewicht stemmen mußte. Schließlich war der Teppich verstaut, Philpott schloß die Heckklappe und setzte sich ans Steuer des Wagens.

»Fahr bloß nicht zu dicht auf«, wurde Billy von Chuck ermahnt, als dieser den Motor anließ. »Es wird um diese Zeit noch ziemlich wenig Verkehr sein.«

Philpott ordnete sich auf der West Kingsley Road nach rechts ein und fuhr in Richtung Süden. Bei der ersten Senkung der Straße blickte er in den Rückspiegel, in dem er den schwarzen Pick-up erkennen konnte, der ihm in einigen hundert Metern Entfernung folgte. Als er gerade in Richtung Trinity River und Greenbelt Park abbog, klingelte das Mobiltelefon in seiner Tasche zweimal. Er zog es hervor, drückte die grüne Taste und hielt das Gerät ans Ohr.

»Können Sie sprechen?« fragte C.W. Whitlocks Stimme.

»Sicher. Wie geht's Ihnen denn eigentlich?« erkundigte sich Philpott.

»Wie bitte?«

»Na, eigentlich sind Sie tot und liegen eingerollt in einen Teppich hinten in meinem Wagen.«

»Sie sind also schon unterwegs?«

»Ich rolle so dahin, mit zwei nicht sehr geschickten Verfolgern im Nacken.«

»Ich wollte mich nur vergewissern, daß alles wie geplant läuft.«

»Wie *erhofft*, nicht wie geplant. Ich bin ein viel zu großer Skeptiker, als daß ich daran glauben könnte, daß irgend etwas wirklich berechenbar ist. Gibt es irgendwelche wichtigen Neuigkeiten, die ich wissen sollte?«

»Es gibt eine Nachricht von Sabrina.«

»Hat sie etwas erreicht?«

»Noch nicht. Sie ist inzwischen in Berlin und mußte feststellen, daß Erika Stramm nirgendwohin geht, ohne ihren hünenhaften Begleiter mitzunehmen.«

»Halten Sie mich auf dem laufenden. Ich bin überzeugt, daß sie das Kind schon schaukeln wird.«

»Davon bin ich auch überzeugt.«

»In etwa einer Stunde stelle ich mein Handy ab. Sie werden mich dann eine Weile nicht erreichen können. Übrigens, ehe ich's vergesse: Chadwick hat bar bezahlt, so daß wir nun eine stattliche Summe schwarzes Geld besitzen. Vielleicht gibt es ja eine lohnenswerte Spendenaktion für eine gute Sache, die wir auf diese Weise ein wenig fördern könnten.«

»Gute Idee«, lobte Whitlock.

»Ich werde mich bei Ihnen melden, sobald diese Sache hier erledigt ist.«

»Okay. Ich hätte nur noch eine Bitte …«

»Und die wäre?«

»Bitte gehen Sie mit meinen sterblichen Überresten sanft um!«

22

Um drei Uhr nachmittags kehrten Erika Stramm und ihr Begleiter Gregor Bryusov von einer Verabredung zum Mittagessen zurück. Das Essen war sehr gut gewesen, und beide hatten ziemlich viel Wein getrunken. Sie waren Gäste des Herausgebers einer Zeitschrift gewesen, der dafür berühmt war, das Geschäftliche und das Angenehme erfolgreich zu verbinden. Während des Essens waren sie sich einig geworden, daß Erika Stramm eine zehnteilige Artikelserie für das monatlich erscheinende Intellektuellenmagazin *Deutsches Herzfeuer* verfassen sollte, um darin die Veränderungen der Kunst in Deutschland unter dem Einfluß des Sozialismus seit 1946 aufzuzeigen. Ein solcher Auftrag war für sie beinahe so, als ob sie dafür bezahlt würde, mit ihrem Lieblingsspielzeug zu spielen, erklärte sie Gregor auf dem Heimweg im Taxi.

Sie unterhielten sich lebhaft, als sie in die Wohnung traten. Plötzlich verstummte Gregor. Er deutete auf den Teppichstreifen zwischen dem Flur und dem Wohnzimmer, wo ein Nylonfaden sich in der schwachen Notbeleuchtung glänzend von dem dunklen Teppichflor abhob. Seit der amerikanische Journalist eingebrochen war, hatte es sich Gregor zur Gewohnheit gemacht, jedesmal, wenn sie weggingen, einen Faden quer vor die Wohnzimmertür zu spannen.

Erika Stramm redete weiter, aber ihr Blick folgte besorgt ihrem Beschützer, der vorsichtig ins Wohnzimmer ging. Er schaltete das Licht ein, trat in die Mitte des Raumes und schaute sich aufmerksam um.

Die vom Wohnzimmer abgehende Schlafzimmertür stand halb offen, obwohl sie beim Weggehen geschlossen gewesen war. Gregor zog einen ledernen Totschläger aus seiner Hosentasche, steckte den Daumen durch die Lasche und wickelte sie dann um sein Handgelenk. Dann ging er zur Tür hinüber und trat sie auf. Mit einem lauten Knall schlug sie gegen die Wand und schwang wieder zurück.

Erika Stramm folgte Gregor ins Wohnzimmer und sah,

wie er langsam ins Schlafzimmer ging. Dann verschwand er in Richtung der Einbauschränke aus ihrem Blickwinkel, und sie hörte, wie er eine Tür öffnete. Er gab ein ärgerliches Knurren von sich, dann hörte man einen Körper zu Boden fallen.

»Gregor?«

Erika Stramm eilte zur Schlafzimmertür. Es war kein Laut zu hören. Sie stellte einen Fuß vor und lugte vorsichtig in den Raum. Gregor lag mit dem Gesicht nach unten vor dem Kleiderschrank auf dem Boden. Hastig schaute Erika Stramm hinter die Tür.

»Können wir die Sache friedlich regeln?« bat Sabrina Carver.

Sie trat hinter der Tür hervor, die Arme zu beiden Seiten ausgestreckt. Gekleidet war sie in ihren schwarzen Arbeitsoverall, dazu trug sie gummibesohlte Stiefel. Die Haare hatte sie fest nach hinten gebunden. Erika wich einen Schritt zurück.

»Ich möchte Ihnen lediglich einige Fragen stellen. Es ist sehr wichtig, und es wird nicht zu Ihrem Nachteil sein, wenn Sie mir die Fragen beantworten.«

Erika Stramm blickte zu Gregor hinüber, der regungslos am Boden lag; sie erkannte, daß er mit Handschellen gefesselt war.

»Sie können mich nicht zwingen, mit Ihnen zu sprechen.«

»Nun, vielleicht schon.«

Urplötzlich zog Erika Stramm ein Schnappmesser aus ihrer Hosentasche und ließ blitzschnell die lange, schmale Klinge aufspringen.

»Wenn hier einer Fragen beantworten wird, dann sind Sie es.«

Sie deutete mit dem Kopf in Richtung Wohnzimmer.

»Gehen Sie dort hinein, aber plötzlich!«

Nur einen Sekundenbruchteil schaute Erika Stramm auf das Messer, um die Arretierung der Klinge zu kontrollieren. Als sie wieder aufblickte, war es bereits zu spät. Sabrina Carvers Faust flog auf ihre Nase zu. Mit einem krachenden Geräusch wurde sie getroffen und stürzte zu Boden. Die Agentin trat nun ganz hinter der Tür hervor und versetzte der Deutschen zwei harte Tritte in die Rippen. Die am Boden Liegende versuchte zu schreien, aber sie brachte keinen Ton hervor. Nach Luft ringend, krümmte sie sich zusammen.

Sabrina Carver entwand ihr das Messer und zerrte sie an den Knöcheln ins Wohnzimmer. Als Erika Stramm ein Bein anzog und versuchte, nach ihr zu treten, ließ die Agentin das andere Bein los und sprang mit beiden Füßen auf den linken Unterschenkel der Deutschen. Diese schrie auf vor Schmerz und rieb sich ihr malträtiertes Schienbein.

»Also gut, meine Liebe.«

Sabrina Carver packte die Verletzte unter den Achselhöhlen und zerrte sie auf einen Stuhl, zog deren Hände durch die Streben der Rückenlehne nach hinten und fesselte sie mit Handschellen.

»So, das wäre geschafft.«

Sie trat vor die Deutsche hin, wobei sie sich die Hände an den Beinen ihres Overalls abwischte. »Sie und Ihr Freund sind jetzt beide gut versorgt. Es war leichter, als ich gedacht habe.«

»Das werden Sie noch bereuen«, fauchte Erika Stramm. »Sie und dieser Miles, oder wie er sich nannte.«

»Bitte ersparen Sie mir Ihre leeren Drohungen.«

Sabrina Carver steckte eine Strähne, die sich gelöst hatte, mit der Haarspange am Hinterkopf fest.

»Bis jetzt habe ich die Sache jedenfalls fest im Griff.«

»Gerade dafür sollen Sie ja bezahlen«, erwiderte die Journalistin wütend. Der Schmerz in ihrem Schienbein hatte ihr Tränen in die Augen getrieben, wodurch sich ihre Wimperntusche auflöste und über ihre Wangen rann.

»Ich spreche von später.«

»Soll ich erst wirklich unangenehm werden?«

»Sie würden es nicht wagen, mir weh zu tun.«

»Das habe ich bereits getan, vergessen Sie das nicht. Und denken Sie auch an Ihren Freund.«

»Was haben Sie mit ihm gemacht?«

»Angesichts des Gewichtsunterschieds zwischen ihm und mir und wohl wissend, daß ich gleich zwei Leute ausschalten muß, entschied ich mich für einen gemeinen Trick, Erika.«

»Was haben Sie mit ihm gemacht, um Himmels willen?«

»Ich habe ihn mit einer Ladung CS-Gas zur Strecke gebracht.«

Sabrina hielt eine silberfarbene Spraydose hoch und steckte sie dann wieder ein.

»Er ist zusammengebrochen, als hätte ich ihn erschossen. In wenigen Minuten wird er jedoch wieder zu sich kommen, und es wird ihm wieder gutgehen. Für den Moment zumindest. Falls Sie sich allerdings weigern sollten, meine Fragen zu beantworten, werde ich meine Verärgerung darüber vor allem an *ihm* auslassen.«

Sie griff erneut in die Tasche und holte eine Spritze hervor, auf deren Kanüle eine Kappe saß.

»Das hier ist Pentothal, Erika.«

Die Deutsche wirkte schockiert.

»Und sagen Sie mir bloß nicht, ich würde es nicht wagen.«

Sabrina Carver deutete mit dem Kopf auf die Spritze, die mit gelb gefärbtem Wasser gefüllt war.

»Dies ist eine starke Überdosis.«

»Sie sind ja verrückt!«

»Nun, Sie scheinen zu wissen, daß eine Überdosis zu einem spektakulären Gehirnkrampf führen kann, vor allem dann, wenn der Kreislauf des Opfers ohnehin schon auf Hochtouren läuft.«

»Es könnte ihn töten!«

»Ja, das könnte es in der Tat.«

Die Agentin näherte sich Erika Stramm und beugte sich zu ihr vor, so daß sich die Gesichter der beiden Frauen auf einer Höhe befanden.

»Wollen Sie nicht vielleicht doch mit mir reden?«

»Was wollen Sie eigentlich von mir? Ich weiß überhaupt nichts!«

»Sie verfügen über gewisse Informationen, die ich brauche. Bitte ersparen Sie uns beiden, dies zu leugnen. Ich wiederhole nochmals, daß Ihr Freund Ihre Widerspenstigkeit gegebenenfalls ausbaden müßte. Unterschätzen Sie mich also lieber nicht.«

»Was, zum Teufel, wollen Sie?«

»Den Namen, die Adresse und den Zeitplan des Killers, den Sie angeheuert haben.«

Erika Stramm schwieg und senkte den Kopf.

»Sie wollen mir also die Antwort verweigern?«

»Warum wollen Sie diese Informationen?«

»Ich arbeite für eine Organisation, deren Auftrag darin besteht, den Morden an den Leuten, die auf Emily Selbys Liste stehen, ein Ende zu bereiten.«

»Was ist das für eine Organisation?«

»Das kann ich Ihnen nicht sagen. Aber auch wenn mein Auftritt hier eher das Gegenteil nahelegt, so steht unsere Organisation doch auf der Seite von Recht und Gesetz.«

»Das würde jeder Nazi ebenfalls von sich behaupten.«

»Erika, ich stehe keineswegs auf der Seite der Nazis. Haben Sie jemals von einem Neofaschisten namens Klaus Schneider gehört?«

Die Journalistin nickte trotzig. »Ich habe von ihm gehört. War er ein Freund von Ihnen?«

»Ich habe ihm das Handwerk gelegt.«

Erika Stramm starrte sie überrascht an. »Das kann jeder behaupten.«

»Die Umstände der Festnahme sind niemals öffentlich bekannt geworden. Aber ich bin sicher, daß Sie dennoch darüber Bescheid wissen«, fuhr Sabrina Carver fort.

»Möglicherweise.«

»Schneider saß in einer warmen Sommernacht im August 1992 hier in Berlin auf einer Bank Unter den Linden. Er wartete auf eine Lieferung gestohlenen Heroins, das er weiterverkaufen wollte. Dies war die Art und Weise, wie er Geld für die faschistische Vereinigung beschaffte, für die er arbeitete. Zum verabredeten Zeitpunkt erschien eine junge Frau, und er folgte ihr hinter ein paar Sträucher, um mit ihr das Geschäft abzuschließen. Was er nicht erwartet hatte, war, daß sie ihn niederschlug, nackt auszog und an einen Baum fesselte. Dann nahm sie eine Polaroid-Kamera und machte ein Foto, das sie seinen Kameraden schickte, die ihn als ihren neuen Führer auserkoren hatten. Dem Bild war die Botschaft beigefügt, daß das gleiche auch jedem anderen drohe, der in Schneiders Fußstapfen treten würde. Ich wollte die Gruppe damit auseinanderbringen, was mir auch tatsächlich gelang.«

Erika Stramm zuckte mit den Achseln.

»Die Details, die Sie wiedergeben, treffen zwar zu, aber Sie können auf diese Weise noch immer nicht beweisen, daß Sie diese Frau waren.«

»Ich schwöre Ihnen beim Leben meiner Mutter, daß ich es war.«

»Warum haben Sie dann etwas dagegen, wenn wir an den Nazis nur die Strafe vollziehen, die sie verdient haben?«

»Weil Ihre Methode einem Abschlachten gleichkommt und weil Sie möglicherweise mit Ihrem Vergeltungsschlag auch Unschuldige treffen.«

»Das tun wir nicht.«

»Um absolut sicher sein zu können, müßten Sie echte Beweise haben. Weshalb übergeben Sie Ihre Informationen nicht der Polizei, damit diese handeln kann?«

»Die herkömmlichen Ermittlungsmethoden sind viel zu lasch und nachgiebig. Wir haben die sehr viel wirkungsvolleren Mittel.«

»Erika!«

Sabrina Carver beugte sich erneut zu der Gefesselten vor.

»Ich habe keine Zeit, mich lange mit Ihnen zu streiten. Ich habe einen Auftrag zu erfüllen. Ich brauche den Namen Ihres Killers, und ich bin bereit, dafür einiges zu riskieren. Die Drohung mit dem Pentothal war keineswegs ein Scherz.«

Erika Stramm schaute zum Schlafzimmer hinüber. Gregor war wieder zu Bewußtsein gekommen und lag leise hustend auf dem Boden.

»Ich möchte nicht, daß Sie ihm weh tun«, sagte sie, wobei ihre Stimme plötzlich jegliche Härte verlor.

»Dann sprechen Sie.«

Die Deutsche schaute Sabrina Carver eine ganze Weile an. Dann nickte sie.

»Nehmen Sie ihm die Handschellen ab, und geben Sie ihm etwas Wasser zu trinken. Dann werde ich Ihnen antworten.«

»Sie verlangen von mir, daß ich ihn befreie, noch bevor Sie mit mir gesprochen haben?«

Sie schüttelte den Kopf.

»Das werde ich nicht tun, nicht bevor …«

»Ich verspreche es!« flüsterte Erika Stramm heiser. »Ich verspreche es. Und ich breche meine Versprechen nie! In Gottes Namen, nun helfen Sie Gregor endlich! Bitte!«

Der schwarze Pick-up parkte auf einem felsigen Untergrund oberhalb einer Lichtung zwischen zwei Wäldchen. Die Sonne stand hoch am Himmel und heizte die Temperatur in dem Wagen trotz geöffneter Fenster geradezu unerträglich auf.

Seit über zwei Stunden saßen Chuck und Billy nun hinter der verstaubten Windschutzscheibe und beobachteten Chadwicks Kombi, der mit seiner grau-blauen Beschriftung unterhalb von ihnen auf der Lichtung stand und ebenfalls in der Hitze brütete.

»Bei einer solchen Hitze so eine lange Zeit mit einer Leiche im Wagen?«

Chuck schüttelte sich.

»Der Mann ist nicht normal, sonst würde er das nicht aushalten.«

»Er ist Engländer, vergiß das nicht.«

Seitdem der Wagen angehalten war, hatte sich der vermeintliche Mr. Beamish nicht gerührt. Er war einfach auf der staubigen Straße, welche die beiden Wäldchen miteinander verband, auf der unbewaldeten Lichtung stehengeblieben, hatte den Motor abgestellt und saß mit verschränkten Armen auf dem Fahrersitz.

»Er hat wahrscheinlich eine Klimaanlage«, vermutete Billy. »Aber viel wird ihm das auch nicht nützen.« Er stöhnte. »Und ich habe Mister Chadwick versprochen, daß ich den Wagen reinige, wenn alles vorbei ist.«

In diesem Augenblick erspähte Malcolm Philpott, was die beiden anderen Männer in ihrem Pick-up nur mit Hilfe der Ferngläser erkennen konnten: einen kleinen Transporter mit einem großen blauen Chemikalientank. Er näherte sich auf einer Seitenstraße und steuerte langsam auf Philpotts Wagen zu.

Hinter dem Steuer saß Russ Grundy.

»Mister Beamish?« rief er.

»Jawohl, der bin ich.«

»Werden wir beobachtet, Sir?« fügte er leiser hinzu.

»Ja. Ich werde Sie jetzt instruieren, Russ. Sie haben hinter sich auf dem Hügel zwei neugierige Beobachter. Drehen Sie sich also nicht um.«

Grundy, der eine Polizeiuniform trug, stieg aus seinem Transporter aus. Er ging zum Kombi hinüber und hielt die Tür auf, während Philpott ausstieg.

»Was muß ich jetzt tun?«

Philpott zeigte zum Heck des Wagens.

»Dort hinten befindet sich ein zusammengerollter Teppich. Um das Ganze möglichst echt zu gestalten, sind zwei halb mit Wasser gefüllte Plastiksäcke in der Mitte eingerollt. Ich möchte, daß Sie mir helfen, den Teppich zu Ihrem leeren Tank hinüberzutragen und ihn in den Tankdeckel zu werfen, den Sie natürlich erst öffnen müssen.«

»Können Sie mir verraten, weshalb ich wie ein Polizist angezogen bin?«

»Weshalb wollen Sie das wissen?«

»Ich bin einfach von Natur aus furchtbar neugierig.«

»Nun, meiner Erfahrung nach graben sich gerade solche absurden Bilder besonders tief in die Erinnerung von Menschen ein«, erklärte Philpott. »Oder würde es Sie nicht faszinieren, wenn Sie einen Polizisten dabei beobachten würden, wie er mit einem Tankwagen durch die Gegend fährt, um darin eine in einen Teppich gewickelte Leiche zu versenken?«

»Ein wirklich äußerst bizarres Bild, da gebe ich Ihnen recht.«

»Danke.«

Von ihrem Beobachtungsposten aus sahen Chuck und Billy, wie die ominöse Teppichrolle mit einiger Mühe in den Tank bugsiert wurde. Zudem verfolgten sie durch ihre Ferngläser, wie der Polizist den Tankdeckel wieder verschloß, vom Wagen herunterkletterte, Mr. Beamish die Hand schüttelte und davonfuhr. Wenige Minuten später fuhr Beamish in die entgegengesetzte Richtung davon.

»Werde ich froh sein, wenn dieser Tag endlich vorbei ist«, seufzte Billy.

Als er wieder in Dallas war, parkte Philpott den Kombi wie mit Chadwick besprochen ein wenig abseits vom Hotel. Bevor er die Tür schloß, verteilte er drei Tropfen der ihm von Grundy besorgten Flüssigkeit im Wagen. In wenigen Sekunden verbreitete sich ein übler Verwesungsgestank im Inneren des Autos. Eilig warf Philpott die Tür zu.

»Auftrag erledigt«, sagte er voller Genugtuung zu sich selbst. Er hatte dieses Spielchen und die Tatsache, selbst einmal wieder aktiv tätig gewesen zu sein, ausgesprochen genossen. Leise vor sich hin pfeifend ging er zurück ins Hotel und gab sich den angenehmen Gedanken an ein erfrischendes Bad, ein gutes Essen und einen späten Rückflug nach New York hin.

23

»Erinnerungen empfinde ich als eine Art Last oder sogar als Bedrohung«, sagte Uli Jürgen. »Ich mag es nicht, wenn sie in die Gegenwart einzudringen versuchen.«

»Tatsächlich? Was für eine seltsame Auffassung«, meinte Marianne Edel, darum bemüht, sich beim Sprechen nicht zu bewegen. Sie saß in der Mitte des Ateliers auf einem hochbeinigen Stuhl. Durch die hohen Fenster erhellte das einfallende Sonnenlicht gnadenlos ihr Gesicht und ihre nackten Schultern.

»Aber wie wollen Sie das verhindern? Die Erinnerungen sind doch schon längst in Ihre Gegenwart eingedrungen, noch bevor Sie sich dessen überhaupt bewußt geworden sind.«

»Nun, ich versuche einfach, die Vergangenheit ruhen zu lassen, denn ich habe stets das Gefühl, daß sie meine Sicherheit bedroht.«

Uli Jürgen trat einen Schritt von der Staffelei zurück und legte den Pinsel beiseite, den er gerade benutzt hatte. Lächelnd betrachtete er die Leinwand, gab sich allerdings gleichzeitig Mühe, die Stirn zu runzeln, um auf diese Weise den Anschein zu erwecken, als beurteile er sein Werk selbstkritisch. Das Bild war ihm jedoch zweifellos gelungen und erfüllte ihn mit selbstbewußter Zufriedenheit – vor allem, wenn er an den Scheck dachte, den er bald in Händen halten würde.

»Ich glaube, Sie haben jetzt genug gelitten, Frau Edel«, rief er.

Im Laufe von sechs Sitzungen, die innerhalb von vier Wochen stattgefunden hatten, war ihm weit mehr gelungen, als nur ein Abbild seines Modells zu schaffen. Uli Jürgen genoß als Maler den Ruf, in seinen Werken die Ausstrahlung der Porträtierten auf unnachahmliche Weise zum Ausdruck zu bringen. So wies auch das Bild von Marianne Edel zahlreiche kleine Verfälschungen auf, die notwendig waren, um den Eindruck des Künstlerauges Gestalt gewinnen zu lassen: bei den Augen, hier an Mund und Kinn, dort am Hals. Die auf der Leinwand dargestellte Haut wies zwar an denselben Stellen Fältchen auf wie auch die Haut der Marianne Edel; aber auf dem Bild wirkten die Konturen der Tränensäcke weicher und schmeichelnder, und die Krähenfüße ähnelten eher dem kunstvollen Faltenwurf eines Seidentuchs als den unübersehbaren Symptomen eines fortgeschrittenen Alterungsprozesses.

»Darf ich es jetzt sehen?«

»Ich weiß nicht recht…?«

Jedes Detail für sich genommen, fielen die Abweichungen kaum auf. Insgesamt schufen sie jedoch eine brillant gelungene Schmeichelei. Ein unvoreingenommener Betrachter würde sich kaum des Eindrucks erwehren können, daß die Harmonie der Farben und Formen zwangsläufig ein Ausdruck der Vitalität und der Attraktivität des Modells sein mußte. Dabei war Uli Jürgen – der Marianne Edel nur wenig mehr als einen Monat kannte – davon überzeugt, daß sein Modell auch in seiner Jugend niemals auch nur halb so blendend ausgesehen hatte wie auf seinem Bild.

»Nun kommen Sie schon, und schauen Sie selbst«, sagte er schließlich gönnerhaft.

Sie stieg vorsichtig von ihrem Stuhl und stellte sich an seine Seite. Eine Minute lang schwiegen sie beide: Uli Jürgen, weil er in Gedanken bereits bei dem vereinbarten Treffen mit seinem Steuerberater war; Marianne Edel, weil sie nie zu hoffen gewagt hätte, daß das Bild so vollendet ihren eigenen Wunschvorstellungen von sich entsprechen würde.

»Sie sind ein Genie«, schwärmte sie.

»Aber ich bitte Sie.«

Als sie ihm dankbar um den Hals fiel und auf den Mund küßte, verkrampfte er sich innerlich.

»Sie sind ein Schatz«, rief sie aus und küßte ihn erneut.

Jürgen hielt die Luft an und hoffte, daß er bald von ihr erlöst sein würde. Die Frau war fünfzig, übergewichtig und hatte ihre besten Tage längst hinter sich. Zudem hatte sie Mundgeruch und verfügte nicht gerade über den sichersten Geschmack, was die Auswahl ihres Parfüms anging. Aber – sie war reich, und Uli Jürgen hatte noch nie einen Auftrag abgelehnt, wenn der Kunde das nötige Kleingeld mitbrachte.

»Glauben Sie, daß das Bild auch Ihrem Mann gefallen wird?«

»Er wird überglücklich sein. Wann kann ich es mit nach Hause nehmen?«

»Es sollte wenigstens noch zehn Tage hier im Atelier

bleiben. Aber wenn Sie es nicht mehr so lange aushalten können, werde ich es in zwei bis drei Tagen von jemandem zu Ihnen bringen lassen, der sich mit frischen Ölgemälden auskennt. Er wird es Ihnen dann auch aufhängen.«

»Das wäre wunderbar. Könnten Sie alles Nötige veranlassen?«

»Horst wird heute noch im weiteren Verlauf des Tages bei mir vorbeikommen, um eine andere Arbeit abzuholen. Ich werde dann mit ihm sprechen und mich telefonisch bei Ihnen melden, um einen Termin zu vereinbaren.«

Marianne Edel nahm ihren Mantel, der auf einem Kleiderständer neben dem Fenster hing. Galant ging Jürgen ihr zur Hand.

»Für einen Künstler besitzen Sie ein erstaunliches Organisationstalent«, bemerkte sie. »Zudem sind Sie ein sehr viel tiefsinnigerer Denker, als ich gedacht habe.«

»Ich? Ein Denker?« Er lächelte zurückhaltend. »Wie kommen Sie darauf?«

»Sie haben mir bei unseren gemeinsamen Sitzungen immer so interessante Dinge erzählt. Auch Ihre Äußerungen über Erinnerungen fand ich einfach faszinierend.«

Wäre sie nicht eine Kundin gewesen, hätte er laut gelacht. Statt dessen starrte er mit ausdrucksloser Miene in seine Kaffeetasse. Das meiste, was er über Erinnerungen gesagt hatte, stammte aus einem Buch, das er vor einiger Zeit gelesen hatte. Den Rest hatte er sich selbst zusammengereimt, um sich einen intellektuellen Anstrich zu verleihen, wie er einem Kunstmaler geziemte.

»Wissen Sie, daß mein Mann immer sagt, Sie sähen Freud unglaublich ähnlich?«

»Freud?«

»Ihr Bart! Die hohe Stirn! Die Art, wie Sie den Pinsel halten, wenn Sie auf die Leinwand schauen. Genauso hat Sigmund Freud seine Zigarre gehalten.«

Es war das erstemal, daß jemand behauptete, er sähe wie ein Jude aus. Der Vergleich traf ihn völlig unerwartet und verschlug ihm die Sprache. Auf jeden Fall mußte er die

Frau so schnell wie möglich loswerden. Jürgen schaute auf die Uhr.

Offensichtlich verstand Marianne Edel den Wink.

»Ich muß jetzt wirklich gehen«, sagte sie, und er brachte sie zur Tür.

»Bitte rufen Sie mich sofort an, sobald Sie die Lieferung des Bildes in die Wege geleitet haben.«

»Selbstverständlich.«

Sie küßte ihn auf die Wange, bevor sie sich umwandte und die Treppe hinunterstieg.

Erst nachdem Jürgen leise die Tür hinter ihr geschlossen hatte, verzog er sein Gesicht zu einer Grimasse.

»Ausgerechnet Freud!«

Das Telefon läutete. Er eilte durch den Raum, um den Hörer abzunehmen. Am anderen Ende der Leitung meldete sich die Sekretärin seines Steuerberaters, um ihn an den vereinbarten Termin zu erinnern.

»Sagen Sie Ihrem Chef, er soll sich keine Sorgen machen. Ich habe unsere Verabredung keinesfalls vergessen und werde pünktlich dasein – wie immer.«

Jürgen hatte kaum aufgelegt, als es laut an der Tür klopfte.

Das wird Horst sein, dachte er. *Oder die Frau hat etwas vergessen.*

Er kehrte zum Eingang des Ateliers zurück und öffnete. Vor ihm stand ein ihm unbekannter, großgewachsener Mann mit blauen Augen und hellblonden Haaren. Auf seinen Zügen ruhte ein selbstbewußtes Lächeln.

»Herr Jürgen? Ich komme wegen des Pakets.«

»Ich verstehe nicht. Welches Paket? Das muß ein Mißverständnis sein.«

»Da ist es ...!«

Der Fremde deutete auf einen Karton, der auf dem Boden stand.

»Nein, Sie irren sich ...«

Der Mann ging entschlossen an Jürgen vorbei ins Atelier und blieb dann vor Marianne Edels Porträt stehen, um es aufmerksam zu betrachten.

Verwirrt folgte ihm der Maler.

»Das ist doch blanker Kitsch«, urteilte der Fremde, noch immer lächelnd.

»Verlassen Sie sofort mein Atelier«, rief Jürgen und packte ihn am Arm. »Und zwar auf der Stelle, sonst rufe ich die Polizei.«

Der Mann machte sich mit einer schnellen Bewegung frei und zog plötzlich einen kurzläufigen Revolver aus der Seitentasche seiner Tweedjacke.

»Verschwenden wir unsere Zeit nicht mit solchen Spielereien, sondern wenden wir uns lieber ein paar Tatsachen zu. Die erste davon ist, daß 1942 der Maler Samuel Weiss hier in Berlin aus seinem Atelier geschleift wurde, das nur zwei Straßenzüge weit entfernt lag. Seine Bilder, alle Leinwände und Farben wurden aus dem Fenster geworfen und auf offener Straße verbrannt. Währenddessen wurde er – mit einem Plakat um den Hals, auf dem seine angeblichen Verbrechen gegen das deutsche Volk aufgelistet waren – durch den kleinen Park an der nächsten Ecke getrieben.«

Der Fremde bedeutete Jürgen mit der Waffe, sich vor das Porträt von Marianne Edel zu stellen.

»Daß Samuel Weiss damals in den dreißiger Jahren als einer der bedeutendsten experimentellen Maler galt, ist ebenfalls eine Tatsache. Sein Name wurde in einem Atemzug mit Schwitters, Hodler und Kandinsky genannt. Seine Visionen hätten das Kunstverständnis und die Weltsicht ganzer Generationen prägen können. Sie dagegen – der Sie sich ebenfalls Kunstmaler nennen – haben bis heute noch nie etwas anderes als derartigen Kitsch zustande gebracht.«

»Was wollen Sie von mir? Was soll das alles?«

»Weiss starb schließlich eines schmachvollen Todes, nachdem man ihn nicht nur geblendet, sondern ihm auch seine Hände und seinen seelischen Widerstand in Bergen-Belsen gebrochen hatte. Und das, nachdem er sein ganzes Leben in bitterer Armut verbracht hatte. Sie dagegen leben in Saus und Braus und werden reich sterben, obwohl Sie über keinerlei künstlerisches Talent verfügen. Worauf ich hinauswill? Ich möchte Ihnen zeigen, daß jeder von uns jeden Tag die grausame Ironie des Schicksals zu spüren bekommen kann.«

Aus Jürgens Gesicht war mittlerweile jegliche Farbe gewichen.

»Ich nehme an, Sie wollen zumindest den Tod eines echten Künstlers sterben?«

»Ich warne Sie«, stieß Jürgen hervor. »Sie werden sich noch in große Schwierigkeiten bringen!«

»Das glaube ich nicht. Ich werde nicht die Qualen durchzustehen haben, die so viele unter den Händen von Ihresgleichen zu erdulden hatten, von jener Bruderschaft, die sich in ihrer Vermessenheit in den Kopf gesetzt hat, das Tausendjährige Reich neu zu erschaffen.«

Schlagartig fiel Jürgen der Anruf Viktor Kretzers ein, der ihn gewarnt hatte, auf der Hut zu sein. Da seine Kehle wie ausgedörrt war, konnte er nur noch mir Mühe schlucken.

»Sie erhalten jetzt die Chance, Buße zu tun, Uli Jürgen«, verkündete der Fremde, streckte seinen rechten Arm aus und schoß ohne Vorwarnung.

Jürgen stand noch immer auf seinen Beinen, nur halb betäubt vom Detonationsgeräusch des Schusses. Sein rechter Arm fühlte sich allerdings taub und unglaublich schwer an. Als er seinen Blick auf ihn lenkte, stellte er erstaunt fest, daß seine rechte Hand nur noch aus einem rohen Klumpen Fleisch bestand, aus der Blut zu Boden tropfte.

»Sie sind doch Künstler! Sie werden auch mit der linken Hand malen können, oder etwa nicht?« rief der Mann. »Aber diese Vorstellung ist Ihnen fremd, nicht wahr? Ihre rechte Hand ist das Instrument Ihres künstlerischen Ausdrucks. Doch Ihre rechte Hand existiert nicht mehr. Folglich hat Ihre Karriere als Künstler ein jähes Ende gefunden.«

»Du Bastard«, fluchte Jürgen mit schwacher Stimme.

»Wonach verlangt es eine Künstlerseele in einer solch ausweglosen Situation?«

Jürgen starrte auf die glänzenden, intelligent blickenden Augen des noch jungen Mannes, der ihn nach wie vor anlächelte. Die letzte Hoffnung, aus diesem gräßlichen Alptraum zu erwachen, verflüchtigte sich, als er übergangslos von einer unerträglichen Welle des Schmerzes erfaßt wurde, die seinen Magen rebellieren ließ. Jürgen wurde von Krämpfen geschüttelt und mußte sich übergeben.

»Was fängt der Künstler mit dem Rest der ihm verbliebenen Zeit an, nachdem ihm der Sinn seines Lebens genommen wurde?«

Der Fremde schnippte mit den Fingern der linken Hand.

»Wenn er wirklich Künstler von ganzem Herzen wäre, würde er sich vielleicht sagen, daß man auch mit solchen Schicksalsschlägen fertig werden kann und möglicherweise mit dem Mund oder den Füßen weitermalen kann.«

Mit einer blitzartigen Bewegung zielte er mit der Waffe und feuerte erneut. Diesmal zerschmetterte das Projektil den Daumen und zwei Finger von Jürgens linker Hand. Der Verletzte wankte einen kurzen Augenblick, bevor ihn die Kräfte verließen und er auf die Knie sank.

»Jetzt hat der Künstler die Phase der völligen Selbstaufgabe erreicht. Jetzt läßt er auch die letzten Hoffnungen fahren, sich jemals wieder künstlerisch betätigen zu können. Spüren auch Sie diesen unermeßlichen Verlust, dieses sich vor Ihnen auftuende schwarze Loch vollkommener Verzweiflung?«

Jürgen versuchte, eine Entgegnung über die Lippen zu bringen, aber seiner Kehle entrang sich nur ein unverständliches Murmeln. Der durch die Schußverletzungen ausgelöste Schock ließ seinen Körper, zu dessen beiden Seiten sich immer größer werdende Blutlachen bildeten, unkontrolliert zucken und beben.

»Sie sehnen sich nur noch nach Erlösung, habe ich recht? Denn nun wissen Sie, daß das Leben für Sie keinen Sinn mehr hat. Sagen Sie mir, Uli Jürgen, habe ich Ihnen ermöglicht, dieses Gefühl nachzuempfinden?«

Jürgen schaute in die Mündung des kurzen Revolverlaufs und fragte sich, wie ein solch kleines Instrument nur derart große Qualen verursachen konnte.

»Fühlen und denken Sie nun auch das, was der arme

Samuel Weiss gefühlt und gedacht haben muß, nachdem man ihn seiner Visionen und seiner Ausdrucksmöglichkeit beraubt hatte?«

Der Mann zog Jürgen auf die Füße und plazierte ihn noch einmal vor dem Porträt von Marianne Edel. Dann hob er langsam die Waffe.

»Meinen Sie nicht auch, daß er sich am Ende nur noch eins herbeigesehnt hat: nämlich den Tod?«

Er schoß Uli Jürgen zwischen die Augen.

24

Sabrina Carver goß einen doppelten Cognac in das Glas und reichte es Erika Stramm, die gerade aus dem Schlafzimmer kam. Die Journalistin kippte den Alkohol in einem Schluck hinunter. Nachdem die Agentin ihr einen weiteren Cognac eingeschenkt hatte, begnügte sich Erika Stramm diesmal damit, nur daran zu nippen.

»Er schläft jetzt«, sagte sie leise.

Gregor hatte sich ins Bett gelegt, da er als Nachwirkung des CS-Gases unter Übelkeit litt. Es hatte seinen Schützling allerdings eine Menge Überredungskunst gekostet, ihn von seinen Rachegelüsten abzubringen. Am Ende hatte vor allem seine unübersehbare Schwäche den Ausschlag gegeben.

»Mir war gar nicht bewußt, wie sehr mich sein Zustand mitgenommen hat«, erklärte Erika Stramm. »Ich dachte plötzlich, daß ich nicht weiterleben wolle, falls er sterben sollte.«

»Das ehrt Sie«, stellte Sabrina Carver fest, »aber ich muß Sie dennoch an die Einlösung Ihres Versprechens erinnern.«

»Wir gehen in die Küche. Dort haben wir Platz genug, um das Material ausbreiten zu können.«

Die Agentin machte Kaffee, während Erika Stramm einen Anruf erledigte. Kurz darauf läutete ein Motorradkurier an der Tür und gab ein Paket ab. Es enthielt ein dickes, in schwarzes Leder gebundenes Buch, ein Fotoalbum sowie mehrere Bündel handbeschriebener Papiere.

»Das gesamte Material wird sonst im Haus eines hohen Justizbeamten aufbewahrt«, erklärte Erika Stramm, während Sabrina Carver mit der Hand über den Ledereinband des Buches fuhr. »Heute ist es das erstemal, daß es an einen anderen Ort gebracht wird. Es handelt sich dabei um ein genaues Verzeichnis aller Schandtaten, die in den letzten fünfunddreißig Jahren von der *Siegfried-Jugend* begangen worden sind: mehr als zweitausend Gewaltakte, Raubüberfälle, Betrügereien und Morde.«

»Woher stammen die Aufzeichnungen?«

»Von Angehörigen der *Siegfried-Jugend* selbst. Aber ich kann Ihnen versichern, daß es äußerst schwierig war, an all diese Informationen heranzukommen. Das ganze Unterfangen hat sehr viel Geld, Zeit, Arbeit und sogar Menschenleben gefordert.«

»Was ist mit den Fotos?«

»Sie zeigen zum einen einige der Täter, zum anderen deren Opfer. »

»Und die handschriftlichen Notizen?«

»Dabei handelt es sich zumeist um Protokolle von den Aussagen einiger Opfer.«

»Das ganze Material sieht so aus, als ob es jemand mit sehr viel Liebe zusammengestellt hätte – oder mit sehr viel Haß.«

»Was mich noch heute wundert, ist die Tatsache, daß es überhaupt existiert«, bemerkte Erika Stramm. »Aber Nazis scheinen eine unausrottbare Neigung zu besitzen, über ihre Verbrechen genauestens Buch zu führen, auch wenn sie sich damit aufs schwerste belasten. Schon während des Krieges wurden zum Teil Unsummen dafür verwendet, einige Archive zu retten, auch wenn deren Akten nach Kriegsende zahlreiche Nazibonzen an den Galgen brachten.«

»Das Material macht den Eindruck, als ob es sehr sorgfältig aufgearbeitet worden sei.«

»Das wurde es auch, und zwar von Emily Selbys Vater, Johannes Lustig.»

»Dem Cousin Ihres Vaters?«

»Ja. Für mich war er immer nur Onkel Johannes. Er führte auch die gesamte frühe Forschungsarbeit durch. Mit der Zeit entwickelten wir jedoch gewisse Organisationsformen, und alle Arten von Ermittlungen wurden später von mir und den übrigen Mitgliedern des *Zwanzigsten Julis* koordiniert. Diesen Namen gaben wir uns erst nach dem Tod von Onkel Johannes, da dies sein letzter Wille war.«

»Ich weiß. Aber was ich nicht weiß, ist folgendes: Nehmen Sie alle aktiv an Operationen teil, oder beschränken sich einige von Ihnen zum Beispiel auf Geldbeschaffung und Koordination?«

»Ich gehöre als Journalistin zu den Aktivisten, die mit der Waffe des Wortes gegen jede Form von Faschismus ankämpfen«, erklärte Erika Stramm. »Andere sorgen – wie Sie richtig vermutet haben – für die notwendigen Finanzmittel oder kümmern sich darum, daß die Erinnerung an die Opfer der Nazis und an die Massenvernichtung eines ganzen Volkes wachgehalten wird. Im Kern zielt der *Zwanzigste Juli* jedoch auf die Planung und Ausführung von Vergeltungsmaßnahmen ...«

»Sie meinen die Beseitigung der noch lebenden Angehörigen der *Siegfried-Jugend?*«

»Ja. Onkel Johannes war davon überzeugt, daß dies der einzige Weg sei, diese Naziorganisation unschädlich zu machen. Keiner von uns fühlte sich zwar dazu in der Lage, selbst zur Waffe zu greifen, aber wir teilten seine Auffassung. Wir mußten nur einen Vollstrecker finden.«

»Und damit hatten Sie keine moralischen Probleme? Einen bezahlten Killer anzuheuern?«

»Nicht im geringsten«, widersprach Erika Stramm trotzig. »Vergessen Sie nicht, daß wir auch heute noch tagaus, tagein miterleben müssen, wie die *Siegfried-Jugend* systematisch durch politische Infiltration, Sabotage und Mord das jüdische Volk auszurotten versucht. Wir sind allem Anschein nach die einzigen, die dazu entschlossen sind, diesem Spuk ein Ende zu machen und die Täter zu bestrafen.«

»Sie haben hier doch genügend Beweismaterial vorliegen. Warum schalten Sie nicht die Polizei ein?«

»Onkel Johannes hielt nichts von diesem Gedanken. Um die Art von Vergeltung zu üben, die er vor Augen hatte, brauchten wir jemanden, der die Nazis genauso haßt wie wir und der dazu in der Lage ist, jemanden zu töten.«

»Und wer ist nun der geheimnisvolle Unbekannte mit den blonden Haaren und den blauen Augen?«

Einen Augenblick schien Erika Stramm den Namen nicht preisgeben zu wollen. Aber die Abmachung zwischen den beiden Frauen war eindeutig, und sie hatte ihr Wort gegeben. Als Zeichen der Kapitulation senkte sie den Kopf um wenige Millimeter.

»Er heißt Einar Ahlin – ein Norweger.«

»Warum gerade er?«

»Vor zwei Jahren kam er nach Deutschland, getrieben von der vagen Vorstellung, sich an Neonazis zu rächen. Wir lenkten sein Rachebedürfnis statt dessen auf die alten Faschisten der *Siegfried-Jugend*.«

»Wieso verspürt gerade ein Norweger das unstillbare Verlangen, Nazis aus dem Weg zu räumen?«

»Einar hat eine schlimme Kindheit und Jugend hinter sich. Seine Großeltern wurden bei der Besetzung Norwegens von den Deutschen in Oslo zu Tode gefoltert. Diese Tragödie überschattete das Leben der Tochter und verfolgte sie bis zu ihrem frühen Tod.«

»Einars Mutter?«

Erika Stramm nickte. »Sie beging 1989 Selbstmord. Beinahe fünfzig Jahre lang loderte ihr flammender Haß auf die Nazis unauslöschlich in ihr. Dieses Feuer ging von Kindesbeinen an auf Einar über und dürfte auch dazu beigetragen haben, daß er unter Epilepsie leidet. Vermutlich kann man sein Rachebedürfnis als pathologisch bezeichnen.«

»Das aber kam Ihnen gerade recht, nicht wahr?«

»Betrachten Sie die Dinge, wie Sie wollen. Einar glaubt

jedenfalls an das, was er tut, und ich tue es auch. Wir kämpfen beide leidenschaftlich dafür, die Welt von diesen Schurken zu befreien.«

»Aber diese Aufzeichnungen würden wahrscheinlich ausreichen, um die Überlebenden der *Siegfried-Jugend* bis zum Ende ihrer Tage hinter Gitter zu bringen!« hob Sabrina Carver hervor.

»Sie meinen also, ich sollte das gesamte Material der Polizei übergeben?«

»Das hielte ich für das beste – und zivilisierteste.«

»Das bringt uns wieder zur Frage der Vergeltung zurück. Ist der Wunsch nach angemessener Strafe denn so unzivilisiert? Schon in der Bibel heißt es ›Auge um Auge, Zahn um Zahn‹. Diese faschistischen Bastarde sind von Kindesbeinen an darauf abgerichtet worden, Juden zu töten. Ohne zu zögern, haben sie Leid, Schmerz und Tod über Menschen gebracht, die sie nicht einmal kannten. Dafür müssen sie jetzt bezahlen. Und der Preis, den wir fordern, ist höher als ein simples *Lebenslänglich.* Das, was sie getan haben, wird sie das Leben kosten.«

Trotz der scheinbar unbeugsamen Haltung bemerkte Sabrina Carver, daß Erika Stramms Stimme nicht mehr jene Leidenschaft verriet, die sie anfangs noch besessen hatte.

»Wo finde ich diesen Einar Ahlin?«

»Keine Ahnung.«

»Nun kommen Sie, Erika!«

»Ich habe Ihnen zwar zugesichert, mit Ihnen zu kooperieren und Ihnen seinen Namen preiszugeben. Das heißt aber nicht, daß ich Ihnen seinen Kopf auf einem silbernen Tablett serviere. Aber davon abgesehen, habe ich die Wahrheit gesagt. Ich weiß wirklich nicht, wo er sich aufhält. Wenn wir uns treffen, dann stets nur auf neutralem Boden. Ich weiß nur, daß er eine Kopie der Adressenliste besitzt, die Emily einmal zusammengestellt hat, und daß er nach der Reihenfolge auf dem Foto vorgeht.«

»Was für ein Foto?«

Erika Stramm schlug das Album auf und deutete auf eine vergilbte Schwarzweißfotografie. Sie zeigte den vom

Regen durchnäßten Adolf Hitler, der auf einer zerbombten Straße stand und eine Gruppe von Jungen mit erhobenem Arm grüßte.

»Das hier ist die *Siegfried-Jugend.* Das Bild wurde 1945 in den letzten Kriegstagen aufgenommen, als Hitler die Gruppe einschwor.«

In weißer Tinte stand neben jedem der abgebildeten Jungen dessen Name. Von links beginnend lautete der erste Name Karl Sonnemann, der nächste war Stefan Fliegel, dann kam Uli Jürgen.

»Und was war mit diesem Amerikaner? Schließlich gehörte er nicht zu dieser Gruppe.«

»Sie meinen Harold Gibson?«

»Ja. Wie konnte Einar Ahlin von ihm wissen?«

»Emily schickte uns einmal per E-Mail eine Nachricht über einen Mann und seine Organisation, die Nazi-Kreise in Berlin finanziell unterstützte. Es handelte sich um Material, das ihr Vater kurz vor seinem Tod recherchiert hatte und in einem Zeitungsartikel veröffentlichen wollte.«

»Und Sie gaben das Material an Einar weiter?«

Erika Stramm nickte. »Er machte sich dann selbst an die Auswertung der Informationen und plante alles in eigener Regie.«

»Sie wußten also nicht, daß er vorhatte, Harold Gibson zu töten?«

»Nein.«

»Und Sie haben keinerlei Einfluß auf diesen Burschen, nicht wahr?«

Erika Stramm blieb ihr die Antwort schuldig. Währenddessen wandte sich Sabrina Carver wieder dem Foto zu.

»Uli Jürgen? An irgend etwas erinnert mich der Name …«

Die Journalistin deutete auf ein Radiogerät, das in einer Ecke stand.

»Heute morgen wurde die Nachricht durchgegeben, daß er tot in seiner Wohnung aufgefunden worden sei.«

Sabrina Carver schaute ihr in die Augen und versuchte

Erika Stramm über den Blickkontakt den Ernst der Lage zu verdeutlichen.

»Hören Sie, die Situation, die Sie heraufbeschworen haben, ist längst mehr als ein persönlicher Rachefeldzug. Ihnen ist völlig die Kontrolle aus den Händen geglitten. Mittlerweile schweben nicht nur ein paar alte Nazis in Lebensgefahr, sondern auch eine ganze Reihe unschuldiger Menschen. Darüber hinaus kann die ganze Sache ernsthafte internationale Auswirkungen nach sich ziehen. Deshalb frage ich Sie noch einmal, und diesmal wünsche ich mir, eine ehrliche Antwort von Ihnen zu erhalten. Auf welche Weise erfolgt die Kontaktaufnahme zu Einar Ahlin?«

Erika Stramm musterte nachdenklich Sabrina Carvers Gesicht.

»Er hat eine Freundin«, sagte sie schließlich zögernd. »Über sie tauschen wir Nachrichten miteinander aus.«

»Wo finde ich dieses Mädchen?«

Die Journalistin nahm einen Block und einen Bleistift zur Hand.

»Sie heißt Magda Schaeffer.«

»Denken Sie daran! Falls Sie versuchen sollten, mich mit einer falschen Adresse reinzulegen, sehen Sie mich schneller wieder, als Ihnen lieb sein dürfte.«

»Die Adresse stimmt, Sie haben mein Wort darauf. Sie finden das Mädchen in einem kleinen Apartment über einem Nachtclub in der Oranienstraße. Sie arbeitet dort als Stripperin.«

Sabrina Carver verstaute den Zettel in ihrer Tasche. Dann schaute sie erneut auf das Foto. Der Name, der neben dem von Uli Jürgen stand, lautete Andreas Wolff.

»Haben Sie einen Scanner?«

»Zu welchem Zweck?«

»Um diese Unterlagen zu kopieren«, erklärte die UNACO-Agentin und deutete auf das vor ihr ausgebreitete Material.

»Moment, das gehörte nicht zu unserer Abmachung.«

Wieder wirkte Erika Stramms Verweigerung wenig überzeugend und eher aufgesetzt.

»Warum haben Sie das Material dann hierherbringen lassen, Erika?«

»Ich wollte, daß Sie es sich anschauen, um auf diese Weise einen Eindruck davon zu gewinnen, warum wir so handeln müssen.«

Sabrina Carver schüttelte den Kopf. »Sie haben es mir gezeigt, weil Sie damit eine Entscheidung erzwingen wollten. Sie möchten zwar noch immer die gesamte *Siegfried*-Bande drankriegen, aber Sie wissen auch genau, daß es Einar niemals gelingen wird, alle Männer auf diesem Foto zu beseitigen. Zudem stehen die Chancen, noch einmal einen zweiten Einar zu finden, etwa eins zu einer Million.«

»Das ist doch alles Unsinn.«

»Ich bitte Sie, Erika! Benutzen Sie doch Ihren Verstand. Ihr Vollstrecker ist ein extrovertierter Psychopath, der jeden seiner Morde als eine Art Zeremonie betrachtet. Es ist nur eine Frage der Zeit, bis ihn die Polizei oder die Gegenseite geschnappt haben wird.«

»Aber wir haben eine Mission zu erfüllen ...!«

»Einar wird hinter Schloß und Riegel sitzen, bevor er auch nur die Hälfte der von Emily Selby aufgelisteten Männer umgelegt hat. Erika, Ihre einzige Chance besteht darin, die übrige Arbeit von der Polizei erledigen zu lassen. Und nach der Angst, die Sie heute um Gregor ausgestanden haben, könnte ich mir vorstellen, daß Sie lieber heute als morgen nichts mehr mit physischer Gewalt zu tun haben wollen.«

Erika Stramm verfiel einige Sekunden lang in nachdenkliches Schweigen, bevor sie schließlich mit dem Daumen auf die Tür deutete.

»Sie finden einen Scanner in meinem Büro am Ende des Ganges.«

»Gut, dann kommen Sie mit und helfen Sie mir.«

Die Journalistin aktivierte ein Textverarbeitungsprogramm, während Sabrina Carver das Material auswählte, das eingescannt werden sollte.

»Wie wollen Sie all diese Datenmengen auf einer Diskette speichern?« fragte Erika Stramm.

»Ich habe nicht vor, eine Kopie mitzunehmen. Ich werde alles per E-Mail in eine sichere Mailbox übertragen. Dazu müßten Sie mich allerdings an das Keyboard lassen.«

Per Modem stellte sie den Kontakt zur UNACO-Zentrale her, gab ihr Paßwort und schließlich auch ihren persönlichen Zugangscode ein. Daraufhin adressierte sie das Material über die *Siegfried-Jugend* an C.W. Whitlock und verfaßte noch eine kurze Botschaft, versehen mit dem Hinweis auf die höchste Dringlichkeitsstufe. Das alles dauerte keine drei Minuten.

»Und nun werde ich aus Ihrem Leben verschwinden, Erika.«

»Können Sie mir das garantieren?«

»Nein. Ich kann Ihnen jedoch versichern, daß ich keinerlei Interesse daran habe, jemals wieder Ihre Wege zu kreuzen.«

An der Tür wandte sie sich noch einmal um.

»Ich habe Verständnis für die Aufgabe, die Sie sich gestellt haben. Aber so, wie Sie die Dinge angefaßt haben, müssen Sie scheitern. Und Sie haben selbst Schuld auf sich geladen.«

Erika Stramm machte eine vage Handbewegung.

»Meine Gefühle angesichts dessen, was sich in den vergangenen Tagen abgespielt hat, sind sehr …« – sie zögerte – »… gemischt. Aber um das zu verstehen, müßten Sie eine deutsche Jüdin sein.«

Philpott holte C.W. Whitlock auf dem Korridor vor dem Kopierraum ein.

»Sie haben Post aus Berlin bekommen«, erklärte er seinem Mitarbeiter und deutete auf den abhörsicheren Computerraum. »Wollen wir gleich einen Blick hineinwerfen?«

Sie traten ein, und Whitlock setzte sich sofort vor die Bedienungskonsole. Sobald er die von Sabrina Carver übermittelten Daten geladen hatte, ließ er sie unverzüglich ausdrucken.

»Könnten Sie mir aus dem Stegreif eine grobe Übersetzung des Materials geben, C.W.?« bat Philpott.

Whitlock nickte und berichtete beinahe zehn Minuten lang ohne Unterbrechung über betrügerische Manipulationen und Finanztransaktionen, die zum Ruin jüdischer Geschäftsleute geführt hatten. Es folgten Berichte über Vertreibungen, nächtliche Überfälle, über die mehrfache Vergewaltigung einer jüdischen Frau und über zwei Morde. Nach der Beschreibung des zweiten Mordes brach Whitlock ab.

»Ich glaube, ich ertrage all diese Greueltaten nur in kleineren Dosierungen.«

»Einverstanden«, bestätigte Philpott. »Sabrina hat wieder einmal ganze Arbeit geleistet. Wir werden Übersetzer hinzuziehen und den deutschen UN-Botschafter informieren.«

Philpott lenkte seinen Blick von der immer länger werdenden Papierschlange, die aus dem Drucker quoll, zurück auf den Monitor des Computers.

»Sagen Sie, C.W., was blinkt denn da eigentlich?«

Whitlock schaute von den Papieren auf.

»Verdammt!« Er drückte auf eine Taste. »Sabrina hat eine Dringlichkeitsmeldung beigefügt, die wir wahrscheinlich zuerst hätten lesen sollen.«

Die Nachricht erschien in aller Kürze und Prägnanz auf dem Bildschirm: *Andreas Wolff ist* vermutlich *das nächste Ziel des Killers!*

»Stellen Sie so schnell wie möglich einen Kontakt zu ihr her«, ordnete Philpott an. »Anschließend alarmieren Sie Mike Graham!«

25

»Uli Jürgen!«

Als Andreas Wolff den Namen am Telefon wiederholte, klang seine Stimme heiser.

»Als ich im Radio von dem Mord gehört habe, hat es plötzlich bei mir geklingelt. Und jetzt, wo Sie mich darauf ansprechen, fällt es mir wieder ein. Ich glaube, dieser Jürgen war jemand, der zu einer Gruppe gehörte, die ich einmal in einem Restaurant in der Leipziger Straße getroffen habe, und zwar anläßlich einer dieser Einladungen, die ich Altenberg zu verdanken hatte. Soweit ich mich erinnere, war Jürgen ein ziemlich geschwätziger, angeberischer Typ.«

»Sein Name stand auf jeden Fall auf der Liste«, erklärte Mike Graham. »Und er ist auf einem alten Foto – nach dem der Attentäter vorgeht – neben jemandem abgebildet, der Ihren Namen trägt. Das ist der Grund, warum ich Sie anrufe. Alle bisherigen Opfer sind gemeinsam als Jungen auf einem Bild zu sehen.«

»Vermutlich handelt es sich dabei um jene Gruppe, auf die ich damals in dem Restaurant traf«, erklärte Wolff. »Alle waren etwa in meinem Alter, und alle verhielten sich irgendwie seltsam. Einerseits hatte ich das Gefühl, daß die Männer sich von früher kannten, aber seit Ewigkeiten nicht gesehen hatten. Andererseits schienen sie in geradezu auffälliger Weise den Eindruck vermeiden zu wollen, daß sie befreundet seien.«

»Erinnern Sie sich noch an weitere Einzelheiten?«

»Es wurden damals jede Menge Fotos geschossen, weil das Ganze irgendeine Wohltätigkeitsveranstaltung war.«

Wolff hielt einen Augenblick inne.

»Großer Gott! Das hatte ich ja völlig vergessen …!«

»Was haben Sie vergessen?«

»Zwei verschiedene Leute dieser Clique haben mich damals darauf angesprochen, daß ich denselben Namen hätte wie einer ihrer jüngst verstorbenen Freunde.«

Mike Graham stöhnte laut auf.

»Das erklärt alles! Eine Namensverwechslung!«

»Nein, nein, Sie irren sich. Die Männer hielten mich keineswegs für ihren alten Kumpanen.«

»Die nicht – aber die Person, welche die Liste erstellte!«

Graham hegte keinerlei Zweifel daran, daß Wolff die Wahrheit sagte.

»Außerdem paßt auch Ihr Alter. Sie hätten durchaus noch Mitglied der *Hitler-Jugend* sein können.«

»Na ja, allenfalls in den letzten Tagen des Dritten Reiches.«

»Eben. Denn diese Männer, die Sie gesehen haben, gehörten zur letzten Reserve, die von Hitler persönlich auserwählt wurde. Und durch einen dummen Zufall werden Sie nun mit einem dieser Herren verwechselt. Diese Tatsache könnte Ihren guten Ruf beeinträchtigen. Was aber noch viel wichtiger ist: Sie beeinträchtigt in erheblich größerem Ausmaß Ihre weitere Lebenserwartung!«

»Ich kann mir immer noch nicht vorstellen, daß ich in ernsthafter Gefahr schweben sollte!«

»Sie freunden sich mit diesem Gedanken besser an, zumal Sie vermutlich als nächstes Opfer auserkoren worden sind. Deshalb möchte ich Sie bitten, auf gar keinen Fall das Haus zu verlassen und sich stets möglichst in der Nähe Ihrer beiden Wachen aufzuhalten.«

»Einverstanden.«

Graham beendete das Gespräch und meldete sich anschließend bei Philpott in New York, um ihm über die Unterhaltung mit Andreas Wolff zu berichten.

»Seitdem Sabrina uns das Material von Erika Stramm übermittelt hat, haben wir ein wenig in den Zeitungsarchiven gegraben«, erklärte Philpott. »Dort fanden wir heraus, daß ein Berliner Geschäftsmann namens Andreas Wolff, geboren 1934 in München, 1982 bei einem Autounfall ums Leben kam. In dem Bericht über die Beerdigung wird erwähnt, daß sich unter den Sargträgern ein gewisser Erich Bahr und ein Klaus Garlan befunden hätten.«

»Zwei weitere Männer, die ebenfalls auf der Liste stehen!«

»Also ist jener Wolff, der der *Siegfried-Jugend* angehörte, tatsächlich längst tot.«

Graham hörte im Hintergrund Stimmengemurmel.

»C.W. ist gerade dabei, die österreichische Polizei davon zu überzeugen, daß sie die Schutzmaßnahmen für *unseren* Andreas Wolff erhöht«, erklärte der UNACO-Chef. »Haben Sie mittlerweile mit Sabrina Kontakt aufgenommen? Ich nehme doch an, daß Sie wieder in Berlin sind?«

»Allerdings. Aber ich habe noch nicht mit Sabrina gesprochen. Ich werde sie jedoch in Kürze treffen.«

»Tun Sie das, Mike. Und halten Sie mich auf dem laufenden, wie immer sich die Dinge auch entwickeln mögen – ob zum Guten oder zum Schlechten!«

Mike Graham begab sich ohne Umwege in die Bar in der Kantstraße. Sabrina Carver wartete bereits auf ihn. Sie saß an einem Tisch in der Nähe der Eingangstür. Bekleidet mit einer eleganten dunkelblauen Leinenbluse sowie einem passenden Rock, trug sie ihr Haar offen, so daß es ihr bis über die Schultern reichte, um die sie ein Seidentuch geschlungen hatte.

»Du siehst umwerfend aus. Hast du noch irgend etwas Besonderes vor?« fragte Mike Graham.

»Ich habe nur versucht, halbwegs zivilisiert zu erscheinen«, erwiderte sie und schenkte ihm aus der auf dem Tisch stehenden Karaffe ein Glas Wein ein.

»Scheurebe Kabinett. Schmeckt nicht schlecht!«

»Warum wurdest du nach Berlin beordert?« fragte Graham. »Hatte jemand Angst, daß ich allein nicht zurechtkäme?«

»Ich bin nur so etwas wie eine stille Reserve, die im Hintergrund darauf wartet, ob sie gebraucht wird. C.W. ist allerdings der Meinung, daß Philpott die ganze Sache innerhalb der nächsten vierundzwanzig Stunden zu den Akten legen möchte. Und falls es dabei hoch hergehen sollte, kann es sicherlich nicht schaden, wenn ich dir ein wenig Rückendeckung gebe.«

Sie nippte an ihrem Wein.

»Wie wär's, wenn du mich über den neuesten Stand der Ermittlungen informieren würdest?«

Graham berichtete ihr kurz über das Gespräch mit Wolff.

»Und welche Spur hast du aufgetan, die uns zu dem Killer führen soll?«

»Der Vollstrecker des *Zwanzigsten Juli* hat eine Freundin namens Magda Schaeffer. Sie ist Stripperin in einem Nachtclub in der Oranienstraße. Ich habe dir bereits eine Eintrittskarte besorgt. Die Show beginnt um elf.«

»Selbst wenn es uns gelingen sollte, diesen Burschen in die Enge zu treiben, wird er uns kaum den Gefallen tun, einfach die Hände zu heben und sich zu ergeben«, sagte Graham. »Wenn ein Fanatiker wie er vor dem Aus steht, wird er sicherlich bis zur letzten Minute Widerstand leisten.«

»Er wäre nicht der erste.«

»Weißt du übrigens, daß ich von diesem Kerl geträumt habe, Sabrina? Das Ganze war ziemlich verrückt, aber er hatte gerade jemanden auf dem Jahrmarkt erledigt. Ich trat daraufhin von hinten an ihn heran, während er noch die Waffe in der Hand hielt. Ich wollte ihm gerade Handschellen anlegen, als er sich plötzlich umdrehte und mich mit einem umwerfenden Lächeln anstrahlte. Ich konnte einfach nicht anders, sondern mußte ebenfalls lächeln. Dann hob er die Waffe und schoß mir mitten ins Herz. Der Schmerz ließ mich aufwachen.«

»Glaubst du, dies ist ein geeigneter Augenblick, um über Todesträume zu reden, Mike?«

»Gibt es für solche Gespräche jemals einen geeigneten Augenblick?«

»Mein Freund Pratash ist jedenfalls dieser Meinung.«

»Pratash? Ich glaube nicht, daß ich bereits das Vergnügen hatte.«

»Er ist ein Mystiker, jedenfalls halte ich ihn dafür. Ich habe ihn einmal in Kalkutta getroffen. Er sagte mir, meine Emanationen hätten ihn angezogen.«

»Das glaube ich dir aufs Wort. Vor allem wenn du nur leichte Kleidung trägst, kommen sie besonders gut zur Geltung.«

»Er meinte es wirklich ernst, Mike. Er war ein kleiner, tiefsinniger alter Mann, der davon überzeugt war, daß die Welt nur ein großer Irrtum sei, den der Schöpfer eines Tages korrigieren werde. Die uns verbleibende Zeit bis zum sicheren Untergang würden wir am besten damit verbringen, keinen Gedanken an den Tod zu verschwenden, vor allem dann nicht, wenn einem Gefahr drohe. Denn an den Tod denken hieße ihn heraufbeschwören.«

»Ich glaube, jeder von uns sucht sich irgendwo seinen seelischen Halt«, erwiderte Graham. »Ich bin mir noch nicht ganz sicher, an wem ich mich orientieren soll, aber Ralph Waldo Emerson kommt auf jeden Fall in die engere Wahl. Ich werde dir ein Beispiel geben: Du weißt doch, daß ich Geschwindigkeit liebe?«

»Ja.«

»Für mich bedeutet Geschwindigkeit einerseits Erholung und Entspannung, andererseits dient sie mir dazu, mich auf meine beruflichen Herausforderungen einzustimmen. Ich glaube einfach daran, daß das Leben diejenigen belohnt, die am schnellsten sind, und daß Geschwindigkeit eine Art Zauber ausübt. Bei Emerson heißt es zum Beispiel, daß nur die Geschwindigkeit uns Sicherheit gewährt, wenn wir auf dünnem Eis Schlittschuh laufen. Na, was hältst du von meinem Guru?«

»Ich bin sicher, er paßt bestens zu dir.«

Sabrina Carver hob ihr Glas.

»Also auf Ralph Waldo!«

Graham stieß mit ihr an. »Und auf Pratash!«

Während sie tranken, schauten sie sich über die Glasränder hinweg an, und Sabrina Carver genoß den Augenblick, der durch gegenseitige Sympathie und Warmherzigkeit bestimmt war.

»Sag mal ehrlich, Mike, bist du der Meinung, daß wir richtige Freunde sind und nicht nur Kollegen?«

»Ja, das würde ich sagen.«

Sabrina Carver brachte es nicht über sich, noch weiter zu fragen.

»Und ich verrate dir noch etwas«, fuhr Mike Graham fort, »aber nur hier und jetzt. Ich habe die Vergangenheit noch immer nicht völlig verarbeitet. Aber eines Tages wird es soweit sein, und wenn der Tag gekommen ist, wirst du vielleicht einen ganz neuen Mike Graham kennenlernen.«

»Du meinst, es wird der Tag kommen, an dem wir nicht

automatisch die Fäuste heben, wenn wir uns von weitem sehen?«

»So etwas in der Art – ja«, bestätigte Graham.

Nicht nur er lächelte, sondern auch Sabrina Carver – und die Bedienung hinter dem Tresen.

Magda Schaeffer streckte und räkelte sich zu den Klängen elektronischer Musik auf einer winzigen, von Scheinwerfern erhellten Bühne. Ihre Darbietung war routiniert, entbehrte allerdings jeglicher Fantasie. Im gleichen Maße, in dem sich die Zahl ihrer Kleidungsstücke verringerte, nahm ihre Erregung scheinbar zu. Aber was als eine Art erotischer Tanz begann, endete schließlich als vulgärer Standard-Strip der untersten Kategorie. Ebenso schnell, wie die Begeisterung der anwesenden Männer durch das Mädchen geweckt worden war, verebbte sie auch wieder und wich völligem Desinteresse.

Mike Graham konnte es sich nicht leisten, unnötig Zeit zu verlieren. Zehn Dollar genügten, um ihm die Hilfsbereitschaft des Barkeepers zu erkaufen, der ihm versprach, Magda nach ihrem Auftritt an seinen Tisch zu lotsen.

Es waren kaum fünf Minuten vergangen, seitdem sie die Bühne verlassen hatte, als sie auch schon auf dem ihm gegenüberstehenden Stuhl Platz nahm. Sie trug ein weißes T-Shirt und Jeans und hatte eine kleine Handtasche über der Schulter hängen, in der sie – nach Grahams Einschätzung – ihr Kostüm verstaut hatte.

»Ich hoffe, Ihnen hat die Show gefallen, Mister?«

Sie zwinkerte ihm mit ihren stark geschminkten Augen und den künstlichen Wimpern zu.

»Und wie soll ich Sie nennen? Ich heiße übrigens Magda.«

»Ich bin Mike.«

Graham versuchte, ihr Alter zu schätzen. Sie war höchstens zwanzig, wirkte jedoch bereits verbraucht und mitgenommen.

»Die Show hat mir ausgezeichnet gefallen. Du hast einen sehr schönen Körper.«

»Danke, Mike.«

Er verfolgte, wie sie demütig die Augen niederschlug. Es amüsierte ihn immer wieder, daß Prostituierte sich häufig in ihren Gesten so züchtig und sittsam gaben, als ob sie bei der Heilsarmee wären.

»War das dein letzter Auftritt für heute, Magda?«

»Mein letzter hier. An zwei Abenden die Woche habe ich zusätzlich drüben im Club auf der anderen Straßenseite einen Sonderauftritt.«

»Sonderauftritt?«

»Ja.« Wieder schlug sie keusch die Augen nieder. »Ich zeige dort etwas mehr, als ich es hier tue. Dafür müssen die Zuschauer dann auch etwas mehr bezahlen. Aber die meisten sagen, daß es sich lohnt!«

»Das heißt, du mußt jetzt rüber?«

»Na ja, Zeit für einen Drink hätte ich noch!«

Graham verstand den Wink und gab dem Barkeeper ein Zeichen. Dieser hatte anscheinend bereits darauf gewartet, denn im Handumdrehen servierte er ihr – begleitet von einem vertraulichen Zwinkern – den teuersten Drink, der auf der Karte zu finden war.

»Prost, Mike!«

Sie setzte das Glas an die Lippen und kippte den Whiskey in einem Zug hinunter, als sei er Wasser. Dann beugte sie sich über den Tisch vor.

»Wenn du willst, könnten wir uns nachher noch treffen?«

»Das wäre nett. Aber ich bin leider ein sehr ungeduldiger Mensch, Magda. Wie wäre es, wenn ich dir den Verdienstausfall erstatte und du heute mal nicht in den Club auf der anderen Straßenseite gehst?«

Sie runzelte die Stirn. Aber diese Geste wirkte genauso falsch wie ihr Lächeln. »Dann würde ich aber meine ganze Abendgage verlieren …?«

»Wie ich schon sagte: Ich würde dafür aufkommen.«

»Außerdem müßte ich für Ersatz sorgen. Auch das kostet Geld. Ansonsten wirft mich der Chef dort drüben raus.«

»Also wieviel würdest du brauchen, um alles zu regeln?«

»In Dollar?«

Graham nickte.

»Vielleicht fünfzig?« sagte sie vorsichtig.

Wortlos zog Graham ein Bündel Banknoten aus der Hosentasche und schob ihr fünf Zwanziger zu.

»Das sollte für dich und deinen Ersatz genügen ... zumindest für den Augenblick!«

Der Barkeeper veranlaßte alles Nötige, ohne daß er auch nur im entferntesten ein Zeichen des Erstaunens verraten hätte. Magda erhielt einen weiteren Drink und schlug Graham schließlich vor, zu ihr nach oben zu gehen, da es dort ruhiger sei.

Ruhig war es zweifellos in dem winzigen und unglaublich schäbigen Loch. Mike Graham war schon häufiger in ärmlich möblierten Apartments gewesen, die gleichwohl einen positiven Eindruck über den jeweiligen Bewohner vermittelt hatten. Hier jedoch verrieten die überall herumliegenden Speisereste, die verschmierten Gläser und die vollen Aschenbecher, daß Magda Schaeffer genau die Schlampe war, für die Graham sie auf den ersten Blick gehalten hatte.

»Mach es dir schon mal bequem«, forderte sie ihn auf. »Ich brauche nur eine Minute.«

Er ließ sich in einen alten, ächzenden Sessel fallen, während sie hinter einem Vorhang verschwand. Als sie zurückkehrte, hielt sie in jeder Hand einen Drink.

»Du glaubst hoffentlich nicht, daß ich so etwas oft tue? Ich habe dich nur mit hinaufgenommen, weil du mir gefallen hast. Ich mag dich nämlich, Mike.«

»Ich fühle mich geschmeichelt.«

Sie strich ihm mit einem Finger über das Ohr.

»Worauf hättest du jetzt Lust, Mike?«

Er lächelte. »Steh auf!« flüsterte er.

Sie folgte seiner Aufforderung und betrachtete ihn erwartungsvoll aus halbgeschlossenen Augen. Aber als Graham aufstand, mit der Rechten in seine Jacke griff und einen Revolver herauszog, den er auf ihre Kehle richtete, wich sie erschrocken zurück.

»Perverse Sachen mache ich nicht«, wehrte sie ab.
»Aber ich.«
»Ich werde schreien!«
»Nur zu – eine Sekunde später bist du tot.«
»Bitte tu mir nichts!«
»Ich muß sagen, daß du mich wirklich enttäuschst, Magda. Verhält sich so ein junges Mädchen, das einen festen Freund hat? Du kannst doch nicht einfach fremde Männer für Geld mit auf dein Zimmer nehmen?«
»Ich habe doch gar keinen Freund!«
»O doch. Er heißt Einar. Einar Ahlin!«
Das Mädchen starrte ihn verblüfft an und bewegte die Lippen, ohne zunächst ein Wort hervorzubringen.
»Wer sind Sie?« stieß sie schließlich hervor.
»Ich bin Mike, das habe ich dir doch bereits gesagt. Und ich habe dich gefragt, wie du deinem Freund dieses seltsame Verhalten erklären willst.«
»Einar hat nichts dagegen.«
»Das kann ich mir kaum vorstellen, Magda.«
»Ich … ich bin zwar seine Freundin, aber …« – sie zuckte mit den Schultern – »… ich halte ihn höchstens mal in den Armen … immer dann, wenn er weint. Das ist alles. Wir haben nichts miteinander.«
»Wo steckt er jetzt?«
»Ich weiß es nicht.«
»Sag mir, wo er ist!« Graham trat mit der Waffe einen Schritt näher auf sie zu.
»Ich schwöre, ich weiß es nicht. Er kommt und geht, wie er will.«
»Aber du weißt, was er tut, nicht wahr, Magda?«
Sie schluckte.
»Magda?«
»Er tötet Leute.«
»Hat er dir das gesagt?«
»Er erzählt mir jedesmal davon.«
»Und du hast wirklich nicht die geringste Idee, wo er sich aufhalten könnte?«
»Nein. Ich weiß nur, daß er arbeitet.«

Sie lenkte ihren Blick auf einen kleinen Kamin, der sich in einer Ecke des Zimmers befand. »Dort drin hat er eine Art Safe.« Sie deutete auf eine Metallplatte, die in die Rückseite des Kamins eingelassen war. In der Mitte war eine kleine Tür zu erkennen. »Den Schlüssel dafür trägt er immer um den Hals.«

»Und was bewahrt er dort auf?«

»Seinen Zeitplan – zumindest nennt er es so. Er trägt pro Woche stets einen Namen in den Kalender ein.«

»Jede Woche ein Mord?«

Sie nickte. »Er hat einen Kalender, in dem auf jeder Seite eine Woche eingetragen ist. Und auf jede Seite schreibt er jeweils einen Namen von denen, die auf einer Liste stehen, die er bei sich trägt.«

»Warum verwahrt er den Kalender unter Verschluß?«

»Weil hier der einzige Platz in Berlin ist, an dem er private Dinge aufbewahrt … zumindest sagt er das. Und sein Zeitplan sei sehr wichtig für ihn, denn er sei auch sein Lebensfahrplan. Die Seiten sind jedenfalls eine Art Heiligtum für ihn, das er vor der Welt verbergen will.«

Graham kniete sich vor den leeren Kamin. Dann nahm er einen Feuerhaken und rammte dessen Spitze unter eine Ecke der Metallplatte. Anschließend hebelte und stemmte er mit dem Eisen so lange an der Platte herum, bis sie an einer Seite nachgab und ein Spalt entstand, der breit genug war, daß man eine Hand hineinstecken konnte.

Graham tastete in dem Fach herum und stieß auf ein Büchlein, das er herauszog und auf den Tisch legte.

»Ist das Einars ›Zeitplan‹?«

»Ja.«

Graham blätterte den Kalender durch und suchte die aktuelle Seite. Als er sie gefunden hatte, stand ein einzelner Name quer über die Seite geschrieben und bestätigte das, was der Agent bereits befürchtet hatte.

Der Name lautete *Andreas Wolff.*

26

»Große Unternehmen haben heutzutage immer schlechtere Chancen«, sagte Don Chadwick. »Kleinere und mittlere Betriebe hingegen bieten gute Zukunftsperspektiven und werden viele Arbeitsplätze schaffen.«

Ihm gegenüber saß George Winship – ein Fabrikant, der Kunststoffverpackungen herstellte. Winship nickte zustimmend, seine Aufmerksamkeit wurde jedoch durch etwas auf sich gezogen, das sich unten auf dem Parkplatz des etwa eine Meile südlich von Waxahachie gelegenen Restaurants abspielte, auf dessen Dachterrasse die beiden Männer gerade bei einer geschäftlichen Besprechung saßen.

»Kleinunternehmer wie Sie können sehr viel schneller auf Marktveränderungen reagieren und Mittel flüssig machen. Es ist ein Jammer, daß Sie gerade jetzt in Schwierigkeiten geraten mußten.«

»Entschuldigen Sie, Mister Chadwick, wenn ich Sie unterbreche, aber ich glaube, daß sich gerade jemand an Ihrem Wagen zu schaffen macht.«

Chadwick stand auf und hielt die Hand über die Augen, da ihn die Sonne blendete. Er war mit seinem klassischen MGB-Roadster gekommen, der zu seiner umfangreichen Sammlung englischer Sportwagen gehörte. Zwei Männer standen vor dem Wagen. Einer von ihnen schrieb etwas in sein Notizbuch.

Chadwick griff in die Innentasche seiner Jacke und zog ein Mini-Hochleistungsteleskop hervor.

»Tragen Sie immer so etwas bei sich?« fragte Winship erstaunt.

»Ja.«

»Nun, ich habe gehört, daß Leute schon dafür eingesperrt worden sind, nur weil sie im Besitz eines solchen Gerätes waren.«

Ohne zu antworten, justierte Chadwick den Fokussierring. Die beiden Männer untersuchten gerade den Innenraum seines Wagens. Durch die Vergrößerung der Optik konnte er deutlich ihre finsteren Mienen erkennen. Chadwick steckte das Teleskop wieder ein. Die Männer trugen teuere, sauber geputzte Schuhe und hatten Aktentaschen bei sich. Wie Autodiebe sahen sie jedenfalls nicht aus.

»Wollen Sie die Polizei verständigen?« erkundigte sich Winship. »Ich habe mein Handy dabei.«

»Nein. Ich denke, wir warten besser noch einen Augenblick, bevor ich etwas unternehme«, entgegnete Chadwick und nahm wieder Platz.

»Sieht so aus, also ob die beiden jetzt hierherkommen«, stellte Winship fest.

»Was?«

»Die beiden Burschen, die Ihren Wagen unter die Lupe genommen haben. Sie sind auf dem Weg hierher.«

Chadwick beobachtete gebannt, wie die Männer auf das Restaurant zugingen und dem unten servierenden Kellner eine Frage stellten. Dann verschwanden beide unter dem aufgespannten Sonnensegel.

»Nun werden wir ja bald erfahren, was es mit der ganzen Sache auf sich hat«, sagte Chadwick.

Er versuchte, gegenüber Winship ein selbstbewußtes Lächeln zur Schau zu stellen, aber dies wollte ihm nicht recht gelingen. Unerklärliche Befürchtungen hatten von ihm Besitz ergriffen und schnürten ihm beinahe die Kehle zu. Schweiß trat ihm auf die Stirn. Er zog gerade sein Taschentuch hervor, um sich die Augenbrauen abzutupfen, als die beiden Männer in seinem Blickfeld auftauchten. Sie wandten sich an den für die Dachterrasse zuständigen Kellner, der schließlich auf Chadwick deutete. Beide waren sehr groß und besaßen ernste, entschlossene Gesichter, die den Eindruck machten, als hätten sich ihre Züge noch nie zu einem Lächeln verzogen. Sie traten auf den Tisch der beiden Geschäftsleute zu.

»Donald Chadwick?« erkundigte sich der Größere von beiden.

»Ja. Was kann ich für Sie tun, meine Herren?«

Der Mann, der ihn angesprochen hatte, zog ein Ledermäppchen aus seiner Innentasche, das er vor Chadwicks Augen aufklappte. Auf der einen Seite war ein Ausweis mit dem Foto des Mannes zu sehen, auf der anderen eine Dienstmarke.

»Ich bin FBI-Spezialagent Louis Cole. Das hier ist Agent Hubert Mullins. Könnten wir Sie kurz in einer vertraulichen Angelegenheit sprechen, Mister Chadwick?«

»Ich werde mich solange an die Bar zurückziehen«, sagte Winship und stand auf. »Wenn ich benötigt werde, wissen Sie, wo Sie mich finden können.«

Nachdem er gegangen war, setzten sich die beiden FBI-Agenten an den Tisch. Mullins sagte nach wie vor kein Wort und lehnte sich zurück, als wolle er sich aus der bevorstehenden Konfrontation einfach heraushalten.

Louis Cole legte seine Hände auf den Tisch und faltete sie, während er Chadwick durchdringend anstarrte. Der Spezialagent war blond, breitschultrig und entsprach keineswegs den Vorstellungen, die Chadwick von FBI-Leuten hatte, nachdem er gehört hatte, daß die Bundespolizei nur halbe Portionen rekrutierte.

»Können Sie sich denken, warum wir mit Ihnen sprechen wollen, Mister Chadwick?«

»Ich habe nicht die geringste Ahnung.«

»Nun, ich will ohne Umschweife zur Sache kommen. Vor zwei Tagen gelangten Unterlagen in den Besitz des FBI, die einen sehr detaillierten Einblick in Ihre geschäftlichen Beziehungen zu dem jüngst verstorbenen Harold Gibson gewähren.«

»Harold war ein enger Freund von mir«, erwiderte Chadwick, krampfhaft darum bemüht, seine Stimme unter Kontrolle zu halten. »Wir haben viele Jahre lang miteinander Geschäfte gemacht. Harold saß in vielen Aufsichtsräten von Firmen, für die ich tätig bin.«

»Aus den uns vorliegenden Dokumenten geht hervor, daß aus derartigen Geschäften erwirtschaftete Gelder einer in Deutschland illegal operierenden Organisation zur Verfügung gestellt wurden.«

»Davon weiß ich nichts.«

»Ich muß Sie davon in Kenntnis setzen, Mister Chadwick, daß wir ebenfalls im Besitz von Akten und Kalendernotizen sind, die eindeutig auf Ihre Beteiligung an derartigen Transaktionen hinweisen.«

Chadwick wirkte verblüfft. »Wie sind Sie an derartige Unterlagen gelangt? Es handelt sich dabei um private Dinge, zu denen niemand Zugang hat!«

»Die Verfassung räumt uns gewisse Sonderrechte ein, Mister Chadwick. Außerdem haben sich die drei Banken, über die jene finanziellen Transaktionen gelaufen sind, als sehr kooperativ erwiesen, zumal das Gesetz sie dazu verpflichtet.«

Chadwick spürte, wie seine Zunge am trockenen Gaumen klebte.

»Was … was ist mit meinem Partner, Mister Pearce?«

»Er wird bereits seit heute morgen zehn Uhr verhört.«

Chadwick fuhr sich mit der Zunge über die Lippen.

»Ich halte es für besser, erst meinen Anwalt zu Rate zu ziehen, bevor ich Ihnen weitere Fragen beantworte.«

»Das ist Ihr gutes Recht. Dann möchte ich Sie jetzt bitten, uns in das Bolton Rooms Hotel in Dallas zu begleiten. Das FBI hat dort seine Operationszentrale für die Ermittlungen in dieser Angelegenheit eingerichtet. Einige meiner Vorgesetzten erwarten Sie dort, um Ihnen ein paar Fragen zu stellen. Sie können von dort aus Ihren Anwalt verständigen.«

Vorgesetzte? Das bedeutete, daß er es mit Leuten zu tun bekommen würde, die vermutlich noch sehr viel einschüchternder wirkten als dieser Cole.

Die drei Männer erhoben sich. Chadwick zog drei Scheine aus einem Bündel Geldnoten, das er in seiner Brieftasche verwahrte, und legte sie unter ein Wasserglas.

»Ganz unter uns, Agent Cole … Würden Sie sagen, daß ich ernsthaft in Schwierigkeiten stecke?«

»Das würde ich allerdings, Mister Chadwick.«

Als sie die Treppe hinuntergingen, meldete sich Agent Mullins zum erstenmal zu Wort. Seine Stimme klang ungewöhnlich sanft. Und er stand so dicht neben Chadwick, daß dieser den Atem des FBI-Agenten an seinem Ohr spüren konnte.

»Sie haben noch einen sehr langen und entsagungsreichen Weg vor sich, Mister Chadwick.«

Philpotts Stimme klang ein wenig verwirrt. Mike Grahams Anruf hatte ihn allzu übergangslos aus tiefstem Schlaf gerissen. Er befürchtete bereits, daß er nun in dieser Nacht überhaupt keinen Schlaf mehr finden würde.

»Die Situation ist ausgesprochen kritisch«, erklärte Graham. »Andreas Wolff hat die Absicht, heute vormittag, zehn Uhr Ortszeit, hier in Berlin als Ehrengast an der Eröffnung einer Messe für Computerspiele teilzunehmen. Das ist, von jetzt an gerechnet, in zwei Stunden. In dem Augenblick, in dem er sich in aller Öffentlichkeit zeigt, bietet er ein ideales Ziel für den Killer.«

»Und Sie haben noch keine Spur von Einar Ahlin?«

»Nein, nicht die geringste. Abgesehen von seiner kleinen Freundin hat offensichtlich niemand Kontakt zu ihm. Wir wissen nicht, wo er sich aufhält oder wo er nachts schläft, und das Mädchen geht davon aus, daß er sich frühestens wieder in zwei Tagen bei ihr blicken lassen wird. Das heißt, wir stehen mit völlig leeren Händen da.«

»Dann gibt es nur eine Lösung: Sie müssen Andreas Wolff daran hindern, sich in aller Öffentlichkeit zu zeigen. Machen Sie ihm klar, daß er die Zielscheibe eines geistig verwirrten Killers ist, der bereits vier Menschen umgebracht hat.«

Mike Graham mußte sich gewaltig zusammenreißen, um nicht vor Wut in den Hörer zu brüllen.

»Sir, genau das ist der Punkt, weshalb ich Sie anrufe. Wolff spielt einfach nicht mit. Ich habe ihm den Ernst der Lage und das Risiko, das er auf sich nimmt, mehr als einmal auseinandergesetzt. Aber er beharrt auf dem Standpunkt, daß ihm nichts geschehen könne, solange er von vielen Menschen umgeben sei.«

»Wie kommt er auf diese Idee?«

»Er geht davon aus, daß der Attentäter ein Idealist ist,

der nicht das Leben unschuldiger Menschen gefährden will.«

»Das ist Unsinn.«

»Das habe ich ihm auch gesagt und von der Autobombe berichtet. Wolff meint jedoch, die Explosion sei bewußt so geplant gewesen, daß niemand sonst verletzt werden konnte. Er läßt einfach nicht mit sich reden. Wir müssen also wohl oder übel davon ausgehen, daß er zu der Messe fahren wird, um seine neuesten Produkte vorzustellen. Derartige Veranstaltungen sind nun einmal die Höhepunkte seines Lebens.«

»Was ist mit dieser Erika Stramm? Konnte Sabrina sie nicht darüber informieren, daß der Killer sich das falsche Opfer ausgesucht hat?«

»Erika Stramm ist seit gestern vormittag spurlos verschwunden. Auch ihr russischer Beschützer, dem sie als einzigem vertraut, hat keine Ahnung, wo sie steckt.«

»Dann bleibt nur noch eine Hoffnung«, resümierte Philpott. »Wir haben veranlaßt, daß in zwei Berliner Tageszeitungen anläßlich der Computermesse große Artikel über Andreas Wolff, speziell über seinen familiären Hintergrund und seine Jugend, erscheinen. Vielleicht bekommt Einar Ahlin eines der Blätter in die Hand und erkennt rechtzeitig seinen Irrtum.«

»Es ist einen Versuch wert.«

»Ich nehme aber an, daß Wolff während seines Berlin-Aufenthalts von erstklassigen Leibwächtern abgeschirmt werden soll?«

»Leider nein, Sir«, seufzte Graham. »Er wird aus Nationalstolz nur von diesen österreichischen Bauerntölpeln begleitet.«

»Dann müssen Sie sich persönlich um ihn kümmern«, ordnete Philpott an. »Ziehen Sie auch Sabrina hinzu, und bitten Sie die Berliner Polizei inoffiziell, uns einen Gefallen zu tun und Ihnen so viele Scharfschützen zur Verfügung zu stellen, wie sie eben entbehren können.

»Glauben Sie mir, Sir: Ich tue alles, was in meinen Kräften steht, um Wolff zu beschützen.«

»Ich möchte nicht, daß ihm irgend etwas zustößt, denn die Konsequenzen wären nicht auszudenken.«

Graham wollte seinem Chef noch sagen, daß er sich auf ihn verlassen könne. Aber seine eigene Skepsis angesichts der nur schwer lösbaren Aufgabe lies ihn zögern.

»Ich werde Sie weiter auf dem laufenden halten, Sir. Entschuldigen Sie, daß ich Sie aus dem Schlaf gerissen habe.«

Philpott murmelte eine unverständliche Erwiderung und legte dann auf.

Mike Graham kleidete sich an, beschloß das Frühstück ausfallen zu lassen und beauftragte die Rezeption, ihm ein Taxi zu rufen. Bevor er sein Zimmer verließ, streifte er den Schulterhalfter mit der *Richardson and Harrington Defender* um: einer fünfschüssigen 38er, deren Trommel die Verwendung von Munition mit mittlerer bis großer Reichweite erlaubte.

Zur gleichen Zeit, also gegen neun Uhr vormittags, verließ Sabrina Carver ihr Hotel, das nur etwa einen halben Kilometer von dem entfernt lag, in dem Graham abgestiegen war. Dem Taxi, das auf sie gewartet hatte, folgte ein unauffälliger grauer Opel, der sich in den fließenden Verkehr einfädelte. Am Steuer des Wagens saß Einar Ahlin, den eine wütende Erika Stramm vom Beifahrersitz aus anfauchte.

»Es besteht keinerlei Notwendigkeit, daß wir sie verfolgen«, erklärte die Journalistin, während Ahlin eine rote Ampel überfuhr, um den Kontakt zu dem Taxi aufrechtzuerhalten, in dem Sabrina Carver saß. »Ich habe dir bereits gesagt, daß du den Vorschuß behalten kannst und noch einen Extrabonus bekommst.«

»Darum geht es mir nicht«, erwiderte Einar Ahlin.

Von widersprüchlichen Gefühlen erfüllt, starrte Erika Stramm ihn an. Es war eine Ironie des Schicksals, daß sein Aussehen so sehr dem Ideal derer entsprach, die er abgrundtief haßte. Da er heute zudem eine schwarze Lederjacke und ein schwarzes Polohemd trug, wirkte er geradezu wie ein Zwillingsbruder des berüchtigten und mit der

›Endlösung der Judenfrage‹ betrauten Reinhard Heydrich, den Erika Stramm auf einem Foto gesehen hatte, das bei einem gemeinsam mit Adolf Hitler und Eva Braun verbrachten Wochenende aufgenommen worden war.

»Ich habe den Eindruck, daß du vergessen hast, wer hier die Anordnungen gibt«, fuhr Erika Stramm fort. »Ich bezahle dich nämlich dafür, daß du tust, was ich dir sage.«

»Und ich glaube, daß du vergessen hast, welche Anordnungen ich von dir erhielt«, widersprach Einar Ahlin. »Ich sollte in deinem Auftrag eine bestimmte Sorte Ungeziefer vernichten. Für diesen Auftrag war ich dir sehr dankbar, und ich bin es noch immer.«

Er starrte sie mit seinen großen, fiebrig glänzenden Augen an.

»Aber du kannst jetzt nicht plötzlich alles wieder rückgängig machen. Du hast mich auf einen bestimmten Kurs gebracht, und diesen Kurs werde ich jetzt halten, bis ich mein Ziel erreicht habe.«

Erika Stramm hatte noch nie erlebt, daß er derartige Äußerungen von sich gab und sich völlig kompromißlos zeigte. Sie hatte ihn vielmehr als jemanden kennengelernt, der vergleichsweise heiter und unkompliziert war und sich scheinbar nur durch seinen Haß auf die Nazis von anderen Menschen unterschied. Nun aber mußte sie erkennen, daß sie es mit einem fanatischen Psychopathen zu tun hatte.

»Warum werde ich von dir wie eine Gefangene behandelt, Einar?«

»Ich behandle dich doch gar nicht wie eine Gefangene«, sagte er höflich.

»Aber du läßt mich nicht meiner Wege gehen«, widersprach Erika Stramm. »Du hast mich vielmehr dazu gezwungen, dich zu begleiten. Damit schränkst du meine persönliche Freiheit ein – als ob ich eine Gefangene wäre.«

»Du bist nur hier, weil ich einen Zeugen brauche, wenn ich die Zielperson liquidiere. Ich möchte, daß du das Besondere dieses Augenblicks spürst, die tiefe Gerechtigkeit, von der mein Tun getragen wird. Außerdem handle ich auch in deinem Sinne.«

»Einar! Um Himmels willen, du hast doch auch den Artikel in der Zeitung gelesen! Dieser Computerspezialist hat nichts mit dem Wolff zu tun, der früher der *Siegfried-Jugend* angehörte. Wie jeder sehen kann, handelt es sich offensichtlich um eine Verwechslung.«

»Geh diesen Verbrechern ruhig auf den Leim. Ich lasse mich jedenfalls nicht täuschen! Das Ganze ist doch nur ein abgekartetes Spiel: ein neuer, schmutziger Trick der Nazis, die alle unter einer Decke stecken.«

Am Vortag hatten sich beide in dem Lokal getroffen, in dem sie einmal monatlich gemeinsam aßen. Bei der Gelegenheit hatte Erika Stramm ihm den üblichen Scheck für seine Dienste überreicht und ihm gleichzeitig mitgeteilt, daß sie die gesamten Unterlagen des *Zwanzigsten Juli* der Polizei übergeben habe. Nach dieser Offenbarung war Einar Ahlin sehr still geworden. Er hatte plötzlich keinen Appetit mehr gehabt. Und als Erika Stramm schließlich aufgestanden war, um aufzubrechen, hatte er sie zurückgehalten. Er war zwar nicht handgreiflich geworden, aber die Journalistin hatte keinen Zweifel daran gehegt, daß er notfalls auch Gewalt angewendet hätte.

»Du solltest endlich lernen, die Bedeutung von Omen richtig einzuschätzen«, stellte Einar fest.

»Ich weiß nicht, was du damit meinst«, winkte Erika Stramm ärgerlich ab. »Ich verstehe nichts von diesen Dingen.«

Als sie und der Norweger am Vortag schließlich gemeinsam aufgebrochen waren, hatte sie von weitem zufällig Sabrina Carver gesehen und Ahlin alles über ihre Begegnung erzählt. Daraufhin hatte er plötzlich den Entschluß gefaßt, die Amerikanerin zu verfolgen, um herauszubekommen, wo sie abgestiegen war. Anschließend hatte er dann auf der anderen Straßenseite in einem Hotel – das sehr viel billiger war als das, in dem die UNACO-Agentin wohnte – ein Doppelzimmer gemietet. Dort hatten er und Erika Stramm die Nacht damit verbracht, den Eingang des gegenüberliegenden Hotels zu beobachten.

»Die Polizei wird jetzt die Ermittlungen übernehmen«,

sagte Erika Stramm. »Deshalb solltest du dich in Sicherheit bringen, solange noch Zeit dazu ist.«

Ahlin warf ihr einen wütenden Blick zu. »Es ist, als ob man gegen eine Wand redet. Wann kriegst du endlich in deinen Schädel, daß mich weder die verdammte Polizei noch sonst jemand interessiert? Ich habe lediglich einen Auftrag zu erledigen, eine mir von Gott übertragene Aufgabe, und sonst nichts! Davon wird mich nichts und niemand abhalten können.«

»Wenn du wirklich nicht hören willst, dann lauf bitte allein ins Verberben.«

»Nein. Du wirst bei mir bleiben und diese eine Urteilsvollstreckung mit eigenen Augen verfolgen, weil dies für mich sehr wichtig ist.«

Er steuerte den Wagen auf Höhe des Congress-Centrums an den rechten Straßenrand und parkte, da dort auch Sabrina Carvers Taxi angehalten hatte.

»Da wären wir!«

Ahlin und Erika Stramm beobachteten, wie die Amerikanerin ausstieg und in dem Gebäude verschwand.

»Habe ich es dir nicht gesagt?« fragte Ahlin rechthaberisch. »Habe ich dir nicht gesagt, daß diese Frau mit Wolff unter einer Decke steckt? Beide gehören derselben Bande an.«

»Warum sind wir ihr überhaupt nachgefahren? Wir wußten doch aus der Zeitung, wo die heutige Messeeröffnung stattfindet.«

Mit sanftem Nachdruck schob der Norweger Erika Stramms Hand zurück, die sich vorsichtig dem Schloß des Sicherheitsgurtes genähert hatte.

»Wir werden aber nicht hineingehen.«

»Warum nicht?«

»Weil dort zu viele Menschen sind und unser feiner Herr Wolff von zu vielen Leibwächtern bewacht wird. Schließlich will ich das Glück, das ich bisher hatte, nicht überstrapazieren. Wir werden ihm folgen, wenn er seinen Besuch beendet hat.«

»Wie willst du ihn in der Menge erkennen?«

»Als prominente Persönlichkeit, die unter Polizeischutz steht, wird er die Messe bereits verlassen, wenn diese noch in vollem Gange ist. Das bedeutet, daß die Ausgänge noch nicht verstopft sein werden.« Einar Ahlins Gesicht verzog sich für kurze Zeit zu einem Lächeln. »Verlaß dich ruhig auf mein Urteil.«

»Ich weiß immer noch nicht, warum wir der Frau gefolgt sind.«

»Ich wollte nur sehen, ob ich mit meiner Vermutung richtig lag. Und wie sich jetzt bestätigt hat, steht sie – aus welchen Gründen auch immer – auf der Seite der anderen.«

»Ach ja?«

»Deshalb werde ich mit einer Gewohnheit brechen.«

»Und die wäre?«

»Ich werde Wolff und das Mädchen nicht einzeln töten, sondern gleichzeitig.«

Andreas Wolff verließ die Messe um ein Uhr mittags. Nachdem eine gepanzerte Mercedes-Limousine vor dem Hauptportal vorgefahren war, trat er – nach beiden Seiten von zwei Leibwächtern abgeschirmt – ins Freie. Mike Graham und Sabrina Carver hielten sich währenddessen im Hintergrund und sicherten mit durchgeladenen Waffen in den Taschen die Flanken. Darüber hinaus waren an den Fenstern im ersten Stock zwei Scharfschützen postiert.

Sobald Wolff in der Limousine saß, stiegen die beiden UNACO-Agenten in einen zivilen Polizeiwagen ein, der ihnen zusammen mit einem Fahrer und einem Präzisionsgewehr für ein paar Stunden von der Berliner Polizei zur Verfügung gestellt worden war – allerdings erst, nachdem Graham fünfhundert Dollar für den dortigen Polizeisportverein gespendet hatte.

»Wohin wird Wolff jetzt gebracht?« fragte Sabrina Carver, während die kleine Kolonne mit hohem Tempo in nördliche Richtung fuhr.

»In ein Hotel, das in einer ruhigen Nebenstraße im Stadtteil Mühlenbeck liegt«, erklärte Graham. »Dort wurde in der obersten Etage eine umfangreiche Computeranlage installiert, damit Wolff die Zeit hier in Berlin dafür nutzen kann, um an den ICON-Sicherungsprogrammen weiterzuarbeiten.«

»Wie sieht es mit den dortigen Sicherheitsvorkehrungen aus?«

»Die Österreicher haben zugestimmt, daß sie im Hotel von zwei Beamten der Berliner Polizei unterstützt werden. Beide sind anerkannte Experten auf ihrem Gebiet. Und schließlich werde ich mich im Nachbargebäude mit diesem Baby hier einquartieren.« Er deutete auf das Gewehr.

»Und ich werde wie immer die Ehre haben, die Türen überwachen zu dürfen.«

»Trage es mit Fassung, Sabrina.«

Als sie vor dem Hotel eintrafen, hielt die gepanzerte Limousine erneut unmittelbar vor dem Eingang, woraufhin Wolff rasch in den für ihn reservierten, abgeschirmten Trakt gebracht wurde.

Graham machte sich auf den Weg zu einem neben dem Hotel gelegenen Lagerhaus, wo er Zugang zu einem Raum hatte, von dem aus er ungehindert in Wolffs Suite blicken konnte. Unterdessen rückte Sabrina Carver nach vorn auf den Beifahrersitz des Polizeiwagens, um von dort aus den Eingangsbereich des Hotels im Blick zu behalten. Kurz darauf rief Graham sie über ihr Mobiltelefon an, um ihr mitzuteilen, daß er seine Position bezogen hatte.

»Die beiden österreichischen Tölpel sitzen unmittelbar an Wolffs Schreibtisch und sehen ihm bei der Arbeit zu«, berichtete Graham. »Aber die Verstärkung der Berliner Polizei müßte jeden Augenblick eintreffen. Falls irgend etwas Unvorhergesehenes geschehen sollte, habe ich von hier aus freies Schußfeld.«

»Und ich habe alle Hände voll damit zu tun, die Freundschaftsbekundungen meines neben mir sitzenden deutschen Kollegen im Zaum zu halten«, erwiderte Sabrina Carver. »Wie sehen eigentlich die weiteren Planungen aus? Wird Wolff morgen nach Österreich zurückkehren?«

»Er wird so lange in Berlin bleiben, bis der Killer geschnappt worden ist. Die Fahndung nach ihm ist bereits angelaufen, so daß seine Festnahme nur noch eine Frage der Zeit ist.«

Hundert Meter von dem Hotel entfernt war Einar Ahlin damit beschäftigt, mit einer Luftpumpe einen der hinteren Wagenreifen aufzupumpen, aus dem er zuvor Luft abgelassen hatte.

Währenddessen saß Erika Stramm hinter dem Steuerrad des Wagens und sah sich mit einer neuerlichen Verschärfung der Lage konfrontiert. Einar Ahlin hatte ihr nämlich mitgeteilt, sie könne sich nun nicht mehr länger als reine Geldbeschafferin im Hintergrund halten, sondern müsse selbst mit Hand anlegen, um den Mitgliedern der *Siegfried-Jugend* den Garaus zu machen.

Nervös kurbelte sie das Fenster herunter. »Was hast du jetzt vor?«

»Erst einmal abwarten und beobachten, bis sich eine günstige Gelegenheit bietet. Aber ich denke, wir können noch ein Stückchen näher heran.«

Er verstaute die Luftpumpe im Kofferraum des Wagens und stieg auf den Beifahrersitz. Dann fuhr Erika Stramm am Portal des Hotels vorbei.

»Großer Gott«, entfuhr es ihr. »Da ist sie.«

Einar Ahlin richtete seinen Blick auf den Polizeiwagen, den sie gerade passierten und in dem deutlich sichtbar Sabrina Carver saß.

»Halt an!« verlangte Einar Ahlin.

Kaum war die Journalistin an den Straßenrand gefahren und hatte das Auto abgebremst, als der Norweger auch schon auf die Straße sprang und zu dem Polizeiwagen zurückging.

»Verrückt!« murmelte sie, während sie ihn im Rückspiegel beobachtete. Einen Augenblick lang spürte sie den starken Impuls, einfach davonzufahren und zu flüchten. Aber sie wußte, daß Einar Ahlin sie überall suchen und schließlich auch aufspüren würde, um mit ihr kurzen Prozeß zu machen.

»Aussteigen!« befahl der Norweger und riß den jungen Fahrer von seinem Sitz. Noch bevor dieser reagieren konnte, hatte Einar Ahlin ihm mit seinem Revolver einen Schlag an die Schläfe verpaßt, woraufhin der Polizist zu Boden sank. Blitzartig versuchte Sabrina Carver, auf ihrer Seite aus dem Wagen zu springen, aber noch bevor sie auch nur die Tür geöffnet hatte, spürte sie den Druck eines Revolverlaufs in ihrem Rücken.

»Steig auf meiner Seite aus – aber langsam, *sehr* langsam!«

Sie kletterte auf den Fahrersitz und von dort aus auf die Straße. Zur gleichen Zeit fuhr ein Einsatzfahrzeug der Polizei vor und hielt kurz neben dem Hotel an einer Nebenstraße. Zwei in dunkle Uniformen gekleidete und mit Gewehren bewaffnete Männer stiegen aus.

»Wer sind die beiden?« fragte Einar Ahlin. »Los, sag es mir, oder ich knalle dich ab!«

Sabrina Carver gestand ihm, daß es sich um die Verstärkung für den Schutz von Andreas Wolff handelte.

»Wir gehen jetzt über die Straße. Sprich die beiden Männer an und halte sie auf. Laß dir irgend etwas einfallen.«

Die UNACO-Agentin riß ihren rechten Arm empor und hätte ihm um ein Haar die Waffe aus der Hand geschlagen. Doch Ahlin gelang es, den Revolver festzuhalten und mit der anderen Hand gleichzeitig Sabrina Carvers Haare nach hinten zu zerren. Der Schmerz ließ sie nach Luft schnappen.

»Noch so ein Versuch«, knurrte er in ihr Ohr, »und ich werde dich ohne Vorwarnung zur Hölle fahren lassen. Und jetzt tue, was ich dir gesagt habe. Denk daran, daß ich unmittelbar hinter dir bin!«

Sabrina Carver winkte den beiden Polizeibeamten zu.

»Sie wollen sicher zu Herrn Wolff?« rief sie auf deutsch. »Ich werde Ihnen den Weg zeigen.«

Die Beamten starrten sie verblüfft an.

»Sie müssen ihr verzeihen«, meldete sich plötzlich Ahlin zu Wort und näherte sich mit einem strahlenden Lächeln der kleinen Gruppe. »Sie weiß nicht, was sie sagt.«

Als er dicht genug herangekommen war, schlug er Sabrina Carver nieder und stieß sie gleichzeitig zur Seite. Dann richtete er seinen Revolver auf das Gesicht eines der Beamten.

»Laßt die Gewehre fallen«, zischte er. »Und zwar schnell!«

Die Polizisten waren der Aufforderung kaum gefolgt, als Ahlin mit seiner Waffe dem einen ins Gesicht schlug und ihm dabei das Jochbein brach. Den anderen erwischte er am Kinn. Beide Männer gingen bereits zu Boden, doch der Norweger ließ es dabei nicht bewenden, sondern schlug nochmals auf seine kampfunfähigen Opfer ein.

»Los, hilf mir!« wies er Sabrina Carver an, die sich langsam wieder aufrappelte. Ahlin hielt sie mit seinem Revolver in Schach, während sie nacheinander die beiden bewußtlosen Polizisten in einen nicht einsehbaren Winkel der Nebenstraße schleifte.

»Jetzt werde ich mich mal in einen Scharfschützen verwandeln«, rief der Norweger, »und du wirst mir dabei helfen!«

Er deutete auf einen der am Boden liegenden Männer.

»Zieh ihm seine Uniform aus.«

Acht Minuten später beobachtete Mike Graham von seinem Posten aus, wie die Tür von Wolffs Suite aufschwang und *ein* uniformierter Polizist eintrat.

»Besser einer als keiner«, murmelte der Agent beruhigt vor sich hin.

Er verfolgte, wie der Scharfschütze offensichtlich etwas zu den beiden österreichischen Beamten sagte, die ihn plötzlich verwundert anstarrten. Dann ging alles rasend schnell.

Die beiden Österreicher sprangen auf und griffen nach ihren Waffen, während Wolff sich über seinen Arbeitstisch beugte und drei oder vier der dort liegenden CD-ROMs in seinen Hosenbund stopfte. Unterdessen hatte der uniformierte Scharfschütze sein Schnellfeuergewehr in Anschlag gebracht und schoß die beiden Österreicher nieder, deren

Blut an die Wände spritzte. Dann packte der Schütze Andreas Wolff an der Schulter und stieß sein Gesicht gegen die Tischplatte. Benommen ließ sich der Computerexperte widerstandslos zur Tür schieben.

Da es Mike Graham unmöglich war, einen sicheren Schuß abzufeuern, schnappte er sich sein Gewehr und stürmte die Treppe hinab auf die Straße. Dort sah er gerade noch, wie der Polizeiwagen, an dessen Steuer eine Frau saß, mit quietschenden Reifen davonraste. Im Fond saß Andreas Wolff, dessen Hände gerade von seinem Entführer gefesselt wurden.

Dann hörte Graham, wie Sabrina Carver seinen Namen rief. Als er sich umdrehte, sah er sie mit auf den Rücken gebundenen Armen auf dem Bürgersteig knien. Ihr linker Arm blutete. Graham stürzte zu ihr und befreite sie von ihren Handschellen.

»Er hat auf mich geschossen, als er aus dem Hotel kam«, stieß sie hervor. »Ich konnte mich gerade noch zur Seite werfen, aber er hat mich dennoch am Arm erwischt, wenn auch nur leicht.«

Graham drückte sie tröstend an sich. »Ich möchte ja nicht herzlos wirken, aber ich glaube, ich habe jetzt keine Zeit, mich um deine Verletzung zu kümmern.«

Gehetzt blickte er die Straße auf und ab.

»Ich habe nicht damit gerechnet, daß es zu einer Entführung kommen würde«, keuchte er. »Aber ich muß jetzt zusehen, daß ich irgendwie die Verfolgung aufnehmen kann.«

»Leg mir rasch einen provisorischen Verband an, dann komme ich mit«, sagte Sabrina Carver.

Graham nahm sein Taschentuch und schlang es in aller Eile um ihren Arm, verknotete es und tätschelte dann ihre Schulter.

»Das muß für den Augenblick reichen.« Er hängte das Gewehr über die Schulter. »Und jetzt müssen wir schleunigst einen fahrbaren Untersatz finden, der schneller ist als dieser Polizeiwagen.«

27

Nachdem sie die Stadtgrenze Berlins hinter sich gelassen hatten, hielt sich Erika Stramm in nordöstlicher Richtung. Sie fuhren nach wie vor auf den Hauptstraßen.

»Ich hoffe, du weißt, was du tust«, wandte sie sich an Einar Ahlin. »Die Polizei kann uns jederzeit einholen.«

»Die Polizei sucht nur innerhalb der Stadt nach diesem Wagen«, erwiderte Ahlin. Er saß noch immer auf dem Rücksitz, neben ihm Andreas Wolff, in unbequemer Haltung die Hände hinter dem Rücken mit Klebeband gefesselt.

»Ich habe nicht umsonst die schnellste Route gewählt, um aus Berlin herauszukommen. Und ich weiß aus Erfahrung, daß die Polizei bei ihrer Suche Straßenzug um Straßenzug durchkämmt. Deshalb brauchen sie mindestens eine halbe Stunde für drei solcher Suchabschnitte. Da wir aber bereits innerhalb von achtzehn Minuten aus der Stadt heraus waren, vergeudet die Polizei im Augenblick nur ihre Zeit – was für mich ein durchaus beruhigender Gedanke ist.«

»Sie irren sich, wenn Sie meinen, daß man uns nur in Berlin suchen wird«, schaltete sich Andreas Wolff ein. »Diese Entführung wird im ganzen Land Aufsehen erregen.«

»Das kann schon sein«, erwiderte Ahlin. »Aber das ist mir egal. Was für mich zählt, ist nur mein Instinkt und das Wissen, daß er mir immer wieder zum Erfolg verholfen hat.«

»Meiner Ansicht nach sollten Sie sich in die Hände eines kompetenten Psychiaters begeben«, sagte Wolff trocken.

Ahlin wandte sich ihm zu.

»Sie verwechseln Genialität mit geistiger Verwirrung«, gab er zurück.

»Keineswegs!« entgegnete Wolff. »Sie sind einfach nur verrückt, daran besteht für mich kein Zweifel.«

Als Antwort versetzte Ahlin ihm einen Schlag ins Gesicht, der seinen Kopf mit voller Wucht gegen den Türrahmen prallen ließ. Als Wolff sich wieder aufrichtete, schlug Ahlin erneut zu. Wolff stöhnte auf und preßte seine Lippen zusammen, damit ihm das Blut nicht aus dem Mund lief.

»Halt endlich das Maul!« herrschte Ahlin ihn an. Dann schaute er über Erikas Schulter auf die Straße vor ihnen. »Was stand auf dem letzten Schild?«

»Gristow, 82 Kilometer.«

»Dann solltest du einen Zahn zulegen.«

Es begann große Tropfen zu regnen, die auf die Windschutzscheibe prasselten.

»Bist du sicher, daß das mit dem Boot klappen wird?« fragte Erika Stramm, während sie gleichzeitig Gas gab. »Woher willst du eigentlich wissen, ob du damit umgehen kannst?«

»Da es mir gehört, sollte ich auch wissen, wie man es bedient.«

Erika Stramm schwieg, was Ahlin als Zweifel an seiner Aussage deutete.

»Ich habe es gestohlen«, erklärte er, »weil mir klar wurde, daß sich mein Schicksal in diesem Land entscheiden würde. Und da ich seit meiner Kindheit ein guter Segler bin, erschien es mir sinnvoll, mich auf einem Boot fortzubewegen. Deshalb suchte ich mir das schönste Boot in Arendal in Südost-Norwegen aus. Das Boot war nicht nur bestens ausgestattet mit Treibstoff und Lebensmitteln, sondern es verfügt auch über das neueste Navigationssystem – und sogar über einen bewaffneten Wachposten.«

Ahlin stieß ein heiseres Lachen aus.

»Er war der erste Mann in meinem Leben, den ich getötet habe. Ich wußte, daß ich es tun mußte. Die Situation stellte eine Art Test dar, ob ich für meinen Weg bereit war.«

»Und es hat dich niemand verfolgt?«

»Vermutlich schon. Aber sie suchten nach einem weißen Boot, das in Oslo registriert war. Nachdem ich das Skagerrak überquert hatte, lief ich eine heruntergekommene schwedische Werft an und ließ für wenig Geld die Registriernummer und die Farbe der Yacht ändern. Sie ist inzwischen in einem hübschen Seegrün gestrichen. Erst dann nahm ich Kurs auf die deutsche Nordseeküste.«

»Woher weißt du, daß das Boot noch dort ist, wo du es zurückgelassen hast?«

»Weil ich regelmäßig dort war, Erika. Ich lebe auf dem Boot, da es mir noch nie gefallen hat, mich in großen Städten aufzuhalten. Deshalb fahre ich regelmäßig per Anhalter nach Gristow, damit ich in meiner eigenen kleinen Koje schlafen kann. Meistens schaffe ich es in zwei bis drei Stunden. Auf dem Rückweg geht es oft sogar noch schneller.«

»Und was werden wir tun, wenn wir dort sind?«

»Das hast du mich bereits gefragt«, antwortete Ahlin kurz angebunden.

»Dann frage ich dich noch einmal. Ich hänge an meinem Leben, und es ist mir keineswegs gleichgültig, was mit mir passieren wird.«

Ahlin hob einen ölverschmierten Lappen vom Boden des Wagens auf und stopfte ihn in Andreas Wolffs blutenden Mund.

»Zunächst werden wir diesen Wagen irgendwo stehenlassen und dann den letzten Kilometer bis zum Boot zu Fuß laufen.«

Er beugte sich vor, so daß er direkt in Erika Stramms Ohr sprach.

»Aber bevor wir den Wagen zurücklassen, wirst du das Funkgerät benutzen, um eine wichtige Nachricht zu übermitteln.«

Über eine Stunde fuhr Graham nun schon mit dem gestohlenen Motorrad hinter dem Polizeiwagen her. Ein Stau hatte die Flüchtenden auf ihrem Weg zur Schnellstraße in Richtung Norden kurzzeitig aufgehalten. Dadurch hatte Graham genug Zeit gewonnen, dem Wagen zu folgen, als dieser plötzlich in entgegengesetzter Fahrtrichtung in eine Einbahnstraße eingebogen war. Seitdem war er dem Wagen auf den Fersen geblieben.

Bei dem Motorrad handelte es sich um eine 550er Kawasaki, die für Kurierdienste genutzt wurde und deshalb schon recht mitgenommen aussah. Der Helm war ihm eine halbe Nummer zu groß, weshalb er ihn mit einer gefalteten Zeitung ausgestopft hatte. Hinter ihm auf dem Soziussitz saß Sabrina, ihren Burberry-Trenchcoat bis oben zugeknöpft und den Kopf eingezogen, damit nicht zu sehr auffiel, daß sie keinen Helm trug.

Als sich Graham nach einer Weile an die Maschine gewöhnt hatte, fuhr er mit großer Sicherheit hinter dem Polizeiwagen her, wobei er darauf achtete, stets genügend Abstand zu halten. Am Anfang folgte er Erika Stramm durch jede kleine Nebenstraße, die sie nahm, bis ihm klar wurde, daß sie immer wieder auf die Hauptstraße in Richtung Nordosten zurückkehrte. Er brauchte nur seine Geschwindigkeit zu verlangsamen und sich erneut an sie zu hängen, sobald sie wieder auf die Hauptstraße einbog.

»Alles klar bei dir da hinten?« rief er, als sie in den Regen gerieten.

Sabrina Carver rückte noch dichter an ihn heran.

»Alles in Ordnung. Aber ich habe bemerkt, daß wir gerutscht sind. Stimmt was nicht?«

»Das liegt daran, daß die Reifen ziemlich abgefahren sind. Denk einfach nicht dran.«

Nachdem sie ein Hinweisschild passiert hatten, demzufolge es noch fünfzig Kilometer bis Gristow waren, lichtete sich der Verkehr deutlich. Graham reduzierte die Geschwindigkeit, um den Abstand zum Volkswagen auf gut zweihundert Meter zu erhöhen. Als sie nur noch weniger als dreißig Kilometer von ihrem Ziel entfernt waren, brach plötzlich ein Gewitter los. Grelle Blitze erleuchteten den Himmel über der Autobahn, und das laute Donnern übertönte sogar das dröhnende Motorengeräusch der Kawasaki. Mehrmals verlor das Motorrad die Bodenhaftung und geriet ernsthaft ins Schleudern. Doch Graham, der froh war, daß seine Beifahrerin keine heftigen Gegenbewegungen machte, sondern sich ihm völlig anvertraute, gelang es jedesmal, das Fahrzeug wieder unter Kontrolle zu bekommen.

Einen Kilometer vor Gristow bog der Wagen von der

Hauptstraße ab und fuhr auf einem unbefestigten Weg in Richtung der drei Kilometer entfernten Küste. Graham wartete, bis der Wagen außer Sicht war, und folgte ihm dann mit gedrosselter Geschwindigkeit, wobei er Sabrina Carver, deren Anspannung endlich wich, vor Erleichterung seufzen hörte.

Auf einem Hügel stoppte Graham die Maschine und nahm den Helm ab.

»Sie wollen offenbar zum Meer«, sagte er und warf einen Blick auf seine Armbanduhr. »Was sagt deine Uhr?«

»Zwanzig nach drei.«

»Dann könnte es noch mit einer Satellitenübertragung klappen.«

Graham klappte den Ständer des Motorrads herunter und stieg ab. Sabrina Carver schwang ihre Beine seitwärts über die Sitzbank und bewegte ihre steifen Knöchel vorsichtig, bevor sie sich zutraute, ganz abzusteigen.

»Motorradfahren macht wirklich unheimlich Spaß«, brummte sie, während sie sich die Hände warm rieb.

In der Zwischenzeit hatte Graham das schwere Gewehr von seiner rechten Schulter zur linken gewechselt und streifte das Regenwasser von seinen Armen und Händen ab. Dann nahm er sein Mobiltelefon heraus und gab den Satellitencode ein. Sobald das Kontaktsignal ertönte, wählte er die Nummer der UNACO und hielt das Telefon dicht an sein Ohr. Zehn Sekunden später konnte er nach verschiedenen Wählgeräuschen die Stimme von C.W. Whitlock leise, aber deutlich hören.

»Ich bin's, C.W. – Mike. Ich dachte, der Chef würde gern mal wieder was von Sabrina und mir hören.«

»Er hat selbst Neuigkeiten für euch«, erwiderte Whitlock. »Die Polizei in Berlin hat inzwischen rekonstruiert, was passiert ist. Einer der österreichischen Beamten hat lange genug überlebt, um noch ein paar Dinge aussagen zu können. Der Rest konnte durch Kombinieren und verschiedene Hinweise in Erfahrung gebracht werden. Unter anderem wurde kurz nach der Schießerei ein Motorrad gestohlen. Warst du das vielleicht?«

»So etwas traust du mir zu?«

»Ist Sabrina eigentlich bei dir?«

»Ja, sie ist hier. Leider wissen wir noch nicht, was Einar Ahlin vorhat. Wir wissen nur, daß Erika Stramm ihn in einem gestohlenen Polizeiwagen in Richtung Gristow an die Küste gefahren hat. Er und Andreas Wolff sitzen auf der Rückbank.«

»Einen Moment bitte, Mike …«

»Aber laß dir nicht zuviel Zeit.«

»Was ist los?« erkundigte sich Sabrina Carver, die sich gerade die Haare mit ihrem Schal abtrocknete.

»Keine Ahnung.«

Graham warf einen Blick gen Himmel.

»Der Regen hat zwar aufgehört, aber …« Er schaute in Richtung Osten. »Es sieht so aus, als hätten wir noch mehr Gewitter zu erwarten.«

»Wie wunderbar.«

»Wie geht es deinem Arm?«

»Der tut immer noch weh.«

Graham lachte.

»Was ist daran so komisch?«

»Dein Anblick. Du siehst aus wie ein halb ertrunkener Flüchtling, der einen höchst exklusiven Regenmantel trägt.«

In diesem Moment meldete sich Whitlock erneut auf dem Mobiltelefon.

»Ich wurde soeben informiert, daß Erika Stramm das Funkgerät des gestohlenen Polizeiwagens benutzt hat, um ein Ultimatum durchzugeben. Interpol hat es direkt an uns weitergeleitet, noch während sie sprach.«

»Wie lautet das Ultimatum?«

»Ich habe es wörtlich mitgeschrieben.«

Whitlock räusperte sich.

»Es lautet folgendermaßen: ›Die Gruppe *Zwanzigster Juli* kündigt an, daß Andreas Wolff in drei Stunden sterben und daß die Versuchsstation der deutschen Marine am Stettiner Haff in die Luft fliegen wird, falls nicht eine Million US-Dollar im Austausch gegen Wolff bezahlt wird. Ort und

Zeitpunkt der Übergabe werden innerhalb der nächsten Stunden bekanntgegeben. Das sollte den verantwortlichen Stellen genügend Zeit geben, diese Summe zu beschaffen. Wir fordern dies nicht aus Geldgier, sondern die Gruppe *Zwanzigster Juli* benötigt diese Mittel, um ihre Mission erfüllen zu können.‹ Das war alles.«

»Wir befinden uns in dieser Minute weniger als eine Meile von dem Polizeiwagen entfernt, aus dem diese Forderung gesendet wurde«, erklärte Graham. »Wir werden sie weiter verfolgen, aber es wäre nicht schlecht, wenn wir ein wenig Unterstützung erhielten.«

»Die deutschen Behörden haben bereits das Funksignal angepeilt und dadurch den Standort des Wagens zumindest grob bestimmen können. Aber wir wären natürlich in der Lage, ihnen präzisere Angaben zu liefern«, schlug Whitlock vor. »Drück mal die Rauten- und die Sterntaste gleichzeitig und zähle bis zehn. Dann habe ich eure Position genau bestimmt.«

Graham führte die Anweisung aus. Nach Ablauf der zehn Sekunden war ein Piepton zu hören.

»Die Position ist schon auf dem Weg zu den Behörden«, triumphierte Whitlock. »Was die Verstärkung betrifft, so liegt uns deine und Sabrinas Unversehrtheit durchaus am Herzen. Aber ihr werdet verstehen, daß unsere Hauptsorge zur Zeit Wolff gilt.«

»Als die Schießerei im Hotel losging, habe ich beobachtet, wie er sich einige CD-ROMs in den Hosenbund schob«, berichtete Graham.

»Das müssen die ICON-Sicherungsprogramme gewesen sein«, stöhnte Whitlock.

»Es wäre besser gewesen, wenn er sie dort zurückgelassen hätte«, bemerkte Graham. »Falls Ahlin bemerkt, was Wolff bei sich trägt, könnte das katastrophale Folgen haben.«

»Darüber möchte ich mir lieber nicht den Kopf zerbrechen«, bestätigte Whitlock.

»Sabrina und ich sollten jetzt besser zusehen, daß wir weiterkommen, C.W.!«

»Wir bleiben in Verbindung.«

Graham schaltete das Mobiltelefon aus und berichtete Sabrina Carver von dem Ultimatum.

»Sie hat das bestimmt nur getan, weil Einar sie dazu gezwungen hat«, entgegnete sie.

Graham startete das Motorrad. »Ich muß zugeben, daß mir dieser Ahlin langsam Kopfschmerzen bereitet.«

»Das geht mir genauso.«

Sabrina Carver schwang sich hinter ihn auf den Soziussitz.

»Das Gefühl, das mich bei jedem Gedanken an ihn überkommt, ist das gleiche, als wenn ein Terrorist dich ins Visier nimmt und du plötzlich bemerkst, daß du deine Pistole im Hotel liegengelassen hast.«

»Ich kenne das Gefühl«, bestätigte Graham. »Es gibt sogar einen Begriff dafür.«

»Und der wäre?«

»Nackte Angst.«

Der Himmel verdunkelte sich immer mehr, während sie sich der Küste näherten. Sie fuhren mit dem Motorrad auf verlassenen Wegen, wobei sie nach dem Fluchtwagen Ausschau hielten. Es fing gerade wieder an zu regnen, als Sabrina Carver ihrem Kollegen auf die Schulter klopfte.

»Dort drüben«, sagte sie und zeigte zum offenen Meer.

Zehn Meter von einem Bootssteg entfernt ragte der Kofferraum und ein Teil des Wagendaches aus dem Wasser.

»Ich hoffe nur, daß niemand mehr im Wagen sitzt«, sagte Graham.

Sie setzten ihre Fahrt fort, und da die Schotterstraße in einen festeren Weg überging, konnte Mike Graham wieder etwas mehr Gas geben.

An der Küste lagen zahlreiche kleine Boot vertäut, die mit Segeltuch abgedeckt waren, da die meisten Bootsbesitzer aus der Stadt kamen und nur am Wochenende zum Segeln Zeit hatten.

Sabrina Carver klopfte Graham erneut auf die Schulter. »Schau mal, das große grüne Boot da drüben; es brennt Licht an Bord.«

Das Boot lag an einem schmalen, verwitterten Steg. Unten in der Kajüte saß Andreas Wolff auf einer gepolsterten Bank, während Ahlin am Eßtisch Erika Stramm gegenüber Platz genommen hatte.

»Die Polizei wird inzwischen wissen, wo wir uns befinden, da sie unser Funksignal geortet hat.«

Er zog ein Mobiltelefon aus seiner Tasche.

»Das nächstemal wirst du hiermit Kontakt aufnehmen.«

»Das heißt, du willst die Polizei hierherlocken?« vergewisserte sich Erika Stramm.

»Ich möchte, daß Sie Wolff sehen.«

Ahlin lehnte sich zurück und faltete die Hände hinter dem Kopf.

»Aber wir werden mit dem Boot ein Stück aufs Meer hinausfahren. Das Lösegeld werden sie mit einem kleinen Boot, das sie am Steg vertäut vorfinden, zu uns bringen und dafür Wolff in Empfang nehmen. Sie werden ihm mit einem Gefühl höchster Erleichterung in ihr Boot helfen und ihn an Land bringen. Seine Hände werden natürlich noch gefesselt und der Mund mit Klebeband verschlossen sein.«

»Und weshalb?«

»Damit er sie nicht warnen kann, daß er auf einer Bombe sitzt.«

Ahlin zeigte auf eine graue Metallbox, die auf dem Regal neben der Tür stand. Es handelte sich um einen Würfel von etwa fünfzehn Zentimeter Seitenlänge, der auf der Oberseite mit einem Bolzen versehen war. Dieser Bolzen war breit und am oberen Ende flach geformt.

»Wenn man den Griff hinunterdrückt, passiert gar nichts, aber wenn er wieder nach oben kommt – dann: *Bumm!*«

Ahlin warf erregt die Hände in die Luft und lachte lauthals.

»Ich habe sie selbst konstruiert. Eigentlich wollte ich sie einsetzen, um diesen Gibson hochzujagen. Aber dann habe ich mir überlegt, daß eine Bombe, die über so viel

Zerstörungskraft verfügt und die – wie ich gestehe – sehr empfindlich ist, über keine allzu großen Strecken transportiert werden sollte.«

Er beugte sich vor und streichelte die Bombe. Erika Stramm blickte zu Wolff hinüber, in dessen Augen größte Verzweiflung zu lesen war.

»Und was ist mit der Drohung, die Marinebasis in die Luft zu jagen?«

»Reiner Blödsinn!« erklärte Ahlin. »Aber sie werden die Drohung dennoch ernst nehmen müssen.«

Er deutete mit dem Kopf in Richtung Wolff.

»Menschenleben, besonders das eines solch cleveren Burschen wie diesem, werden zwar auch ernst genommen, aber offizielle Anlagen und Staatsgeheimnisse werden mehr als alles andere geschützt. Erst die Drohung, den Marinestützpunkt in die Luft zu jagen, garantiert mir, daß das Lösegeld gezahlt wird. Außerdem hat dies noch den positiven Nebeneffekt, daß ein großer Teil der Sicherheitskräfte sich völlig überflüssigerweise auf dem Marinegelände und nicht hier aufhalten wird.«

Ahlin streichelte erneut die Bombe.

»Sie hat's ganz schön in sich und wird eine Menge Krach machen, sobald Wolff sich erhebt. In dem ganzen Tumult nach der Explosion können wir uns unbemerkt aus dem Staub machen.«

Erika Stramm zuckte zusammen. »Ich möchte aber nicht mit dir kommen. Ich möchte mehr als alles andere wieder zu Gregor zurück.«

»Ich fürchte, du mußt dennoch erst einmal mit mir kommen.«

»Und wohin? Nach Norwegen?«

»Das wird man wahrscheinlich vermuten. Aber wir werden – geografisch gesehen – einfach nur um die Ecke segeln. Wir haben schließlich in Deutschland noch eine wichtige Mission zu erfüllen. Und während die Behörden uns überall suchen, nur nicht in Deutschland, werden wir klammheimlich zurückkehren und unsere Aufgabe zu Ende führen. Und danach ...?« Ahlin zuckte mit den Achseln. »... ich weiß es noch nicht. Vielleicht gibt es bis dahin längst eine neue Mission.«

Abermals blickte Erika Stramm zu Wolff hinüber. Er war blaß und starrte zu Boden.

»Ich habe Angst«, gestand sie, »daß wir alle dabei draufgehen werden.«

Inzwischen hatten es Mike Graham und Sabrina Carver bis auf das Deck des Bootes geschafft und schlichen sich an der Reling entlang, wobei sie sich bemühten, das Boot so wenig wie möglich zum Schaukeln zu bringen. Graham bewegte sich auf Zehenspitzen zum vorderen Bullauge der Kajüte und spähte hinein. Dann drehte er sich zu seiner Kollegin um und nickte ihr zu. Vorsichtig nahm er das Gewehr von der Schulter und entsicherte es. Sabrina zog ihre Pistole aus der Tasche und entsicherte sie ebenfalls. Hintereinander stiegen sie so leise wie möglich die sechs Stufen zur Hauptkabine hinunter.

Vorsichtig ergriff Graham den Türknauf, drehte sich zu Sabrina um und formte mit seinen Lippen bei *fünf* beginnend einen lautlosen Countdown. Seine Partnerin gab bei jeder Zahl ein zustimmendes Kopfnicken. Bei *zwei* öffnete Graham die Tür einen kleinen Spaltbreit, und bei *eins* stieß er sie mit dem Fuß weit auf.

Mit einem lauten Knall schlug sie gegen die Wand.

Ahlin machte einen Satz zurück, wobei er um ein Haar zu Boden gestürzt wäre. Erika Stramm schrie erschrocken auf, und auch Wolff sprang auf die Füße. Im gleichen Moment stand Graham schon in der Kabine und hielt sein Gewehr in Hüfthöhe auf Ahlin gerichtet. Sabrina Carver befand sich zwei Schritte hinter ihm auf der untersten Stufe und zielte mit ihrer Pistole auf Ahlins Kopf.

»Keine Bewegung!« brüllte Graham.

Ahlin rollte wutentbrannt die Augen. Er schwankte, so als ob er jeden Moment in Ohnmacht fallen würde. Dann sank er langsam auf die Knie. Als Graham nur noch drei Schritte von ihm entfernt war, beugte sich Ahlin bis auf den

Boden vor. Plötzlich zog er aus seiner Jackentasche eine silbrig glänzende Pistole.

»Vorsicht!« schrie Sabrina Carver, um Graham zu warnen. Doch bevor dieser eingreifen konnte, schoß Ahlin – allerdings nicht auf Graham, sondern auf Andreas Wolff. Die Kugel traf den Computerexperten mit einem metallischen Geräusch mitten in den Bauch und schleuderte ihn auf die Bank.

Im gleichen Moment traf Grahams Gewehrlauf Ahlins Kinn, der durch die Wucht des Hiebs in eine Ecke stürzte und bewußtlos in sich zusammensackte. Graham griff nach Ahlins Pistole und steckte sie ein.

»Laßt uns verschwinden!« rief er und schob Erika Stramm zur Tür der Kajüte. »Macht schon!«

Er nahm Wolff, der die Augen aufschlug und stöhnte, bei den Armen und zog ihn in Sitzposition.

»Sieht nicht so aus, als ob die Kugel in Sie eingedrungen wäre«, ermunterte er ihn. »Wie geht es Ihnen? Können Sie aufstehen?«

Wolff nickte und holte tief Luft, wobei er auf den Bund seiner Hose zeigte.

»Die CD-ROMs«, sagte Graham, »ich weiß.«

Er stützte Wolff und schob ihn durch die Kajütentür.

»Helfen Sie ihm!« forderte er Erika Stramm auf.

»Passen Sie mit der Kiste auf, die im Regal steht«, warnte die Journalistin, als Sabrina Carver sie auf den Bootssteg hinausgeleitete. »Das Ding ist eine Bombe.«

Mike Graham zog in der Zwischenzeit Ahlin an den Achseln vom Boden hoch und lehnte ihn gegen die Wand, wo er zunächst die Taschen des Norwegers durchsuchte. Dann versetzte der Agent ihm so lange Ohrfeigen, bis er langsam wieder zu sich kam und die Augen öffnete. Graham stieß ihn daraufhin durch die Kajütentür auf die Treppe.

»Wir kommen jetzt nach oben, Sabrina«, rief Graham seiner Kollegin zu. »Erschieß den Kerl einfach, falls er eine falsche Bewegung machen sollte.«

Er schulterte sein Gewehr und nahm die Bombe vom

Regal. An Deck stellte er sie vorsichtig vorne auf dem Bug ab. Als er sich gerade wieder aufrichtete, hörte er Sabrina Carver aufschreien. Er sah gerade noch, wie sie zur Seite stolperte, als er auch schon im gleichen Moment von hinten einen Stoß erhielt.

»Beiseite, Sie verdammter Yankee-Held«, brüllte Ahlin und machte einen Satz an Graham vorbei.

Noch bevor dieser ihn daran hindern konnte, hatte der Norweger sich bereits auf die Bombe gesetzt, deren Bolzen unter seinem Gewicht mit einem schabenden Geräusch nachgab.

»Nun denn«, sagte er, während er sich an der Reling festhielt. »Ich glaube, so wie es aussieht, sollten wir alle hierbleiben.«

»Das glaube ich nicht«, widersprach Graham. Er drehte sich zu den anderen um. »Macht, daß ihr an Land kommt, Sabrina, beeilt euch!«

»Wenn ich aufstehe, werdet ihr mich alle in den Himmel begleiten. Niemand kann so schnell rennen, als daß er der Detonation entkommen könnte.« Er tätschelte die Bombe unter sich. »Nicht wahr, mein Schatz?«

Graham antwortete nicht. Er blickte zu den anderen hinüber, die sich inzwischen am anderen Endes des Steges befanden. Wolff kam nur langsam vorwärts, obwohl Sabrina Carver und Erika ihn drängten, sich schneller zu bewegen. Sie waren dem Boot noch immer viel zu nah.

»Falls Sie irgendwelche Mätzchen machen, werde ich nicht zögern aufzustehen.«

Ahlin verschränkte die Hände hinter dem Kopf.

»Nun, was halten Sie davon, wenn jemand so entspannt auf einer Bombe sitzt?«

Er zog herausfordernd die Augenbrauen hoch.

»Sieht cool aus, was? Aber es hat auch noch einen anderen Sinn.«

Als er seine Hände wieder hinter dem Kopf vorzog, hielt er in seiner rechten Hand einen Revolver, wie er ihn auch zuvor im Boot benutzt hatte, um auf Wolff zu schießen.

»Tja, eine Tasche im Jackenkragen kann manchmal sehr

nützlich sein, nicht wahr? Das hätten Sie wohl nicht gedacht?«

Er lachte und hob beide Arme in die Luft. Graham versuchte dabei, ihm die Pistole zu entreißen, aber Ahlin warf sie in die andere Hand.

»Erika!« rief er laut.

Als die Journalistin sich umdrehte, schoß er. Die Getroffene sank augenblicklich zu Boden.

»Das ist der Lohn für eine Verräterin!« schrie Ahlin und knurrte, als Graham ihm die Pistole entwand.

Sabrina Carver kniete sich nieder und fühlte den Puls an Erika Stramms Hals. Dann blickte sie auf und schüttelte den Kopf.

»Sie haben sie getötet«, sagte Graham tonlos.

»Sie hat es verdient, und Sie verdienen es auch, Sie verdammter Yankee.«

Graham seufzte und hängte sein Gewehr über die Schulter.

»Sie sind nicht mehr als ein wildes Tier, und ich hätte Lust, Ihnen jeden Finger einzeln zu brechen. Aber dann würde ich mich mit Ihnen auf eine Stufe stellen.«

»Und was wollen Sie nun machen?«

Ohne zu antworten, legte Graham seine flache Hand auf Ahlins Kopf und drückte ihn fest auf seinen Sitz. Dann stieß er ihn nach hinten, so daß er zwischen zwei Kisten eingeklemmt in der Reling hing.

»Ich werde lediglich eine kleine Betäubung vornehmen.«

Er tastete mit der Hand an Ahlins Nacken entlang. Zwar versuchte dieser, sich zu wehren, aber es gelang ihm nicht, Grahams Arm wegzuschieben. Als Graham schließlich Ahlins *Plexus brachialis* gefunden hatte, drückte er mit aller Kraft zu, bis Ahlins Kopf nach vorne sank. Dann trat er einen Schritt zurück, wartete eine Sekunde, eilte über das Deck, sprang auf den Steg und rannte zu den anderen.

»Wir haben etwa zehn Minuten, bis er wieder zu sich kommt. Wie geht es Ihnen, Andreas?«

»Es könnte besser sein«, krächzte der Gefragte. Sein Blick fiel auf die am Boden liegende Leiche. »Aber auch noch viel schlimmer.«

Graham hob Erikas toten Körper auf.

»Hilfst du ihm den Hügel hinauf, Sabrina? Ich denke, wir sollten uns einen sicheren Aussichtspunkt suchen, solange unser Freund da draußen noch schlummert.«

Vier Minuten später traf eine schwerbewaffnete Polizeieinheit mit Scharfschützen ein. Bei ihnen war auch ein hochrangiger Polizeibeamter, der einen Aktenkoffer mit einer Million Dollar in gebrauchten Scheinen bei sich trug.

Als Graham ihm die Sachlage erläuterte, entspannte sich der Polizist sichtlich.

»Wir können jetzt nur noch abwarten«, erklärte Graham.

Erikas Leichnam wurde auf eine Bahre gelegt, mit einem Laken zugedeckt und in den Polizeitransporter geschoben. Die Scharfschützen nahmen ihre Position auf dem Hügel ein, von wo aus sie den Bootssteg im Visier hatten und ihre Zielfernrohre auf den bewußtlosen Mann auf der Segelyacht richteten. Graham saß neben Andreas Wolff, dessen Kreislauf sich noch immer nicht normalisiert hatte, im Gras und redete leise mit ihm.

Während die Minuten verstrichen, bemerkte Sabrina Carver, daß einige der Männer sich auf dem Hügel langsam nach unten in Richtung Steg bewegten.

»Seien Sie vorsichtig!« warnte die Agentin. »Er sitzt auf einer beträchtlichen Ladung Sprengstoff!«

Einige der Männer zogen sich daraufhin wieder nach oben zurück, während andere dort verharrten, wo sie waren.

Sabrina Carver konnte von ihrem Standpunkt aus das Boot auch ohne Fernglas deutlich sehen. Einar Ahlins Silhouette hob sich vom Hintergrund ab. Plötzlich sah sie, wie er sich langsam bewegte. Er streckte seinen Hals, rieb sich die Augen und blickte dann zum Festland hinüber.

»Er ist offensichtlich noch benommen«, kommentierte ein Polizist. »Wahrscheinlich weiß er gar nicht genau, was eigentlich passiert ist.«

»Ich hoffe, das bleibt auch so«, erwiderte Sabrina Carver.

Sie sah, wie Ahlin sich erneut die Augen rieb, so als ob er wieder in Schlaf versinken wollte. Plötzlich erhob er sich.

Alle hielten den Atem an. Ahlin stand zunächst regungslos da und blickte dorthin, wo er soeben noch gesessen hatte. Dann versteifte sich seine Haltung sichtlich, und er machte einen Schritt vom Bugende weg.

In diesem Moment explodierte die Bombe mit einem blendend grellen, goldenen Blitz. Eine Sekunde später folgte ein ohrenbetäubender Knall und die Explosionswelle, die nicht nur die Büsche niederdrückte, sondern auch ein Gewehrstativ umkippen ließ und den Beamten die Mützen von den Köpfen riß. Danach rieselten Trümmerteile wie Regen auf die Erde nieder, und der Himmel wurde von dichten Qualmwolken verdüstert.

Ein Teil davon sind die pulverisierten Überreste von Einar Ahlin, schoß es Sabrina Carver durch den Kopf. Der Vollstrecker des *Zwanzigsten Juli* war nun zu dem geworden, was Sprengstoffexperten als *fleischfarbenen Nebel* bezeichneten.

»Nun ist es endlich vorbei«, seufzte Andreas Wolff. »Ein Verrückter weniger – der Platz macht für den nächsten.«

28

»Die Polizei, zahlreiche Sanitäter und einige Leute, die vermutlich dem deutschen Verfassungsschutz angehören, sind hier. Der reinste Zirkus«, informierte Sabrina Carver ihren Chef über das Mobiltelefon. »Dank Mikes Geniestreich ist von Einar Ahlin und dessen Boot nicht viel übriggeblieben, außer vielleicht ein bißchen Treibholz.«

Philpott erkundigte sich, wie es Wolff ging.

»Die Kugel prallte an den vier metallenen CD-ROMs ab, Sir. Er hat nicht einmal einen Kratzer auf der Haut. Aber er dürfte die Prellung noch eine Weile lang spüren.«

»Enthielten diese vier CD-ROMs die gesamten Sicherungsprogramme?« Philpotts Stimme klang gereizt.

»Danach habe ich Wolff noch nicht gefragt. Wenn man jedoch bedenkt, wie viele Daten auf so eine CD-ROM passen, dann ist es durchaus wahrscheinlich, daß alles auf den vier Scheiben Platz hatte.«

»Vielleicht hat er noch Sicherheitskopien erstellt?«

»CD-ROMs gelten als wenig störanfällig. Deshalb erstellt man davon normalerweise keine Kopien.«

»Danke, daß Sie meinen düsteren Tag mit einem Strahl der Hoffnung erhellen«, sagte Philpott sarkastisch. »Bitte lassen Sie es mich wissen, wenn Sie neue Informationen haben.«

»Selbstverständlich.«

»Bei unserem nächsten Gespräch werde ich Ihnen wahrscheinlich auch schon etwas über Ihren nächsten Auftrag sagen können.«

»Steht er schon fest?«

»C.W. bereitet alles Notwendige vor. Sie kennen doch das Sprichwort: Wer rastet, der rostet!«

»Wer käme auf die Idee, mich für eingerostet zu halten?«

Philpott knurrte.

»Zu jedem anderen Zeitpunkt wäre ich einem geistreichen Disput mit Ihnen durchaus nicht abgeneigt, Sabrina. Aber angesichts der Probleme, die im Hinblick auf ICON ins Haus stehen, werden Sie entschuldigen, wenn ich mich kurz fasse. Melden Sie sich bald wieder.«

»Verstanden, Sir.«

Sabrina Carver steckte das Mobiltelefon wieder ein und kniete sich zu Wolff nieder, der immer noch im Gras hockte.

»Ich hoffe, Sie nehmen es mir nicht allzu übel, wenn ich Sie so kurz nach all diesen Ereignissen darauf anspreche«, begann sie.

Ein kurzer Blick auf Mike Graham verriet ihr, daß dieser die Augen verdrehte, aber er sagte nichts.

»Es geht um die Software, die Sie in Ihren Gürtel gesteckt haben. Waren auf diesen vier CD-ROMs die gesamten Daten Ihrer Arbeit gespeichert?«

Wolff nickte. »Deshalb geht es mir ehrlich gesagt auch so miserabel.«

Er schob seine Hand in den Hosenbund und fischte einige Reste der zersplitterten Scheiben hervor, welche die Sanitäter nicht entfernt hatten.

»Alles zerstört«, seufzte er. »Alles.«

»Tatsache ist immerhin«, schaltete sich Graham ein, »daß der Verlust der ICON-Sicherheitscodes Ihr Leben gerettet hat.«

Wolff starrte ihn verwirrt an.

»Entschuldigen Sie, ich verstehe Sie nicht ganz ...?«

»Ich meinte nur, daß die ICON-Codes für die Rettung Ihres Lebens geopfert worden sind.«

»Geopfert?« Wolff starrte ihn mit aufgerissenen Augen an. »Die ICON-Sicherheitscodes? Niemals. Nicht solange ich lebe.«

Mike Graham und Sabrina Carver sahen sich verständnislos an. Dann wandte sich Graham an Andreas Wolff.

»Ich kann Ihnen nicht ganz folgen, Andreas. Diese CD-ROMs – waren auf ihnen nicht die überarbeiteten Sicherheitscodes gespeichert, an denen Sie so hartnäckig gearbeitet haben?«

»Unsinn!« Wolff schaute Graham mitleidig an, als habe er es mit einem Idioten zu tun. »Die Sicherheitscodes sind mein höchstpersönliches Werk.«

Er tippte sich an die Stirn.

»Natürlich lege ich auch manchmal Dinge schriftlich nieder. Aber die Grundstrukturen für die Programme und die Entwicklungsideen entstehen ständig neu. Deshalb brauche ich auch ein äußerst bewegliches und lebendiges Speichermedium.«

Er faßte sich erneut an die Stirn.

»Die Entwicklung findet nur in meinem Hirn statt, und dort bleiben die Daten auch, bis sie perfektioniert und in das entsprechende System integriert werden.«

Wolff sammelte einige weitere Restteilchen der CD-ROMs auf. »Diese Scheiben enthielten jedoch meine neuesten Meisterwerke«, erklärte er mit trauriger Stimme.

Graham runzelte die Stirn. »Sie meinen Computerspiele?«

Wolff nickte. »Vier Stück. Allesamt unschlagbar. Und nun einfach – weg!«

Er schaute Sabrina Carver niedergeschlagen an.

»Ich habe drei Jahre meines Lebens für sie geopfert. Sie waren mein Lebensinhalt, fast so etwas wie meine eigenen Kinder.«

Er schüttelte den Kopf, und es war nicht zu übersehen, daß er untröstlich war.

»Drei Jahre meines Schaffens … meines Lebens!«

Mike Graham gab sich alle Mühe, Mitleid zu heucheln, während Sabrina Carver ihr Gesicht abwandte.

Was für ein Tag!